Knaur.

Knaur.

*Im Knaur Taschenbuch Verlag sind bereits
folgende Bücher des Autors erschienen:*

Die Julia-Durant-Krimis

Jung, blond, tot   Der Finger Gottes
Das achte Opfer   Die Bankerin
Letale Dosis
Der Jäger   Tod eines Lehrers
Das Syndikat der Spinne   Mord auf Raten
Kaltes Blut
Das Verlies
Teuflische Versprechen

Über den Autor:

Andreas Franz wurde 1954 in Quedlinburg geboren. Er hat als Übersetzer
für Englisch und Französisch gearbeitet und war jahrelang als Schlagzeuger
tätig. Seine große Leidenschaft war aber von jeher das Schreiben. Und das
zu Recht, wie u. a. sein Erfolgsroman *Jung, blond, tot* bezeugt. Seine Ma-
xime: »Die Leser fesseln und trotzdem (vielleicht) zum Nachdenken anre-
gen (aber nie den Zeigefinger erheben!).« Andreas Franz ist verheiratet und
hat fünf Kinder. Alle seine Romane wurden zu Bestsellern.

Besuchen Sie Andreas Franz auch im Internet unter www.andreas-franz.org

Andreas Franz

Schrei der Nachtigall

Kriminalroman

Knaur Taschenbuch Verlag

Besuchen Sie uns im Internet:
www.knaur.de

Originalausgabe Februar 2006
Copyright © 2006 by Knaur Taschenbuch.
Ein Unternehmen der Droemerschen Verlagsanstalt
Th. Knaur Nachf. GmbH & Co. KG, München
Alle Rechte vorbehalten. Das Werk darf – auch teilweise –
nur mit Genehmigung des Verlags wiedergegeben werden.
Redaktion: Dr. Gisela Menza
Umschlaggestaltung: ZERO Werbeagentur, München
Umschlagabbildung: Bilderberg / Berthold Steinhiber
Satz: Ventura Publisher im Verlag
Druck und Bindung: Clausen & Bosse, Leck
Printed in Germany
ISBN-13: 978-3-426-63251-2
ISBN-10: 3-426-63251-9

4 5 3

Für Alfred Franz
(1924–1991)

Prolog

Allegra Wrotzeck und Johannes Köhler waren seit dem frühen Freitagabend bei ihren Freunden Ferdi und Anne gewesen, sie hatten sich *Erin Brokovich* auf DVD angeschaut und sich anschließend noch unterhalten. Die beiden jungen Männer hatten Cola getrunken, während Allegra und Anne sich eine Kanne Tee gemacht hatten. Irgendwann, während die Männer in ein Gespräch über Fußball verwickelt waren, hatte Anne sich mit ihrer Freundin auf den Balkon gestellt und leise und mit einem Augenzwinkern zu ihr gesagt: »Ihr benehmt euch ja schon fast wie ein altes Ehepaar. Wollt ihr nicht endlich mal heiraten? Ich meine, das wird ja immer ernster mit euch.«

»Ich weiß nicht, was du unter immer ernster verstehst«, entgegnete Allegra ausweichend, »doch wenn du denkst, dass ich …«

»Ich denke gar nichts, ich beobachte euch nur. Aber ganz ehrlich, ich bin zwar auch schon 'ne Weile mit Ferdi zusammen, aber so wie ihr, das könnt ich nicht. Fühlst du dich nicht zu jung für so was Festes?«

»Keine Ahnung, die Zeit wird es zeigen. Aber bitte, ich möchte heute nicht darüber reden, mir ist nicht danach. Ein andermal, okay?« Sie warf einen Blick auf ihre Uhr. »Du meine Güte, es ist ja schon so spät. Ich muss gehen, ich will nicht schon wieder einen Anschiss kriegen.«

»Herrje, du bist achtzehn und kannst so lange wegbleiben, wie du willst. Mein Vater macht jedenfalls keinen

Stress, wenn ich erst morgens um vier nach Hause komme oder bei Ferdi übernachte.«

»Du kennst doch meinen. Ist aber auch egal …«

»Find ich nicht. Du lässt dich von ihm rumkommandieren und dir alles verbieten. Ich krieg die Krise, wenn ich das hör. Manchmal möchte ich ihm am liebsten«, sie sah Allegra plötzlich entschuldigend an, »na ja, du weißt schon, was.«

»Und was, meinst du, soll ich dagegen tun? Ich wohne eben noch zu Hause. Und außerdem, wieso kommst du ausgerechnet heute damit?«, erwiderte sie ungewohnt gereizt.

»Weiß nicht, einfach so. Vielleicht, weil du meine Freundin bist und ich stinksauer auf deinen alten Herrn bin.«

»Er ist mein Vater. Aber wenn du willst, können wir ja ein andermal drüber reden.« Sie gingen wieder in das warme Zimmer. Allegra tippte mit dem Zeigefinger auf ihre Armbanduhr. »Schatz, können wir?«

»Sofort, ich trink nur schnell aus.« Johannes, der im vergangenen Herbst sein Medizinstudium begonnen hatte, setzte das Glas an, wischte sich nach dem letzten Zug über den Mund und stand auf. »Tja, dann, wir sehen uns«, sagte er, legte einen Arm um Allegra und begab sich mit ihr zu seinem Ford KA, den sein Vater ihm im vergangenen Jahr zum bestandenen Abitur geschenkt hatte. Allegra hatte noch einen knappen Monat, bis auch sie ihr Abschlusszeugnis in der Tasche haben würde. Sie kannte bereits ihre schriftlichen Noten und war einigermaßen zufrieden. Jetzt hing es nur noch von den mündlichen Prüfungen ab, ob sie ihren bisherigen Schnitt von 1,6 würde halten können. Doch sie war zuversichtlich, auch wenn die Abinote für ihre Zukunft eher zweitrangig war, denn sie wollte Musik studieren und eine Gesangsausbildung machen, was ihrem Vater gründlich gegen den Strich ging. Für ihn gehörte eine Frau ins Haus und hinter den Herd, hatte Kinder zur Welt zu bringen und sich liebevoll um ihren Mann zu kümmern. Aber das war nicht das, was Allegra im Sinn hatte, heiraten und Kinder schon, irgendwann, nur erst würde sie ihren Traum verwirklichen und das tun, was ihre Musiklehrerin und der Leiter des Kirchenchors, in dem sie Mitglied war, ihr angeraten hatten, nämlich das Beste aus ihrem Talent zu machen.

Allegra war eins sechzig groß, schlank und sehr hübsch. Ihr volles braunes Haar fiel, wenn sie es nicht zu einem Zopf geflochten hatte, bis weit über ihre Schultern, die smaragdgrünen Augen schienen alles um sie herum sehr genau wahrzunehmen, geradezu aufzusaugen, ihr Mund war wie gemalt, und die Finger wirkten fast fragil, als würden sie zerbrechen, wenn sie etwas Schweres anhoben.

Doch trotz ihrer äußeren Zartheit war Allegra stark. Vor allem hatte sie einen ungebrochenen Willen, mit dem sie sich ein ums andere Mal gegen den scheinbar übermächtigen und überaus dominanten und keinen Widerspruch duldenden Vater zur Wehr setzte. Und sie war beliebt, es gab kaum jemanden, der sie nicht mochte, denn sie hatte eine unverfälscht natürliche Art, versuchte jeden liebenswürdig und vor allem gleich zu behandeln, obwohl die bisherigen achtzehn Jahre für sie selbst nicht gerade ein Zuckerschlecken gewesen waren. Es waren allein ihr Durchsetzungsvermögen und ihr unerschütterlicher Glaube an das Gute im Menschen, die ihr halfen, selbst die schwierigsten Situationen zu meistern. Niemand, ihr Vater ausgenommen, vermochte sich ihrem Charme zu entziehen. Sie vermittelte stets den Eindruck von Fröhlichkeit und Beschwingtheit. Und auch dies gehörte zu ihrem Wesen, es war ihr in die Wiege gelegt worden, das Ernsthafte, bisweilen Melancholische, das sich vor allem in ihren Augen widerspiegelte. Wenn sie sprach, war ihre Stimme sanft, manche behaupteten, samten, und wenn sie lachte, klang es warm und weich.

Allegra war eine besondere junge Frau. Bereits als sie ein Kind war, hatten sich die Jungs um sie geschart wie die Bienen um den Nektar, doch schon seit dem Kindergarten gab es nur einen für sie, Johannes, mit dem sie alt werden wollte, der sie verstand und in ihrem Bemühen unterstützte, vielleicht eine Karriere als Opernsängerin zu machen, was noch ein Traum war, der sich aber möglicherweise erfüllen würde.

Einmal, es war erst vor wenigen Tagen, hatte er in einem seiner seltenen Anflüge von Wehmut gefragt, ob sie ihn wohl fallen lassen würde, wenn sie Erfolg hätte. Und sie hatte ihm mit einem Lächeln geantwortet, dass ihre Liebe für ihn stärker sei als ihr Streben nach Ruhm, und außerdem wisse doch keiner von ihnen, ob ihr großer Berufswunsch jemals in Erfüllung gehen würde. Daraufhin erzählte er ihr von einem Traum, in dem sie beide Hand in Hand über eine Wiese spazierten, doch sie sprachen nicht miteinander, sie sahen sich nicht einmal an, während sie sich auf den Horizont zubewegten, der schier unendlich weit schien. Mit einem Mal war Wasser zwischen ihnen, anfangs nur ein schmales Rinnsal, das jedoch schnell immer breiter wurde, bis sie sich nicht mehr an den Händen halten konnten. Die ganze Landschaft veränderte sich, aus dem Rinnsal war binnen Sekunden ein reißender Fluss geworden, der Himmel hatte sich verdunkelt, schwarze Wolken bedeckten ihn. Schließlich sahen sie sich über den Fluss hinweg an, und ihre Blicke waren traurig, und er erzählte, sie habe sich immer weiter von ihm entfernt, weil das Wasser so breit und auch so tief war, dass sie unmöglich zusammenbleiben konnten. Ihm kam es vor wie eine Trennung auf ewig, und er war von diesem Traum verstört und schweißgebadet aufgewacht. »Das hat nichts zu bedeuten«, hatte Allegra daraufhin gesagt, »das war nur ein dummer Alptraum. Es gibt nichts, was uns trennen kann.« An jenem Abend war alles anders als sonst, stiller, bedrückt, und sie hielten sich lange umarmt. Und Allegra spürte intuitiv, dass dieser Traum kein gewöhnlicher Alptraum gewesen war, doch sie hütete sich davor, es auszusprechen, denn sie selbst war zu verwirrt und wollte auch nicht mehr darüber nachdenken, obwohl das Erzählte sie noch an den folgenden Tagen beschäftigte.

Sie stiegen in das Auto ein und fuhren zu einem nahe gelegenen Parkplatz, wo sie oft standen, um Abschied voneinander zu nehmen, obgleich sie sich schon am nächsten Tag wiedersehen würden. Sie unterhielten sich über den zurückliegenden Abend, Allegra legte ihren Kopf an seine Schulter, er streichelte über ihr Haar.

»Ich würde am liebsten mit dir fortgehen und dich heiraten«, sagte Johannes leise. »Weit, weit weg.«

»Ich auch«, erwiderte sie nur.

»Warum ist das Leben bloß so schwer? Warum können wir nicht einfach zusammenleben?«

»Das Leben ist gar nicht so schwer, es kommt nur drauf an, aus welchem Blickwinkel man es betrachtet.«

»Ja, ja, du Philosophin«, sagte er mit einem Anflug von Lachen, auch wenn ihm nicht danach zumute war. Überhaupt lachte er seit dem Tod seiner Mutter vor drei Jahren nur noch selten, zu sehr hatte ihn dieses tragische Ereignis mitgenommen und beschäftigte ihn auch heute noch. »Mich würde zu sehr interessieren, wie unsere Kinder wohl aussehen werden. Bestimmt wie du, dann wären es die schönsten Kinder der Welt.«

»Jetzt mach aber mal halblang. Nicht das Äußere ist entscheidend, das habe ich dir oft genug gesagt.«

»Du bist schön.«

»Auch eine Frage des Blickwinkels. Außerdem siehst du auch nicht gerade schlecht aus, aber deswegen habe ich dich nicht ausgesucht. Wir sind eben füreinander bestimmt.«

»Meinst du wirklich?«

»Sicher.«

»Wie sicher?«

»So sicher wie das Amen in der Kirche.« Sie betonte es mit fester Stimme, auch wenn der Traum, den Johannes gehabt hatte, mit einem Mal wieder vor ihren Augen erschien.

Sie schwiegen eine Weile, Allegra schaute aus dem Seitenfenster in den sternenklaren, fast mondlosen Himmel. Der milde, sonnige Frühlingstag war einer kühlen Nacht gewichen. Sie fühlte sich wohl, wenn Johannes sie im Arm hielt, sie sich an ihn lehnen konnte. Mit ihm wurde es nie langweilig, ganz gleich, ob sie wie jetzt schwiegen oder sich unterhielten. Und obwohl sie sich nun schon seit ihrer frühesten Kindheit kannten und liebten, war jeder Tag, den sie miteinander verbrachten, ein besonderer Tag.

Schließlich sagte sie: »Lass uns fahren, ich will keinen Ärger kriegen. Du weißt, wie mein Vater ist, wenn er getrunken hat.«

»Ich möchte zu gerne wissen, was in seinem kranken Hirn vorgeht. Der hasst mich, aber ich frag mich immer, was ich mit dem ganzen Streit zwischen unseren beiden Familien zu tun habe. Ich hab ihm doch nichts getan.«

»Er ist nun mal so. Er ist mit sich und der Welt nicht im Reinen. Ich würde auch am liebsten meine Sachen packen und abhauen, aber das könnte ich meiner Mutter nicht antun. Thomas will ja schon weg, und mein Vater macht deswegen einen Aufstand, das ist kaum auszuhalten.«

»Ich kann Thomas verstehen, und der soll bloß keinen Rückzieher mehr machen, sonst kriegt er's mit mir zu tun. So, und jetzt fahr ich dich heim, auch wenn ich viel lieber die ganze Nacht mit dir verbringen würde.«

»Ich auch. Die Zeit wird kommen«, sagte sie mit einem melancholischen Unterton, den Johannes jedoch nicht wahrnahm oder nicht wahrnehmen wollte.

Es war kurz nach Mitternacht. Johannes ließ den Motor an und fuhr langsam vom Parkplatz herunter. Gut vier Kilometer lagen vor ihnen, vier Kilometer, auf denen ihnen, wie meist in dieser Gegend und um diese Uhrzeit, kein

Auto begegnen würde. Eine ausgebaute Landstraße mit wenigen Kurven, zu beiden Seiten Wiesen und Felder. Johannes hatte die aktuelle CD von Dido eingelegt, die Lautstärke war gemäßigt. Allegra hatte ihren Blick wieder aus dem Seitenfenster gerichtet, und sie war in Gedanken versunken. Johannes fuhr etwa neunzig. Er hatte das Fernlicht eingeschaltet, um so besser auf eine mögliche Begegnung mit einem Reh, einem Hirsch oder einem Hasen vorbereitet zu sein. Es hatte gerade hier schon einige Wildunfälle gegeben, und er wollte nicht unbedingt zu jenen gehören, deren Auto hinterher nur noch reif für die Schrottpresse war. Glücklicherweise war bei diesen Unfällen noch nie ein Toter zu beklagen gewesen.

Mit einem Mal geschah etwas Unerwartetes, und es geschah so schnell, dass Johannes keine Zeit mehr zum Reagieren hatte. Er verlor urplötzlich die Kontrolle über sein Fahrzeug. Er versuchte gegenzusteuern, ohne zu bremsen, wie er es in der Fahrschule gelernt hatte. Für einen Moment schien ihm dies auch zu gelingen, doch Johannes war nicht mehr in der Lage, das Lenkrad festzuhalten. Tausend Gedanken schossen durch seinen Kopf.

Alles spielte sich innerhalb weniger Sekunden ab. Sie hatten nicht einmal mehr Zeit zu schreien, als der kleine Ford KA sich auf dem Acker mehrfach überschlug und schließlich auf den Rädern zum Stehen kam.

Es verging fast eine Stunde, bis ein anderer Autofahrer das Wrack entdeckte. Er hielt an, sprang aus seinem Wagen und rannte zu der Unfallstelle. Im Licht der Taschenlampe sah er die beiden jungen Menschen, die zersplitterten Scheiben und vor allem das viele Blut. Von seinem

Handy aus rief er die Polizei an, die zusammen mit einem Notarztwagen nur zehn Minuten später am Unfallort eintraf.

»Hier ist nichts mehr zu machen«, sagte einer der beiden Notärzte kopfschüttelnd, nachdem er Johannes untersucht hatte, und blickte einen neben ihm stehenden Streifenbeamten ratlos an. »So jung. Na ja, wahrscheinlich von der Disco gekommen, zu viel getrunken oder Pillen geschluckt, was weiß ich. Kennt ihn jemand?«

Kopfschütteln.

»Das Mädchen lebt noch«, sagte der andere Notarzt aufgeregt. »Sofort ab ins Krankenhaus. Ich glaub aber nicht, dass sie es schafft. Da müsste sie schon tausend Schutzengel haben.«

Allegra wurde mit Blaulicht nach Hanau gebracht. Sie hatte schwere äußere und innere Verletzungen, von denen die gravierendste ein Schädelhirntrauma war. Ihre Mutter war einem Zusammenbruch nahe, als die Polizei ihr von dem Unfall berichtete. Sie wurde von ihrem Sohn Thomas in die Klinik gefahren, weil ihr Mann wie so oft wieder einmal in irgendeiner Bar oder Kneipe in Hanau, Offenbach oder Frankfurt versackt war. Nach nur einer Stunde wurden sie von dem behandelnden Arzt gebeten, wieder nach Hause zu fahren, man werde sie benachrichtigen, sobald Allegra ansprechbar sei. Doch er wollte ihnen auch keine unnötigen Hoffnungen machen, die Chance, dass sie am Leben bleibe, stehe eins zu hundert. »Beten Sie für Ihre Tochter«, hatte er zum Abschied gesagt, auch wenn es klang, als würde er selbst nicht daran glauben, dass dies helfen könnte.

Als Liane und Thomas Wrotzeck um drei Uhr morgens nach Hause kamen, trafen sie beinahe zeitgleich mit Kurt Wrotzeck ein, der, nicht mehr ganz nüchtern, fragte, was los sei, und als seine Frau es ihm unter Tränen berichtete, nur lakonisch bemerkte, dies sei eben Schicksal, sie hätte sich halt nicht mit diesem Taugenichts von Köhler einlassen dürfen. Danach war er ins Bett gegangen, nein, er war die Treppe wie immer hinaufgetrampelt und hatte die Tür hinter sich zugeknallt.

Im Ort waren alle, die von dem Unfall erfuhren, erschüttert, kannte man doch die beiden jungen Leute nur zu gut. Für einige Tage war es nicht nur in dem winzigen Bruchköbeler Ortsteil Butterstadt das Gesprächsthema schlechthin, doch schon bald ging man wieder zur Tagesordnung über, genau genommen nach der Beisetzung von Johannes Köhler, der mehr als zweihundert Personen beiwohnten.

In den folgenden drei Wochen stabilisierte sich Allegras Zustand zur Verblüffung der behandelnden Ärzte, die Wunden verheilten, die Brüche und die inneren Verletzungen. Aber sie verharrte in ihrer Bewusstlosigkeit, die Augen waren geöffnet und blickten an die Decke in dem Einzelzimmer, nur ab und zu bewegten sich ihre Lider. Über eine Magensonde wurde sie künstlich ernährt, Geräte zeichneten ihre Vitalfunktionen auf. Sie befand sich im Wachkoma, und keiner wusste, ob sie jemals wieder daraus erwachen würde. Aber es gab Menschen, die aus tiefster Überzeugung sagten, dass, wenn sie es bis hier geschafft habe, auch der Tag kommen werde, an dem das bewusste Leben in sie zurückkehre.

Mittwoch, 18. August 2004

Die Sommerferien neigten sich dem Ende zu, Peter Brandt hatte zusammen mit Andrea Sievers zwei Wochen Urlaub in Italien gemacht, in dem Ort, wo die Wurzeln seiner Mutter lagen und wo sie fast zwanzig Jahre gelebt hatte, bis sie seinen Vater kennenlernte. Sarah und Michelle verbrachten die Sommerferien wieder bei ihrer Mutter in deren Luxusdomizil in Spanien, doch Brandt hatte bereits, wie schon im vergangenen Jahr, für die Winterferien eine dreiwöchige Reise nach Teneriffa gebucht.

Seit Montag war er wieder im Dienst. Sein Schreibtisch war aufgeräumt, nachdem er es gerade noch vor Reiseantritt geschafft hatte, den riesigen Aktenberg abzuarbeiten. Seine Töchter waren ebenfalls seit dem Wochenende wieder zu Hause, braun gebrannt und mit reichlich Geschenken im Gepäck, die ihre Mutter ihnen mitgegeben hatte, nur hatte er diesmal nicht das Gefühl, dass es sich dabei um Bestechungsgeschenke handelte, sondern seine Ex den Mädchen einfach nur etwas Gutes tun wollte.

Die Hektik und der Stress im Präsidium, die vor allem im Mai und Juni nach zwei brutalen Morden in Offenbach geherrscht hatten, waren verflogen, und die übliche Sommerruhe war eingekehrt. Bis auf zwei waren alle Beamten wieder im Einsatz, doch außer einer schweren Vergewaltigung und einem bewaffneten Raubüberfall, die sich während Brandts Abwesenheit in Obertshausen ereignet hatten, gab es nichts sonderlich Erwähnenswertes. So war er zusammen mit Nicole Eberl und acht weiteren Kollegen seit Montag wieder damit beschäftigt, eine Gruppe albanischer Männer zu observieren, die im Verdacht standen, Drogenhandel in größerem Stil zu betreiben. Doch bis jetzt gab es keine konkreten Hinweise, die eine Verhaftung gerechtfertigt hätten, was entweder damit zusammenhing, dass die Bande von der Observierung Wind bekommen hatte oder sie sich einfach clever verhielten oder überhaupt nicht in verbrecherische Aktivitäten verwickelt waren. Für Brandt war die ganze Aktion nichts als eine Arbeitsbeschaffungsmaßnahme seitens der Staatsanwaltschaft, insbesondere von Elvira Klein, die vor drei Wochen die Order ausgegeben hatte, im Offenbacher Stadtteil Waldhof ein ziemlich runtergekommenes Mehrfamilienhaus rund um die Uhr zu observieren.

Andrea Sievers war über Nacht bei Brandt geblieben. Sie stand als erste auf, machte sich im Bad zurecht, während die Mädchen noch schliefen. Brandt deckte derweil den Frühstückstisch, kochte Kaffee und wartete, dass auch er ins Bad durfte.

Während sie aßen, unterhielten sie sich noch einmal über den vergangenen Urlaub, bis Andrea fragte: »Hast du Lust, heute abend mit ins Kino zu gehen?«

»Was läuft denn?«

»Wir können doch einfach hinfahren und uns einen Film aussuchen«, sagte sie. »Damit würden wir uns selbst überraschen.«

»Du und deine spontanen Einfälle. Aber gut, ich bin dabei.« Er trank von seinem noch heißen Kaffee, stellte die Tasse ab und meinte: »Sag mal, ist dir an Sarah irgendwas aufgefallen?«

»Was meinst du?«, fragte Andrea zurück und schmierte sich eine Scheibe Toast mit Margarine und Ananasmarmelade.

»Ach komm, das merkt doch ein Blinder mit Krückstock, dass da irgendwas im Busch ist, seit sie bei ihrer Mutter war. Hat sie dir nichts erzählt?«, fragte er mit hochgezogenen Brauen.

»Du siehst Gespenster«, erwiderte sie, ohne ihn anzusehen.

»Aha, und wieso weichst du dann meinem Blick aus? Ihr habt doch gestern fast zwei Stunden in ihrem Zimmer verbracht, und dabei habt ihr euch bestimmt nicht über Fußball oder das Wetter in China unterhalten.«

»Vielleicht verrat ich's dir, wenn du deine Stimme ein bisschen dämpfst.«

Er beugte sich nach vorn und sagte im Flüsterton: »Was ist mit Sarah los? Hat sie einen Freund?«

Andrea druckste einen Moment herum und antwortete: »Nein, oder ja, das heißt, nicht richtig. Sie hat ihn in Spanien kennengelernt und ist natürlich total hin und weg …«

»Aha, deshalb ist sie also diesmal so gut gelaunt zurückgekommen. Und ich hab mich schon gewundert. Darf ich auch erfahren, wie alt dieser Don Juan ist?«

»Achtzehn.«

»Ich glaub, ich spinn, Sarah ist gerade mal fünfzehn! Und diese Typen dort unten warten doch nur auf eine Gelegenheit …«

»Ich hab gesagt, du sollst leise sein. Vielleicht darf ich dich daran erinnern, was du mir über deine Zeit als Jugendlicher erzählt hast. Du warst doch mit fünfzehn auch bis über beide Ohren verliebt, ohne dass auch nur das Geringste zwischen dir und deiner Angebeteten gelaufen ist. Oder hab ich da was falsch verstanden?«

»Das war damals eine ganz andere Zeit …«

»O ja, natürlich, damals war alles anders«, entgegnete Andrea spöttisch. »Das sagen alle, wenn sie von früher sprechen. Hör zu, deine Tochter wird allmählich flügge, und du wirst dich wohl oder übel damit abfinden müssen. Aber tröste dich, sie ist verliebt in einen Jungen, der mehr als zweitausend Kilometer von hier entfernt wohnt. Gib ihr ein paar Tage oder von mir aus auch ein paar Wochen, und sie wird ihn vergessen haben. Aber es wird auch noch andere Jungs in ihrem Leben geben, denn sie wird nicht jünger. Sie wird nicht immer dein kleines Mädchen sein, das du behüten und beschützen kannst oder musst. Sie wird das auch gar nicht wollen. Und auch Michelle wird schon bald in das Alter kommen …«

»Es reicht, okay. Außerdem muss ich los«, sagte er mit mürrischem Gesicht und stand auf.

»He, spiel jetzt um Himmels willen nicht die beleidigte Leberwurst. Du wolltest unbedingt wissen, was mit Sarah ist, und ich hab's dir gesagt. Aber ich kann in Zukunft natürlich auch alles für mich behalten, wenn dir das lieber ist. Und außerdem kannst du froh sein, dass sie mich ins Vertrauen gezogen hat. Tu mir deshalb bitte einen Gefallen und erwähn ihr gegenüber nicht, dass ich mit dir darüber gesprochen habe. Vielleicht erzählt sie's dir ja von sich aus.«

»Schon gut, ich werde dann also so tun, als wüsste ich von nichts. O Mann, ich werde wohl tatsächlich älter.«

»Zum Glück noch nicht so alt, dass ich dich füttern

muss.« Andrea legte ihre Arme um seinen Hals und lächelte ihn an. »Wieder gut?«

»Hm«, brummte er.

»Hört sich nicht gerade berauschend an. Und wenn du noch einen kleinen Moment wartest, komm ich gleich mit, ich hab nämlich zwei Obduktionen vor mir. Aber erst räumen wir noch den Tisch ab.«

Nach fünf Minuten verließen Brandt und Andrea die Wohnung und begaben sich zu ihren Autos. »Ich bin so gegen sechs wieder hier«, sagte sie, bevor sie einstieg. »Es bleibt doch beim Kino, oder?«

»Klar. Bis nachher«, antwortete er und winkte ihr noch einmal zu.

Auf der kurzen Fahrt ins Präsidium dachte er unentwegt an Sarah. Natürlich hatte er gewusst, dass die Zeit kommen würde, wo mit einem Mal nicht mehr der Vater die größte Rolle in ihrem Leben spielen würde, und doch war es ein seltsames Gefühl zu wissen, dass das kleine Mädchen, das er noch vor wenigen Jahren auf den Schultern getragen hatte, auf dem besten Weg war, erwachsen zu werden. Und er meinte zum ersten Mal so richtig zu spüren, wie die Zeit in immer schnellerem Tempo dahineilte. Er erinnerte sich, als er fünfzehn war und das Erwachsenwerden noch Lichtjahre entfernt schien, und jetzt war er schon seit über einem Vierteljahrhundert bei der Polizei, war verheiratet gewesen und hatte zwei reizende Töchter, deren Geburt er selbst miterlebt hatte. Und aus diesen damals winzigen Geschöpfen waren mittlerweile recht selbständige und manchmal auch eigenwillige junge Damen geworden.

Bevor er noch länger nachdenken konnte, bog er auf den Präsidiumshof ein, stellte seinen Wagen ab und ging in den ersten Stock, wo Bernhard Spitzer und Nicole Eberl bereits hinter ihren Schreibtischen saßen und telefonierten. Ein kurzer Blick, ein dahingemurmeltes »Guten Morgen«.

Eberl schrieb, während sie telefonierte, mit dem Kugelschreiber eine Notiz auf ein Blatt Papier und deutete demonstrativ darauf, als Brandt sich bereits an seinen Schreibtisch begeben wollte. Er las, runzelte die Stirn und schüttelte den Kopf. »Was soll ich damit?«, flüsterte er, denn er konnte mit dem Dahingekritzelten nichts anfangen.

Eberl winkte ab und sagte zu ihrem Gesprächspartner am andern Ende der Leitung: »Wir sind in spätestens einer halben Stunde da«, und legte auf.

»Hi, Peter. Das war eben unser Kollege Heinzer aus Hanau …«

»Das kann ich noch entziffern. Und?« Brandt nahm hinter seinem Schreibtisch Platz.

»Er hat vorhin einen anonymen Anruf erhalten, laut dem ein gewisser Kurt Wrotzeck aus Bruchköbel ermordet worden sein soll. Ob wir uns drum kümmern können, die haben im Augenblick keine Kapazitäten frei.«

»Moment, Moment, mal schön der Reihe nach. Erstens, was heißt ermordet worden sein soll? Wurde er nun ermordet oder nicht? Zweitens, war schon jemand vor Ort, Spurensicherung, Fotograf et cetera?«

»Dieser Wrotzeck war Landwirt und ist am 23. Juli bei einem Unfall ums Leben gekommen. Er ist vom Heuschober gefallen …«

»Es gibt doch heutzutage keine Heuschober mehr,

zumindest kaum noch«, wurde sie von Brandt unterbrochen.

»Jetzt lass mich doch mal ausreden! Ich gebe nur das wieder, was Heinzer gesagt hat. Jedenfalls ist Wrotzeck aus etwa vier Meter Höhe gestürzt und hat sich dabei das Genick gebrochen. Er liegt längst unter der Erde, weil es damals keine Hinweise auf Fremdeinwirkung gab und der herbeigerufene Arzt eine entsprechende Mitteilung auf dem Totenschein vermerkt hat, weshalb es auch keine rechtsmedizinische Untersuchung gab. Nun, du weißt ja, wie knapp deren Etat bemessen ist.«

»Das ist ja fast einen Monat her. Warum kommt erst jetzt jemand damit, dass dieser Wrotzeck umgebracht worden sein könnte? Kleine Verarsche, oder was?«

»Keine Ahnung, aber wir müssen es überprüfen.«

»War der Anrufer ein Mann oder eine Frau?«, fragte Brandt.

»Eine Frau, allerdings von einer Telefonzelle in Hanau aus. Das wurde schon überprüft. Sie hat außerdem gesagt, dass Wrotzeck es auch nicht anders verdient hätte. Mehr haben die Kollegen nicht aus ihr rauskriegen können, denn sie hat auch gleich wieder aufgelegt.«

Brandt schaute auf seinem Tischkalender nach und meinte: »Der dreiundzwanzigste war ein Freitag. Ich brauch als erstes Einsicht in die Unterlagen, vorher unternehm ich gar nichts …«

»Wir können sie uns in Hanau abholen«, wurde er von Eberl schnell unterbrochen. »Wie sieht's aus?«

»Und die Observierung?«

»Sag bloß, du bist scharf auf diese langweilige Nummer!

Das können doch wohl auch andere übernehmen. Jetzt tu nur nicht so, als ob du an dem Fall nicht interessiert wärst. Ich seh doch an deinem Gesicht, wie es dir in den Fingern juckt.«

»Weiß Bernie schon Bescheid?«

»Woher denn, ich hab doch gerade eben erst mit Hanau telefoniert.«

»Also gut, gehen wir's an. Ich hoffe nur, dass sich da keiner einen üblen Scherz mit uns erlaubt, mir ist nämlich heute nicht danach zumute.«

»Schlechte Laune?«

»Blödsinn, nur schlecht geschlafen«, schwindelte er. »Informieren wir unsern Boss, und dann ab in die Pampa.«

Brandt und Eberl begaben sich ins Nebenzimmer, wo Spitzer noch immer telefonierte, seinen beiden Kollegen jedoch mit einer Handbewegung bedeutete, dazubleiben. Er wirkte aufgeregt, sein Gesicht war gerötet, als er sagte: »Ja, wird erledigt … Sie können sich drauf verlassen, dass wir Sie auf dem laufenden halten … Ja, ich melde mich, sobald ich Näheres weiß.« Er legte auf, ließ sich zurückfallen und atmete ein paarmal tief durch.

»Was wird erledigt, und wen wirst du auf dem laufenden halten?«, fragte Brandt mit einem breiten Grinsen auf den Lippen, als wüsste er genau, was Spitzer gleich antworten würde.

»Du brauchst gar nicht so blöd zu grinsen! Die Klein, diese dumme Kuh! Keinen Schimmer, was die wieder hat, aber sie will unbedingt, dass wir diese Albaner endlich hochnehmen. Ich hab ihr versucht klarzumachen, dass die

Kerle uns bis jetzt keinerlei Gründe für eine Festnahme geliefert haben, aber die hat mich so zugelabert ...«

»Vielleicht hat sie ihre Tage«, bemerkte Brandt nur.

»Dann hat sie wohl andauernd ihre Tage.«

»Pass auf, mal weg von der Klein und den Albanern. Unsere Leute in Hanau haben einen anonymen Anruf erhalten, laut dem ein Unfalltod angeblich kein Unfall war. Nicole und ich fahren da jetzt hin, schauen uns die Unterlagen an und hören uns bei seinen Hinterbliebenen und eventuell der Nachbarschaft um. Danach entscheiden wir, ob und wie wir weiter vorgehen, vorausgesetzt, es gibt überhaupt Anhaltspunkte für ein Fremdverschulden. Behalt das aber erst mal für dich, die Klein sollte besser noch nicht Wind davon bekommen.«

»Die kann mich sowieso mal kreuzweise. Das Problem ist nur, dass mir dadurch zwei Leute für die Observierung fehlen.«

»Ach komm, du wirst schon jemanden auftreiben, der das gerne übernimmt«, sagte Eberl lächelnd. »Falls wir es mit einem Mord zu tun haben ...«

»Haut schon ab, ich krieg das hier auch ohne euch auf die Reihe.«

Mittwoch, 9.45 Uhr

Hauptkommissar Heinzer hatte eine dünne Akte auf seinem Schreibtisch liegen, als Brandt und Eberl in sein Büro kamen. Heinzer war neunundfünfzig, seine Frau vor einem halben Jahr nach langem Dahinsiechen

an Krebs gestorben. Er hatte sie aufopferungsvoll gepflegt und in der Todesstunde ihre Hand gehalten. Die
vergangenen Jahre hatten deutlich sichtbare Spuren bei
ihm hinterlassen, seine Wangen waren eingefallen, das
Gesicht grau, er war Kettenraucher und schien mehr, als
ihm gut tat, zur Flasche zu greifen. Auch jetzt meinte
Brandt, einen leichten Geruch von Alkohol inmitten des
verräucherten Zimmers wahrzunehmen. Er kannte ihn
seit über zwanzig Jahren, und war Heinzer früher ein
Polizist mit Leib und Seele gewesen, so hatte sich dies
mit der Erkrankung und dem qualvollen Tod seiner Frau
genau ins Gegenteil verkehrt. Seine Augen waren leer,
sein Elan dahin, es schien, als würde er nur noch auf
seine Pensionierung hinarbeiten – oder auf seinen Tod.
Jeder, der ihn etwas näher kannte, wusste, wie viel ihm
seine Frau bedeutet hatte. Fast vierzig Jahre (für eine
Polizistenehe beinahe eine Ewigkeit) waren sie unzer-
trennlich gewesen, bis dieser Schicksalsschlag alles veränderte. Aber das vielleicht Schlimmste für ihn war,
dass seine vier erwachsenen Kinder, für die er sich
krumm gelegt hatte, sich kaum noch bei ihm blicken
ließen. Sie gingen ihre eigenen Wege und schienen ihn
einfach seinem Schicksal zu überlassen.

»Hallo«, begrüßte er die Eintretenden mit energieloser
Stimme, »nehmt Platz. Ist gerade gekommen«, fuhr er fort
und schob die Akte über den Tisch. Brandt schlug sie auf,
Eberl las mit.

»Ist das etwa alles?«, sagte Brandt, als er den dünnen
Ordner in der Hand hielt, der lediglich aus vier Seiten bestand. Dazu noch sechs aus unterschiedlichen Winkeln

aufgenommene Fotos, die den Toten auf dem Bauch liegend zeigten.

»Was hast du erwartet? Es gab keine Ermittlungen, weil es als Unfall behandelt wurde.«

»Schon gut. Wie hat sich die Anruferin angehört? Glaubwürdig oder eher wie eine Spinnerin?«

»Schwer zu beurteilen, auf jeden Fall hat sie nicht wirr rumgefaselt. Ich denke, ihr solltet euch mal in Wrotzecks Umfeld über ihn kundig machen.«

»Wieso kommt jemand erst jetzt damit? Warum nicht schon einen oder zwei Tage, nachdem es passiert war?«

Heinzer zuckte mit den Schultern. »Was weiß ich. Vielleicht hat da jemand ein schlechtes Gewissen. Oder unsere große Unbekannte will sich wichtig machen.«

»Eher unwahrscheinlich«, bemerkte Brandt, »dann hätte sie sich nicht anonym gemeldet. Ich kenne die Wichtigtuer, die platzen ins Büro und tischen uns eine haarsträubende Geschichte auf, nur weil sie sonst niemanden haben, mit dem sie reden können. Mit dem Material hier können wir jedenfalls recht wenig, um nicht zu sagen, gar nichts anfangen, sollte es sich um einen unnatürlichen Tod handeln. Es hat keine Autopsie stattgefunden, der Arzt hat Tod durch Sturz aus mittlerer Höhe attestiert, das einzige, was gemacht wurde, war eine Blutprobe etwa acht Stunden nach Todeseintritt, und da hatte er immer noch über ein Promille. Also, vergessen wir die Akte und hören uns mal bei der Familie des Verblichenen um. Adresse haben wir, Telefonnummer auch … Gut, dann war's das schon. Wir lassen dich wissen, was wir rausgefunden haben. Ach ja, wie hat sich denn ihre Stimme angehört?«

»Was meinst du?«

»Na ja, klang sie aufgeregt, nervös oder eher ruhig?«

»Bisschen zittrig, aber das will nichts weiter bedeuten.«

»Und was schätzt du, wie alt sie war?«

»Warst du schon jemals in der Lage, anhand einer Stimme das Alter einer Person zu bestimmen? Wenigstens annähernd? Ich nicht. Aber trotzdem, wenn du mich so fragst, sie klang ziemlich jung.«

»Okay, wir hauen ab.«

»Macht's gut, ich hab 'ne Menge zu tun, meine Leute sind auch alle im Einsatz«, sagte Heinzer, der sich bereits die dritte Zigarette ansteckte, seit Brandt und Eberl vor gut zehn Minuten in sein Büro gekommen waren. Heinzer tat ihm leid, er war ein stets korrekter Beamter gewesen, dessen Leben nun völlig aus den Fugen geraten war. Am besten, dachte er, wäre es, er würde in den Vorruhestand gehen. Aber Heinzer war trotz aller Trauer, die ihm ins Gesicht gemeißelt war, zu stolz, um diesen Antrag zu stellen. Was sollte er auch zu Hause. Da waren keine Kinder mehr, die sich um ihn kümmern würden, sie lebten weit weg und hatten längst eigene Familien. Also würde er, sofern sein Körper das noch mitmachte, durchhalten, bis er dreiundsechzig war, und dann, wenn nicht ein Wunder geschah, noch mehr trinken und trinken und trinken.

»Das ist ja die reinste Räucherkammer«, sagte Eberl auf dem Weg zum Auto. »Ich frag mich, wie man so was auf lange Zeit aushält. Ich wär schon längst unter der Erde.«

»Er ist einfach fertig mit der Welt. Auf zu den Wrotzecks.«

»Weißt du denn, wo das ist?«
»Denk schon«, sagte Brandt nur und startete den Motor.

Mittwoch, 10.45 Uhr

Ziemlich großer Hof«, bemerkte Eberl, als sie vor dem Haus hielten, das sich etwa fünfzig Meter von der Straße entfernt befand.

»Das ist kein Hof, das ist schon eher ein Gut. Da hinten die Kuhweide, die Pferdekoppel und … Scheint alles dazuzugehören, so weit das Auge reicht. Fast wie im Wilden Westen«, bemerkte Brandt grinsend.

Ein Mann in einem blauen Arbeitsanzug kam ihnen entgegen und sagte: »Wo soll's hingehen?«

»Zu Frau Wrotzeck«, antwortete Brandt, ohne sich und Eberl vorzustellen. »Das ist doch der Wrotzeck-Hof?«

»Schon. Müsste daheim sein, ihr Wagen steht jedenfalls hier.«

Ziemlich wortkarg, dachte Brandt, bedankte sich bei dem Mann, ging mit Eberl zur Haustür und drückte auf die Klingel. Kurz darauf erschien eine etwa einsfünfundsechzig große Frau an der Tür. Sie hatte kurze braune Haare und grüne Augen, Brandt schätzte sie auf Anfang bis Mitte vierzig. Sie musterte die Beamten kritisch und distanziert. Auffällig waren die tiefen Falten zwischen Nase und Mund, die tief hängenden Mundwinkel und die fahl wirkende Haut, obgleich sie geschminkt war.

»Ja, bitte?«, fragte sie.
»Frau Wrotzeck?«

»Ja.«

Brandt hielt seinen Ausweis hoch, stellte sich und Eberl vor und sagte dann: »Wir würden gerne kurz mit Ihnen sprechen.«

»Warum? Was habe ich mit der Polizei zu tun?«

»Nicht zwischen Tür und Angel. Dürfen wir reinkommen?«

»Bitte«, sagte Liane Wrotzeck und ließ die Beamten eintreten. Sie ging vor ihnen in das geräumige Wohnzimmer und deutete auf eine Sitzgruppe. Brandt und Eberl nahmen Platz, während sie stehenblieb, die Arme über der Brust verschränkt. »Um was geht es?«

»Das ist nicht so einfach zu erklären, Frau Wrotzeck. Möchten Sie sich nicht lieber hinsetzen?«

Sie hob leicht die Schultern und setzte sich den Beamten gegenüber auf einen Stuhl, der zu einem wuchtigen dunklen und alten Sekretär gehörte, der wahrscheinlich über Generationen weitervererbt worden war und auf dem eine Vase mit einer Rose darin stand.

»Es geht um den Tod Ihres Mannes.« Brandt beobachtete die Reaktion in dem Gesicht von Liane Wrotzeck, die ihn verwundert anblickte.

»Wieso um den Tod meines Mannes? Ich verstehe nicht ganz, was Sie da von mir noch wollen?«

»Ich will auch nicht lange um den heißen Brei herumreden. Unsere Kollegen in Hanau haben einen Anruf erhalten, laut dem Ihr Mann nicht durch einen Unfall, sondern eines gewaltsamen Todes gestorben sein soll. Deshalb auch unser Besuch.«

Liane Wrotzeck kniff die Augen zusammen und sagte

mit leicht belegter Stimme: »Bitte? Soll das ein Witz sein?«

»Ob es sich um einen Witz handelt, wissen wir nicht, aber es ist unsere Pflicht, auch anonymen Hinweisen nachzugehen. Für uns ist wichtig zu wissen, was sich am Abend des Unfalls Ihres Mannes zugetragen hat. Glauben Sie mir, wir wollen Sie nicht unnötig belästigen, doch ...«

Sie winkte ab und sagte: »Entschuldigung, aber damit habe ich nicht gerechnet. Ich bin wirklich sehr verwundert, dass jemand behauptet, mein Mann sei ermordet worden. Ich habe das doch richtig verstanden, oder?«

»Ja, aber ...«

»Nein, nein, hören Sie, das ist absurd. Mein Mann ist vom Zwischenboden der Scheune gefallen. Die Polizei war hier, ein Notarzt und ... Mein Gott, wer denkt sich denn so etwas aus? Es war ein Unfall, das können Sie doch sicherlich nachlesen, es gibt doch bestimmt Unterlagen darüber.«

»Das haben wir bereits getan. Dennoch sind wir, wie bereits gesagt, verpflichtet, auch solchen Hinweisen nachzugehen. Der Anrufer hat erklärt, dass Ihr Mann es auch nicht anders verdient habe. Was könnte er damit gemeint haben?« Brandt vermied bewusst zu erwähnen, dass es sich um eine Anruferin gehandelt hatte.

Liane Wrotzeck machte ein beinahe mitleidsvolles Gesicht, als würde sie voraussetzen, dass Brandt über die Verhältnisse im Ort Bescheid wusste. »Was weiß ich. Kennen Sie die Leute hier? Na ja, wahrscheinlich nicht, aber es gibt Neider, vor allem unter den Landwirten. Mein Mann war äußerst erfolgreich, unser Hof wirft einen überdurchschnittlich guten Ertrag ab und … Trotzdem, dass mein Mann ermordet wurde, halte ich für ziemlich ausgeschlossen, da muss sich jemand einen makabren Scherz erlaubt haben. Tut mir leid, wenn ich Ihnen nicht weiterhelfen kann.«

»In den Akten steht, dass einer Ihrer Angestellten ihn gefunden hat. Wie viele Angestellte haben Sie auf dem Hof?«

»Zehn. Aber der, der ihn gefunden hat, arbeitet nicht mehr hier.«

»Warum?«

»Saisonarbeiter. Wir haben vier Festangestellte und sechs für die Saison. Die Festangestellten kümmern sich um die Ställe und das Vieh, die andern um das Getreide, die Zuckerrüben, das Gemüse und die Kartoffeln und erledigen auch noch andere Arbeiten, die zwischen Anfang April und Ende September eben so auf dem Hof anfallen. War's das?«

Brandt hatte das Gefühl, als wollte sie ihn und Eberl schnellstmöglich wieder loswerden, was er auch irgendwie verstehen konnte. Keiner hatte gerne die Polizei im Haus, es sei denn, ihnen selbst war etwas zugestoßen, ein Einbruch, ein Raubüberfall, Körperverletzung … Aber sobald es unangenehm wurde, blockten die meisten ab. »Nein, noch nicht ganz. Hatte Ihr Mann Feinde?«

Liane Wrotzeck zögerte mit der Antwort und sagte schließlich: »Und wenn? Aber Sie würden es ja sowieso rausfinden. Mein Mann war kein einfacher Mensch, ganz im Gegenteil. Sagen wir es so, er ging keinem Streit aus dem Weg, obwohl er sich damit selbst am meisten geschadet hat. Er war ein Außenseiter und hier im Ort nicht sonderlich beliebt, nein, er war, glaub ich, der meistgehasste Mensch in der ganzen Gegend. Aber darin gleich ein Motiv für einen Mord zu sehen, halte ich für maßlos übertrieben.«

Sie drückt sich ungewöhnlich gewählt aus, dachte Brandt, gar nicht so, wie er es von einer Landwirtin erwartet hatte. Auch war sie, was ihre Erscheinung betraf, alles andere als das Abbild einer Frau, die sich um einen riesigen Hof kümmern musste, eher wie eine Geschäftsfrau, die sich elegant kleidete, ihre Bewegungen hatten etwas Elegantes, wenn sie sprach, war es leise und wohl formuliert, allein ihre Gesichtszüge wirkten etwas starr.

»Gibt es auch Namen derjenigen, die ihm nicht so wohlgesinnt waren?«, fragte Brandt.

»Unser Nachbar, Herr Köhler. Die beiden lagen sich ständig in den Haaren. Aber kommen Sie deswegen nicht gleich auf falsche Gedanken, für Köhler lege ich meine Hand ins Feuer. Mein Mann kam mit niemandem in der Gegend gut aus, da können Sie fragen, wen Sie wollen.«

»Was war der Auslöser für den Streit zwischen Ihrem Mann und Herrn Köhler?«

Liane Wrotzeck lachte kurz und trocken auf und schüttelte den Kopf. »Es ging um ein paar läppische Meter Land. Neun Meter, um genau zu sein …«

»Wie groß ist denn Ihr Hof?«, fragte Eberl.

»Meinen Sie alles Land, das uns gehört?«

»Ja.«

»Gut vierhundert Hektar, aber etwa die Hälfte davon ist in der Wetterau, und längst nicht alles wird landwirtschaftlich genutzt. Es gehören auch Waldstriche und Wiesen dazu. Und da wird wegen neun Metern ein solcher Streit vom Zaun gebrochen.« Sie tippte sich an die Stirn. »Das ist einfach verrückt. Wissen Sie, dieser Hof wird seit sieben Generationen bewirtschaftet. Und ähnlich ist es bei den Köhlers. Viele leben schon seit einer Ewigkeit hier in der Gegend. Und nie gab es Streit wegen diesem bisschen Land. Aber irgendwann sind meinem Mann alte Bücher und Urkunden in die Hände gefallen, und da kam er auf die fixe Idee, dass diese elenden neun Meter zu seinem Land gehören. Das war so vor zehn oder elf Jahren, genau kann ich's nicht sagen. Er hat Köhler daraufhin aufgefordert, ihm diesen Teil zu überlassen, was der natürlich ablehnte, was ich ihm auch nicht verdenken kann. Schließlich gibt es zwei Urkunden, laut denen sowohl mein Mann als auch Köhler recht hat. Und dann eskalierte der Streit, und mein Mann hat versucht, das seiner Meinung nach ihm zustehende Land gerichtlich einzuklagen. Er ist dabei sogar bis vors Oberlandesgericht gezogen und hat verloren. Das ist natürlich mächtig ins Geld gegangen, und mein Mann ist daraufhin erst richtig in Rage geraten. Er hat keine Gelegenheit ausgelassen, Köhler eins auszuwischen.«

»Was hat er gemacht?«

»Er hat ihn beschimpft und alle möglichen Gerüchte über ihn und seine Familie in die Welt gesetzt. Ach, da ist so viel vorgefallen, das würde zu weit führen, Ihnen das alles zu erzählen.«

»Das hört sich nicht gerade freundlich an, wie Sie über Ihren Mann sprechen.«

»Soll ich etwas beschönigen, wo es nichts zu beschönigen gibt? Das war eben mein Mann.«

»Und wie hat Köhler auf die Anfeindungen Ihres Mannes reagiert?«, wollte Brandt wissen.

»Sie werden Köhler ja sicherlich auch noch kennenlernen, der ist die Ruhe in Person. Und selbst meinem Mann ist es nicht gelungen, ihn aus der Ruhe zu bringen, was Kurt natürlich noch wütender machte. Köhler ist das genaue Gegenteil von meinem Mann, der wäre nie zu einem Mord fähig. Er hatte doch gewonnen, und die Leute im Ort stehen fast geschlossen hinter ihm. Aber seit dem Unfall ist er nicht mehr er selbst. Eigentlich ist er ein gebrochener Mann, erst seine Frau, dann sein Sohn.«

»Was für ein Unfall?«, fragte Brandt mit hochgezogenen Brauen.

»Entschuldigung, Sie können das ja gar nicht wissen, aber ich bin im Augenblick ein wenig durcheinander. Sein Sohn Johannes und unsere Tochter Allegra waren sehr eng befreundet, und seit Johannes tot ist, ist mit Erhard, ich meine, mit Herrn Köhler, nicht mehr viel anzufangen. Johannes war sein ein und alles. Er hat letzten Herbst mit dem Medizinstudium begonnen und wollte, soweit ich weiß, den Hof später nicht übernehmen. Aber das hat Erhard nicht gestört. Ihm war es wichtiger, dass sein Sohn glücklich ist, als dass er etwas macht, woran er keine Freude hat. Aber Johannes wollte den Namen Köhler mindestens noch eine Generation weitergeben. So wird es vielleicht die letzte Generation der Köhlers sein, die den Hof bewirtschaftet. Was danach kommt«, sie zuckte mit den Schultern, »das wissen allein die Götter. Es sei denn, er findet noch mal eine junge Frau, die ihm einen Sohn schenkt und dem die Landwirtschaft in die Wiege gelegt wird. Aber das halte ich für eher unwahrscheinlich.«

»Was war das für ein Unfall?«, hakte Brandt, den die Nachwuchsgeschichte der Köhlers im Moment herzlich wenig interessierte, etwas energischer nach.

»Ein Autounfall, nur zwei Kilometer von hier.«

»War Ihre Tochter bei dem Unfall dabei?«

»Ja, leider. Sie liegt im Krankenhaus, Wachkoma. Seit vier Monaten.«

»Das tut mir leid. Ihre Tochter und der Sohn Ihres größten Feindes waren ein Liebespaar?«, sagte Brandt verwundert. »Wie hat denn Ihr Mann dazu gestanden? Das muss ihm doch ein Dorn im Auge gewesen sein.«

»Erhard ist nicht *mein* Feind, er war es nie und wird es auch nie sein. Was glauben Sie, was hier los war, als mein Mann rausgekriegt hat, dass Johannes und Allegra was miteinander hatten?! Der hat ein Theater gemacht, ich hab Angst gehabt, dass er alles kurz und klein schlägt. Er hat getobt und geschrien und Allegra verboten, sich noch einmal mit Johannes zu treffen. Und das, obwohl die beiden sich schon seit dem Kindergarten kannten.« Liane Wrotzeck lächelte still, bevor sie fortfuhr: »Aber Allegra hat sich nicht einschüchtern lassen, genauso wenig wie Johannes. Sie haben sich weiterhin getroffen, und ich bin sicher, sie hätten eines Tages auch geheiratet und … Nun, das Schicksal hatte etwas anderes mit ihnen vor«, sagte sie mit traurigem Blick.

»Was sagen die Ärzte über ihren Zustand?«

»Was sollen die schon sagen? Die sind genauso hilflos

wie ich. Es kann sein, dass sie irgendwann wieder aufwacht, es kann aber auch sein, dass sie noch Jahre im Koma bleibt, bis sie stirbt. Bei Wachkomapatienten ist alles möglich, sie kann heute oder morgen plötzlich wieder da sein – oder eben nie.« Sie machte eine kurze Pause, während der sie ihre Gedanken sortierte und wieder versonnen lächelte, als würde sie ihre Tochter vor sich sehen und stumm mit ihr kommunizieren. Schließlich fuhr sie fort: »Sie hätten sie kennenlernen sollen, sie ist so hübsch, und sie war bis zu dem Unfall so lebenslustig, auch wenn mein Mann ihr das Leben manchmal sehr schwer gemacht hat. Aber sie hat das weggesteckt, einfach so. Erst diese Tragödie hat sie gebremst.«

»Wie war das Verhältnis zwischen Ihnen und Ihrem Mann?«

Liane Wrotzeck sah kurz von Brandt zu Eberl, verzog leicht den Mund und erklärte: »Wir waren verheiratet.«

»Damit haben Sie aber meine Frage nicht beantwortet. War Ihre Ehe glücklich?«

»Es gibt sicher glücklichere Ehen«, entgegnete sie lapidar. »Aber was hat das mit dem Tod meines Mannes zu tun?«

»Wir wollen uns ein Bild machen, um dann zu entscheiden, ob wir weiterermitteln oder nicht. Haben Sie außer Allegra noch weitere Kinder?«, fragte Brandt, der merkte, dass dies nicht der passende Moment war, über die Eheverhältnisse der Wrotzecks zu sprechen. Er würde ohnehin keine zufriedenstellende Antwort erhalten. Aber irgendwann würde er es erfahren, vorausgesetzt, es gab einen Grund, dies weiter zu hinterfragen. Außerdem konnte er sich schon denken, dass diese Ehe alles andere als glücklich gewesen war, sonst hätte Liane Wrotzeck nicht so ausweichend geantwortet. Wäre sie glücklich gewesen, hätte sie ihn entrüstet angeschaut und geschnaubt, was er sich erlaube, natürlich habe sie ihren Mann über alles geliebt, und er sie. Doch nichts von dem hatte sie gesagt, nur »es gibt sicher glücklichere Ehen«.

»Ja, Thomas.«

»Können wir mit ihm sprechen?«

»Natürlich, aber er wird Ihnen auch nicht viel weiterhelfen können. Warten Sie, ich schau nach, ob er schon wach ist. Er war letzte Nacht mit Freunden unterwegs und ist erst heute morgen nach Hause gekommen.« Sie verließ das Zimmer und ging die Treppe nach oben.

Nachdem Liane Wrotzeck außer Hörweite war, sagte Eberl leise: »Ich glaube, wir werden diesem anonymen Hinweis doch nachgehen müssen. Oder was meinst du?«

»Mal sehen«, antwortete Brandt nur, während er sich im Zimmer umblickte und ein Foto entdeckte, das die ganze Familie zeigte. Ein Foto, das aussah, als wäre es vor hundert oder mehr Jahren gemacht worden, und doch ein Foto aus der jüngeren Vergangenheit. Er nahm es in die Hand und sah einen Bären von einem Mann neben seiner Frau stehen, neben ihr ein bildhübsches Mädchen mit langen dunkelbraunen Haaren und grünen Augen, die seltsam melancholisch wirkten – Allegra, die jetzt im Krankenhaus lag. Und neben dem Vater stand ein junger Mann, der äußerlich sehr viel Ähnlichkeit mit diesem zeigte. Er war fast so groß und breitschultrig, lediglich sein Gesichtsausdruck war nicht so verkniffen. Brandt war gespannt auf ihn.

38

»Das ist die Familienidylle schlechthin«, sagte Brandt sarkastisch. »Wie Fotos doch lügen können.«

»Das Mädchen passt da irgendwie nicht rein«, bemerkte Eberl im Flüsterton.

»Nach den bisherigen Schilderungen passt der Vater nicht rein. Ich stell mir nur vor, wie das war, wenn der zugelangt hat. Der war doch mindestens einsneunzig groß und hundertzehn bis hundertzwanzig Kilo schwer.«

»Meinst du, er hat's getan? Ich meine, hat er zugelangt?«

»Keine Ahnung, ich hoffe nicht«, entgegnete Brandt nur und stellte das Foto wieder zurück auf seinen ursprünglichen Platz. »Sieht gar nicht aus wie in einem Bauernhaus«, bemerkte er.

»Hast wohl zu viele alte Heimatfilme gesehen. Das ist ein hochmoderner Wirtschaftsbetrieb, und die Dame des Hauses läuft auch nicht mit Kopftuch, Schürze und Gummistiefeln rum.«

»Hab's mir trotzdem anders vorgestellt. Und deine Meinung zu ihr?«

»Verschlossen, zurückhaltend. Aber was will das schon heißen? Außerdem darf man nicht vergessen, was sie in …«

Liane Wrotzeck stand plötzlich wieder im Wohnzimmer, ohne dass die Beamten sie hatten kommen hören.

»Thomas wird gleich hier sein, er hat noch geschlafen. Was werden Sie jetzt tun?«

»Als nächstes Ihren Sohn befragen, und dann schauen wir weiter.«

»Ich begreif nicht, wie jemand so etwas behaupten kann. Mein Mann war zwar schwierig, aber die Leute hier sind keine Mörder. Ich würde es jedenfalls niemandem zutrauen. Und Sie werden auch bald feststellen, dass ich recht habe.«

Thomas Wrotzeck kam herein. Er hatte sich eine Trainingshose und ein T-Shirt angezogen und wirkte noch verschlafen. Er war groß, mindestens einsfünfundachtzig, schlank, mit noch breiteren Schultern als auf dem Foto und kräftigen Armen. Seine blauen Augen musterten die Beamten kritisch. Ein gutaussehender junger Mann, der sicher mächtig Schlag bei den Frauen hat, dachte Eberl.

»Thomas, das sind die Polizisten ...«

Brandt erhob sich und unterbrach Liane Wrotzeck: »Brandt, Kripo Offenbach, und das ist meine Kollegin Frau Eberl. Ihre Mutter hat Ihnen schon erzählt, um was es geht?« Er reichte Thomas die Hand, der erst zögerte, sie dann aber doch nahm.

»Sie sind hier, weil Sie denken, dass mein Vater umgebracht wurde«, sagte Thomas, ging in die angrenzende Küche, um sich ein Glas Milch einzuschenken, und kehrte gleich darauf zurück. »Also, wie kann ich Ihnen helfen, diesen Unsinn aus der Welt zu schaffen?« Er ließ sich in einen Sessel fallen, schlug die Beine übereinander und fuhr sich mit einer Hand durch das modisch kurzgeschnittene dunkelblonde Haar.

»Vielleicht, indem Sie uns einfach ein paar Fragen beantworten. Zum Beispiel, wo Sie am Abend des 23. Juli waren.«

Thomas lachte auf und schüttelte den Kopf. »Ach, so läuft das also. Aber gut, wenn Sie's unbedingt wissen wollen. Ich war mit einer Bekannten im Kinopolis im Main-

40

Taunus-Zentrum, wenn Ihnen das was sagt, danach sind wir noch was trinken gegangen, und so gegen eins war ich wieder zu Hause.«

»Und daran können Sie sich so genau erinnern?«

»Hören Sie, wenn man am nächsten Morgen erfährt, dass der eigene Vater tot ist, weiß man, was man am Abend zuvor gemacht hat. Das ist wie ein Film, der immer wieder abläuft.«

»Wie war das Verhältnis zu Ihrem Vater?«, fragte Brandt.

Thomas zuckte mit den Schultern, wandte den Blick für einen Moment ab und antwortete: »Beschissen wäre geprahlt. Und glauben Sie mir eins – ich habe nicht getrauert, als ich erfahren habe, dass er tot ist, und ich werde auch in Zukunft nicht trauern. Dazu ist in der Vergangenheit zu viel vorgefallen.«

»Was denn?«, wollte Eberl wissen.

»Alles Mögliche. Haben Sie so viel Zeit? Es könnte nämlich ein paar Stunden dauern, Ihnen das alles zu erzählen«, sagte er ironisch.

»Thomas, bitte!«, ermahnte ihn seine Mutter, doch er sah sie nur an und schüttelte den Kopf.

»Mama, lass gut sein, irgendwann muss dieser ganze Mist doch mal raus. Ja, ja, ich weiß, er war mein Vater, aber eigentlich nur mein Erzeuger, was anderes fällt mir nicht ein. Er hat mich gezeugt, aber alle Qualitäten, die ein Vater haben sollte, sind ihm völlig abgegangen. Für ihn gab es nur den Hof und noch mal den Hof und wieder den Hof. Seine Kühe, Bullen, Schweine und Hühner waren ihm wichtiger als seine Familie. Da war ja Geld mit zu ma-

41

chen, doch wir haben nur gekostet. Alles andere interessierte ihn einen feuchten Dreck. Der hat sich nie dafür interessiert, wie Allegra und ich in der Schule waren, der hat sogar einige Male unsern Geburtstag vergessen. Und Weihnachten war jedes Mal der reinste Horror, wenn der Alte denn überhaupt zu Hause war.« Er hielt inne, fuhr sich mit der Zunge über die Lippen, trank sein Glas leer und stellte es auf den Tisch. »Aber als ich ihm sagte, dass ich den Hof nicht übernehmen, sondern stattdessen Jura studieren werde, da hätten Sie ihn erleben sollen, der ist ausgeflippt. Ich glaub, der stand kurz davor, mich umzubringen. Aber er wusste, dass ich, wenn er mich angerührt hätte, zurückgeschlagen hätte, ohne mit der Wimper zu zucken. Er hat jedenfalls wochenlang kein Wort mit mir gesprochen.«

»Hätten Sie ihn umgebracht?«, fragte Brandt trocken.

»Wenn Sie mich damit in eine Ecke drängen wollen, in die ich nicht gehöre, haben Sie sich geschnitten. Aber um Sie zu beruhigen, ich hätte den alten Wrotzeck nie umgebracht, dazu ist mir mein Leben in Freiheit viel zu kostbar.« Dabei verzog er die Mundwinkel verächtlich.

»Kennen Sie andere, die ein Motiv gehabt hätten?«

Thomas beugte sich nach vorn und sagte, indem er Brandt direkt anschaute und seine Hände hochhielt: »Sehen Sie die zehn Finger? Nehmen Sie die mal fünf, dann haben Sie vielleicht die Zahl derer, die ihm nur allzu gern ans Leder gewollt hätten. Aber es war ein Unfall, glauben Sie mir. Sie verschwenden nur Ihre kostbare Zeit.«

Ohne auf die letzte Bemerkung einzugehen, sagte Eberl: »Haben Sie auch fünfzig Namen für uns?«

»Nein, denn ich werde niemanden anschwärzen. Und sollte es wider Erwarten doch Mord gewesen sein, auch dann werden Sie von mir keine Namen erfahren. Mein alter Herr hat so viel Porzellan zerschlagen und Menschen kaputtgemacht, nee, ohne mich.«

»Würden Sie denn nicht wissen wollen, wer es war, sollte es doch Mord gewesen sein?«

»Ganz ehrlich? Nein, denn derjenige hat meiner Meinung nach die Welt nur von einem Tyrannen befreit. Könnten Sie mit meiner Schwester reden, was ja leider nicht möglich ist … Das wird wahrscheinlich nie möglich sein. Meine Mutter hat Ihnen doch erzählt, was passiert ist?«

»Ja, und das tut uns leid für Sie.«

»Als das mit Allegra passiert ist, da ist für mich eine Welt zusammengebrochen«, sagte Thomas traurig. »Wenn es jemanden gab, der Sonne in dieses finstere Haus gebracht hat, dann sie. Glauben Sie mir, Allegra fehlt hier. Sie fehlt an allen Ecken und Enden.«

»Wie meinen Sie das?«, fragte Eberl.

»So, wie ich es gesagt habe. Dieser verdammte Unfall hat alles verändert. Mit einem Mal war Allegra nicht mehr da. Und keine Sau weiß, wann und ob sie überhaupt jemals wieder aufwacht. Aber ich hoffe es inständig.«

»Wo liegt Ihre Schwester?«

»In Hanau.«

»Besuchen Sie sie regelmäßig?« Eberl sah Thomas an, der den Blick senkte und den Kopf schüttelte.

»Nicht so oft, wie ich eigentlich sollte. Wissen Sie, sie da liegen zu sehen, mit dem Schlauch durch die Nase und den

Drähten und diesem Monitor über ihrem Bett, nein, das mag sich für Sie grausam anhören, aber das halt ich einfach nicht aus. Ich liebe meine Schwester über alles, doch ich bring das einfach nicht. Ab und zu geh ich für ein paar Minuten hin, aber … Na ja, Sie halten mich jetzt wahrscheinlich für einen Schwächling oder sonst irgendwas, aber ich schätze, Sie haben nicht mit einem solchen Problem zu kämpfen. Außerdem könnte ich ihr sowieso nicht helfen. Tut mir leid.«

»Und Sie?«, fragte Eberl Liane Wrotzeck.

»Warum interessiert Sie, wann und wie oft ich meine Tochter besuche?«, fragte sie gereizt zurück, die Arme verschränkt. Abwehrhaltung. »Das ist allein meine Sache. Und es ist auch Thomas' Sache, wie oft er hingeht.«

»Natürlich, entschuldigen Sie«, sagte Brandt. »Wie alt ist Ihre Tochter?«

»Achtzehn, sie wird im November neunzehn. Achtzehn, und schon dem Tod geweiht«, seufzte sie.

»Mama, bitte, wir wissen doch noch gar nicht, ob sie sterben wird«, sagte Thomas und legte den Arm um seine Mutter. »Wir dürfen die Hoffnung nicht aufgeben.« Und an die Beamten gewandt: »Sie müssen wissen, die Ärzte haben damals, nachdem sie eingeliefert wurde, gesagt, dass es für Allegra kaum eine Chance gibt, die nächsten Stunden zu überleben. Aber sie hat die Ärzte Lügen gestraft. Und vielleicht geschieht auch noch das andere Wunder.«

»Ich wünsche es Ihnen«, sagte Brandt. »Darf ich fragen, wie alt Sie sind?«

»Zweiundzwanzig.«

»Und was machen Sie beruflich? Führen Sie jetzt den Hof?«

»Um Gottes willen, nein! Ich studiere Jura. Im Oktober beginnt mein fünftes Semester.«

»Sie wollen also Anwalt werden …«

»Ich habe noch keine konkreten Vorstellungen, was ich nach dem Studium machen werde. Die Zeit wird es zeigen. Haben Sie sonst noch Fragen?«

»Was passiert jetzt mit dem Hof? Ich meine, Sie wollen ihn nicht übernehmen und …«

»Wir überlegen, ihn zu verkaufen«, wurde Brandt schnell von Liane Wrotzeck unterbrochen. »Es gibt auch schon Interessenten. Ich habe diesen Hof sowieso nie leiden können. Seit ich hier eingezogen bin, habe ich mich nie richtig heimisch gefühlt. Aber das kann nur jemand verstehen, der … Wie gesagt, mein Sohn und ich überlegen, den Hof zu verkaufen. Wenn es sonst nichts weiter gibt, ich habe noch zu tun.«

»Wir wollen Sie auch nicht länger aufhalten. Wir würden nur noch gerne einen Blick in die Scheune werfen, wo der Unfall passiert ist.«

»Ich zeig's Ihnen«, sagte Thomas und erhob sich. Brandt und Eberl verabschiedeten sich von Liane Wrotzeck, die ihnen aus dem Fenster nachsah, bis sie im Dunkel der Scheune verschwunden waren.

»Hier hat er gelegen.« Thomas deutete auf eine bestimmte Stelle auf dem erdigen Boden, auf dem etwas Stroh war, um gleich darauf nach oben zu zeigen und fortzufahren: »Und von da ist er runtergefallen. Muss einen ganz schönen Schlag gegeben haben«, fügte er lakonisch hinzu.

»Was hat Ihr Vater dort oben gemacht?«, fragte Brandt.

»Dort werden Heuballen gelagert. Kann sein, dass an dem Tag wieder welche ankamen. Die werden dann über ein Rollband hochgefahren und … Vielleicht hat er sie gezählt oder sortiert, was weiß ich, ich hab mich nie wirklich dafür interessiert. Wir haben uns seit Monaten sowieso kaum noch gesehen.«

»Waren Sie schon mal da oben?«

»In den letzten Jahren nicht mehr, was meinem alten Herrn überhaupt nicht gepasst hat. Eigentlich müsste man meinen, die Landwirtschaft wäre mir in die Wiege gelegt worden, ist sie aber nicht. Liegt vermutlich an meinem Vater. Vielleicht habe ich Angst davor, eines Tages so zu werden wie er«, antwortete er zynisch.

»Warum haben Sie einen solchen Hass auf Ihren Vater?«

»Hab ich den?«, fragte Thomas gelassen zurück.

»Zumindest erwecken Sie den Eindruck.«

»Herr Brandt, mein Vater war ein Ekelpaket, dem niemand etwas recht machen konnte. Meine Mutter genauso wenig wie ich oder Allegra. Nur mit dem Unterschied, dass er mich nie angerührt hat, außer einmal, als er mich so verprügelt hat, dass ich eine Woche lang nicht laufen konnte. Aber da war ich sieben oder acht.«

»Ihr Vater war gewalttätig?«

»Er hat bestimmt, wo's langging, und wenn einer nicht bedingungslos nach seiner Pfeife getanzt hat, wurde er sehr ungnädig, um es gelinde auszudrücken. Außerdem kann ich mich an kaum einen Tag in den letzten zehn Jahren erinnern, an dem er nicht eine Fahne hatte. Im Nachhinein wundere ich mich, dass er diesen Hof überhaupt so erfolgreich führen konnte. Der hat 'ne Menge Kohle gescheffelt, aber auch einen ganzen Haufen zum Fenster rausgeworfen. Investiert hat er's, hat er zumindest behauptet. Und hören Sie sich mal bei den Angestellten um, die werden auch nicht gerade Lobeshymnen auf ihn singen, so wie der die getriezt hat.«

»Würden Sie einem von ihnen einen Mord zutrauen?«

»Wie oft wollen Sie mich eigentlich noch fragen, ob ich irgend jemandem einen Mord zutraue? Es gibt einen Haufen Leute, mit denen es sich mein Vater verscherzt hatte, aber ich wüsste nicht, wer von ihnen den Mut aufgebracht hätte, sich mit ihm anzulegen. Außerdem müssten Sie aus Berufserfahrung selber wissen, dass die meisten Menschen in Ausnahmesituationen zu einem Mord fähig sind. Und noch was – mein Vater war ein ziemlicher Brocken, an den hat sich keiner so leicht rangetraut. Nee, vergessen Sie's.«

»Passieren häufig Unfälle auf dem Hof?«, fragte Brandt, während er sich in der Scheune umschaute, den Blick nach rechts und links gewandt, um die ersten Eindrücke aufzunehmen. Schließlich ging er in die Hocke und sah von der Stelle, an der Kurt Wrotzeck gelegen hatte, nach oben.

»Nicht mehr als anderswo auch. Es kommt vor, dass ein Pferd mal ausschlägt und jemanden unglücklich trifft oder im Kuhstall irgendwas ist. Aber soweit ich mich erinnern kann, gab es in den letzten Jahren keinen schweren Unfall. Wie gesagt, es passiert immer mal was, aber es war nie dramatisch. Was suchen Sie eigentlich da unten?«

»Nichts«, antwortete Brandt und stand wieder auf.

»Und, glauben Sie immer noch an diese absurde Mordtheorie?« Thomas winkte ab und grinste zum ersten Mal, seit Brandt ihn vor knapp einer halben Stunde kennengelernt hatte. »Aber natürlich, würde ich auch, wenn ich an Ihrer Stelle wäre. Aber bitte, suchen Sie, Sie werden nichts finden, was diese Theorie stützt. Reine Zeitverschwendung.«

»Schon möglich«, erwiderte Brandt. »Wo wohnt Herr Köhler?«

»Die Straße runter und immer geradeaus. Sie können es gar nicht verfehlen.«

»Ja, dann erst mal vielen Dank für Ihre Auskünfte. Ich möchte Sie aber trotzdem bitten, sich in nächster Zeit zu unserer Verfügung zu halten.«

»Und das heißt konkret?«

»Könnte sein, dass wir noch Fragen haben. Sie wohnen ja hier und haben sicher auch nicht vor, heute oder morgen in Urlaub zu fahren, oder?«

»Sie sind jederzeit herzlich willkommen«, sagte Thomas spöttisch lächelnd. »Ich werde vorläufig den Hof nicht verlassen, höchstens, wenn ich mal einkaufen muss. Das ist doch okay, oder?«

»Schönen Tag noch«, sagte Brandt und gab Eberl mit dem Kopf ein Zeichen. Bevor sie wieder ins Freie traten, drehte er sich noch einmal um und fragte: »Haben Sie gar keinen Hund?«

»Wir hatten einen, aber der ist kurz vor meinem Vater gestorben. Das heißt, er musste eingeschläfert werden. Krebs. Und solange nicht klar ist, wie es mit dem Hof weitergeht, so lange werden wir uns auch keinen neuen Hund zulegen. Wir haben eine ganz gut funktionierende Alarmanlage, und außerdem ist das hier eine recht friedliche Gegend.«

»Ja, scheint so«, bemerkte Brandt mit trockener Ironie und wollte mit Eberl schon den Hof verlassen, als er sich noch einmal Thomas zuwandte und fragte: »Wurde Ihr Vater normal begraben oder eingeäschert?«

»Normal begraben, warum?«

»Nur so. Gehen wir«, sagte er zu Eberl.

Im Auto fragte er, während er den Motor anließ: »Was ist da vorgefallen?«

»Der Alte ist beseitigt worden, sagt mir zumindest mein Gefühl. Das Problem wird nur sein, das auch zu beweisen. Er liegt immerhin schon seit fast einem Monat unter der Erde.«

»Ich lass ihn exhumieren.«

»Das kriegst du bei der Klein nie durch. Nur, weil eine anonyme Anruferin behauptet, es sei Mord gewesen. Da musst du der Klein mit besseren Argumenten kommen.«

»Wrotzeck wird exhumiert, und damit basta. Was ist dir an dem Jungen aufgefallen?«

»Sehr intelligent, für sein Alter sehr eloquent, aber auch offen und verschlossen zugleich.«

»Und sonst nichts?«

»Was meinst du?«

»Hast du seine Augen gesehen und seinen Mund? Der Junge ist zweiundzwanzig und scheint die Lebenserfahrung eines Fünfzigjährigen zu haben. Und er ist total verbittert, noch viel mehr als seine Mutter. Ich werde am späten Nachmittag oder gegen Abend noch mal hinfahren und mit ihm allein sprechen. Der hat uns längst nicht alles gesagt, was er weiß.«

»Und was erwartest du von ihm zu erfahren?«

»Er hat einige meiner Fragen ausweichend beantwortet, zum Beispiel die, ob sein Vater gewalttätig war. Und er hat so eine merkwürdige Andeutung seine Mutter und seine Schwester betreffend gemacht. Wenn das ein Unfall war, häng ich meinen Job an den Nagel und werde Kassierer bei Woolworth.«

»Dich möchte ich an der Kasse sitzen sehen«, entgegnete Eberl und schaute Brandt von der Seite an.

Ohne darauf einzugehen, meinte Brandt: »Bin gespannt, was Köhler uns zu sagen hat. Streit wegen neun Metern Land! Ich wäre schon froh, wenn ich einen Garten hätte mit einem Apfelbaum und ein paar Beeten. Und die haben Quadratkilometer und gehen sich wegen so 'nem bisschen an die Gurgel.«

»Und alte Mütterchen werden wegen ein oder zwei Euro umgebracht«, sagte Eberl lapidar.

Nach kaum fünf Minuten erreichten sie den Hof von Erhard Köhler. Vor dem Haus lag ein angebundener Rottweiler, der die Ankömmlinge neugierig musterte, ohne jedoch aufzuspringen oder gar zu bellen.

»Ich hasse diese Riesenviecher«, flüsterte Eberl und machte einen weiten Bogen um den Hund.

»Der tut dir nichts, der ist wohl mehr zur Zierde da«, sagte Brandt schmunzelnd.

»Dein Wort in Gottes Ohr.«

Es war kurz nach zwölf und niemand weit und breit zu

sehen. Brandt legte den Finger auf den Klingelknopf und wartete. Wenig später erschien eine sechzig- bis fünfundsechzigjährige, auf den ersten Blick sehr resolut wirkende Frau an der Tür. Sie war füllig, das Gesicht beinahe faltenlos, und ihre graublauen Augen musterten die Beamten kritisch.

»Ja?«, fragte sie mit dem für diese Gegend eigenen Akzent.

Brandt zeigte seinen Ausweis, stellte sich und Eberl vor und sagte: »Wir hätten gerne Herrn Köhler gesprochen. Ist er da, Frau …?«

Ohne die Frage zu beantworten, meinte sie: »Polizei? Was ist denn jetzt schon wieder passiert? Mein Sohn ist auf dem Feld, er müsste aber bald zurückkommen.«

»Wir haben nur ein paar Fragen wegen Ihres ehemaligen Nachbarn Herrn Wrotzeck. Dürfen wir reinkommen?«

»Bitte. Aber was wollen Sie von ihm wegen Wrotzeck?« Köhlers Mutter ging voran in ein sehr modern eingerichtetes Wohnzimmer und deutete auf die Sitzgarnitur.

»Wir haben gehört, dass Herr Köhler und Herr Wrotzeck sich nicht gerade grün gewesen sein sollen.«

»Ja, und? Was spielt das jetzt noch für eine Rolle?«

»Nun, wir haben einen Anruf erhalten, laut dem Herr Wrotzeck keines natürlichen Todes gestorben sein soll.«

»Und wenn? Wieso kommen Sie dann ausgerechnet zu uns? Glauben Sie etwa, wir hätten etwas damit zu tun?«

»Wir wollen lediglich ein paar Fragen stellen, nichts weiter.«

»Wenn's sein muss. Ich hab mit dem Kerl da drüben zum Glück kaum etwas zu tun gehabt, aber mein Sohn kann Ihnen Geschichten erzählen, da verlieren Sie den Glauben an die Menschheit.«

»Ihr Sohn ist nicht verheiratet, haben wir gehört?«

Köhler stand mit einem Mal in der Tür. Sie hatten ihn nicht kommen hören. Er trat ins Zimmer und sagte mit markant tiefer Stimme: »Köhler. Und nein, ich bin nicht verheiratet, meine Frau ist vor dreieinhalb Jahren gestorben und mein Sohn vor vier Monaten. Und wer sind Sie?«

»Das sind zwei Beamte von der Kriminalpolizei«, antwortete Köhlers Mutter schnell. »Sie sagen, dass der Wrotzeck ermordet wurde.«

»Aha. Und was verschafft mir die Ehre, wo der alte Drecksack doch schon seit fast vier Wochen die Radieschen von unten betrachtet? Suchen Sie bei uns einen Mörder?« Er ließ sich vorsichtig in einen Sessel nieder, stöhnte kurz auf, als würde sein Rücken schmerzen, und bestätigte das gleich darauf: »Dieses verdammte Kreuz! Mutter, kannst du mir bitte eine Tablette bringen?«

»Immer diese Tabletten! Du solltest dich endlich operieren lassen.« Und zu Brandt und Eberl: »Seit drei Jahren geht das schon so, aber er will ums Verrecken nicht ins Krankenhaus. Bis es irgendwann zu spät ist und ich ihn in meinem Alter auch noch im Rollstuhl schieben muss.«

»Ja, ja, schon gut.« Er winkte ab, während er versuchte, die für ihn bequemste Stellung einzunehmen. Nachdem seine Mutter den Raum verlassen hatte, um die Tablette und ein Glas Wasser zu holen, fuhr er leise und mit einem kaum merklichen Lächeln fort: »Sie kümmert sich um den Haushalt und trägt das Herz manchmal auf der Zunge. Na ja, ohne sie wäre ich jedenfalls ganz schön aufgeschmissen. Aber Sie haben Fragen. Bitte. Mich würde jedoch erst mal interessieren, wer auf die Idee gekommen ist, dass Wrotzeck umgebracht wurde?«

»Das wissen wir selber nicht«, antwortete Brandt schulterzuckend. »Es war ein anonymer Hinweis, und wir wollen herausfinden, ob etwas dran ist.«

»Waren Sie schon bei seiner Frau und seinem Sohn?«

»Gerade eben.«

»Dann wissen Sie bestimmt auch, dass Wrotzeck und ich alles andere als Freunde waren.«

»Uns wurde so etwas berichtet. Wie kam es zu dem Streit?«

»Sie meinen die neun Meter?«

»Gab es auch noch andere Streitigkeiten, die Sie ausgefochten haben?«

Helga Köhler kam mit der Tablette und einem Glas Wasser zurück. Sie reichte beides ihrem Sohn, er schluckte die Tablette und sagte: »Würdest du uns bitte allein lassen?«

Ohne etwas zu erwidern, doch mit einem leicht säuerlichen Gesichtsausdruck verließ sie das Zimmer wieder und machte die Tür hinter sich zu. Brandt dachte: Die steht bestimmt hinter der Tür und lauscht.

»Entschuldigen Sie, aber Wrotzeck war ein Stinktier. Ich versteh auch nicht, wie der so aus der Art schlagen konnte, denn sein Vater war immer korrekt. Aber Kurt, der konnte ohne Streit nicht leben.« Er seufzte auf und schüttelte den Kopf. »Ich kenn ihn gar nicht anders, das heißt, ich kenn ihn schon anders, aber das ist eine halbe Ewigkeit her. Wir sind fast im gleichen Alter und haben auch etwa zur gleichen Zeit die Höfe von unsern Vätern übernommen …«

»Wann war das?«

»Ich bin jetzt siebenundvierzig, also vor sechzehn Jahren. Mein Vater ist ziemlich früh verstorben, und Wrotzecks Vater hatte nur wenige Wochen später einen tödlichen Unfall. Und seitdem gab es nur noch Zoff. Erst waren es bloß Kleinigkeiten, aber dann hat Wrotzeck eine Urkunde gefunden, die angeblich besagt, dass neun Meter meines Bodens eigentlich ihm gehören. Ich hab's ihm natürlich nicht freiwillig gegeben, denn ich hab andere Urkunden, die genau das Gegenteil besagen. Es kam zu unzähligen Verhandlungen, mit dem Urteil, dass ich der rechtmäßige Eigentümer des Bodens bin. Nach diesem Urteil hat er angefangen, uns regelrecht zu terrorisieren.« Köhler schüttelte den Kopf mit dem vollen grauen Haar und fuhr fort: »Schauen Sie sich mal da draußen um. Wrotzecks Land reicht fast bis zum Horizont, aber das hat ihm nicht gereicht.«

»Ihr Besitz ist aber auch nicht gerade klein«, bemerkte Brandt.

»Darum geht's nicht. Hätte Wrotzeck nicht die ganze Zeit über gestänkert, vielleicht hätt ich's ihm überlassen. Glauben Sie mir, ich hätte mir eine Menge Ärger erspart, aber so … nein.« Er schüttelte erneut den Kopf. »Aber dass er ermordet worden sein soll, überrascht mich doch. Sie sagen, Sie hätten einen anonymen Hinweis erhalten. Hat derjenige mich etwa beschuldigt?«

»Nein. Wir wollen lediglich herausfinden, ob an diesem Hinweis irgendwas dran sein könnte. Wie stehen Sie denn zu Frau Wrotzeck und den Kindern?«

Köhler schürzte die Lippen und meinte: »Ganz ehrlich,

ich wundere mich, dass Liane es so lange mit Kurt ausgehalten hat. Und Allegra und Thomas haben mir immer leid getan. Die hätten weiß Gott was Besseres verdient gehabt.« Und nach einer Pause, während der er seine Gedanken zu sortieren schien: »Was mit meinem Sohn und Allegra passiert ist, wissen Sie bestimmt schon, oder?«

»Nur, dass Ihr Sohn bei einem Unfall ums Leben gekommen ist und Allegra noch immer im Koma liegt, aber Details kennen wir nicht.«

Köhlers Miene verdüsterte sich von einer Sekunde zur andern. »Es war am 16. April, ein Freitag, da habe ich meinen Sohn zum letzten Mal lebend gesehen. Ich werde diesen verfluchten Tag nie vergessen. Es war ein sonniger, warmer Frühlingstag. Johannes und Allegra waren abends mit Freunden zusammen, Ferdinand Mahler und Anne Friedrichs, die wohnen in Hammersbach. Ich weiß nicht, ob Sie das kennen. Wenn Sie hier vom Hof links runterfahren, kommen Sie direkt auf die Straße nach Hammersbach. Ziemlich genau zwei Kilometer von hier entfernt ist es passiert. Beide sagen, dass Johannes und Allegra gegen elf gegangen sind. Was danach geschah«, er zuckte mit den Schultern, »das wissen allein die Götter. Die Polizei sagt, der Unfall müsse so zwischen halb eins und eins passiert sein, gefunden wurden sie jedenfalls um halb zwei. Der Wagen hat sich ein paarmal überschlagen. Johannes soll sofort tot gewesen sein, und auch um Allegra stand es anfangs überhaupt nicht gut. Die Vermutung geht dahin, dass möglicherweise ein Reh oder ein Hirsch die Fahrbahn überquert hat und Johannes das Lenkrad verrissen hat, denn es gab keine Wildspuren am Fahrzeug.« Er machte erneut eine Pause, sah an Brandt und Eberl vorbei aus dem Fenster und doch weit, weit weg. Darüber zu reden, schien ihn stark mitzunehmen. Seine Stimme war brüchig und stockend, als er weitersprach: »Als die Polizei um kurz nach zwei bei mir klingelte, war mir sofort klar, dass …« Er schlug die Hände vors Gesicht und schüttelte den Kopf. »Wenn die Polizei nachts klingelt, kommt sie immer mit einer bösen Nachricht. Und die war sehr böse. Ich hab mir nur schnell was übergezogen und bin mit den Beamten zur Unfallstelle gefahren … Das Auto war nur noch ein Schrotthaufen, mitten auf dem Feld, und das Makabre war, dass ein Scheinwerfer noch an war … Johannes lag schon in einem von diesen Plastiksäcken. Sie haben den Reißverschluss aber auf mein Drängen hin noch mal aufgemacht, obwohl sie mir gesagt haben, das sei kein schöner Anblick, ich solle mir das doch ersparen. Aber ich wollte meinen Sohn ein letztes Mal sehen, und da war es mir egal, wie er aussah. Wissen Sie, wie das ist, wenn man seinem einzigen Sohn ein letztes Mal über die Wange streicht?«

»Nein«, entgegneten Brandt und Eberl beinahe synchron.

»Er war zwar schon fast zwei Stunden tot, aber trotzdem hat er sich warm angefühlt, und ich hoffte, er würde die Augen wieder aufmachen, wenn ich ihn berühre. Aber seine Augen blieben zu, er hat nicht mehr angefangen zu atmen. Erst meine Frau, dann mein Sohn. Was soll ich mit all dem Besitz und dem Geld, wenn da niemand mehr ist, mit dem ich das alles teilen kann? Seit dem Tod meiner Frau war Johannes alles, was ich hatte.« Köhlers Blick ging wieder ins Leere, bevor er auf seine grauen Haare deutete und fortfuhr: »Diese Haare sind im wahrsten Sinne des Wortes über Nacht grau geworden. Auch wenn die Wissenschaft meint, so etwas würde es nicht geben, bei mir war es aber so. Ich stand tagelang unter Schock, ich war wie traumatisiert. Und als ich am Tag nach dem Unfall in den Spiegel sah, waren die Haare mit einem Mal grau. Es gibt Dinge, die wir einfach nicht erklären können, und das gehört für mich dazu … Aber um noch mal auf Johannes zurückzukommen, er hatte zwei große Träume. Er wollte Arzt werden, vor allem aber wollte er Allegra heiraten.«

»Und der Hof? Sollte er ihn nicht irgendwann übernehmen, wie es so üblich ist?«, fragte Eberl.

»Mein Gott, warum das? Wir leben doch nicht mehr wie vor hundert oder zweihundert Jahren. Ich hätte meinen Sohn nie gezwungen, etwas zu machen, was er nicht will. Und dass er kein geborener Landwirt war, das haben meine Frau und ich schon früh gemerkt. Wenn ich eines Tages abtrete, wird es schon einen Nachfolger geben, auch wenn er nicht Köhler heißen wird. Mein Sohn war mir jedenfalls wichtiger als dieses bisschen Land. Ich hoffe nur, dass Allegra irgendwann wieder aufwacht. Alle im Ort hoffen es.«

»Ist sie so beliebt?«, fragte Brandt.

»Sie hat etwas ganz Besonderes an sich. Sie ist keine von diesen jungen Frauen, die man heute immer öfter sieht, aufgebrezelt bis zum Gehtnichtmehr, aber nichts in der Birne. Nein, Allegra ist anders. Dabei hatte sie es wahrhaftig nie leicht gehabt. Wrotzeck hat ihr das Leben manchmal ganz schön zur Hölle gemacht. Und mich würde auch nicht wundern, wenn er versucht hätte, seine dreckigen Pfoten an sie zu legen ...«

»Moment, Moment«, unterbrach ihn Brandt, »wollen Sie damit sagen, dass Wrotzeck seine Tochter angefasst hat? Sie wissen schon, was ich meine.«

Köhler lächelte müde und antwortete: »Das hab ich nicht gesagt, aber manchmal, wenn sie hier war, hatte ich den Eindruck, als würde sie irgendwas Schweres mit sich rumtragen. Sie hat ihren Vater zwar immer in Schutz genommen, aber ich wusste, dass sie es zu Hause nicht leicht hatte. Ich hab Johannes mal darauf angesprochen, aber er hat mir auch keine Antwort geben können oder wollen ... Sie ist ein feines Mädchen, und ich wünsche mir nichts sehnlicher, als dass sie wieder aufwacht, denn dann würde ich wieder an eine Gerechtigkeit glauben, auch wenn sie nicht meine leibliche Tochter ist. Sie und Johannes kannten sich, seit sie laufen konnten, sie sind auf dieselbe Schule gegangen. Ich schwöre Ihnen eines – ich werde ein Fest veranstalten, sollte unsere kleine Nachtigall jemals das Krankenhaus verlassen und mich wiedererkennen.«

»Unsere kleine Nachtigall?«

Köhler lächelte verklärt. »Sie hat eine traumhaft schöne Stimme, und deshalb wird sie von allen nur Nachtigall genannt. Sie wollte nach dem Abitur Musik studieren, und ihr großer Traum war, eines Tages als Opernsängerin aufzutreten. Aber der Herrgott hatte wohl andere Pläne mit ihr. Singen wird sie bestimmt nicht mehr können.«

»Und wenn doch?«

»Dann wäre das das schönste Geschenk, das man mir machen könnte«, antwortete Köhler mit aufrichtiger

Stimme und feuchten Augen, über die er sich so unauffällig wie möglich wischte, als wollte er sich keine Blöße geben. »Aber ich denke nur noch in kleinen Schritten. Erst muss sie aufwachen, dann wieder ganz allmählich ins Leben zurückfinden, wobei keiner weiß, ob sie nicht irgendwelche Spätfolgen davongetragen hat und vielleicht ihr Erinnerungsvermögen völlig ausgelöscht ist, oder sie kann nicht mehr richtig sprechen oder muss den Rest ihres Lebens im Rollstuhl verbringen. Niemand kann sagen, was in ein paar Tagen, ein paar Wochen oder ein paar Monaten sein wird. So viel zu Allegra. Haben Sie noch Fragen?«

»Was haben Sie gedacht, als Sie erfahren haben, dass Ihr Erzfeind tot ist?«

»Herrje, fällt Ihnen keine bessere Frage ein? Aber gut, ich war nicht gerade traurig, wie Sie sich vielleicht vorstellen können. Und ganz ehrlich, ich hab zum ersten Mal gedacht, dass es den Richtigen getroffen hat. Mach ich mich jetzt durch diese Aussage verdächtig?«

»Die Gedanken sind frei, wie es so schön heißt. Aber Wrotzeck war doch als Landwirt sehr erfolgreich. Wie kam es dazu, wenn er angeblich so unausstehlich war?«

Köhler lachte kurz auf und sah Brandt und Eberl an. »Zum einen hat er ein sehr gutes Erbe angetreten, denn sein Vater hat ihm allerbestes Land hinterlassen. Und zum andern hat er zwei Zuchtbullen, mit denen er unzählige Preise und Auszeichnungen gewonnen hat. Sie glauben gar nicht, was schon ein einziger preisgekrönter Zuchtbulle wert ist. Wenn man dann auch noch zwei hat, da kommt was zusammen. Seine Kunden kamen aus ganz

59

Deutschland, manche sogar aus dem Ausland, um ihre Kühe besamen zu lassen.«

»Die sind extra mit ihren Kühen hergekommen, um …«

»Nein, nein«, erwiderte Köhler lachend, »so funktioniert das heutzutage nicht mehr. Die Bullen springen nicht mehr auf die Kühe drauf, die Besamung erfolgt fast nur noch künstlich. Der Samen wird eingefroren und erst vor Ort aufgetaut und in den Uterus der Kuh eingeführt. Die Bullen haben also keinen Spaß mehr bei der Sache. Da haben die Menschen es besser«, sagte er schmunzelnd, um gleich wieder ernst zu werden. »Der Unterschied zwischen Wrotzeck und mir ist, dass ich die Landwirtschaft zwar auch von meinem Vater gelernt habe, aber ich habe auch Agrarwissenschaften studiert. Ich arbeite nicht mit Pestiziden, meine Hühner laufen frei herum, Sie können sich gerne davon überzeugen, und meinen andern Viechern geht es auch gut. Ich bin zwar nicht so reich, wie Wrotzeck es war, aber dafür kann ich mit reinem Gewissen behaupten, meinen Kunden nur beste Qualität zu verkaufen. Wenn Sie möchten, gebe ich Ihnen ein paar Eier mit. Sie werden den Unterschied sofort schmecken, denn meine Hühner werden nicht mit Fischmehl gefüttert. Und bitte, fassen Sie das nicht gleich als Bestechung auf.«

»Wir nehmen gerne ein paar Eier mit, aber wir bezahlen dafür«, sagte Eberl mit entschuldigendem Lächeln. »Tut mir leid, doch solange die Ermittlungen nicht abgeschlossen sind, dürfen wir nicht einmal ein Ei als Geschenk annehmen.«

»Kein Problem. Die Eier kosten zehn Cent das Stück. Wie viele möchten Sie haben? Zehn?«

»Ja, gerne.«

»Warten Sie einen Augenblick, ich bin gleich wieder zurück.« Köhler erhob sich schwerfällig, stellte sich gerade hin, streckte seinen Rücken und verließ den Raum.

Brandt sagte leise: »Deine Meinung.«

»Ganz patent. Obwohl er seine Frau und seinen Sohn verloren hat. Als ich ihn gesehen habe, hab ich gedacht, der ist bestimmt schon Mitte oder Ende fünfzig, dabei ist er erst siebenundvierzig.«

»Und zehn Cent für ein Bio-Ei ist wohl ein Vorzugspreis«, bemerkte Brandt trocken.

»Das ist mir egal, Hauptsache, ich bezahl dafür.«

Köhler kam wieder herein, reichte Brandt und Eberl, die aufgestanden waren, jeweils eine Zehnerschale mit Eiern und sagte: »Macht zwei Euro. Und lassen Sie sich's gut schmecken. Und noch was – sollten Sie Fragen haben, Sie erreichen mich fast jederzeit hier auf dem Hof.«

»Danke für Ihre Hilfe, und wenn die wirklich so gut sind, wie Sie sagen«, Brandt deutete auf die Eier, »dann werden Sie in Zukunft wohl noch einen Kunden haben. Schönen Tag noch.«

»Ihnen ebenfalls. Und sollte Wrotzeck tatsächlich umgebracht worden sein, dann gehen Sie mit dem Täter bitte nicht zu hart ins Gericht. Denn wer immer es war, er wird seine Gründe gehabt haben.«

»Nochmals vielen Dank und vielleicht bis bald«, verabschiedete sich Brandt.

Wieder im Auto, sagte Eberl: »Und jetzt?«

»Ich liefere dich im Präsidium ab und werde gleich danach unserer lieben Staatsanwältin einen kleinen Besuch abstatten. Das heißt, vorher werde ich noch was essen.«

»Schlag dir das mit der Exhumierung aus dem Kopf. Sie wird konkrete Beweise für einen Mord haben wollen, und die hast du nicht. Und nur auf eine Vermutung hin gibt sie nicht ihr Okay. Aber tu, was du nicht lassen kannst, auch wenn ich voll und ganz auf deiner Seite bin. Denn ich glaube auch nicht an einen Unfall.«

»Gut zu wissen.«

Mittwoch, 13.50 Uhr

Sie hielten an einer Imbissbude, bestellten sich Bratwurst mit Pommes frites, bevor Brandt seine Kollegin zum Präsidium fuhr. Er ging mit nach oben und erstattete Bernhard Spitzer Bericht, der nur den Kopf schüttelte und meinte: »Welche Fakten habt ihr? Keine, wenn ich das richtig sehe. Und ohne Fakten keine Exhumierung. Schlag's dir aus dem Kopf, die Klein ist im Augenblick sowieso nicht sonderlich gut auf uns zu sprechen.«

»Und wieso? Nur weil wir die Albaner nicht hochnehmen können?«

»Nur?! Sie hat mich gerade eben schon wieder angerufen und zugetextet! Als ob wir nichts Besseres zu tun hätten, als uns wochenlang mit unnützen Observierungen die Tage und Nächte um die Ohren zu schlagen. Die ist nach wie vor der festen Überzeugung, es mit einem großen Drogenring zu tun zu haben, und es gibt nichts, womit ich ihr das ausreden könnte.«

Brandt grinste Spitzer an und klopfte ihm auf die Schulter. »Die Klein ist der festen Überzeugung, es mit einem Drogenring zu tun zu haben. Und woher stammt diese Überzeugung? Na?«

»Von einem geheimen Informanten«, antwortete Spitzer.

»Und genau das werde ich als Argument nehmen, wenn ich ihr gleich meine geschätzte Aufwartung mache. Ob ich heute noch mal ins Büro komme«, er sah auf seine Armbanduhr und zuckte mit den Schultern, »keine Ahnung, aber eher nicht. Wenn was ist, ihr wisst ja, wie ihr mich erreichen könnt. Bis dann.«

»Viel Glück«, sagte Spitzer und sah Brandt nach, bis dieser die Tür hinter sich geschlossen hatte. Du wirst es brauchen, dachte er noch, bevor er sich wieder hinter seinen Schreibtisch begab.

Mittwoch, 14.25 Uhr

Büro von Elvira Klein.
Brandt betrat das Vorzimmer. Frau Schulz, die Sekretärin, sah ihn mit dem ihr eigenen verkniffenen Gesichtsausdruck an, der dem einer griesgrämigen Bulldogge ähnelte.

»Einen wunderschönen guten Tag, Frau Schulz. Ist Frau Klein zu sprechen?«

»Nein, sie telefoniert.«

»Na, wenigstens ist sie da. Dann warte ich eben.«

»Sind Sie angemeldet?«, fragte sie, obwohl sie genau wusste, dass Brandt sich nur äußerst selten anmeldete.

»Liebe Frau Schulz, wir kennen uns zwar noch nicht so lange, aber lange genug, dass Sie wissen müssten, wie sehr ich diese Formalitäten hasse.« Er warf einen Blick auf die Telefonanlage und grinste. »Sie hat aufgelegt. Ich geh dann mal rein.«

»Aber …«

Er klopfte kurz und kräftig an die Tür und öffnete sie, ohne ein »Herein« abzuwarten. Elvira Klein saß wie eine Spinne hinter ihrem Schreibtisch, gestylt wie meist, nur einmal hatte er sie in Jeans und Tennisschuhen gesehen, was, wie er fand, viel besser zu ihr passte als diese Designerkleidung, die sie noch kühler und kratzbürstiger wirken ließ, als sie ohnehin schon war.

»Herr Brandt, welche Ehre. Aber ich wüsste nicht, dass wir einen Termin vereinbart hätten.«

»Haben wir auch nicht. War auch keine Zeit dafür, ist ziemlich dringend.«

»Ah, etwa was Neues in Sachen Albaner? Ich habe doch erst vor kurzem mit Ihrem Vorgesetzten telefoniert.«

»Nein, nichts Neues«, antwortete er und nahm unaufgefordert Platz.

»Setzen Sie sich doch«, sagte sie schnippisch. »Also, was führt Sie zu mir, wenn nicht die Albaner?« Sie hatte die Hände gefaltet auf dem Schreibtisch liegen und sah Brandt durchdringend an.

»Ein ungeklärter Todesfall in Bruchköbel. Der erscheint mir im Moment wichtiger als diese Albaner, an die wir sowieso nicht rankommen, obwohl sie schon seit über drei Wochen rund um die Uhr observiert werden.«

»Irgendwann machen die einen Fehler, und dann

gnade ihnen Gott … Aber um was für einen ungeklärten Todesfall handelt es sich? Ich habe bisher nichts davon gehört.«

»Können Sie auch nicht, wir haben die Meldung erst vor ein paar Stunden reingekriegt. Ein gewisser Kurt Wrotzeck, Landwirt. Ist am 23. Juli vom Heuschober gefallen und hat sich laut ärztlichem Befund dabei das Genick gebrochen. Nun, heute morgen rief eine Frau an, die behauptet, der Unfall sei gar keiner gewesen, sondern Mord …«

Elvira Klein hob die Hand und lehnte sich zurück. »Ganz langsam. Wer hat angerufen, und worauf stützt die Frau ihre Behauptung?«

»Tut mir leid, die Frau hat ihren Namen nicht genannt. Sie hat nur gemeint, dass Wrotzeck es nicht anders verdient habe …«

»Ist das alles, was Sie zu bieten haben?«

»Nicht ganz. Frau Eberl und ich sind gleich nach dem Anruf nach Bruchköbel gefahren und haben uns bei der Familie umgehört. Dabei haben wir erfahren, dass Wrotzeck alles andere als beliebt im Ort war. Er hat, wie es aussieht, seine Frau und seine Kinder ziemlich drangsaliert und hatte vor allem einen langjährigen heftigen Streit mit seinem direkten Nachbarn.«

Als Brandt nicht weitersprach, sagte Klein: »Und weiter?«

»Was, und weiter?«

»Wurde zum Beispiel eine Autopsie durchgeführt?«

»Dann wäre ich ja wohl kaum hier bei Ihnen, Frau Klein. Außerdem wissen Sie doch über alle Autopsien Bescheid, die in unseren Zuständigkeitsbereich fallen. Ich bin hier, um eine Exhumierung des Leichnams zu beantragen und …«

»Sie brauchen gar nicht weiterzusprechen, ich kann nur sagen, vergessen Sie's. Allein auf einen anonymen Anruf hin werde ich keine Exhumierung genehmigen …«

»Ach ja, aber auf einen anonymen Hinweis hin, dass ein paar vermutlich unbescholtene Albaner einen großen Drogenring unterhalten könnten, werden fast alle Beamten seit Wochen für unnütze Observierungen abgestellt«, bemerkte Brandt bissig und beugte sich nach vorn. »Hören Sie, ist es Ihnen egal, ob jemand umgebracht wurde? Das ist doch gar nicht Ihre Art, oder sollte ich mich so in Ihnen getäuscht haben?«

»Herr Brandt, sind Sie sich eigentlich über die Kosten einer Exhumierung im klaren? Aber es wäre nicht nur die Exhumierung, sondern auch noch die rechtsmedizinische Untersuchung. Ich habe das zu verantworten, und sollte es ein Schuss in den Ofen sein, werde ich zur Rechenschaft gezogen und nicht Sie. Wie soll sich das denn Ihrer Meinung nach abgespielt haben?«

»Wrotzeck ist circa vier Meter tief gefallen, mehr weiß ich nicht. Aber ein erfahrener Landwirt wie er fällt nicht einfach so vom Heuschober …«

»Wieso nicht? Wenn er das Gleichgewicht verloren hat …«

»Möglich, aber irgendwie auch unwahrscheinlich. Was ist jetzt mit der Exhumierung?«

»Keine Chance.«

»Sehe ich in Ihren Augen etwa Angst vor Ihrem Boss?

Das kann ich mir beim besten Willen nicht vorstellen, nicht bei Ihnen.«

»Bitte, sparen Sie sich Ihre ironischen Bemerkungen. Das hat nichts mit Angst zu tun, sondern allein mit dem Kosten-Nutzen-Faktor.«

»Und was ist mit den Kosten für eine unnütze Observierungskampagne, obwohl wir weiß Gott Besseres zu tun hätten?! Kommen Sie, geben Sie sich einen Ruck, ich merke doch, dass Sie …«

»Dass ich was?«, fragte sie mit hochgezogenen Brauen.

»Inzwischen kennen Sie mich einigermaßen gut und ich Sie auch. Das wäre doch mal wieder ein richtiger Fall. Die Albaner werden von den Kollegen trotz allem nicht aus den Augen gelassen, heiliges Indianerehrenwort.«

Elvira Klein verzog den Mund zu einem Lächeln, wandte den Kopf ein wenig zur Seite und sagte: »Sie glauben also allen Ernstes, mich zu kennen. Gut, dann will ich Sie in dem Glauben lassen. Aber nennen Sie mir einen einzigen Grund, weshalb ich der Exhumierung zustimmen sollte. Nur einen einzigen.«

Brandt lächelte ebenfalls und meinte: »Weil dieser Wrotzeck laut seinem Sohn mehr Feinde hatte, als wir beide jemals zusammen haben werden.«

Elvira Klein fuhr sich mit der Zunge über die dezent geschminkten Lippen, stand auf und stellte sich mit dem Rücken ans Fenster.

»Also gut, ich werde sehen, was ich tun kann. Ihnen ist hoffentlich klar, was ich da auf mich nehme, oder?«

»Natürlich. Aber Sie kennen doch sicher den Spruch der Rechtsmediziner – wenn auf den Gräbern aller Ermordeten ein Lichtlein brennen würde, wären die Friedhöfe hell erleuchtet. Und wir wollen doch nicht, dass noch ein Licht dazukommt, nicht wahr?«

»Und Sie wissen hoffentlich, wie knapp unser Etat bemessen ist.«

»Tja, überall wird gestrichen, nur die Bonzen füllen sich die Taschen. Das ist die Ungerechtigkeit in unserer Zeit. Ich verspreche Ihnen, Ihr Einsatz wird nicht umsonst gewesen sein.«

Klein lächelte wieder, diesmal richtig charmant, und sagte: »Wie wollen Sie etwas versprechen, wenn Sie noch gar nicht das Ergebnis der Obduktion kennen?«

»Mein untrüglicher Riecher hat mich noch nie im Stich gelassen. Na ja, noch nie wäre übertrieben, aber meist hat er mich in die richtige Richtung geführt. Und diesmal bin ich mir sehr, sehr sicher.«

»Ihr Wort in Gottes Ohr. Haben Sie auch einen Wunsch, wer die Obduktion durchführen soll? Dr. Sievers vielleicht?«, fragte sie mit einem Unterton in der Stimme, der Brandt aufhorchen ließ. Ahnte sie etwas, oder wusste sie etwa Bescheid über seine Beziehung mit Andrea Sievers?

»Warum nicht? Sie ist sehr kompetent.«

»Das müssen Sie ja besonders gut wissen. Und ich auch, schließlich ist sie meine beste Freundin.«

»Seit wann wissen Sie's?«

»Ach, kommen Sie, die Spatzen pfeifen es inzwischen von den Dächern, oder haben Sie wirklich geglaubt, in einem Kaff wie Offenbach könnte man so was lange geheim halten? Ich wundere mich nur, dass Andrea bisher nicht den Mut aufgebracht hat, es mir persönlich zu sagen.«

»Eifersüchtig?«, fragte Brandt grinsend.

Elvira Klein lachte auf. »Auf Andrea? Überschätzen Sie sich nicht. Sie mögen *ihr* Fall sein …«

»Dachte ich mir schon. Aber ich glaube nicht, dass es Andrea an Mut fehlt, sie hatte wahrscheinlich nur Angst, Sie zu verletzen oder als Freundin zu verlieren. Ich rede mit ihr.«

»Brauchen Sie nicht. Warum denken die Leute nur immer so negativ über mich? Ich gönne jedem sein Glück, selbst Ihnen, Herr Brandt.«

»Danke, ich weiß das wirklich zu schätzen. Ich mach mich dann mal wieder an die Arbeit. Wann, meinen Sie, kann die Exhumierung durchgeführt werden?«

»Vielleicht schon morgen, ich werde zumindest sehen, was ich machen kann. Wir wollen doch nicht zu lange im dunkeln tappen, oder? So, ich erledige meinen Teil, und Sie hören sich weiter um. Und ich brauche wohl nicht zu betonen, dass ich …«

»… auf dem laufenden gehalten werden möchte. Schon klar. Und nochmals danke.«

Auf dem Weg zu seinem Wagen dachte Brandt über die vergangenen Minuten nach und schalt sich einen Narren, geglaubt zu haben, vor Elvira Klein seine Liaison mit Andrea Sievers auf ewig verbergen zu können. Er holte sein Handy aus der Hemdtasche und wählte die Nummer der Rechtsmedizin.

»Hi, ich bin's«, sagte er. »Ich komm gerade von deiner lieben Freundin … Ja, natürlich die Klein. Ich wollte dir nur mitteilen, dass sie über uns Bescheid weiß … Jetzt reg dich doch nicht so auf, wir reden heute abend in aller

Ruhe darüber. Sie scheint ein bisschen enttäuscht zu sein, dass sie es über Umwege erfahren hat … Nein, nicht von mir, aber hätt ich es leugnen sollen?… He, ich liebe dich, das wollte ich dir eigentlich nur sagen. Bis nachher, es kann allerdings ein wenig später werden, ich muss noch mal nach Bruchköbel … Ja, vermutlich ein Mordfall, aber auch darüber sprechen wir, wenn ich daheim bin. Ciao, bella.«

Er blieb noch ein paar Sekunden stehen, rief bei seinen Eltern an und erkundigte sich nach Sarah und Michelle, die beide mit Freundinnen unterwegs waren. Er dachte an Sarah und daran, was Andrea ihm am Morgen im Vertrauen gesagt hatte. Ihr erster Freund, über zweitausend Kilometer entfernt. Bald würde es ein Freund sein, der um die Ecke wohnte, und er würde nichts dagegen machen können. Brandt erinnerte sich mit Wehmut an seine erste große Liebe, die er ebenfalls mit fünfzehn kennengelernt hatte. Sie war fünf Jahre älter gewesen, und ihre Beziehung hatte fast ein Jahr gedauert, bis sie einen älteren Mann traf und ihn nur wenig später heiratete. Als sie mit ihm Schluss gemacht hatte, war für ihn eine Welt zusammengebrochen, denn er war der festen Überzeugung gewesen, nie wieder eine Frau wie sie kennenzulernen. Seine Depression hatte genau eine Woche angehalten. Er war nicht aus dem Haus gegangen, hatte kaum etwas gegessen, dafür umso mehr geheult. Bis er merkte, dass es ein Leben nach der Liebe gab und die Welt, die damals allein aus Offenbach bestand, voller hübscher junger Frauen war. Aber es war die erste große Liebe, die er nie vergessen würde, so wie es vielleicht Sarah ergehen würde, wenn sie sich wirklich einmal verlieben sollte und diese Liebe in die Brüche ging.

Ja, ja, die Liebe, dachte er und stieg ein, startete den Motor und hätte beinahe das Wichtigste vergessen – Spitzer und vor allem Eberl von seiner Unterredung mit Elvira Klein zu informieren. Er grinste still vor sich hin, als er die Kurzwahlnummer drückte und gleich darauf Eberl abnahm, die jetzt im Büro vor sich hin schwitzte.

»Hi, Nicole. Ich wollte nur kurz Bescheid geben, dass sie einverstanden ist.«

»Na hallo, wie hast du das denn gemacht? Hast du ihr versprochen, das ganze nächste Jahr jeden Tag ihr Auto zu waschen und zu polieren?«, fragte sie lachend.

»Du kennst mich doch, ich hab meine ganz speziellen Methoden, auch die härteste und unzugänglichste Frau um den Finger zu wickeln. Sogar eine Elvira Klein. Ciao, und richte es bitte Bernie aus.«

Er genoss still für sich den Triumph und fuhr zurück nach Bruchköbel, um unter vier Augen mit Thomas Wrotzeck zu sprechen und ihm möglicherweise ein paar Dinge zu entlocken, die er im Beisein seiner Mutter oder von Nicole Eberl nicht sagen wollte oder konnte.

Mittwoch, 16.05 Uhr

Der Wetterbericht hatte ausnahmsweise recht behalten, es war ein schwüler Tag, ein sehr schwüler Tag. Eine Schwüle, die alles langsamer werden ließ, das Atmen erschwerte, selbst die Kleidung klebte auf der

Haut. Dünne Schleierwolken bedeckten den Himmel, durch die die Sonne wie durch ein Milchglas auf die Erde brannte. Jetzt am Nachmittag war diese drückende Schwüle kaum noch zu ertragen, und Brandt hoffte, dass die vorhergesagten Gewitter auch kommen und die ersehnte Abkühlung bringen würden.

Er lenkte den Alfa auf den Hof der Wrotzecks und ging auf das Haus zu. Ein paar Arbeiter waren in der Ferne auszumachen. Liane Wrotzeck kam aus dem Haus, als hätte sie ihn bereits erwartet.

»Hallo, da bin ich schon wieder«, sagte er so freundlich wie möglich. »Ist Ihr Sohn zu sprechen?«

»Was wollen Sie denn von ihm? Glauben Sie etwa immer noch, dass mein Mann ermordet wurde?«, fragte sie mit leiser, monotoner und emotionsloser Stimme, und ihre Augen wirkten stumpf und leer, noch stumpfer und leerer als schon am Vormittag. »Es war ein Unfall, nichts als ein tragischer Unfall, und Thomas hat nichts, aber auch rein gar nichts damit zu tun.«

»Gehen wir ins Haus, oder wollen wir hier draußen reden?«, meinte Brandt.

»Was könnte ich Ihnen schon sagen? Aber bitte, wenn es unbedingt sein muss, gehen wir rein.«

Im Wohnzimmer sagte Brandt: »Sie sind sehr schön eingerichtet, das ist mir vorhin schon aufgefallen. Haben Sie das ausgesucht?«

»Ja.«

»Darf ich mich setzen?«

»Bitte.«

»Ihren Schilderungen von heute vormittag habe ich entnommen, dass Ihre Ehe nicht glücklich war. Das stimmt doch, oder?« Er hatte sich vorgenommen, nicht lange um den heißen Brei herumzureden, sondern gleich das Wesentliche anzusprechen.

Liane Wrotzeck reagierte mit einem Schulterzucken und nahm ebenfalls Platz. »Sind Sie auch noch Psychologe?«

»Nennen wir es Berufserfahrung. Ich bin seit über fünfundzwanzig Jahren bei der Polizei und habe unzählige Menschen kennengelernt. Ich spüre, wenn jemand glücklich ist und wenn nicht. Außerdem haben Sie bei unserm ersten Gespräch selber gesagt, dass es sicherlich glücklichere Ehen gibt. Erzählen Sie mir etwas über Ihren Mann. Sie brauchen auch keine Angst zu haben, dass ich Ihnen das Wort im Mund rumdrehe oder Ihnen gar einen Mord anlaste. Ganz bestimmt nicht, und ganz ehrlich, momentan haben wir nichts als einen Anruf, von dem wir nicht einmal wissen, ob der Anrufer überhaupt die Wahrheit gesagt hat.«

Sie schlug die Beine übereinander, nahm jedoch diesmal nicht die Abwehrhaltung ein, indem sie die Arme demonstrativ vor der Brust verschränkte, sondern legte sie auf die Sessellehne.

»Ich habe Ihnen doch vorhin schon so viel über ihn erzählt. Kurt war kein einfacher Mensch, aber er war auch nicht so böse, wie ihn viele hinstellen. Er war eben stur und hat sich nichts sagen lassen.«

»Wie lange waren Sie verheiratet?«

»Dreiundzwanzig Jahre.«

»Ich weiß, ich habe diese Frage schon einmal gestellt, ich würde aber trotzdem gerne wissen: Haben Sie Ihren Mann geliebt?«

»Als wir uns kennenlernten, mein Gott, da hat er schon was hergemacht. Dann war mit einem Mal Thomas unterwegs, und wir haben geheiratet. Aber kaum waren wir verheiratet, hat Kurt ein ganz anderes Gesicht gezeigt, eins, das ich nie sehen wollte. Aber wie heißt es doch so schön – man soll füreinander da sein und sich lieben und ehren«, sie machte eine Pause, »bis dass der Tod uns scheidet.«

Brandt hatte den Eindruck, als stünde Liane Wrotzeck kurz davor, sich allen Ballast von der Seele zu reden. Er beugte sich nach vorn und fragte leise und behutsam: »Was für ein Gesicht hat Ihr Mann gezeigt? Sie müssen diese Frage nicht beantworten, aber ich garantiere Ihnen, ich werde alles, was Sie mir sagen, absolut vertraulich behandeln.«

Sie schüttelte den Kopf und sah Brandt mit einem gewissen Stolz an. »Man soll die Toten in Frieden ruhen lassen. Was bringt es jetzt noch, Dinge über ihn zu erzählen, die längst der Vergangenheit angehören? Oder besser gesagt, wem nützt es?«

»Möglicherweise mir. Und vielleicht sogar Ihnen.«

»Mein Leben ist gelebt, ich habe weder etwas zu gewinnen noch zu verlieren. Er soll seinen Frieden haben. Warten Sie bitte, ich schaue nach, ob ich Thomas finden kann, denn wegen ihm sind Sie ja gekommen.« Sie wollte aufstehen, doch Brandt hielt sie zurück.

»Was haben Sie gefühlt, als Sie ihn tot in der Scheune liegen sahen?«

Liane Wrotzeck, die sich schon halb aus dem Sessel erhoben hatte, setzte sich wieder hin. Sie ließ ein paar Sekunden verstreichen, bevor sie antwortete: »Ganz ehrlich?

Nichts, und dafür schäme ich mich. Es war, als würde ich auf einen Fremden schauen. Ich kann bis heute keine Trauer empfinden.« Sie senkte den Blick, und Brandt betrachtete sie unauffällig. Sie ist zerbrechlich und doch stark, dachte er, und trotzdem werde ich das Gefühl nicht los, dass sie mir eine ganze Menge verschweigt.

»Ist Ihr Mann Ihnen gegenüber auch handgreiflich geworden?«, fragte er unvermittelt.

Sie schaute erschrocken auf, Brandt wusste, er hatte ins Schwarze getroffen.

»Warum fragen Sie mich das? Ist das etwa auch Berufserfahrung?«

»Wahrscheinlich.«

»Na ja, vielleicht würden Sie's ja so oder so erfahren. Ja, ab und zu ist ihm die Hand ausgerutscht. Vor allem, wenn er zu viel getrunken hat. Und in der letzten Zeit hat er ziemlich viel getrunken. Ich verstehe bis heute nicht, wie er in diesem Zustand noch arbeiten konnte … Bin ich jetzt verdächtig, ihn getötet zu haben?«, fragte sie nicht ohne einen Anflug von Spott in der Stimme.

»Um Himmels willen, nein. Ich möchte nur etwas über die Persönlichkeit Ihres Mannes herausfinden, um mir so ein klareres Bild von ihm machen zu können.«

Liane Wrotzeck lachte kurz und bitter auf und entgegnete: »Das Bild, das Sie von ihm bekommen werden, wird nicht sehr schön sein, denn ich nehme an, Sie werden außer mir auch noch andere über ihn ausfragen. Aber bevor Sie's von andern hören, will ich Ihnen gleich sagen, dass er mit jedem Jahr mehr zu einem unerträglichen Menschen geworden ist. Was glauben Sie, wie oft ich mit dem

Gedanken gespielt habe, alles hinzuwerfen und abzuhauen.« Sie nestelte mit den Fingern an einem Taschentuch und schüttelte den Kopf. »Aber da waren die Kinder, und wissen Sie, mit der Zeit gewöhnt man sich an alles. An die Tage, an denen er nicht mit einem spricht, oder wenn er abends einfach abhaut und keiner weiß, wo er hinfährt, oder wenn er betrunken nach Hause kommt und mit seinem Gebrüll alle aufweckt, oder wenn er sturzbesoffen in der Scheune liegt.« Sie machte eine Pause, stand auf und fragte: »Möchten Sie auch etwas zu trinken? Ich habe aber nur Wasser oder Saft, wir trinken nämlich keinen Alkohol.«

»Vielen Dank, ich nehme gerne ein Glas Wasser.«

»Es wird ein Gewitter geben«, sagte sie, während sie einschenkte.

»Sicher?«

»Die Tiere merken das lange vor uns. Sie werden unruhig.«

Brandt wollte nicht über das Wetter sprechen, auch wenn er merkte, dass Liane Wrotzeck gerne das Thema gewechselt hätte. »Um noch einmal auf Ihren Mann zurückzukommen, hat er sich auch an Ihren Kindern vergriffen?«

»Was meinen Sie mit vergriffen?«, fragte sie. Ihre Stimme hatte einen ängstlichen Unterton, als würde sie fürchten, gleich mit Fragen konfrontiert zu werden, die sie unter keinen Umständen beantworten wollte.

»Hat er sie geschlagen oder …?«

»Oder was? Ja, aber nur Allegra, weil sie die einzige hier war, die ihm schon als Kind ordentlich Widerworte gegeben hat. Sie hat es in Kauf genommen, hin und wieder eine gelangt zu bekommen. An Thomas hat er sich seltsamerweise nie vergriffen. Ich kann mich nur an einmal erinnern, aber da gab es auch einen triftigen Grund, und hätte Kurt es nicht getan, wäre mir ganz sicher die Hand ausgerutscht …«

»Warum hat er Ihre Tochter geschlagen?«

»Aus nichtigen Gründen«, antwortete sie ausweichend, ohne Brandt dabei anzusehen. Brandt spürte, dass dies nicht die ganze Wahrheit war, dass die Frau ihm gegenüber etwas verschwieg. Und er hoffte, es würde nicht das sein, was er vermutete oder gar befürchtete. Doch er würde jetzt nicht weiter in sie eindringen. Irgendwann, dachte er, wird sich die Zeit ergeben, wo ich es erfahre.

»Und die Zwistigkeiten zwischen Ihrem Mann und Thomas?«

»Die beiden waren zerstritten, seit Thomas ihm klipp und klar erklärte, dass er den Hof nicht übernehmen werde. Und das war so vor drei, vier Jahren …«

»Vor vier Jahren, Mama«, sagte Thomas, der wie ein Geist aus dem Nichts aufgetaucht im Wohnzimmer stand.

»Hast du gelauscht?«, fragte sie.

»Nur ein bisschen. Herr Kommissar, wenn Sie etwas über mich wissen wollen, warum fragen Sie mich dann nicht selbst? Und wie ich annehme, steht Ihre Mordtheorie noch, oder?«

»Sie ist zumindest noch nicht ganz vom Tisch. Ja, Frau Wrotzeck, vielen Dank für Ihre Offenheit (auch wenn es seiner Meinung nach noch vieles gab, das zu erfahren ihm wichtig erschien), ich würde mich dann gerne mit Ihrem Sohn unterhalten. Können wir das hier tun?«

»Ich habe sowieso noch einiges zu erledigen«, sagte sie, erhob sich und verließ das Zimmer. Thomas schloss die Tür hinter ihr und lehnte sich dagegen, die Hände in den Taschen seiner Jeans vergraben.

»Also, um es kurz zu machen, ich habe meinen Vater gehasst, aber ich habe ihn nicht umgebracht, obwohl es mir manchmal gewaltig in den Fingern gejuckt hat.« Er hob die Augenbrauen und sah Brandt herausfordernd an.

»Und warum hätten Sie ihn gerne umgebracht?«

»Nächste Frage.«

»Warum beantworten Sie mir die nicht? Haben Sie Angst, etwas zu sagen, was ich nicht hören sollte?«

»Vielleicht. Aber gut, es war immer dann, wenn er ausgerastet ist. Reicht Ihnen das?«

»Wenn er wem gegenüber ausgerastet ist?«

»Meiner Mutter und meiner Schwester gegenüber. Er hat sie behandelt wie den letzten Dreck. Mein Vater hat sein Vieh besser behandelt als seine Familie. Selbst den Angestellten gegenüber war er freundlicher, was man eben so als freundlich bezeichnen kann. Aber ich betone es noch einmal – weder meine Mutter noch ich haben etwas mit dem Tod des Alten zu tun. Wie wollen Sie überhaupt rauskriegen, ob es ein Unfall war oder nicht? Wollen Sie ihn etwa ausbuddeln lassen?«, fragte er mit unüberhörbarem Sarkasmus in der Stimme.

»Genau das werden wir tun. Wir ...« Er wollte noch etwas hinzufügen, als sein Handy klingelte. Er nahm es aus der Hemdtasche und meldete sich.

»Ja?«

»Klein, hier. Nur kurz zu Ihrer Information, die Exhumierung findet heute nacht um dreiundzwanzig Uhr statt. Ich würde es begrüßen, wenn Sie auch anwesend wären. Ich brauche nur noch die Adresse des Friedhofs, wo dieser Wrotzeck begraben liegt.«

»Kleinen Moment bitte.« Brandt wandte sich an Thomas: »Wo liegt Ihr Vater begraben?«

»Gleich hier vorn, hinter der Kirche. Ist eine alte Familiengruft, aber er wird mit Sicherheit der letzte aus seinem Clan sein, der dort beerdigt wurde.«

Brandt hatte die letzten Worte nur noch am Rande wahrgenommen und sagte zu Elvira Klein: »Ortsteil Butterstadt, hinter der Kirche. Ist gar nicht zu verfehlen.«

»Gut, dann bis heute abend.«

»Bis heute abend. Und vielen Dank.«

»Keine Ursache. Ich hoffe nur, dass diese Aktion nicht umsonst ist.«

Sie legte auf, ohne eine Entgegnung von Brandt abzuwarten. Er steckte das Handy wieder in seine Hemdtasche und sagte: »Das war unsere Staatsanwältin. Ihr Vater wird heute nacht exhumiert und anschließend in die Rechtsmedizin gebracht. Dort wird man sicher die genaue Todesursache ermitteln können.«

»Na, dann mal viel Spaß. Was für ein Glück für Sie, dass er nicht eingeäschert wurde«, meinte Thomas grinsend.

Ohne darauf einzugehen, sagte Brandt: »Meine Kollegin und ich waren vorhin noch bei Herrn Köhler. Er hält große Stücke auf Sie, Ihre Mutter und Ihre Schwester.«

Thomas wurde gleich wieder ernst, nickte und meinte: »Köhler ist schwer in Ordnung. Und wenn man bedenkt, was der alles durchgemacht hat … Erst seine Frau, dann Johannes …«

»Wie hat sich der Unfall abgespielt?«, fragte er, obwohl er bereits die Version von Köhler kannte.

Thomas hob die Schultern, atmete ein paarmal tief ein und blies die Luft kräftig wieder aus. Für einen Augenblick sah er zum Fenster, dann zu Brandt. »Das weiß keiner, weil es keiner gesehen hat. Das Auto ist von der Straße abgekommen und hat sich mehrfach überschlagen. Erst hat man vermutet, dass Johannes vielleicht unter Drogen- oder Alkoholeinfluss stand, aber ich hab der Polizei gleich gesagt, dass ich das für unmöglich halte, denn Johannes hat keinen Alkohol angerührt, weil Allegra dann bestimmt nicht bei ihm geblieben wäre. Ihr hat es schon gereicht, unsern Vater ständig besoffen erleben zu müssen. Und die Alkoholanalyse hat das auch bestätigt, 0,0 Promille. Und dann gab es noch die Wildtheorie oder dass irgendwas am Auto kaputt war, aber da wurde nichts gefunden. Bleibt nur noch das mit dem Wild. Und so ist es bis heute ein ungeklärter Unfall.«

»Wo genau hat sich der Unfall ereignet? Ich weiß von Herrn Köhler nur, dass es zwischen hier und Hammersbach war.«

Thomas stand auf, holte eine Karte und setzte sich neben Brandt. »Nicht weit von hier, so auf halber Strecke zwischen Braunsberg und Tannenkopf. Schauen Sie, hier wohnen wir, und da«, er deutete mit dem Finger drauf, »ist der Unfall passiert. Da ist übrigens auch Köhlers Frau tödlich verunglückt.«

»Hm. Ist das eine stark frequentierte Straße?«

»Überhaupt nicht. Auf der Straße können Sie nachts schlafen, ohne dass was passiert. Na ja, nicht ganz, aber da sagen sich Fuchs und Hase gute Nacht. Und gleich zweimal hat es jemanden aus der Familie Köhler an fast der gleichen Stelle erwischt. Na ja, und Allegra natürlich auch. Aber auf den Köhlers muss ein ganz böser Fluch liegen. Vielleicht hat mein Vater ja einen Voodoo-Zauberer engagiert, zuzutrauen wäre es ihm, obwohl, ich glaub, der wusste nicht mal, was Voodoo ist.« Thomas winkte ab. »Was soll's, ganz begreifen werde ich das alles wohl nie, denn Johannes war ein sehr vorsichtiger Fahrer. Ich bin ein paarmal mit ihm gefahren. Der hat bestimmt nicht zu den jungen Leuten gehört, die meinen, andern beweisen zu müssen, dass sie so gut wie Schumi sind. Er ist jedenfalls viel vorsichtiger gefahren als ich, und ich bin auch kein Raser. Der Unfall ist uns allen ein großes Rätsel. Ich kann ihn mir nur so erklären, dass ein Reh oder ein Hirsch plötzlich die Straße überquert hat und … Na ja, Spekulationen.«

»Wurde das Auto auf technische Defekte hin untersucht?«

»Natürlich, aber man hat nichts gefunden. Die Bremsen, die Lenkung, die Radaufhängung und so weiter, alles war intakt. Wenn Allegra sprechen könnte, würde sie uns mit Sicherheit sagen können, was da vorgefallen ist.«

»Wann haben Sie Ihre Schwester das letzte Mal gesehen?«

»Am Sonntag. Wissen Sie, da sitzt man neben jemandem, den man so gut kennt, die Augen sind offen … Scheiße, große gottverdammte Bullenscheiße! Ich spreche mit ihr, ich halte ihre Hand, aber da kommt nichts zurück, absolut nichts. Sie glauben gar nicht, wie sehr meine Mutter darunter leidet. Und ich spiel immer den Starken, obwohl ich jedes Mal heulen könnte, wenn ich an Allegra denke oder sie sehe. Wenn es einen Gott gibt, dann frag ich mich ernsthaft, wo er war, als das passiert ist, und warum er das überhaupt zugelassen hat. Die beiden haben doch niemandem etwas getan. Wie kann ein Auto mitten in der Nacht auf einer um diese Zeit kaum befahrenen Straße sich einfach so überschlagen? Ich versteh's nicht und werd's wahrscheinlich auch niemals verstehen.«

»Aber Ihr Vater war mit der Beziehung nicht einverstanden«, sagte Brandt, der zwar schon die Version von Thomas' Mutter kannte, aber es aus Thomas' Mund hören wollte.

»Nicht einverstanden?« Thomas sprang auf und tigerte im Zimmer hin und her, die Hände tief in den Hosentaschen vergraben. Seine Kiefer mahlten aufeinander, sein Blick war düster. »Der war nicht nur nicht einverstanden, der hat alles darangesetzt, die beiden auseinander zu bringen. Aber er hat es nicht geschafft, und das hat ihn noch wütender gemacht. Allegra und der Sohn seines größten Feindes, das ist ihm so was von gegen den Strich gegangen. Als die beiden noch Kinder waren, hat es ihm nichts weiter ausgemacht, aber später, als … Ist ja auch egal. Ein paarmal hat er Allegra eingesperrt, einfach so, um sie zu ärgern, aber sie hat sich nicht unterkriegen lassen. Sie hätten Allegra erleben müssen, als sie noch da war. Hab ich das nicht vorhin schon mal gesagt, ich meine, dass sie die Sonne hier im Haus war? Sei's drum. Ich liebe sie, und ich vermisse sie, und genau deshalb fällt es mir so schwer, ins Krankenhaus zu gehen und bei ihr zu sitzen und zu sehen, wie sie regungslos daliegt und nichts um sich herum wahrnimmt, und …«

»Woher wollen Sie wissen, dass sie nichts wahrnimmt? Ich habe von Wachkomapatienten gehört, die ihre Umwelt sehr wohl wahrgenommen haben, sich nur nicht äußern konnten, obwohl sie es eigentlich wollten.«

Thomas lachte bitter auf. »Das haben uns die Ärzte auch gesagt, aber ich glaube nicht daran. Sie ist in einer andern Welt, zu der wir keinen Zutritt haben. Ich habe mich nie für Religion interessiert, aber seit dem Unfall frage ich mich immer wieder nach dem Sinn des Lebens. Gibt es überhaupt einen, oder besteht er lediglich darin, geboren zu werden und eines Tages zu Staub zu zerfallen?«

»Sie sind noch so jung und stellen sich solche Fragen?«, sagte Brandt. »Ich bin seit vielen Jahren bei der Polizei und habe schreckliche Dinge gesehen und erlebt, doch ich finde das Leben immer noch schön und lebenswert.«

»Wie schön für Sie. Aber war Ihr Vater auch ein unberechenbarer Säufer und Diktator? Hat er Ihrer Mutter das Haushaltsgeld auch auf Heller und Pfennig zugeteilt, und wenn sie nicht damit über die Runden kam, hat's dann eine Tracht Prügel gesetzt? Oder haben Sie eine Schwester, die der netteste und liebenswürdigste Mensch ist, den Sie kennen, und die von Ihrem Vater verprügelt wurde, wenn sie nicht sofort und bedingungslos gespurt hat? Von all den andern Dingen ganz zu schweigen …«

»Moment«, wurde Thomas von Brandt schnell unterbrochen, der ahnte, wovon Thomas sprach, als er ebendiese

vage Andeutung machte, doch er wollte es von ihm hören.
»Von welchen andern Dingen sprechen Sie?«

Thomas verzog den Mund verächtlich und stieß hervor:
»Denken Sie sich einfach Ihren Teil, es wird schon richtig
sein. Meine Mutter und ich werden diesen Hof mit ziemlicher Sicherheit verkaufen und die Hölle, die wir hier erlebt
haben, hinter uns lassen …«

»Von was für einer Hölle sprechen Sie?«

»Ist das nicht egal?«, fragte er schulterzuckend zurück.

»Denk ich nicht. Allerdings definiert jeder Mensch
Hölle anders. Aber lassen Sie mich so fragen – hat Ihr
Vater sich an irgendeinem von Ihnen vergangen, Ihrer
Schwester zum Beispiel?«

Thomas lachte auf und schüttelte den Kopf. »Ah, in die
Richtung denken Sie. Nee, das hätte ich mit Sicherheit gewusst, und glauben Sie, dann hätte mein alter Herr nicht
eine Minute länger gelebt, dann hätte ich ihn umgebracht.
Also noch mal, nein, er hat sich nicht an ihr vergangen, obwohl sie wirklich ausgesprochen hübsch ist. Hier«, sagte
er und nahm das Foto vom Schrank, das Brandt schon
beim ersten Besuch in der Hand gehalten hatte, und reichte
es Brandt, der so tat, als würde er es nicht kennen, »das neben meiner Mutter ist Allegra. Das hübscheste Mädchen
weit und breit. Zum Glück hat der Alte sie wenigstens
nicht mit seinen Drecksfingern begrapscht. Aber er ist regelmäßig in bestimmte Clubs und Bars gegangen und hat
dort den Huren das Geld in den Rachen gestopft. Der hat
so viel Geld bei seinen diversen Damen gelassen, davon
hätte man bestimmt zwei oder drei tolle Einfamilienhäuser
bauen können. Aber er hatte es ja, dieser Hof wirft schließ-

lich einen außergewöhnlich hohen Ertrag ab. Vor allem seine beiden Zuchtbullen.«

Mit einem Mal lachte Thomas auf und schüttelte den Kopf, zog die Stirn in Falten und sah Brandt an.

»Ich erzähle Ihnen jetzt eine kleine Geschichte, die aber nicht für andere Ohren bestimmt ist, von der ich jedoch genau weiß, dass sie wahr ist, weil sie einfach zu meinem alten Herrn passt. Der hat nämlich seine Kunden ganz schön geleimt. Die Zuchtbullen sind die meiste Zeit im Stall. Sie werden zwischen April und Oktober nur zwei Stunden pro Tag nach draußen auf eine spezielle Weide gelassen, damit sie schön gesund bleiben. Wir haben aber noch eine andere Bullenweide, wo die Viecher bis auf den Winter die ganze Zeit draußen sind, genau wie die Kühe. Der Samen von den Zuchtbullen ist ziemlich teuer, das heißt, wenn ein Kunde kommt und eine seiner besonderen Kühe besamen lassen möchte, muss er schon ein paar große Scheine auf den Tisch legen. Nur, bekommt der Kunde auch die Ware, die er geordert hat?« Thomas lachte wieder auf und fuhr fort: »Na ja, nicht immer, denn der alte Wrotzeck hat mit unserem geschätzten Viehdoktor Dr. Müller, der ganz gut an meinem Vater verdient hat, ein paar nicht sehr schöne Geschäfte gemacht. Dabei ging es darum, dass der Samen der Zuchtbullen mit dem von andern Bullen einfach gemischt wurde, beim Wein würde man panschen sagen. Merkt ja eh keiner, dass der Samen nicht rein ist. So hat mein alter Herr für relativ wenig ziemlich viel bekommen. Der hat seine Kunden dermaßen gelinkt, aber bis heute hat sich keiner beschwert.«

»Und woher wissen Sie das?«

85

»Ich hab mal zufällig ein Gespräch zwischen den beiden belauscht. So, war das alles, oder haben Sie noch Fragen? Ich hab nämlich noch ein bisschen was zu tun, denn seit der Alte in der Grube liegt, muss ich kräftig mit anpacken.«

»Woher wissen Sie das mit den Huren?«

»Ich bin ihm mal nachgefahren«, antwortete Thomas lässig.

»Und was hat Ihre Mutter dazu gesagt?«

»Keine Ahnung, ob sie's weiß, ich hab's ihr jedenfalls nicht erzählt. Noch was?«

»Nein, vorerst war's das. In welchem Krankenhaus liegt Ihre Schwester?«

»Wieso, wollen Sie sie besuchen?«

»Vielleicht.«

»Im Hanauer Klinikum. Und viel Erfolg bei der Mörderhatz.«

»Ich denke, Sie sind überzeugt, dass es ein Unfall war«, bemerkte Brandt ironisch.

»Sicher, aber Sie sind anderer Meinung. Mal schauen, wer recht hat. Wir werden uns ja bestimmt nicht das letzte Mal gesehen haben. Wiedersehen.«

»Wiedersehen.«

Brandt stieg in seinen Wagen, der im Innern durch die unerträgliche Hitze einem Glutofen glich. Bevor er den Motor anließ, sah er einen kleinen schmächtigen Mann auf einem Fahrrad auf den Hof einbiegen. Er trug einen beigefarbenen Sommeranzug und ein weißes Hemd und hellbraune, luftige Schuhe. Ein südländischer Typ, vermutlich Italiener, dachte Brandt, drehte den Zündschlüssel und stellte die Klimaanlage an. Er hatte noch Zeit und wollte, bevor er zurück nach Offenbach fuhr, einen Abstecher in die Klinik machen. Warum, wusste er selbst nicht, vielleicht, weil jeder, mit dem er bisher gesprochen hatte, so sehr von Allegra Wrotzeck geschwärmt hatte.

Mittwoch, 17.50 Uhr

Brandt erkundigte sich an der Information, wo Allegra lag, fuhr mit dem Aufzug nach oben und klingelte an der Tür zur Intensivstation. Eine Schwester kam, er zeigte seinen Ausweis und bat darum, Allegra sehen zu dürfen.

»Zimmer drei«, sagte die zierliche Person mit zuvorkommendem Lächeln. »Haben Sie ein Handy dabei?«

»Oh, Entschuldigung, ich mach's schon aus.« Er schaltete es aus und steckte es wieder ein.

»Haben Sie schon einmal einen Wachkomapatienten gesehen?«

»Nein«, antwortete er.

»Es ist, als ob sie schlafen, nur mit dem Unterschied, dass sie die Augen die meiste Zeit offen haben. Bei Allegra ist es nicht viel anders.«

»Was meinen Sie mit nicht viel anders?«

»Na ja, bei ihr haben wir immer öfter das Gefühl, als würde sie ihre Umwelt wahrnehmen, obwohl das eigentlich eher ausgeschlossen ist.«

»Wie stehen ihre Chancen, dass sie wieder aufwacht?«

»Das kann ich Ihnen nicht beantworten, da müssten Sie

schon einen unserer Ärzte fragen. Doch je länger ein Patient in diesem Zustand verharrt, desto unwahrscheinlicher wird es, das ist leider eine traurige Erfahrung. Aber gehen Sie ruhig rein, ich denke, sie freut sich über jeden Besuch«, sagte sie mit einem beinahe liebevollen Ton in der Stimme.

»Ich dachte, sie merkt nicht, wenn jemand bei ihr ist«, entgegnete Brandt.

»Sie ist eine Ausnahme. Ihre Vitalfunktionen werden manchmal lebhafter, sobald jemand ins Zimmer tritt. Aber wenn Sie mehr wissen möchten, hole ich unsere diensthabende Ärztin. Sie kann Ihnen mit Sicherheit bessere Auskünfte geben.«

»Das wäre sehr nett«, sagte Brandt.

Er schaute sich im Gang um und warf einen Blick in Allegras Zimmer. Die gerufene Ärztin, die Brandt auf Mitte bis Ende dreißig schätzte, kam mit schnellen Schritten auf ihn zu und begrüßte ihn. Auf ihrem Namensschild stand »Dr. M. Bakakis«. Sie hatte einen griechischen Namen und sah auch aus wie eine Griechin, halblanges schwarzes Haar, dunkle, ihn neugierig und ein wenig kritisch musternde Augen und diese typische Nase, die er schon bei vielen griechischen Frauen gesehen hatte.

»Dr. Bakakis«, sagte sie ebenso freundlich wie die Schwester und reichte ihm die Hand. »Ich habe gehört, dass Sie von der Polizei sind. Wie kann ich Ihnen behilflich sein?«

»Genau genommen komme ich von der Kripo Offenbach. Ich habe in Bruchköbel einen Fall zu bearbeiten. Deshalb würde ich gerne nach Frau Wrotzeck schauen.«

»Bitte, gehen wir doch hinein.« Sie lehnte sich gegen die Wand. »Setzen Sie sich ruhig, Sie stören Allegra nicht. Darf ich fragen, um was für einen Fall es sich handelt, oder fällt das unter Ihre Schweigepflicht?«

»Es geht um den Tod ihres Vaters. Da gibt es ein paar Ungereimtheiten, das ist alles. Ich habe vorhin von ihrer Familie erfahren, dass sie im April einen schweren Autounfall hatte und seitdem bei Ihnen liegt. Und ich dachte mir, nach ihr zu sehen, könnte nicht schaden.« Brandt nahm auf dem Stuhl neben Allegras Bett Platz und betrachtete die junge Frau. Sie hatte die Augen geöffnet, als würde sie regungslos an die Decke starren. Über eine Sonde wurde sie künstlich ernährt, ein Monitor zeichnete ihre Vitalfunktionen auf.

»Allegra ist momentan die einzige Wachkomapatientin bei uns. Sollte jedoch innerhalb der kommenden vier bis sechs Monate nicht eine entscheidende Wende eintreten, werden wir sie in ein Pflegeheim verlegen müssen.«

»Und was bedeutet das konkret?«

»Eine entscheidende Wende? Nun, dass sie zum Beispiel erste Regungen zeigt, wie etwa selbständig die Zehen oder Finger zu bewegen oder im positivsten Fall direkt auf äußere Reize oder Ansprache zu reagieren. Dann würden wir sie natürlich noch weiter hier behalten.«

»Und wie stehen die Chancen Ihrer Meinung nach?«

Dr. Bakakis kam ans Bett, nahm Allegras rechten Fuß und fuhr mit einem Stift über die Sohle. Ein deutlich sichtbares Zucken der Zehen war die Folge.

»Haben Sie das gesehen?«, fragte die Ärztin.

»Was?« Brandt war unkonzentriert, die Hitze des

Tages, die anstrengenden Befragungen hatten Spuren hinterlassen.

»Schauen Sie genau hin, wenn ich mit dem Stift über die Fußsohle fahre. Jetzt. Haben Sie's gesehen?«

»Sie meinen die Zehen? Und was bedeutet das?«

»Man sollte jetzt nicht gleich in Euphorie verfallen, aber es zeigt doch, dass Allegra sehr wohl reagiert, denn es ist nicht nur der rechte Fuß, sondern auch der linke und die Hände. Und das macht uns Hoffnung. Seit vergangener Woche können wir insgesamt eine markante Veränderung ihres Zustands erkennen. So haben sich etwa ihre Hirnströme im positiven Sinn verändert. Und das ist eines der auffälligsten Zeichen. Außerdem zeigt das Computertomogramm keinerlei Hirnschädigungen. Also werden wir die Hoffnung nicht aufgeben.«

»Ich habe ein Foto von ihr gesehen, sie ist bildhübsch.«

»Ja, das ist sie. Jetzt schaut sie natürlich nicht so vorteilhaft aus, aber sollte sie aufwachen und allmählich wieder ins normale Leben zurückfinden, was allerdings ein langer Prozess werden kann, wird sie auch wieder aussehen wie vor dem Unfall.«

»Bekommt sie viel Besuch?«, fragte Brandt, der selbst nicht wusste, warum er diese Frage stellte, hatte er doch von Allegras Bruder und Mutter erfahren, dass sie längst nicht jeden Tag zu ihr kamen.

Dr. Bakakis lächelte, streichelte Allegra über die Wange und antwortete: »Jeden Tag kommt ein Mann für zwei Stunden und sitzt an ihrem Bett. Jeden Tag. Ihr Vater war nur drei- oder viermal hier, ihre Mutter und ihr Bruder kommen zwei- oder dreimal in der Woche.

Sonst kriegt sie keinen Besuch. Sie sind einer der ganz wenigen.«

»Was für ein Mann?«, fragte Brandt mit gerunzelter Stirn.

»Er ist Italiener und kommt außer mittwochs immer zwischen achtzehn und zwanzig Uhr. Nur mittwochs ist er schon um drei da.«

»Haben Sie seinen Namen?«

»Matteo Caffarelli. Ein ausgesprochen liebenswürdiger Mensch. Wir alle hier auf der Station kennen ihn.«

»Und warum kommt er jeden Tag? Ist das nicht ungewöhnlich, dass ein Fremder sich jeden Tag an das Bett eines Mädchens setzt und ...«

»Er ist ganz bestimmt kein Fremder. Herr Caffarelli leitet einen Chor, in dem Allegra gesungen hat. Mittlerweile sind wir alle hier überzeugt, dass, wenn überhaupt einer Allegra ins Leben zurückführen kann, er es sein wird.« Dr. Bakakis' Augen bekamen einen seltsamen Glanz, als sie fortfuhr: »Sie müssten ihn sehen, wie liebevoll er sich um Allegra kümmert. Er hat ihr schon ganze Bücher vorgelesen, erzählt ihr Geschichten oder singt ihr etwas vor, meist auf Italienisch. Und keiner von uns hat ihn jemals unfreundlich erlebt. Es gibt eben doch noch außergewöhnliche Menschen. Und er hat sich auch nicht von seinen Besuchen abbringen lassen, als Herr Wrotzeck ihn einmal hier auf dem Flur angeschrien hat und ihn gefragt hat, was er überhaupt bei Allegra wolle, das gehe ihn doch alles gar nichts an, das sei eine Familienangelegenheit. Und wissen Sie, wie Herr Caffarelli reagiert hat? Er hat Herrn Wrotzeck aussprechen lassen und dann gesagt, dass er möchte, dass Allegra so bald wie möglich wieder aufwacht, denn er brauche sie in seinem Chor.«

»Und was hat Herr Wrotzeck darauf erwidert?«

»Er ist abgezogen, weil er keine Argumente gegen Herrn Caffarelli hatte.«

»War er vorhin hier? Ein eher kleiner schmächtiger Mann in einem hellen Anzug?«, fragte Brandt.

»Ja«, antwortete Dr. Bakakis verwundert. »Kennen Sie ihn etwa?«

»Nein, da kam nur vorhin jemand auf den Hof der Wrotzecks, ein südländischer Typ. Mit dem Fahrrad.«

»Herr Caffarelli kommt bei schönem Wetter immer mit dem Fahrrad. Vielleicht hat er kein Auto, oder er nimmt bei schlechtem Wetter den Bus. Außerdem ist es auch nicht besonders weit von unserer Klinik bis nach Bruchköbel.« Sie machte ein entschuldigendes Gesicht und sagte dann: »Ich würde Ihnen gerne noch weiter Rede und Antwort stehen, aber ich habe noch zu tun. Sie können natürlich so lange hier bleiben, wie Sie möchten.«

»Nein, ich muss auch los. Ich wollte eigentlich nur mal kurz reinschauen. Es ist schon traurig, wie so ein Unfall ein Leben völlig verändern kann.«

»Nicht nur das von Allegra«, erwiderte Dr. Bakakis, »sondern vor allem das der Angehörigen. Aber wir geben die Hoffnung nicht auf, dass sie wieder aufwacht. Wenn Sie mich jetzt bitte entschuldigen wollen.« Brandt stand auf. Die Ärztin warf einen langen Blick auf den Monitor und sagte: »Sie merkt, dass jemand anders im Zimmer ist. Hier, schauen Sie, ihr Herzschlag hat sich ab dem Moment beschleunigt, in dem Sie aufgestanden sind, als wäre sie aufgeregt. Warten Sie bitte noch. Setzen Sie sich noch einmal hin und nehmen Sie ihre Hand. Halten Sie sie einfach so, als wäre Allegra Ihre Tochter.«

Brandt folgte der Bitte und nahm die Hand. »Und?«, fragte er.

»Sie hat sich wieder beruhigt. Stehen Sie bitte auf«, sagte die Ärztin, ohne den Blick vom Monitor zu nehmen. Brandt erhob sich erneut. Dr. Bakakis schüttelte den Kopf. »Wieder dieser beschleunigte Herzschlag. Das sind genau die Reaktionen, von denen ich gesprochen habe und die uns Hoffnung machen. Aber so stark hat sie bisher nie reagiert, außer bei Herrn Caffarelli und einmal bei ihrer Mutter und ihrem Bruder.«

»Hat Allegra Angst, oder was zeigt das da auf dem Monitor?«

»Nein, sie hat ganz sicher keine Angst, denn dann hätte sich ihr Herzschlag nicht beruhigt, als Sie ihre Hand genommen haben. Ich nehme an, sie ist aufgeregt und freut sich, aber … Ich weiß es einfach nicht, wir müssen sie in den folgenden Tagen sehr intensiv beobachten. Vielleicht finden Sie ja mal Zeit, wieder vorbeizuschauen. Allegra würde sich bestimmt freuen.«

»Ich werde es versuchen. Vielen Dank für Ihre Hilfe«, sagte Brandt und reichte Dr. Bakakis die Hand.

»Wofür?«

»Nur so. Und kümmern Sie sich weiter so gut um Allegra. Ich wünsche mir auch, dass sie wieder aufwacht.« Und an Allegra gewandt: »Und du kommst jetzt mal allmählich aus deinem Schneckenhaus hervor. Du kannst das doch deiner Umwelt nicht antun. Es gibt so viele Menschen, die dich lieben«, sagte er und erschrak selber über seine Worte. Er schaute Dr. Bakakis entschuldigend an. »Tut mir leid ...«

»Braucht es nicht, jede Ansprache ist gut. Kommen Sie wieder. Tschüs.«

Brandt nahm diesmal die Treppe, lief mit schnellen Schritten zu seinem Auto und machte sich auf den Weg nach Hause. Das Bild von Allegra ging ihm nicht aus dem Kopf. Im Radio lief gerade Werbung, und er schaltete es aus. Wie gut geht es mir doch, dachte er während der Fahrt. Wie verdammt gut!

Mittwoch, 19.15 Uhr

Andrea war bereits da und hatte schon den Tisch gedeckt, doch von Sarah und Michelle war nichts zu sehen oder zu hören, keine laute Musik aus ihren Zimmern, der Fernseher war aus. Sie wollten die letzten Tage der Sommerferien wohl noch einmal richtig genießen, zudem es mit Sicherheit genügend Gesprächsstoff gab, den vor allem Sarah mit ihrer besten Freundin zu teilen hatte. Ein Freund, ein Spanier, ein Don Juan! Und er war natürlich wieder einmal der letzte, der es erfahren hatte, und auch das nur über Umwege. Wenn er heute am Frühstückstisch Andrea nicht so beharrlich auf Sarahs seltsames Verhalten angesprochen hätte, wüsste er noch immer nichts. Doch mitten in diese Gedanken tauchte sein Besuch bei Allegra vor seinen Augen auf, und er dachte, wie dumm er doch war, sich über die Geheimniskrämerei seiner Frauen aufzuregen, schließlich waren sie alle gesund und lebten. »Idiot«, sagte er leise zu sich selbst, ging zu Andrea und gab ihr einen Kuss. Er merkte erst jetzt die Anstrengung des Tages, der noch längst nicht vorüber war. Zudem war er durchgeschwitzt, alles klebte an ihm, er würde noch vor dem Abendessen duschen und sich frische Sachen anziehen. Andrea sah ihn nur schweigend an und sagte dann ohne eine Begrüßung, doch in einem merkwürdig kühlen Ton, den er von ihr nicht gewohnt war: »Was macht dein Mordfall?«

»Keine Ahnung, ob's überhaupt einer ist. Aber warum guckst du mich so an?«

»Ach, nichts weiter«, antwortete sie und holte Brot aus dem Schrank.

»Für nichts weiter verhältst du dich aber ganz schön komisch. Sag bloß, es ist wegen der Klein?«

»Sag bloß, es ist wegen der Klein«, äffte sie ihn nach. »Warum bist du überhaupt drauf eingegangen? Oder gehört das auch zu euren kleinen neckischen Spielchen?«

»Jetzt mach aber mal halblang! Irgendwer hat es ihr gesteckt, und wenn sie ohnehin schon Bescheid weiß, warum sollte ich dann so tun, als wüsste ich selbst von nichts?! Und außerdem ist mir jetzt ein ganzes Stück wohler, wenn das verdammte Versteckspiel endlich vorbei ist …«

»Aber doch nicht so …«

»Sie hat selbst gesagt, dass du ihre beste Freundin bist. Warum hast du es ihr nicht längst erzählt? Ihr kennt euch länger und seht euch auch öfter. Schieb mir jetzt also bitte nicht den schwarzen Peter zu, dafür bin ich nämlich ganz und gar nicht in der Stimmung.«

Andrea schürzte die Lippen. Ihr Blick sagte mehr, als tausend Worte es vermocht hätten. Sie ließ sich auf die Couch fallen und drückte ein Kissen fest an ihre Brust. Brandt setzte sich neben sie und wollte sie umarmen, doch sie wandte sich ab.

»Was ist das jetzt? Wollen wir uns deswegen streiten? Ändert das irgendetwas an unserer Beziehung? Ich hoffe nicht.«

»Ich bin einfach nur sauer«, stieß sie hervor und machte dabei ein Gesicht wie ein störrisches Kind.

»Auf wen?«, fragte Brandt und vermied es tunlichst zu grinsen, obwohl ihm danach war. »Auf mich oder auf dich?«

Sie antwortete nicht gleich, nahm nur blitzschnell das Kissen und schlug damit mehrfach auf ihn ein. »Auf dich, auf mich, auf alle! Und weißt du eigentlich, wie spät es ist? Na, klingelt's jetzt?«

»Nee, aber du wirst mir bestimmt gleich sagen, warum es klingeln sollte.«

»Das ist wieder mal typisch. Hatten wir heute morgen nicht ausgemacht, ins Kino zu gehen? Aber so was vergisst der werte Herr ja geflissentlich!«

»Uups, das hab ich wirklich ganz vergessen«, sagte er mit entschuldigender Miene. »Und daraus wird auch leider nichts, weil ich nachher noch bei einer Exhumierung dabei sein muss. Du wirst morgen eine Leiche auf den Tisch kriegen, die seit knapp vier Wochen unter der Erde liegt. Und es wird deine Aufgabe sein herauszufinden, ob der Gute eines natürlichen Todes gestorben ist oder umgebracht wurde.«

»Na toll! Und wann findet das große Ereignis statt?«

»Um elf, wenn alle, na ja, fast alle schlafen. Du kennst doch das Procedere. Wenn du möchtest, kannst du mitkommen, das wird dann ein Realityfilm mit Gruselfaktor. Besser als jedes Kino.«

»Blödmann!«

»Stimmt. Kommst du nun mit oder nicht?«

»Mal sehen.«

»Ich bin fast sicher, dass der Sohn des Toten auch da sein wird. Du könntest mir dann auch gleich deinen Eindruck von ihm schildern.«

»Wieso?«, fragte Andrea verwundert.

»Ich kann den Jungen nicht greifen. Der ist zweiundzwanzig, hochintelligent und studiert Jura. Er hat mir zwar 'ne Menge erzählt, aber irgendwie hält er mit ein paar wesentlichen Sachen hinterm Berg. Genau wie seine Mutter. Ich bin wirklich gespannt auf das Ergebnis der Obduktion.«

»Um was geht's eigentlich?«, fragte Andrea, sichtlich ruhiger geworden, ihr Unmut schien schon wieder verraucht.

Brandt schilderte in knappen Worten die Ereignisse des Tages und berichtete zuletzt von seinem Besuch bei Allegra Wrotzeck, ohne Matteo Caffarelli zu erwähnen. Als er geendet hatte, sagte Andrea, die sich aufrecht hingesetzt hatte: »Wenn ich das richtig verstanden habe, hätte fast ganz Bruchköbel ein Motiv gehabt, diesen Wrotzeck um die Ecke zu bringen. Wobei es noch gar nicht klar ist, ob er überhaupt umgebracht wurde, was nichts anderes heißt, als dass wieder einmal alles von den unbestreitbaren und grandiosen Fähigkeiten von uns begnadeten Rechtsmedizinern abhängt, deren Mittel aber seit Jahren permanent gekürzt werden, die Überstunden bis zum Umfallen schieben müssen und die nur etwa jeden sechsten bis achten unnatürlichen Todesfall aufdecken. Und warum? Weil wir notorisch unterbesetzt sind, immer mehr Institute geschlossen werden und …«

Brandt stoppte ihren Redefluss mit einer Handbewegung. »Liebste Andrea, ich kann deine Erregung sehr wohl verstehen, und du darfst mir auch gleich weiter alles Mögliche um die Ohren schlagen, nur bitte, ich will duschen und mich umziehen, denn an mir klebt alles.«

»Hau doch ab«, sagte sie mit gespieltem Schmollmund und rief ihm hinterher: »Übrigens, es war kein Unfall!«

Brandt drehte sich um und sah sie fragend an. »Wie kommst du darauf?«

»Weibliche Intuition.«

»Aha, und weiter?«

»Du hättest dir einfach mal selbst zuhören müssen. Und ich hab's mir überlegt, ich komm nachher mit.«

»Wo sind eigentlich meine beiden entzückenden Töchter?«

»Sarah schläft bei ihrer besten Freundin und Michelle bei deinen Eltern. Ich bin eben besser informiert als du«, sagte sie grinsend. »Na ja, sie haben vorhin versucht, dich zu erreichen, aber nur deine Mailbox war an. Also haben sie's hier probiert. Ich war zum Glück schon da.«

»Ich musste im Krankenhaus mein Handy ausschalten

und hab vergessen …« Er winkte ab und begab sich ins Bad, wo er sich auszog, unter die Dusche stellte und das lauwarme Wasser lange über seinen Körper laufen ließ. Er trocknete sich ab, rasierte sich, was er am Morgen nicht mehr geschafft hatte, und fühlte sich danach wie ein neuer Mensch.

Peter Brandt und Andrea Sievers aßen zu Abend, Brot mit Wurst und Käse sowie frisch geschnittene Gurkenscheiben und Tomaten, dazu tranken sie Pfefferminztee. Anschließend räumten sie gemeinsam den Tisch ab und spielten eine Partie Schach, was sie in letzter Zeit des öfteren taten, wenn sie sich entspannen wollten. Diesmal gewann Andrea, die konzentrierter war, weil Brandt immer wieder an den zurückliegenden Tag denken musste, wobei ihn besonders der Besuch bei Allegra im Krankenhaus beschäftigte. Er stellte sich vor, Sarah oder Michelle befänden sich in einer solchen Situation und er müsste jeden Tag an ihrem Bett sitzen und hoffen, einfach nur hoffen, dass ein Wunder geschähe. Er wollte es sich nicht vorstellen, aber er konnte diesen Gedanken nicht verdrängen.

»An was denkst du?«, fragte Andrea nach einer Weile des Schweigens.

»Nichts weiter«, antwortete er und schaute zur Uhr. Zwanzig vor zehn. »Kennst du eigentlich Bruchköbel?«

»Nein, ich weiß nicht mal genau, wo das liegt.«

»Komm, fahren wir, ich zeig dir die Gegend, auch wenn's schon dunkel ist. Wahrscheinlich sind die Bürgersteige bereits hochgeklappt und die Rollläden runtergelassen, doch du kannst dir trotzdem einen ersten Eindruck verschaffen.«

»Ich zieh mir nur schnell 'ne andere Jeans an, dann können wir los. Wird Elvira auch da sein?«

»Ja, wird sie.«

»O Mann, aber gut, da muss ich jetzt durch.«

Andrea hielt sich fast zwanzig Minuten im Bad auf. Sie hatte sich geschminkt und nicht nur eine andere Jeans, sondern auch eine karierte Sommerbluse und Leinenschuhe angezogen. Sie duftete nach einem fruchtigleichten Parfum, das perfekt zu dieser heißen Zeit passte. Brandt vergewisserte sich, dass auch alles ausgeschaltet war, und um Punkt zehn verließen sie die Wohnung. Im Westen leuchtete der Himmel immer wieder kurz auf, was Brandt mit einem gewissen Unbehagen registrierte, denn er stellte sich vor, dass plötzlich ein Gewitter über sie hereinbrach, während sie auf dem Friedhof waren.

Um diese Zeit benötigten sie kaum eine Viertelstunde, bis sie das Ortsschild von Bruchköbel passierten. Es sah aus, wie er prophezeit hatte, kaum ein Mensch war auf der Straße, hinter den meisten Fenstern brannte Licht, auch wenn es häufig nur durch die Ritzen von Rollläden schimmerte, selbst Autos begegneten ihnen nur wenige. Dafür ein immer schneller näher ziehendes Wetterleuchten und aufkommender Wind, der mit teils starken Böen gegen das Auto drückte.

»Mein Gott, das ist ja wie in einer andern Welt«, bemerkte Andrea, als Brandt den Alfa durch die Straßen lenkte. »Wie groß ist dieses Nest?«

»Als Nest würde ich es nicht bezeichnen, es zieht sich nämlich ganz schön auseinander. Aber ich schätz mal so zwischen zwanzig- und fünfundzwanzigtausend Einwohner. Jetzt kann man natürlich nicht so viel sehen, aber die haben hier ein paar sehr schöne Fachwerkhäuser. Wenn wir Zeit hätten, könnten wir mal durch die Gassen schlendern, aber das verschieben wir lieber auf ein andermal. Außerdem fürchte ich, dass wir bald ganz schön nass werden.«

»Schon möglich«, erwiderte sie, als würde ihr das nichts ausmachen. »Und wo liegt dieser Wrotzeck?«

»In Butterstadt, das ist der kleinste Stadtteil. Reines Land.«

Brandt fuhr mit Andrea die verschiedenen Ortsteile ab, um schließlich von Oberissigheim einen Umweg nach Butterstadt zu nehmen. Er kam dabei an der Stelle vorbei, an der Allegra mit ihrem Freund verunglückt war, und drosselte die Geschwindigkeit. »Wie kann hier ein Unfall passieren?«

»Was für ein Unfall?«

»Allegra Wrotzeck und ihr Freund und davor schon dessen Mutter. Ist mir irgendwie unbegreiflich.«

»Es gibt doch solche Straßen, wo permanent irgendwelche Unfälle passieren und keiner sagen kann, warum.«

»Diese Straße gehört aber nicht dazu. Ist schon seltsam.«

»Und was ist deine Theorie?«

»Ich hab keine Theorie, ich sag nur, dass es mir seltsam vorkommt. So, gleich sind wir da. Bereit für die Begegnung mit deiner Freundin?«, fragte er grinsend.

»Haha, du hast gut lachen. Gehen wir's an.«

Sie hielten vor der Kirche, vor der bereits einige andere Autos parkten, darunter ein Streifenwagen und der BMW von Elvira Klein. Aus dem Wetterleuchten waren gewaltige Blitze geworden, gefolgt von heftigem Donner, noch aber regnete es nicht.

Brandt und Andrea stiegen aus und liefen auf eine hell erleuchtete Stelle auf dem winzigen Friedhof zu. Ein kleiner Bagger stand bereit, die Erde auszuheben, um den Sarg zu bergen, der mit einem Leichenwagen in die Rechtsmedizin nach Frankfurt gebracht werden würde. Elvira Klein kam auf Brandt und Sievers zu und sagte: »Wir beginnen in fünf Minuten, je schneller, desto besser. Es wird nämlich gleich ziemlich ungemütlich werden.« Sie warf einen sorgenvollen, vielleicht auch ängstlichen Blick zum Himmel, und Brandt fragte sich, ob sich die ach so abgeklärte und kühle Staatsanwältin vor Gewitter fürchtete. »Der Pfarrer ist schon da und der Sohn des Verstorbenen ebenfalls, obwohl mir das überhaupt nicht recht ist. Aber er hat sich nicht davon abbringen lassen, dabei zu sein. Vielleicht können Sie ja mal mit ihm reden, dass es besser für ihn wäre, wieder nach Hause zu gehen.«

»Kein Problem«, entgegnete Brandt und ließ die beiden Frauen allein.

»Hi, Andrea. Hab gar nicht damit gerechnet, dass du auch kommst.«

»Wieso sollte ich nicht kommen? Ich hätte sonst nur allein zu Hause rumgesessen«, sagte Andrea mit einem Lächeln, mit dem sie ihrer Freundin sofort den Wind aus den Segeln nahm.

»Stimmt auch wieder. Aber mal von Freundin zu Freundin, warum hast du mir nichts gesagt? Mir ist es doch egal, mit wem du zusammen bist. Jetzt sag nicht, dass es an mir liegt.«

»Tut mir leid, aber ganz ehrlich, ich wusste nicht, wie ich's dir sagen sollte, vor allem, weil du und Peter, na ja, ihr beide funkt ja nicht gerade auf einer Wellenlänge.«

»Ja und? Wir sind hin und wieder nicht einer Meinung, aber letztendlich hat die Zusammenarbeit immer geklappt. Wie ernst ist es denn?«

»Können wir ein andermal darüber reden? Ich glaube nämlich, die wollen anfangen, bevor der große Regen kommt.«

»Einverstanden. Und dann will ich wissen, wir ihr zusammengekommen seid. Hast du am Freitagabend schon was vor? Wir könnten essen gehen. Zu unserm Portugiesen. So um acht?«

»Okay, ich werde da sein.«

Sie begaben sich zum Grab, wo etwas abseits Brandt mit Thomas Wrotzeck sprach.

»Gehen Sie nach Hause, so eine Graböffnung ist nicht sehr angenehm.«

»Ich habe Ihnen doch schon gesagt, wie ich zu meinem Vater gestanden habe. Nein, ich will diesen letzten Triumph genießen.«

»Was für einen Triumph?«

»Wie der Alte noch mal rausgeholt wird. Der hat seine letzte Ruhe noch längst nicht gefunden. Jetzt wird er sogar aufgeschnitten. Geschieht ihm recht.«

»Wenn Sie meinen, dann bleiben Sie eben. Was sagt Ihre Mutter denn dazu?«

»Das ist doch wohl meine Entscheidung. Außerdem

habe ich mit Pfarrer Lehnert gesprochen. Dort drüben steht er, na ja, ist ja auch nicht zu übersehen. Er kennt meine Einstellung.«

Brandt sah den Mann, der in sein Priestergewand gekleidet neben dem Grab stand und zu ihnen herübersah. »Es ist in der Tat Ihre Entscheidung«, sagte Brandt nur und begab sich zum Pfarrer. »N'abend. Brandt, Kripo Offenbach.«

Lehnert sah Brandt mit versteinerter Miene an. »Ich frage mich, was für einen Sinn dieser ganze Aufwand hier haben soll. Thomas, ich meine Herr Wrotzeck, hat mich vorhin angerufen und mir von Ihrem Besuch bei ihm berichtet. Sie sind also der Ansicht, dass der Verblichene keines natürlichen Todes gestorben sei …«

»Herr Lehnert, das ist jetzt der denkbar ungünstigste Moment, um über meine Ansichten zu sprechen. Aber ich wäre Ihnen dankbar, wenn wir uns vielleicht morgen in aller Ruhe unterhalten könnten. Wann würde es Ihnen am besten passen? Ich richte mich ganz nach Ihnen.«

»Was erwarten Sie von mir?«

Ohne darauf zu antworten, sagte Brandt, während der Bagger angeworfen wurde: »So um zehn?«

»Halb elf wäre mir lieber. Ist Ihnen eigentlich klar, dass Sie die Ruhe der Toten stören?« Der Gesichtsausdruck von Lehnert hatte sich nicht verändert, er hatte die Mimik eines Steins.

»Sicher. Aber glauben Sie mir, ich tue das nur sehr ungern. Wo soll ich hinkommen?«

»Meine Gemeinde und auch meine Wohnung befinden sich im Ortskern von Bruchköbel. Sie können es gar nicht verfehlen. Aber versprechen Sie sich nicht zu viel, ich bin an meine Schweigepflicht und das Beichtgeheimnis gebunden, wie Ihnen sicher bekannt ist.«

»Ich auch, ich meine die Schweigepflicht.«

Er hatte die letzten Worte kaum ausgesprochen, als der Regen einsetzte. Erst nur ein paar dicke Tropfen, die auf die ausgetrocknete Erde klatschten, doch innerhalb von Sekunden gingen diese in einen gewaltigen Schauer über, immer wieder zuckten Blitze über den Himmel und krachten Donnerschläge im Sekundentakt, und heftige Sturmböen bogen die Bäume gefährlich weit nach unten.

»Ich glaube, da gefällt jemandem nicht, was Sie hier treiben«, sagte Lehnert, dessen Worte im Krach der Naturgewalt unterzugehen drohten.

»Fragt sich nur, wem das nicht gefällt«, entgegnete Brandt lakonisch. Im Licht der ständig durch den Himmel fahrenden Blitze betrachtete er Lehnert von der Seite. Er schätzte ihn auf Mitte bis Ende fünfzig, ein Mann, von dem er nicht einmal genau sagen konnte, ob er ihn sympathisch fand oder eher eine Abneigung verspürte, dazu war Lehnert noch viel zu verschlossen. Aber womöglich lag es auch nur an der makabren Situation, nachts, mitten auf dem kleinen Friedhof, der von den Scheinwerfern des Baggers in ein unnatürlich gespenstisches Licht getaucht wurde.

Die Exhumierung dauerte eine knappe halbe Stunde. Der noch fast unversehrte Sarg wurde notdürftig gesäubert, sofern dies nicht schon vom prasselnden Regen erledigt worden war, und in den Leichenwagen geschoben. Elvira Klein und Andrea Sievers, die beide wie frisch geduscht aussahen, kamen auf Brandt zu (Lehnert hatte mittlerweile unbemerkt den Ort des Geschehens verlassen). Klein sagte, während ihr das Wasser übers Gesicht lief und sie zu frieren schien: »Damit hätten wir den ersten Teil hinter uns. Ich hoffe nur, wir haben uns nicht umsonst die Nacht um die Ohren geschlagen.« Und an Andrea gewandt: »Was glaubst du, wann du das Ergebnis vorliegen hast? Ich würde ja gerne selber bei der Autopsie dabei sein, aber ich habe morgen vormittag einen Gerichtstermin. Ich schick auf jeden Fall jemand anderen vorbei.« Brandt glaubte nicht richtig zu hören – »ich würde ja gerne selber bei der Autopsie dabei sein«.

»Kommt drauf an. Vielleicht schon morgen abend, aber leg mich bitte nicht drauf fest. Ich weiß nicht, wer von meinen Kollegen noch mit dabei ist, wir werden jedenfalls unser Bestes tun.«

»Ich werde mich ausnahmsweise in Geduld üben. Ist zwar nicht unbedingt meine Stärke«, sagte sie beinahe charmant lächelnd und sah dabei Brandt an, »aber das ist ja wohl inzwischen hinlänglich bekannt.«

»Also ich bin ganz ehrlich, ich kann's kaum abwarten«, erwiderte Brandt, der wie alle andern bis auf die Haut durchnässt war, und gab Andrea das Zeichen zum Aufbruch. Vor dem Friedhof hatten sich trotz des Gewitters mehrere Neugierige versammelt, die von den Schutzpolizisten am Betreten des Friedhofs gehindert wurden. Die meisten verhielten sich ruhig, nur ein paar äußerten sich negativ über Wrotzeck, nicht laut, eher verhalten, aber dennoch so, dass Brandt es hören konnte. Und wenn er die Gesichter, die er im Dunkel erkennen konnte, richtig deutete, so schien keiner die gerade stattgefundene Aktion zu bedauern.

Auf der Heimfahrt fragte Brandt: »Und, war es so schlimm?«

»Ich treff mich mit ihr am Freitagabend beim Portugiesen in Frankfurt. Kannst du dich erinnern, dort haben wir uns zum ersten Mal außerhalb der Dienstzeit getroffen. Wird Zeit, dass wir mal wieder richtig quatschen.«

»So von Frau zu Frau?«

Andrea lachte auf. »Sie hat gesagt, von Freundin zu Freundin. Mal sehen, was draus wird. Mann, was ist mir auf einmal kalt. Das Wetter kann sich auch nicht richtig entscheiden, was es will.«

»Es wird kühler. Sagt der Wetterbericht. Da kann man auch wieder klarer denken. Ich möchte jetzt jedenfalls nur noch ins Bett, morgen wird wieder ein sehr langer Tag.«

»Wieso?«

»Wieso? Glaubst du vielleicht, ich sitze nur in meinem Büro und warte drauf, bis du das Ergebnis durchgibst? Es gilt ein paar Leute zu befragen, unter anderem diesen Caffarelli und den Pfarrer.«

»Wen?«

»Caffarelli, der Leiter des Chors, in dem die kleine Wrotzeck gesungen hat. Er besucht sie jeden Tag im Krankenhaus. Die Ärztin hat nur gesagt, dass er Allegra immer was vorliest, ihr Geschichten erzählt und Lieder vorsingt. Keine Ahnung, warum er das macht. Wenn die Beschreibung stimmt, hab ich ihn heute nachmittag auch kurz auf dem Wrotzeck-Hof gesehen.«

»Vielleicht der tröstende Lover der trauernden Witwe.«

»Quatsch! Die Frau hätte sich niemals erlauben dürfen, einen Geliebten zu haben. Ihr Mann hätte sie mit Sicherheit totgeschlagen und ihren Lover auch. Aber ich bin einfach zu müde, um noch irgendwelche Spekulationen anzustellen. Doch eins muss ich noch loswerden – die Klein hat vorhin gesagt, sie wäre gerne selber bei der Autopsie dabei ...«

»Sie war schon oft bei mir, wenn wir unsere werten Gäste aufgeschnitten und ausgenommen haben. Die hat kein Problem damit. Liegt wohl daran, dass sie eine Frau ist. Wir sind nun mal härter im Nehmen. Ich sag dir doch immer, du unterschätzt Elvira. Und sie sprüht sich auch nicht jedes Mal vorher mit Parfum voll, dass es noch eine ganze Woche bei uns zu riechen ist«, sagte Andrea, ein Seitenhieb in seine Richtung. »Schreib dir das mal hinter die Ohren.«

»Wieso, ich hab doch auch kein solches Problem mit euch Leichenschändern.«

»Nee, damit nicht, aber mit den Leichen.«

Zu Hause angekommen, zogen sie schnell ihre nassen Kleider aus, tranken jeder noch ein Glas Bier und gingen zu Bett. Andrea schlief in Brandts Arm ein, wie so oft, während er wieder einmal trotz aller Müdigkeit keine Ruhe fand und noch lange wach lag, bis auch ihn der Schlaf übermannte.

Donnerstag, 7.30 Uhr_____

Peter Brandt wachte nach einer viel zu kurzen Nacht um fünf nach sieben auf. Das Bett neben ihm war leer, Andrea hatte eine Notiz auf dem Esstisch hinterlassen, dass sie schon um Viertel nach sechs in die Rechtsmedizin gefahren sei. Er ging ins Bad, duschte ausgiebig, wusch sich die Haare, putzte die Zähne, betrachtete sich abschließend im Spiegel und dachte grinsend: Du wirst alt, mein Alter. Zum Frühstück nahm er nur eine Banane und ein Glas Orangensaft zu sich. Dann griff er zum Telefon und wählte Andreas Nummer.

»Na, hast du dich wieder mal heimlich aus dem Staub gemacht. Was hat dich denn in aller Herrgottsfrühe aus dem Haus getrieben? Hab ich etwa zu laut geschnarcht?«

Andrea ging auf den Scherz nicht ein, sondern antwortete: »Ich hätte dich sowieso gleich angerufen. Hör zu, ich wollte vor meinen Kollegen hier sein, um mir den Burschen näher zu betrachten. Erzähl mir bitte noch mal kurz, in welcher Lage er aufgefunden wurde.«

»Auf dem Bauch. Warum?«

»Und er ist aus etwa vier Meter Höhe gefallen?«

»So in etwa.«

»Okay, dann halt dich fest. Wrotzeck hat eine nicht sehr große Wunde am Hinterkopf, die man allerdings wegen seines vollen Haars leicht übersieht. Am besten kommst du her und schaust es dir selber an. Und bring vor allem die Fotos mit, die am Unfallort gemacht wurden. Wann kannst du hier sein?«

»In spätestens einer Stunde. Ich muss noch ins Präsidium, die Akte holen, und kämpf mich dann durch den Berufsverkehr. Bis gleich.«

Er kleidete sich schnell an, fuhr sich mit der Bürste durchs Haar und besprühte sich mit Eau de Toilette, auch wenn er damit den Geruch der Pathologie, wo sich seiner

Meinung nach der Gestank tausender aufgeschnittener Leichen in allen Ritzen festgesetzt hatte, nicht wirklich würde übertünchen können. Und wenn Andrea ihn auch als Mimose bezeichnete, was sollte er tun, wenn sein Magen selbst nach über fünfundzwanzig Jahren als Polizist und vielen Besuchen in der Pathologie beim Anblick der Toten rebellierte? Noch immer war ihm schleierhaft, wie eine hübsche junge Frau wie Andrea sich einen solchen Beruf aussuchen konnte. Andererseits hätten sie sich sonst nie kennengelernt. Und sie hatte ihm in den vergangenen anderthalb Jahren seine Abneigung gegen die Räumlichkeiten der Rechtsmedizin zumindest einigermaßen nehmen können. Dennoch steckte er die Flasche mit dem Eau de Toilette ein, wie jedes Mal, wenn er zu ihr in die Gruft stieg, wie er ihren Arbeitsplatz nannte.

Er fuhr ins Präsidium, begrüßte Spitzer und Eberl, nahm die Akte vom Tisch und verabschiedete sich gleich darauf wieder.

»Moment, nicht so schnell«, sagte Spitzer. »Wohin so eilig?«

»Offenbach-West«, antwortete er trocken.

»Und dort?«

»Mich mit Toten unterhalten, sie ein bisschen aufmuntern und so weiter. Bericht kommt später. Ach ja, bevor ich's vergesse, die Klein weiß Bescheid, was Andrea und mich betrifft, ihr braucht euch also nicht mehr zu verstellen. Ich frag mich allerdings, von wem sie es weiß.« Er zog die Augenbrauen hoch und schaute erst Spitzer, dann Eberl an, die beide ein unschuldiges Gesicht machten. »Wir sehen uns.«

»Jetzt mal langsam. Ist gestern bei der Exhumierung alles glatt gegangen?«, fragte Spitzer.

»Ja, wenn man davon absieht, dass wir fast weggeschwommen sind …«

»Oh, euch hat das Unwetter erwischt«, sagte Eberl spöttisch. »Was für ein Glück, dass ich nicht dabei sein musste. Vielleicht hat Wrotzeck euch das geschickt, als kleine Rache dafür, dass ihr seine Ruhe gestört habt.«

»Mag schon sein. Vielleicht hat er aber auch ein schlechtes Gewissen und wollte verhindern, dass wir ihn ausgraben. Ciao, bis später.«

Noch bevor einer der andern etwas entgegnen konnte, war er nach draußen verschwunden und hatte die Tür hinter sich ins Schloss fallen lassen.

Um kurz vor halb neun traf er in der Rechtsmedizin ein. Vor dem Eingang noch ein paar Spritzer Eau de Toilette, dann begab er sich nach unten und vermied es, tief einzuatmen. Andrea machte sich ein paar Notizen, eine Zigarette glimmte vor ihr im Aschenbecher. Sie blickte auf, als Brandt hereinkam, nahm einen letzten Zug und drückte die Kippe aus.

»Hi«, sagte sie, »bereit?«

»Ist das die ganze Begrüßung?«, fragte er.

»Heute ja. Komm, ich muss dir was zeigen. Oder nein, gib mir erst mal die Fotos.«

Er reichte sie ihr. Sie ging vor ihm zu dem Metalltisch, auf dem Wrotzeck lag, nickte und bedeutete Brandt, näher an den Tisch zu kommen.

»Also, Wrotzeck wurde auf dem Bauch liegend gefunden, die Fotos bestätigen dies. Der Genickbruch stammt

111

definitiv vom Sturz, aber dass es ein Unfall war, wage ich stark zu bezweifeln. Hier«, sagte sie und zeigte auf eine Stelle am Hinterkopf, »das muss ihm unmittelbar vor dem Unfall zugefügt worden sein. Selbst jetzt kann man noch sehen, dass die Wunde bei seinem Ableben sehr frisch war …«

»Und wenn er sich kurz vorher mit jemandem geprügelt hat?«

»Dann müssten auch Spuren einer Schlägerei an seinen Händen und im Gesicht und vermutlich auch entsprechende Körperhämatome zu erkennen sein. Ist aber nicht der Fall. Willst du meine Theorie hören?«

»Raus damit.«

»Wrotzeck war im Heuschober, auf dem Zwischenboden oder Dachboden oder wie immer man das nennt, um vielleicht sauber zu machen oder Heuballen aufzuschichten, jedenfalls scheint er gearbeitet zu haben. Und er hatte vorher wieder ordentlich gebechert. Er hatte noch acht Stunden nach seinem Tod einen Blutalkoholwert von 1,3 Promille. Bin schon gespannt, wie seine Leber aussieht. Ist jetzt auch wurscht. Das Wichtige ist, noch jemand *muss* mit ihm dort oben gewesen sein. Vielleicht kam es zum Streit und der- oder diejenige hat ihm eins übergebraten, er hat das Gleichgewicht verloren und konnte sich aufgrund seines alkoholisierten Zustands und auch wegen seines enormen Gewichts nicht abfangen. Er ist jedenfalls so unglücklich mit dem Oberkörper aufgeprallt, dass er sich das Genick gebrochen hat. Hier«, sie deutete auf die Halswirbelsäule, »wenn zwischen dem ersten und siebten Wirbel ein glatter Bruch entsteht, bleibst du im allergünstigsten Fall für den Rest deines Lebens gelähmt, wie etwa Christopher Reeve, meistens führt ein solcher Bruch jedoch zum Tod. Wie bei Wrotzeck. Nach meinem Dafürhalten ist aber nicht nur die Halswirbelsäule gebrochen, sondern mit ziemlicher Sicherheit sind auch Brustwirbel und eventuell Brustbein in Mitleidenschaft gezogen worden.«

Brandt sah Andrea nachdenklich an und fragte: »Was war denn jetzt die Todesursache, der Schlag auf den Kopf oder der Sturz?«

Andrea zuckte mit den Schultern und antwortete: »Bock und ich fangen um halb zehn mit der Autopsie an. Ob der Schlag tödlich war, kann ich nicht sagen, ich kann es nur vermuten.«

»Jetzt mach's nicht so spannend«, sagte Brandt ungeduldig.

»Na ja, er wäre vielleicht benommen gewesen, aber wahrscheinlich wäre er nicht daran gestorben.«

»Das heißt also, irgendwer hat ihm eins verpasst …«

»Mit einem stumpfen Gegenstand …«

»Okay, irgendwer hat ihm mit einem stumpfen Gegenstand eins verpasst, er ist gestolpert oder hat das Gleichgewicht verloren und ist auf den Boden geknallt. Und das hat ihm den Rest gegeben.«

»Was noch endgültig zu beweisen ist«, sagte Andrea und wischte sich eine Haarsträhne aus dem Gesicht. »Aber um einen wie Wrotzeck umzubringen, müsste man meiner Erfahrung nach schon mehrmals sehr kräftig, und damit meine ich wirklich sehr kräftig, auf den Schädel einschlagen, damit der das Zeitliche segnet. Das genaue Ergebnis der Autopsie kriegt ihr irgendwann heute nachmittag.«

»Bleibt nur noch die Frage, war es Mord, Totschlag oder ein Unfall? Und wer hat ihm da was über die Rübe gezogen?«

»Das herauszufinden, mein Lieber, ist deine Aufgabe. Ich habe dir aber schon mal meine ganz persönliche Einschätzung nach der ersten Leichenschau gegeben. Alles weitere später schriftlich. Und jetzt hau ab, ich hab zu tun. Außerdem will ich noch eine rauchen, bevor Bock hier aufkreuzt.«

»Bin schon weg. Und danke.«

»Ich mach das nicht umsonst, irgendwann fordere ich eine Gegenleistung ein. Vielleicht heute abend schon«, meinte sie vielsagend lächelnd. »Ich wollte aber auch, dass du schon was in der Hand hast, wenn du nachher nach Bruchköbel fährst.«

»Ich will das noch nicht verwenden. Meinst du, ihr könnt mir in … sagen wir zwei Stunden schon Bescheid geben, ob der Schlag auf den Hinterkopf unmittelbar vor dem Sturz erfolgt ist?«

»Mal schauen. Bis nachher, und übernimm dich nicht.«

»Ciao.« Er vergewisserte sich, dass sie noch allein waren, gab ihr einen Kuss und verließ das Untergeschoss. Draußen atmete er ein paarmal tief durch und ging zu seinem Wagen. Das Gewitter der vergangenen Nacht hatte eine ziemliche Abkühlung mit sich gebracht, die Luft war klar wie lange nicht mehr.

Es war kein Unfall, dachte er. Aber wer hat Wrotzeck ins Jenseits befördert? Seine Frau? Eher unwahrscheinlich, denn Andrea hat ja gesagt, dass es sich um einen kräftigen Schlag gehandelt haben musste, und diese Frau ist viel zu klein und zierlich. Thomas? Möglich, aber er hat keine Einwände gegen eine Exhumierung gemacht. Wenn er es gewesen wäre, hätte er mit Sicherheit anders reagiert. Köhler? Wenn der's wirklich so mit dem Kreuz hat, klettert er wohl kaum die vier Meter nach oben. Nein, ich muss das ganz behutsam angehen, denn es kommen wohl doch einige Personen in Frage. Nur, wer außer Liane und Thomas Wrotzeck und Köhler gehört noch dazu?

Er hoffte inständig, dass Andrea ihm sehr bald das endgültige Ergebnis der Obduktion mitteilte. Doch wenn es sich nicht um einen Unfall gehandelt hatte, wie wollte er beweisen, dass es Mord war? Oder war es wirklich nur ein Unfall mit tragischem Ende? Sosehr er sich auch anstrengte, er drehte sich im Kreis und würde die Antwort, die schließlich am Ende all seiner Fragen stand, vielleicht nie finden. Oder doch? Er fuhr langsam, denn er hatte Zeit. Er erwog, einen Abstecher zu seinen Eltern zu machen, verwarf diesen Gedanken jedoch wieder, obwohl er sie seit Sonntag nicht gesehen hatte, denn es würde vermutlich doch zu viel Zeit kosten. Brandt überlegte, wem er zuerst seine Aufwartung machen sollte, Pfarrer Lehnert oder diesem Caffarelli, und entschied sich für Caffarelli. Er hatte sich mit Lehnert für halb elf verabredet und noch genügend Zeit für ein erstes Gespräch. Doch wo wohnte Caffarelli? Er rief von unterwegs im Präsidium an und bat Nicole Eberl, ihm die Adresse und Telefonnummer herauszusuchen.

»Wie schreibt der sich denn?«, fragte sie.

»Wahrscheinlich mit 'nem großen C, zwei f und zwei l. Wird ja nicht so viele davon in Bruchköbel geben«, antwortete er leicht gereizt, denn er war zum ersten Mal seit langem richtig ungeduldig und wartete sehnsüchtig auf den Anruf von Andrea, um endlich mit seinen Ermittlungen beginnen zu können.

»Bleibst du dran, oder soll ich dich gleich zurückrufen?« Nicole schien die Gereiztheit nicht mitbekommen zu haben oder sie ignorierte sie einfach, was wohl eher zutraf, war Nicole Eberl doch der ruhende Pol in der Abteilung und durch nichts so schnell aus der Fassung zu bringen.

»Ich bleib dran.«

Und nach einer Minute: »Hier, Matteo Caffarelli, Hauptstraße …«

»Telefon?«

Eberl gab ihm die Nummer durch und fügte, bevor Brandt das Gespräch beendete, noch rasch hinzu, dass Caffarelli Uhrmacher sei.

»Danke. Ich melde mich irgendwann nachher, ich weiß nicht, wie lange das alles dauern wird.«

»Willst du das allein machen?«

»Erst mal. Außerdem habt ihr doch genug mit den Albanern zu tun.« Er legte auf und musste innerlich grinsen. Natürlich wäre Nicole gerne in die direkten Ermittlungen einbezogen worden, aber er arbeitete lieber allein. Die Erfahrung hatte ihn gelehrt, dass die Leute vor allem auf dem Land wesentlich offener und gesprächsbereiter waren, wenn nur ein Polizist kam, als wenn gleich zwei Beamte vor der Tür standen (auch wenn die Landbevölkerung an sich eher verschlossen war). Wenn es jedoch hart und brenzlig oder gar gefährlich wurde, musste er einen zwei-

116

ten oder sogar noch einen dritten Mann hinzuziehen, aber in diesem Fall befürchtete er nicht, in eine auch nur annähernd gefährliche Situation zu geraten.

Er gab die Straße in sein Navigationssystem ein und wurde problemlos zu der angegebenen Adresse geführt. Um neun Uhr fünfundzwanzig stellte er seinen Alfa etwa zwanzig Meter vor dem schmucken Fachwerkhaus ab, das aussah, als wäre es vor nicht allzu langer Zeit renoviert worden. Er stieg aus und ging auf das Haus zu, in dem jener ominöse Mann wohnte, von dem selbst die Ärztin gestern mit fast glänzenden Augen berichtet hatte.

Brandt stand für einen Moment vor einem kleinen unscheinbaren Geschäft, in dessen Auslagen sich ein paar Uhren und etwas Schmuck befanden. Über der Tür war ein Schild, auf dem in großen Lettern »Uhrmacher u. Juwelier« stand und darunter viel kleiner der Name »M. Caffarelli«.

Brandt wollte gerade den Laden betreten, als er das Schild an der Tür bemerkte. *Achtung! Bis auf weiteres gelten folgende geänderte Öffnungszeiten: Mo.–Fr. 10–17 Uhr, Mi. u. Sa. 10–13 Uhr. Ich bitte um Ihr Verständnis.*

Na ja, dachte er, ich nehme an, er wohnt hier auch. Er trat ein paar Schritte zurück, sah, dass über dem Laden die Fenster geöffnet waren und auf einer Fensterbank Betten auslüfteten. Er ging um das Haus herum und fand den Eingang und eine Klingel, drückte darauf, und nur wenig später steckte eine Frau den Kopf aus dem Fenster und sagte nicht unfreundlich: »Ja, bitte?«

»Frau Caffarelli?«

»Ja.«

»Mein Name ist Brandt. Ich würde gerne mit Ihrem Mann sprechen. Ist er da?«

»Das Geschäft wird erst in einer halben Stunde geöffnet ...«

»Es geht um nichts Geschäftliches, ich komme von der Kripo Offenbach. Hier, mein Ausweis und meine Dienstmarke.«

»Moment, bitte.«

Brandt hörte sie nach ihrem Mann rufen, ein paar leise Worte wurden gewechselt, kurz darauf kam jemand die Treppe herunter, und jener Mann, den er gestern auf dem Wrotzeck-Hof gesehen hatte, öffnete die Tür.

»Guten Tag«, sagte Matteo Caffarelli freundlich lächelnd. »Was kann ich für Sie tun?«

»Ich wollte Ihnen nur ein paar Fragen stellen. Es geht um Herrn Wrotzeck.«

»Bitte, treten Sie doch ein. Ich habe Sie schon erwartet.«

Brandt war mehr als verblüfft über diese Worte, ließ sich das aber nicht anmerken. Und er meinte in Caffarellis Augen ein leichtes Aufblitzen zu entdecken.

»Wenn Sie mir bitte folgen wollen.« Der schmächtige Mann, den Brandt auf höchstens einsfünfundsechzig schätzte, eher noch kleiner, ging vor ihm voran in ein Zimmer im Erdgeschoss, das unmittelbar an den Verkaufsbereich grenzte und von diesem nur durch einen Vorhang getrennt wurde. Auf einem Tisch lagen mehrere Uhren, daneben Werkzeug, wie es ein Feinmechaniker wie Caffarelli brauchte. »Nehmen Sie Platz«, sagte er mit angenehm warmer Stimme und diesem leicht italieni-

118

schen Akzent, den auch Brandts Mutter noch immer hatte.

»Sie haben mich also erwartet. Warum?«, fragte Brandt.

»Nun, ich war gestern bei den Wrotzecks, und die haben mir von Ihrem Besuch bei ihnen erzählt. Darf ich Ihnen etwas zu trinken anbieten?«

»Nein, danke. Sie sind Uhrmacher?« Blöde Frage, dachte Brandt, erstens steht es draußen auf dem Schild, und zweitens liegt hier alles voller Uhren. Aber Caffarelli machte ihn auf seltsame Weise nervös, auch wenn dieser die Ruhe und Gelassenheit in Person war. Keine hektischen Bewegungen, ein offener Blick, ein netter und dem ersten Augenschein nach sehr zugänglicher Mann von vielleicht Mitte vierzig, auch wenn er sehr jugendlich wirkte. Allein die Fältchen um die Augen ließen darauf schließen, dass er etwa in Brandts Alter war. Klein, sehr schlank, mit vollem braunem Haar, braunen Augen und schmalen Händen, die wie die eines filigranen Pianisten aussahen oder die einer schönen Frau. Caffarelli war ein besonderer Mann, das hatte Brandt sofort gespürt, doch er wollte wissen, was ihn so besonders machte.

»Ja, ich bin Uhrmacher«, antwortete Caffarelli höflich.

»Heißt das, Sie stellen auch Uhren her?«

»Nein, aber ich restauriere alte Uhren. Doch das ist bestimmt nicht der Grund Ihres Besuchs.«

»Stimmt. Es geht tatsächlich um den Tod von Herrn Wrotzeck. Und ich wäre ganz sicher auch nicht zu Ihnen gekommen, wenn ich nicht erfahren hätte, dass Sie Allegra täglich in der Klinik besuchen. Das heißt für mich, dass Sie einen engeren Bezug zur Familie haben.«

Matteo Caffarelli lächelte leise, als er erwiderte: »Das kann man auslegen, wie man möchte, aber mein Bezug zur Familie besteht hauptsächlich über Allegra. Sie ist eine der besten Sängerinnen in meinem Chor. Ach was, sie ist die beste Sängerin. Und es liegt mir sehr am Herzen, dass sie so bald wie möglich wieder aufwacht. Der Chor ist ohne sie nur halb so viel wert. Und dadurch habe ich natürlich auch die Familie kennengelernt.«

»Verstehe. Was für ein Chor ist das?«

»Ein Kirchenchor, aber nicht einer, wie Sie vielleicht denken, in dem nur erhabene Kirchenlieder oder klassische Stücke gesungen werden. Wir haben auch moderne Lieder in unserem Repertoire. Die Proben sind manchmal sehr lustig und erheiternd, und es macht mir Spaß zu sehen, wenn die andern Spaß haben.«

»Und wie standen Sie zu Herrn Wrotzeck?«

»Wir kannten uns nur flüchtig. Er war ein Mann mit großen Problemen. Ich brauchte ihn nur anzuschauen und habe es in seinem Gesicht gesehen. Ja, er hatte viele Probleme, und ich glaube, die meisten hatte er mit sich selbst. Aber wer hat die nicht?«

Caffarelli sah Brandt, während er sprach, an, ohne den Blick auch nur eine Sekunde abzuwenden. Brandt konnte sich nicht erinnern, irgendwann in den letzten Jahren mit jemandem gesprochen zu haben, der eine solche innere Ruhe ausstrahlte wie der schräg gegenübersitzende Mann.

»Aber warum besuchen Sie Allegra jeden Tag? Und das jeweils zwei Stunden lang?«

»Warum nicht? Ich weiß nicht, ob Sie an Gott glauben, aber Christus hat gesagt: Nicht die Gesunden brauchen den Arzt, sondern die Kranken. Ich empfinde es als meine Pflicht, ihr in dieser schweren Zeit beizustehen.«

»Aber jeden Tag?«, fragte Brandt.

»Ich bin der einzige, der sie jeden Tag besucht. Frau Wrotzeck und Thomas haben nicht die Kraft dazu, obwohl sie sich viele Gedanken und vor allem Sorgen um Allegra machen. Sie ist eine ganz außergewöhnliche junge Dame, und ich möchte, dass sie wieder in ein normales Leben zurückfindet. Sie sollten sie besuchen, dann wüssten Sie, warum ich das tue.«

»Ich war gestern abend bei ihr.«

»Und wie war Ihr Eindruck?«

»Ich hatte nicht sehr viel Zeit, deshalb kann ich das nicht sagen.«

Matteo Caffarelli lächelte wieder, als er entgegnete: »Ja, ja, die Zeit. Wir haben immer weniger davon, sie scheint wegzufliegen, doch eigentlich rennen wir vor ihr weg. Aber ich will Sie nicht langweilen, Sie haben bestimmt noch Fragen, und ich muss auch gleich das Geschäft öffnen.«

»Ich habe auch gleich einen Termin«, sagte Brandt, der sich die Unterhaltung mit Caffarelli ganz anders vorgestellt hatte, der nicht im Traum daran gedacht hätte, dass dieser kleine Mann ihn so aus der Fassung bringen würde, denn viele der Fragen, die er ihm stellen wollte, hatte er schon wieder vergessen. »Können wir uns ein andermal unterhalten?«

»Sie sind herzlich willkommen.«

»Passt es Ihnen heute abend?«

»Wenn Ihnen neun Uhr nicht zu spät ist, gerne. Ich komme erst um halb neun aus der Klinik zurück und will danach noch das Abendessen zu mir nehmen.«

»Dann bis heute abend um neun. Und grüßen Sie Allegra von mir.«

Matteo Caffarelli lächelte wieder geheimnisvoll und sagte: »Ich werde es ihr ausrichten. Sie wird wieder aufwachen, das weiß ich.«

»Wiedersehen und einen schönen Tag.«

»Ihnen auch.«

Caffarelli schloss die Ladentür auf und ließ Brandt hinaus. Dieser ging zu seinem Auto, und mit einem Mal fielen ihm die Fragen ein, die er nicht gestellt hatte, weil er einfach zu verwirrt gewesen war. Was zum Teufel hat mich so aus der Fassung gebracht, dass ich nicht mal die einfachsten Fragen zu stellen in der Lage war? Zum Beispiel, warum Caffarelli mich wirklich erwartet hat. Wie kann er mich erwarten, wenn er doch nur ein Uhrmacher ist, der einen Kirchenchor leitet und Allegra täglich im Krankenhaus besucht? Und welche Rolle spielt er in diesem ganzen Stück, das immer undurchsichtiger wird? Und liegt seine Fürsorge um Allegra wirklich nur darin begründet, dass sie in seinem Chor fehlt?

Fragen über Fragen, auf die Brandt (noch) keine Antworten hatte, doch heute abend würde er diese Fragen stellen, und er war gespannt, wie Caffarelli darauf reagieren würde. Sein nächster Weg führte ihn zu Pfarrer Lehnert, der nur wenige Straßen weiter unmittelbar neben der Kirche wohnte.

Donnerstag, 10.00 Uhr

Matteo Caffarelli begab sich wieder in das Hinterzimmer, um eine Uhr zu reparieren. Er setzte die Lupe auf und nahm eine kleine Zange in die Hand. Seine Frau Anna kam die Treppe herab und stellte sich neben ihn. »Was wollte der Polizist von dir?«

»Er hat mich gefragt, warum ich Allegra so oft in der Klinik besuche. Er wird heute abend noch einmal kommen, wir hatten nicht genügend Zeit, um über alles zu sprechen«, antwortete Matteo, ohne aufzusehen.

»Was alles?«

»Ich weiß es nicht. Ich nehme an, er will wissen, wie gut ich Allegra kenne oder ihren Vater. Er wird es mir schon sagen, Polizisten sind nun mal so.«

»Aber was will er von dir?«, fragte sie, den Kopf leicht zur Seite geneigt, ihren Mann prüfend ansehend.

»Die Polizei glaubt, dass Herr Wrotzeck nicht bei einem Unfall ums Leben gekommen ist, sondern ermordet wurde«, sagte er wie selbstverständlich und schaute auf, legte das Werkzeug auf den Tisch und nahm die Lupe ab. Er erhob sich, sah seiner Frau tief in die Augen, fasste sie sanft bei den Schultern und fuhr fort: »Ich weiß nicht, warum sie glauben, dass er ermordet wurde, ich weiß es wirklich nicht.«

»Wrotzeck soll ermordet worden sein?«, fragte Anna Caffarelli mit ungläubigem Blick. »Das ist nicht dein Ernst, oder?«

»Doch, Liane hat es mir gestern gesagt. Irgend jemand hat bei der Polizei angerufen und so etwas behauptet.«

»Ich verstehe nicht, was ausgerechnet du damit zu tun haben sollst.«

»Wie kommst du nur darauf, dass ich etwas damit zu tun haben soll, Anna? Wahrscheinlich befragt die Polizei jeden, der Herrn Wrotzeck kannte. Und das sind sehr viele Menschen. Außerdem ist noch gar nicht erwiesen, dass er ermordet wurde. Ich bin sicher, dass sich das alles aufklären wird. Du weißt doch, dass er viel getrunken hat und …«

»Trotzdem finde ich das seltsam«, sagte sie und sah ihren Mann besorgt an.

»Was ist daran seltsam? Ich finde es ganz normal. Wenn er umgebracht wurde, dann ist es ihre Aufgabe, den Mörder zu finden.«

»Ja, du hast wahrscheinlich recht. Ich geh wieder nach oben, das Mittagessen vorbereiten. Ich liebe dich.«

»Ti amo, bellezza. Und mach dir nicht so viele Gedanken, es wird alles gut werden.«

Anna Caffarelli drehte sich um und begab sich in den ersten Stock. Eine feine, umgängliche Frau, seit nunmehr achtzehn Jahren mit Matteo verheiratet, den sie in der Kirche gesehen und sofort liebengelernt hatte. Eine Liebe, die wie ein Blitz eingeschlagen war. Sie waren, wie sie immer sagte, wie zwei Brötchenhälften, die perfekt zueinander passten, obwohl sie fast zehn Zentimeter größer war als Matteo, doch das machte weder ihm noch ihr etwas aus. Ihre Liebe hatte nichts mit Körpergröße zu tun, auch wenn die Leute sich bisweilen auf der Straße nach diesem ungleichen Paar umdrehten. Sie lächelten nur darüber.

Matteo Caffarelli stammte aus Balmuccia, einem Dorf

im nördlichen Piemont, war vierundvierzig Jahre alt und das älteste von vier Kindern. Ganz im Gegensatz zu jetzt hatte es in seiner Jugend eine Zeit gegeben, in der er mit sich und der Welt, vor allem aber mit seiner Mutter nicht im reinen war. Denn Caffarelli war unehelich geboren, und manche im Ort hatten ihn hinter vorgehaltener Hand als Bastard bezeichnet, was ihm schwer zu schaffen machte. Selbst auf sein jahrelanges Drängen hin hatte seine Mutter ihm nicht verraten, wer sein leiblicher Vater war, aber er wollte ihn unbedingt finden. Er mochte seinen Stiefvater, obwohl dieser ein wortkarger Bauer war, aber er empfand es als Schande und Makel, das einzige Kind in der Familie zu sein, das »keinen« Vater hatte. Und es war mehr ein Zufall, als er alte Briefe seiner Mutter entdeckte, die sie auf dem Dachboden versteckt hatte, in denen der Name seines Vaters und der Ort erwähnt wurden, wo er lebte.

Matteo Caffarelli, der lange in heftigem Streit und Unfrieden mit seiner Mutter gelebt hatte, begab sich in diesen Ort und fragte nach Matteo Tozzi, woraufhin ihm gesagt wurde, er sei Pfarrer in der hiesigen Gemeinde. Caffarelli sprach mit ihm und merkte, dass dieser in ihm seinen Sohn erkannte, aber keiner von beiden verlor ein Wort darüber. Doch er sah in seinem Vater einen Mann voller Liebe für die Menschen. Als er wieder ging, versprach er sich selbst, nicht mehr zornig auf seine Mutter zu sein und sich bei ihr für sein ungehöriges Verhalten in den letzten Jahren zu entschuldigen. Doch als er nach Hause kam, wurde er von lauter weinenden Menschen empfangen, seinem Stiefvater, den Geschwistern und einigen andern aus dem Dorf. Und er erfuhr, dass seine Mutter während seiner Abwesenheit einen Schlaganfall erlitten hatte, an dem sie wenige Tage später starb. Er hatte an ihrem Sterbebett gesessen, hatte verzweifelt versucht, mit ihr zu sprechen, doch er wusste nicht, ob sie ihn noch verstanden hatte. Er haderte mit Gott, warum er ihm nicht die Möglichkeit der Versöhnung gegeben hatte, doch er bekam keine Antwort. Aber Caffarelli schwor sich, nie wieder andern Menschen wehzutun.

Kurz nach dem Tod seiner Mutter kehrte er seinem Heimatort den Rücken und lebte seit seinem zwanzigsten Lebensjahr in Deutschland, zunächst ein Jahr in Frankfurt, wo es ihm jedoch nicht gefiel – zu viele Menschen, zu viel Hektik, zu viele Abgase. Dann verschlug es ihn nach Bruchköbel, wo er eine Zeitlang in einem italienischen Restaurant als Koch arbeitete, obwohl er dies nie gelernt hatte, doch er war mit vielen Gaben gesegnet. Allerdings bereitete ihm dieser Beruf nicht sonderlich viel Freude, denn anstatt mit Menschen zusammen zu sein, war er eingekerkert – so fühlte er sich jedenfalls – in einem Raum voller Töpfe und Pfannen. Doch wie schon in seiner Kindheit beschäftigte er sich in seiner Freizeit mit Uhren, für die er ein besonderes Händchen besaß – Uhren aller Art, Taschenuhren, Armbanduhren, Wanduhren, Standuhren.

Caffarelli war ein gläubiger Mann, ohne dabei fanatisch zu sein wie so viele, die jeden Sonntag die Kirche besuchten. Vielleicht war dieser Glaube vererbt, er wusste es nicht. Aber er pflegte das tägliche Gebet und ging auch regelmäßig zur Beichte. Und er liebte die Menschen, genau wie sein Vater, was sich auch in seinem Gesicht widerspiegelte, und wenn er durch Bruchköbel ging, dann grüßte er alle, die er kannte, mit einem freundlichen Lächeln. Und vielleicht war es diese natürliche Freundlichkeit und Höflichkeit, die ihn so beliebt gemacht hatte. Viele kamen bisweilen einfach nur so in sein Geschäft, um sich umzusehen und ein paar Worte mit Caffarelli zu wechseln, und wenn jemand sich schlecht fühlte, so genügte oft nur ein aufmunternder Satz von ihm, damit derjenige mit einem besseren Gefühl oder besser gelaunt wieder nach Hause ging.

Caffarelli, der unmittelbar vor seiner Hochzeit dieses Geschäft gegründet hatte, nachdem sich rumgesprochen hatte, über welch außergewöhnliches Talent er verfügte, und immer mehr Leute bei ihm erschienen, die alte, aber nicht mehr laufende Uhren besaßen, setzte seine Lupe wieder auf und nahm die Zange in die Hand. Die Uhr, die er vor sich liegen hatte, war ihm vor wenigen Tagen geschickt worden, eine Uhr, nein, ein Meisterwerk, das Anfang des 19. Jahrhunderts gefertigt worden war und das er wieder zum Laufen bringen würde. Und sollte der Besitzer sich entschließen, sie zu verkaufen, so würde er ein reicher Mann werden.

Caffarelli war ein unbestrittener Meister seines Fachs, einer der wenigen, die selbst die ältesten Uhren wieder in Gang setzen konnten. Sein Ruf hatte sich bis weit über die Grenzen Deutschlands hinweg verbreitet, obwohl er keine Werbung machte, alles geschah durch Mundpropaganda.

Wenn er neben seiner Familie etwas liebte, dann waren es die Uhren. Und sein Chor, den er seit fast fünfzehn Jahren leitete und mit dem er schon viele außergewöhnliche

Konzerte gegeben hatte. Viele Mitglieder der ersten Stunde waren noch dabei, einige waren gegangen, weil sie nicht mehr die Zeit hatten, zweimal wöchentlich zu proben, andere wieder waren fortgezogen. Doch an jeden einzelnen von ihnen erinnerte er sich genau, er hatte jedes Gesicht vor Augen und die dazugehörige Stimme. Aber eine Stimme unter all diesen war eine ganz besondere, einmalige, unvergleichliche, und diese fehlte seit Monaten und ließ den Chor in einem viel matteren Licht erstrahlen als zuvor – die Stimme von Allegra Wrotzeck. Und Caffarelli würde alles dafür tun, um sie wieder zum Leben zu erwecken. Und er glaubte ganz fest daran, dass das Wunder nicht mehr lange auf sich warten ließ, denn Caffarelli wäre nicht Caffarelli gewesen, würde er auch nur eine Sekunde daran zweifeln.

Donnerstag, 10.30 Uhr

Brandt parkte vor der Kirche und fand auf Anhieb das Haus, in dem Pfarrer Lehnert wohnte. Er klingelte, und Lehnert kam an die Tür. Er wirkte nicht sonderlich erfreut, als er Brandt hereinbat. Sie begaben sich in das Arbeitszimmer, und Lehnert machte die Tür hinter sich zu. Er war groß, Brandt schätzte ihn auf einsneunzig, hager, mit einer Hakennase und riesigen Ohren, die irgendwie an die von Genscher erinnerten. Sein volles Haar war schlohweiß, der Mund ein millimeterbreiter Strich, die Haut pergamentartig und weiß. Er deutete auf einen Stuhl, während er selbst hinter dem Schreibtisch

Platz nahm, der überfüllt war mit Büchern und Papier. Im Aschenbecher glimmte eine halb geraucht Zigarette vor sich hin. Lehnert nahm noch zwei Züge und drückte sie aus.

»Was kann ich für Sie tun? Ich wüsste nicht, wie ich Ihnen weiterhelfen könnte«, begann er das Gespräch mit emotionsloser Stimme, ohne dass Brandt auch nur eine Frage gestellt hatte. Seine Augen hatten einen leeren, dumpfen Ausdruck, die Mundwinkel waren leicht nach unten gebogen.

»Nun, vielleicht beantworten Sie mir ein paar Fragen, natürlich nur so weit, wie es Ihre Schweigepflicht zulässt, und Sie sind mich schneller wieder los, als Sie denken«, sagte Brandt geradeheraus, der schon gestern nacht den Eindruck hatte, dass sie nicht auf einer Wellenlänge funkten.

»Bitte, ich stehe zu Ihrer Verfügung«, erwiderte Lehnert mit unbeweglicher Miene und zündete sich eine weitere Zigarette an.

»Erst einmal möchte ich mich für die Aktion gestern entschuldigen, aber es ließ sich leider nicht vermeiden. Es deutet nun mal alles darauf hin, dass Herr Wrotzeck keines natürlichen Todes gestorben ist.«

»Auch ein Unfall ist kein natürlicher Tod«, sagte Lehnert lapidar, nahm einen Zug und blies den Rauch aus der Nase aus.

»Leider bestätigen erste Erkenntnisse unserer Rechtsmediziner, dass es sich vermutlich nicht um einen Unfall handelte. So viel dazu. Wie gut kannten Sie den Verstorbenen?«

129

»Wie gut kennt man jemanden, der vielleicht einmal im Jahr die Kirche besucht? Aber selbst die Mitglieder meiner Gemeinde, die regelmäßig kommen, kenne ich zum Teil kaum. Sie besuchen den Gottesdienst und gehen wieder.«

»Trotzdem, Bruchköbel ist nicht Offenbach oder Hanau. Hier kennt doch so ziemlich jeder jeden. Ist es nicht so?«

»Mag sein, es kommt nur darauf an, was Sie unter kennen verstehen.«

»Was für ein Mensch war Herr Wrotzeck?«

»Wollen Sie wissen, wie ich ihn gesehen habe oder wie er mit seinen Mitmenschen ausgekommen ist?«

»Beides, wenn es nicht zu viel verlangt ist«, entgegnete Brandt so freundlich wie möglich, auch wenn es ihm schwerfiel.

Weiterhin ohne eine Miene zu verziehen sagte Lehnert: »Also gut. Wrotzeck war ein erfolgreicher Landwirt, aber er war nicht angesehen. Und beliebt war er schon gar nicht. Die Gründe dafür sind Ihnen bestimmt hinlänglich bekannt.«

»Haben Sie je mit ihm ein persönliches Gespräch geführt?«

Lehnert beugte sich nach vorn, um die Zigarette auszudrücken. »Ja, hab ich. Sogar mehrfach. Das mag Sie verwundern, aber Wrotzeck hat mit mir gesprochen und sich mir anvertraut. Seltsam, nicht?«

»Inwiefern hat er sich Ihnen anvertraut?«

»Tut mir leid, aber das kann und darf ich Ihnen nicht sagen.«

»Hatte er Probleme?«, fragte Brandt, der sich an Caffarellis Worte erinnerte, der gesagt hatte, Wrotzeck sei ein Mann voller Probleme gewesen.

»Welcher Mensch hat keine? Der eine hat größere, der andere kleinere. Aber für den, der kleine Probleme hat, können die schon zu einer großen Prüfung werden und ihn verzweifeln lassen.«

»Schön, doch kommen wir zu Wrotzeck zurück. Hat er sich mit irgendwelchen spezifischen Problemen an Sie gewandt? Zum Beispiel, dass er seine Trunksucht nicht in den Griff bekommen hat oder weil er ständig zu irgendwelchen Huren gerannt ist? «

Lehnert hob die Hand, um Brandts Redefluss zu unterbrechen, doch dieser ließ sich nicht beirren.

»Ich bin noch nicht fertig, Herr Lehnert, oder haben Sie es lieber, wenn ich Sie mit Pfarrer anrede?«

»Ist schon in Ordnung«, erwiderte Lehnert mit gedämpfter Stimme.

»Oder hat er Ihnen erzählt, wie er seine Familie behandelt hat? Dass er seine Frau und seine Kinder mit eiserner Hand – oder sollte ich besser sagen, mit eiserner Faust – regiert hat? Oder dass er seine Geschäftspartner übers Ohr gehauen hat, und das nicht zu wenig? Oder dass er mit seinen Nachbarn so überhaupt nicht zurechtkam, speziell mit Herrn Köhler? Hat er über diese Probleme mit Ihnen gesprochen? Hören Sie, ich will Sie nicht bedrängen oder unter Druck setzen, ich möchte lediglich einen ungeklärten Todesfall lösen, und Sie könnten mir dabei unter Umständen sehr helfen. Ich werde es auch ohne Ihre Hilfe schaffen, aber mit Ihrer Hilfe würde es bestimmt schneller gehen.«

Brandt beobachtete Lehnert genau, der mit fahrigen Fingern eine weitere Zigarette aus der Schachtel zog, sie anzündete und nervös inhalierte. Schweiß hatte sich bei dem Fragenbombardement auf seiner Stirn gebildet. Er veränderte immer wieder seine Haltung in dem Sessel, obwohl er versuchte, sich seine Unruhe nicht anmerken zu lassen. Die offenbar gespielte Unnahbarkeit, das Sichverstecken hinter der Schweigepflicht oder dem Beichtgeheimnis schwanden zusehends. Und Brandt war sicher, dass Lehnert reden würde, wenn nicht gleich, dann doch irgendwann in den kommenden Tagen, denn er würde ihn nicht in Ruhe lassen, auch wenn ein Pfarrer selbst vor dem Gesetz unantastbar war, es sei denn, er hatte sich einer schweren Straftat schuldig gemacht. Doch auch dann hing es oft davon ab, inwieweit die Kirchenoberen ihre schützenden Hände über einen der ihren hielten.

»Herr Wrotzeck war ein schwieriger und nicht sehr umgänglicher Mensch. Und so jemand hat immer persönliche Probleme, meist sogar mehr als die andern. Und er hatte definitiv sehr viele Probleme. Aber auch dies müsste Ihnen schon bekannt sein.«

Er will seine Selbstsicherheit wiedererlangen, indem er sich in leeren Phrasen ergeht, aber so leicht wirst du mich nicht los, dachte Brandt.

»Ich weiß nur, dass er seine Familie mit harter Hand geführt hat, ebenso seinen Hof, und dass er mit den Nachbarn nicht zurechtkam. Speziell mit Herrn Köhler gab es seit Jahren heftigen Streit.«

»Das ist korrekt, aber allgemein bekannt. Außerdem habe ich das selbst eben erwähnt. Sagen Sie mir einfach, was für ein Mensch Wrotzeck Ihrer Einschätzung nach war. Oder haben Sie Angst, Gott könnte Ihnen den Eintritt ins Himmelreich verwehren, wenn Sie mir helfen?«

»Reden Sie nicht so blasphemisch! Es geht um ein Gelübde, das ich abgelegt habe, und ich beabsichtige nicht, es zu brechen. Außerdem, wenn Wrotzeck so ein übler Mensch war, wie Sie behaupten, warum interessiert es Sie dann, ob er bei einem Unfall oder durch Mithilfe anderer ums Leben gekommen ist? Vielleicht hat er es nicht anders verdient.« Seltsam, dachte Brandt, die Anruferin hatte doch auch gesagt, dass Wrotzeck es nicht anders verdient habe.

»Dürfen Sie so etwas überhaupt sagen?« Brandt konnte sich ein süffisantes Lächeln nicht verkneifen, was Lehnert jedoch nicht sah, weil er zur Seite blickte, wie er überhaupt fast die ganze Zeit nicht imstande war, ihn anzuschauen. »Meinen Sie denn, dass er es verdient hat?«

»Herr Brandt, das ist nicht fair. Ja, ich habe mit Wrotzeck des öfteren gesprochen, aber ich werde Ihnen nicht sagen, was er mir anvertraut hat.«

»Jetzt erzählen Sie mir nicht, dass er sich zu Ihnen in den Beichtstuhl gesetzt hat, um seine Sünden zu beichten. Hat er?«

»Jeder Katholik hat das Recht und eigentlich auch die Pflicht, regelmäßig die Beichte abzulegen und vor Gott seine Sünden zu bekennen. Wie gesagt, die Gottesdienste hat er nur sehr selten besucht, dennoch war er ein gläubiger Mensch, der den Unterschied zwischen Recht und Unrecht sehr wohl kannte und über seine … Probleme … mit mir sprach.«

»Mit Problemen meinen Sie doch Sünden, oder? Kann

es sein, dass Sie mehr aus seinem Leben wissen als seine Familie?«

»Schon möglich«, war die knappe Antwort, knapp und emotionslos wie fast alles, was Lehnert bisher von sich gegeben hatte.

»Und Sie haben ihm die Absolution erteilt, wie es Ihre Pflicht ist …«

»Herr Brandt, Sie kennen offenbar die Regeln nicht. Die Absolution wird nicht in jedem Fall erteilt …«

»Tja, aber über das, was Wrotzeck Ihnen anvertraut hat, werden Sie natürlich schweigen, wie ich vermute.«

»Mein Gelübde gebietet es mir.«

»Haben Sie ihm die Absolution für seine … Sünden … erteilt oder nicht?«, fragte Brandt, wobei er das Wort Sünden besonders langsam und betont aussprach.

»Kein Kommentar.«

»Also gut, dann reden wir über ein paar andere Dinge, wenn es Ihnen recht ist. Wie gut kennen Sie den Rest der Familie? Ich meine, Thomas hat Ihnen ja gestern gleich mitgeteilt, dass wir eine Exhumierung vornehmen würden, was für mich bedeutet …«

»Ich kenne die Familie ziemlich gut, vor allem Frau Wrotzeck und ihre Tochter Allegra. Sie sind regelmäßig in die Kirche gekommen, bis das mit Allegra passiert ist.« Er machte eine kurze Pause und fuhr dann fort: »Aber seitdem habe ich Frau Wrotzeck kaum noch begrüßen dürfen. Sie leidet sehr unter diesem tragischen Ereignis. Ich würde sagen, sie ist eine gebrochene Frau.«

»Woher wollen Sie das wissen, wenn sie den Gottesdienst nicht mehr besucht?«

»Ich habe unmittelbar nach dem schrecklichen Ereignis mehrfach mit ihr gesprochen und versucht, ihr Mut zu machen, aber sie hat den Glauben an Gott verloren. Sie liebt Allegra über alles, was jedoch nicht heißen soll, dass sie Thomas nicht liebt.«

»Wie lange sind Sie schon als Pfarrer hier tätig?«

»Seit genau sechsundzwanzig Jahren. Ich war noch jung, als ich die Gemeinde übernommen habe, und in fünf oder sechs Jahren wird es auch einen Nachfolger geben.« Lehnert wollte gerade noch etwas hinzufügen, als Brandts Handy klingelte. Andrea Sievers.

»Nur kurz zu deiner Information – wir haben das vorläufige amtliche Endergebnis«, sagte sie trocken, und doch meinte er sie schmunzeln zu sehen. »Wrotzeck ist zwar durch den Sturz gestorben, aber irgendwer hat nachgeholfen, das konnten wir definitiv aufgrund der am Fundort gemachten Fotos nachweisen. Der Schlag auf den Kopf hat ihn aller Wahrscheinlichkeit nach das Gleichgewicht verlieren lassen, und dann … Wie gesagt, wir sind noch nicht ganz fertig, doch was jetzt kommt, ist nur noch reine Routine. Er hätte aber vermutlich sowieso nur noch fünf oder zehn Jahre gehabt, denn seine Leber war schon etwas ramponiert. Er hatte eine Zirrhose im Anfangsstadium, von der er wahrscheinlich noch gar nichts wusste.«

»Danke«, erwiderte Brandt nur und steckte das Handy in die Jackentasche zurück. Er sah Lehnert an, fuhr sich mit der Zunge über die Lippen und sagte: »Das war die Rechtsmedizin. Es ist erwiesen, dass Herr Wrotzeck nicht durch einen Unfall ums Leben gekommen ist. Die Frage ist: Wer hat nachgeholfen? Haben Sie eine Theorie?«

»Was würde Ihnen eine Theorie bringen? Wrotzeck hatte sich im Lauf der Jahre unzählige Feinde geschaffen, das werden Ihnen viele hier im Ort bestätigen können. Und genau deshalb kann ich Ihre Frage nicht beantworten.«

»Dann frage ich Sie noch einmal: Hat er es Ihrer Meinung nach verdient?«

»Damit würde ich die Todesstrafe indirekt gutheißen, was ich nicht tue. Allein Gott hat das Recht zu richten, wir Menschen sind aufgefordert, einander zu vergeben. Aber ich will Ihnen entgegenkommen und sage, es war vorauszusehen, dass er eines Tages so enden würde. Irgendwann kann auch das friedfertigste Lamm zu einem Löwen werden. Nur weiß ich nicht, wer dieses Lamm ist.«

»Seine Frau?«

»Vergessen Sie Frau Wrotzeck. Sie hat es zwar nicht leicht mit ihm gehabt, aber sie wäre nie fähig gewesen, ihn umzubringen. Und auch Thomas nicht, obwohl er gerade in den letzten Jahren stark unter seinem Vater gelitten hat.«

»Hat er Ihnen das gesagt? Vielleicht auch im Beichtstuhl wie sein Vater?«, fragte Brandt sarkastisch.

»Möglich.«

Brandt überlegte, wie er seine nächste Frage formulieren könnte, und sagte: »Was wissen Sie über den Unfall von Allegra und ihrem Freund?«

»Das war eines der tragischsten Ereignisse seit langem«, antwortete Lehnert. »Es hat fast den ganzen Ort erschüttert.« Und mit einem Mal sprudelte es nur so aus ihm heraus, als hätte er endlich ein Thema gefunden, über das er frei sprechen konnte. Doch auch jetzt war seine Stimme monoton und auf eine beinahe erschreckende Weise leer. »Johannes und Allegra waren ein außergewöhnliches Paar. Sie waren nicht wie die meisten jungen Leute heutzutage, nein, sie waren anders. Sie sind nicht mit dem Trend gegangen, nein, sie haben die Normen, die die Gesellschaft in den letzten zwei, drei Jahrzehnten aufgestellt hat, zum großen Teil ignoriert. Schauen Sie sich doch bloß diese Welt an. Sie ist moralisch am Ende, ich möchte fast behaupten, dekadent und degeneriert. Und Dekadenz war stets eine der Hauptursachen für den Untergang von Kulturen. Aber Allegra und Johannes haben dieser Dekadenz getrotzt. Sie haben nicht geredet wie so viele vor allem junge Menschen heutzutage, eine Sprache, die man kaum noch versteht, ja, es ist fast ein Sprachenwirrwarr, das für mich der Sprachenverwirrung von Babylon beinahe gleichkommt. Verstehen Sie mich nicht falsch, ich bin nicht verstaubt in meinen Ansichten, aber ich erlebe tagtäglich die Menschen und sehe, wie ziellos sie geworden sind. Man vergnügt sich, ohne dabei noch ethische oder moralische Werte zu beachten. Ich habe in meiner Gemeinde drei Minderjährige, die schwanger sind. Die jüngste von ihnen ist zwölf, die älteste vierzehn. Und keine von den dreien weiß, wer der Vater ihres ungeborenen Kindes ist. Ich kenne etliche Paare, die sich nichts mehr zu sagen haben, und wo es nichts mehr zu sagen gibt, wird Gewalt angewandt. Die Männer wenden sich von den Frauen ab und die Frauen von den Männern. Seit einigen Jahren bemerke ich eine erschreckende Zunahme von sogenannten Singles, die sich zwar angeblich nach einem

Partner sehen, aber in Wirklichkeit ist das nur eine Worthülse, um sich selbst ein reines Gewissen zu verschaffen. Es wird gelogen und betrogen, und dann kommen jene, die vom Gewissen geplagt werden, zu mir und wollen die Absolution. Und nachdem ich sie erteilt habe, denken sie, sie könnten wieder tun und lassen, was sie wollen.«

Lehnert schaute mit leerem Blick zu Brandt, der sich fragte, warum der Pfarrer ihm Dinge erzählte, die er sowieso schon kannte, schließlich hatte er als Polizist oft genug mit Leuten zu tun, die gegen jede Norm lebten und handelten. Dennoch ließ er ihn gewähren. Wahrscheinlich will er das mal richtig loswerden, dachte er, wer weiß, wen er sonst zum Reden hat. Priester, so hatte er einmal gehört, sollen zu den einsamsten Menschen zählen. Immer ein offenes Ohr für andere haben, aber niemanden, der einem selbst zuhört. Brandt tat es leid, ihn teilweise so hart angefasst zu haben, denn im Grunde war Lehnert, den er anfangs doch falsch eingeschätzt hatte, ganz in Ordnung.

»Jetzt habe ich Sie vollgequatscht, und das wollte ich nicht. Bitte verzeihen Sie. Aber es hat am Ende auch mit Allegra und Johannes zu tun. Sie waren für mich moralisch rein, unverfälscht im Denken und Handeln, und obwohl speziell Allegra zu Hause Dinge vorgelebt bekam, die sie eigentlich am Guten im Menschen hätten zweifeln lassen müssen, scheint sie das alles nicht tangiert zu haben. Verstehen Sie, Allegra hat sich nicht darum geschert, wie ihr Vater war und dass Frau Wrotzeck … Nein, Entschuldigung … Ähm, nun, Allegra hat sich auf ihrem Weg nicht beirren lassen. Es gab für sie zwei große Ziele. Sie wollte Sängerin werden, und sie wollte mit Johannes

Köhler eine Familie gründen. Jetzt kann nur noch einer dieser Wünsche in Erfüllung gehen, aber vielleicht auch nicht.«

Er stockte, zündete sich eine weitere Zigarette an, ein Kettenraucher, wie er im Buche stand, sog den Rauch tief ein und ließ ihn langsam wieder entweichen. Er schüttelte kaum merklich den Kopf, und wandte sich ab. Für einen Moment schien er mit seinen Gedanken weit weg zu sein, bis er sich wieder zu Brandt drehte und mit beinahe verklärtem Blick fortfuhr.

»Allein wie sie miteinander umgegangen sind, so jung und doch so erwachsen. Erwachsener als viele Erwachsene. Ich kann mich erinnern, wie ich Allegra und auch Johannes getauft habe. Es war, als wäre es gestern gewesen. Das mag für Sie jetzt vielleicht seltsam klingen, aber bei Allegras Taufe hat ein Geist in der Kirche geherrscht, wie ich ihn so zuvor noch nicht erlebt hatte. Nur einmal war es ähnlich, und das war bei der Taufe von Johannes. Es war jedenfalls sehr ergreifend. Nun ja, das interessiert Sie wahrscheinlich gar nicht, trotzdem wollte ich es Ihnen mitteilen.« Lehnert stand auf, schlurfte mit müden Schritten zum Fenster und sah hinaus auf den verwilderten Garten. »Wenn Sie mich fragen, Allegra und Johannes waren füreinander bestimmt. Und jetzt ist Johannes tot, und Allegra liegt im Krankenhaus. Glauben Sie mir, ich bete jeden Tag für sie und bitte Gott darum, dass sie wieder aufwacht. Ich habe jedenfalls selten so viele entsetzte Gesichter gesehen wie damals, als die Meldung von dem Unfall die Runde machte. Aber Gottes Wege sind nun mal unergründlich, und man fragt sich, warum ausgerechnet die beiden. Sogar ich habe mir diese Frage gestellt, obwohl ich wirklich schon viel gesehen und erlebt habe.«

»Wie hat Herr Wrotzeck den Unfall seiner Tochter aufgenommen?«

Lehnert drehte sich um, lehnte sich gegen die Fensterbank und blickte zu Boden. Er kaute auf der Unterlippe. Brandt meinte einen melancholischen Ausdruck in seinen Augen zu erkennen, auch wenn er diese kaum sah, aber die ganze Haltung des Pfarrers sprach Bände. Er ließ eine ganze Weile verstreichen, bis Brandt die Frage wiederholte, Lehnert erschrocken aufschaute und leise und bedächtig antwortete, als hätte er Angst, etwas Falsches zu sagen: »Ich weiß es nicht. Ich weiß nicht, wie er es unmittelbar danach aufgenommen oder wie er reagiert hat. Ich nehme an, er war genauso entsetzt und erschüttert wie all die andern. Schließlich hat er eine Tochter verloren.«

Als Lehnert nicht weitersprach, sagte Brandt: »Eine Tochter, die er aber nicht gerade wie ein liebender und fürsorglicher Vater behandelt hat, wie mir berichtet wurde. Er hat sie geschlagen, hat sie eingesperrt, damit sie nicht mit Johannes zusammen sein konnte …«

»Sind Sie Vater?«

»Ja, ich habe zwei Töchter«, antwortete Brandt ruhig, denn er spürte, dass Lehnert im Augenblick einen inneren Kampf ausfocht, bei dem er ihm aber nicht helfen konnte, »und mir würde nie in den Sinn kommen, sie einzusperren und ihrer Freiheit zu berauben. Aber wenn ich all das nehme, was ich bisher über Wrotzeck erfahren habe, dann war dieser Mann das wandelnde Unheil. Oder sehen Sie das anders?«

»Es gibt Menschen, die offenbar auf die Erde geschickt werden, um eine Prüfung für andere zu sein. Herr Wrotzeck zählte dazu, doch ich werde ihn deswegen nicht verurteilen. Das steht mir auch gar nicht zu, dafür gibt es eine andere Instanz.«

»Herr Lehnert, hier ist meine Karte«, sagte Brandt in versöhnlicherem Ton, legte sie auf den Tisch und stand auf. »Ich würde mir wünschen, dass Sie es vielleicht schaffen, über Ihren eigenen Schatten zu springen, um mir zu helfen. Wrotzeck ist tot, und auch wenn das Beichtgeheimnis über den Tod hinaus Gültigkeit hat, so gibt es doch bestimmt Wege, mir wenigstens einige Informationen zukommen zu lassen …«

»Haben Sie nicht richtig zugehört?«, fragte Lehnert und sah Brandt zum ersten Mal direkt in die Augen.

»Doch, das habe ich. Ist mir etwas entgangen?«

»Denken Sie darüber nach. Eigentlich habe ich schon viel zu viel gesagt.«

»Das haben Sie nicht. Aber vielleicht haben Sie ja einen Tipp, an wen ich mich noch wenden könnte?«

Lehnert zögerte, bevor er antwortete: »Sprechen Sie mit Herrn Caffarelli. Er ist Uhrmacher und kennt Allegra ebenfalls sehr gut. Sie ist in seinem Chor oder war es zumindest bis zu jenem furchtbaren Abend. Möglicherweise kann er Ihnen weiterhelfen. Er wohnt nur ein paar Minuten zu Fuß von hier.«

»Ich hatte bereits das Vergnügen. Hat er mit seinem Chor in Ihrer Kirche geprobt?«

»Ja.«

»Das heißt, Sie kennen ihn auch schon länger?«

»Seit er vor zwanzig Jahren nach Bruchköbel gekommen ist. Ich bitte Sie jedoch, seien Sie sanft zu ihm, er ist nämlich selbst ein ausgesprochen sanfter Mensch.«

»Ich werde mich bemühen. Auf Wiedersehen. Ich finde allein hinaus.«

»Herr Brandt«, rief Lehnert und kam ihm hinterher. Brandt blieb stehen, drehte sich um und sah den Priester an. »Der Unfall war mit das Schlimmste, was passiert ist. Ich habe viele Menschen sterben sehen, aber das hat mich ganz besonders mitgenommen. Ich habe mit meinem … Boss … gehadert«, er deutete mit der Hand nach oben, »aber er hat mir nicht gesagt oder nicht sagen wollen, warum er das zugelassen hat. Ich weiß nur, dass dadurch das Leben von zwei jungen Menschen auf dramatische Weise zerstört wurde. Und nicht nur das Leben dieser beiden, nein, viele Leben sind dadurch zerstört worden.«

»Ich weiß. Aber ich kann mir einfach nicht vorstellen, dass Wrotzeck getrauert hat. Komisch, was?«

»Nein.«

»Was, nein?«

»Es ist nicht komisch, nichts ist hier mehr komisch. Ich gebe Ihnen einen Rat, suchen Sie die Wahrheit, und Sie werden sie finden. Und vielleicht kann ich Ihnen doch behilflich sein, ich muss Sie nur bitten, sich noch etwas zu gedulden. Ich weiß nicht, welcher Sinn hinter diesem Unfall steckt, aber es gibt einen, denn nichts geschieht einfach so. Verstehen Sie? Nichts, aber auch gar nichts. Schon gar nicht solche Unfälle.«

»Ich werde mich gedulden, aber nicht bis zum Sankt-Nimmerleins-Tag. Ich werde diesen Fall nämlich erst lösen können, wenn ich weiß, wer Wrotzeck wirklich war. Und Sie sind für mich momentan der einzige, der das zu wissen scheint.«

Lehnert begleitete Brandt bis zur Tür, ging zurück in sein Büro und schenkte sich ein Glas Whiskey ein, obwohl es noch früh am Tag war. Aber diesmal brauchte er etwas zur Beruhigung, denn er wusste, dass er die Wahrheit, die er kannte, nicht auf ewig vor Brandt würde verbergen können. Eine Wahrheit, die unter der beschaulichen Idylle von Bruchköbel viel zu lange verschüttet war. Doch nun schien endlich die Zeit gekommen, da die Wunden der Vergangenheit, die immer allzu schnell verheilt waren, mit Macht wieder aufbrachen. Wunden, die keiner mehr sehen mochte und die doch zu dieser Stadt gehörten. Und wenn sie wie jetzt aufbrachen, dann würden sie diesmal auch endgültig verheilen.

Lehnert setzte sich in seinen Sessel und legte den Kopf in den Nacken. Er schloss die Augen und dachte nach. Er musste und würde einen Weg finden, Brandt zu helfen, denn wie dieser schon sagte, er war der einzige, der alles über Wrotzeck wusste.

Donnerstag, 11.00 Uhr

Thomas Wrotzeck stand neben dem Veterinär Dr. Müller im Stall und beobachtete, wie er die beiden Bullen untersuchte und schließlich zufrieden nickte.

»Die sind in Topform«, sagte er nach einer halben Stunde, packte seinen Koffer und kam auf Thomas zu.

»Um die brauchen Sie sich keine Sorgen zu machen, mit denen werden Sie auch in den nächsten Jahren noch eine Menge Geld verdienen.«

»Keine Ahnung, ob wir das wollen«, entgegnete Thomas, der die Hände in den Taschen seiner Jeans vergraben hatte.

»Was heißt, Sie wissen nicht, ob Sie das wollen?«

»Genau das, was ich gesagt habe. Wir können das aber auch machen wie bisher, ich meine, so, wie Sie und mein alter Herr das gemacht haben.« Thomas sah Müller herausfordernd an, der Ton seiner Stimme hatte etwas Bedrohliches.

»Ich weiß nicht, wovon Sie sprechen«, sagte Müller, wich Thomas' Blick aus und wollte sich an ihm vorbeiwinden, doch Thomas versperrte ihm den Weg.

»Sie wissen nicht, wovon ich spreche? Dann werde ich Ihrem Gedächtnis mal ein bisschen auf die Sprünge helfen. Der Alte ist seit knapp einem Monat unter der Erde, nein, im Moment ist er in der Rechtsmedizin, wo er aufgeschnippelt wird, und da sollte doch alles so weiterlaufen wie vor seinem tragischen Ableben, oder?«

»Was soll wie weiterlaufen?«

»Tun Sie um Himmels willen nicht so scheinheilig. Sie sind genauso ein Gangster, wie mein Alter einer war. Ihr habt gemeinsame Sache gemacht …«

»Jetzt reicht's aber! Gehen Sie mir aus dem Weg. Sie sind ja völlig durcheinander. Ich kann ja verstehen, dass das gestern nacht nicht sehr angenehm für Sie war, aber …«

»Es war mir sogar ein innerer Reichsparteitag, Doktor«,

sagte Thomas zynisch. »Es war einer der erhebendsten Momente in meinem Leben. So, und jetzt reden wir Tacheles. Und ich lass Sie hier nicht raus, bevor Sie mir nicht ein paar Fragen beantwortet haben. Verstanden?!«

Müller schluckte schwer. Er merkte, dass er keine Chance hatte. Thomas war fast einen halben Kopf größer und vor allem jünger und kräftiger.

»Was wollen Sie?«, stieß er hervor.

»Nur mit Ihnen reden. Zum Beispiel über die krummen Geschäfte, die Sie und mein Alter getätigt haben. Reiner Bullensamen … Na, klingelt's jetzt? Oder soll ich noch deutlicher werden?«

»Ich weiß noch immer nicht, wovon …«

Thomas packte Müller blitzschnell am Hemd und drückte ihn an die Wand. Müllers Gesicht lief rot an, als Thomas sagte: »Ihr habt sogenannten reinen Bullensamen verhökert, aber etwa die Hälfte davon stammte gar nicht von Sancho und Pancho. Und jetzt raus mit der Sprache, ich bin nämlich mächtig geladen und weiß nicht, was passiert, wenn Sie nicht endlich das Maul aufmachen. Also?«

»Ja, es stimmt, wir haben da einmal was gedreht, aber es war die Idee Ihres Vaters. Ich konnte mich gar nicht dagegen wehren«, quetschte Müller mit vor Angst geweiteten Augen hervor.

»Ach ja, es war also die Idee meines Alten? Ist verdammt leicht, so 'ne Idee einem Toten unterzuschieben, aber ihr beide seid ja vom gleichen Schlag. Und es war nur einmal?« Thomas lachte höhnisch auf, drückte ihn noch ein wenig fester an die Wand und fuhr fort: »Merkwürdig, da muss ich wohl ausgerechnet dieses eine Mal rein zufäl-

145

lig gelauscht haben. Aber das Gespräch hat sich gar nicht so angehört, als wäre es das erste Mal. Ihr habt nämlich von den Idioten gesprochen, die das sowieso nie merken würden, weil es bisher ja auch keiner gemerkt hat. Wie oft habt ihr's gemacht, und lügen Sie mich bloß nicht wieder an, sonst werde ich sehr ungemütlich.«

»Keine Ahnung, ich weiß es nicht«, stieß Müller nach Luft ringend hervor.

»Keine Ahnung?«, zischte Thomas und ließ Müller los, stand jedoch weiterhin so dicht vor ihm, dass dieser seinen Atem im Gesicht spürte. »Schätzen Sie doch einfach mal. Oder sagen Sie mir nur, wie viel dabei für Sie rausgesprungen ist. Fünfzigtausend, hunderttausend? Oder war's sogar mehr?«

Keine Antwort, Müller schnaufte nur schwer.

»Da hab ich wohl ins Schwarze getroffen. Was für Deals liefen denn noch so zwischen dem Alten und Ihnen?«

»Keine sonst«, antwortete Müller leise.

»Und das soll ich glauben? Tu ich aber nicht, dazu sind Sie viel zu geldgeil. Ich weiß nämlich noch so einiges mehr über Sie. Zum Beispiel, dass Sie wahnsinnig gerne in bestimmten Clubs und Bars verkehren, und zwar genau jenen Clubs und Bars, die mein Alter immer besucht hat. Und Huren und Schampus kosten 'ne Menge Geld. Ich bin gut, was?«, sagte Thomas grinsend. »Wissen Sie, eigentlich ist es mir scheißegal, was der alte Drecksack getrieben hat, und genauso egal ist es mir, was Sie treiben. Wäre nur schade, wenn Ihre Frau davon erfahren würde, oder? Und dann noch Ihre Kinder.«

»Sagen Sie, was Sie wollen, wir können uns bestimmt

einigen«, entgegnete Müller mit zittriger Stimme, auch wenn er sich den Anschein gab, sich wieder beruhigt zu haben. »Aber bitte lassen Sie meine Familie aus dem Spiel.«

»Gar nichts, ich will gar nichts. Da staunen Sie, was? Sie können gehen, mir reicht schon, was ich gehört habe. Meine Mutter weiß übrigens nichts davon, ich habe sie bewusst da rausgehalten. Und jetzt verschwinden Sie.« Müller nahm seinen Koffer, doch Thomas' Stimme hielt ihn zurück. »Stopp, ich habe da noch eine Frage. Wo waren Sie am Abend des 23. Juli?«

»In einem Club in Hanau. Ich habe dort auf Ihren Vater gewartet«, antwortete Müller, ohne sich umzudrehen. »Ich war dort von neun bis eins, das kann ich nachweisen. Kann ich jetzt endlich gehen?«

»Gleich. Gab es Streit zwischen Ihnen?«

»Nein, wir waren schließlich Geschäftspartner.«

»Stimmt, hätt ich fast vergessen. Ich würde an Ihrer Stelle aber trotzdem aufpassen, ich meine, diese Welt steckt voller Gefahren. Da passieren Autounfälle mitten in der Nacht, und keiner hat was gesehen …«

»Wollen Sie mir drohen?«

»Ach was, ist mir eben nur so rausgerutscht.«

»Auf Wiedersehen, Herr Wrotzeck«, sagte Müller und verließ mit schnellen Schritten den Stall. Thomas folgte ihm und sah ihm nach, wie er sich zu seinem Toyata Geländewagen begab. Brandt bog auf den Hof ein. Thomas blieb stehen, wartete, bis Müller weggefahren und Brandt ausgestiegen war, und reichte ihm die Hand.

»Tag«, sagte Brandt. »Wer war das?«

147

»Nur unser Viehdoktor. Ich hab Ihnen gestern kurz von ihm erzählt.«

»Der Tierarzt, der mit Ihrem Vater die Kunden übers Ohr gehauen hat? Macht der immer so ein grimmiges Gesicht?«

»Nicht immer, aber immer öfter«, antwortete er grinsend. »Spaß beiseite, der hat 'ne Menge um die Ohren.« Thomas ließ den Vorfall von eben unerwähnt. »Kommen Sie rein.«

»Ist Ihre Mutter auch zu Hause?«

»Nein, sie ist nach Frankfurt gefahren, ein paar Besorgungen machen. Und sie wollte sich dort auch mit einer alten Freundin treffen.« Sie setzten sich ins Wohnzimmer, und kaum hatten sie Platz genommen, fragte Thomas: »Und, haben Sie Neuigkeiten für mich?«

»Ja, deshalb bin ich auch hier. Der Tod Ihres Vaters war kein Unfall, das hat die vorläufige rechtsmedizinische Untersuchung ergeben.«

Thomas konnte sich ein höhnisches Lachen nicht verkneifen und erwiderte: »Bravo, dann war der ganze Zirkus gestern wenigstens nicht umsonst. Jetzt müssen Sie nur noch den Mörder finden.«

»Das werden wir. Allerdings kann es auch sein, dass es kein Mord im klassischen Sinn war.«

»Was wollen Sie damit sagen? Ist der Alte etwa nicht richtig abgemurkst worden?«

»Allem Anschein nach nicht. Aber das wird uns der oder die Betreffende bestimmt erklären, wenn wir ihn oder sie haben«, sagte Brandt und registrierte jede Regung im Gesicht von Thomas, der jedoch keine Auffälligkeiten zeigte.

»Viel Glück bei der Suche. Ich fürchte nur, ich werde Ihnen nicht dabei helfen können.«

»Mal sehen, vielleicht ja doch. Gehen Sie eigentlich in die Kirche?«

Thomas lachte auf. »Nee, ist nicht so mein Ding. Ich kenne zwar Pfarrer Lehnert und hab auch nichts gegen die Kirche, mehr ist da aber nicht. Warum interessiert Sie das?«

»Weil Ihr Vater einige Male bei ihm war.«

Thomas sah Brandt zweifelnd an, als würde er glauben, dieser wolle ihn auf den Arm nehmen. »Wiederholen Sie das noch mal. Der Alte soll bei Lehnert gewesen sein? Ist nicht Ihr Ernst, oder? Was hat er denn dort gemacht?«

»Keine Ahnung, aber Sie wissen ja, wie das mit dem Beichtgeheimnis ist.«

Thomas schüttelte den Kopf und meinte: »Das glaub ich nicht, das kann ich einfach nicht glauben. Der hat doch mit der Kirche überhaupt nichts am Hut gehabt, ganz im Gegensatz zu meiner Mutter und Allegra, aber meine Mutter geht jetzt auch nicht mehr hin, seit das mit Allegra passiert ist. Hat Lehnert Ihnen das von meinem Vater gesagt?«

»Ich komme gerade von ihm …«

»Ich würd aber nicht allzu viel drauf geben. Könnte doch immerhin sein, dass Lehnert zusammen mit meinem Alten zu den Nutten gegangen ist. Sie kennen doch diese notgeilen Priester, die so gerne wollen, aber nicht dürfen«, sagte Thomas grinsend. »Gebeichtet hat mein Alter aber ganz bestimmt nicht. Der war doch der festen Überzeugung, perfekt zu sein, und außerdem hätte er sich nie die Blöße gegeben, einen Fehler einzugestehen. Ich sag Ihnen, Sie hätten ihn kennen müssen, dann wüssten Sie, wovon ich rede.«

»Aber Sie waren auch schon beichten, zumindest gehe ich davon aus.«

Thomas senkte kurz den Blick und zögerte mit der Antwort. »Und wenn? Ist das verboten?«

»Ganz im Gegenteil, für einen guten Katholiken gehört es sich, zur Beichte zu gehen«, sagte Brandt mit einem ironischen Unterton.

»Ja, ich war auch schon bei Lehnert, ist aber 'ne ganze Weile her. Das war noch zu der Zeit, als ich meinte, ein guter Christ sein zu müssen, so wie Allegra und meine Mutter. Hat leider nicht sollen sein.«

»Woher stammt der Name Wrotzeck eigentlich?«

»Polen. Irgendwann vor zweihundert Jahren sind die Wrotzecks hierher gekommen und haben sich 'ne Menge Land unter den Nagel gerissen. Na ja, sie waren jedenfalls ziemlich erfolgreich, wie man sieht.«

»Und Sie wollen tatsächlich verkaufen?«

»Wir sind am Überlegen, noch ist keine Entscheidung gefallen. Aber für meine Mutter wäre es sicherlich das Beste. Andererseits könnte sie jetzt zeigen, was sie drauf hat, und ich weiß, dass sie es schaffen würde, der Alte hat sie nur nie gelassen. Sie musste ja immer das brave Hausmütterchen spielen. Wissen Sie, was der Alte verlangt hat? Morgens um Punkt halb sieben hatte das Frühstück fertig zu sein, und es war klar, dass die Familie sich dafür geschlossen um den Tisch versammelte, auch wenn Allegra und ich vielleicht erst um neun oder zehn das Haus verlassen mussten. Beim Mittagessen war das natürlich nicht

150

machbar, aber zum Abendbrot das gleiche Ritual. Er hat gemeint, das würde sich so gehören. Erst vor drei, vier Jahren hat sich das geändert, da hat er angefangen, oft auswärts zu essen. Manchmal haben wir ihn tagelang kaum zu Gesicht bekommen. Er war zwar hier auf dem Hof, mehr aber auch nicht.«

»Haben Sie gar keine Großeltern oder Onkel und Tanten?«

»Nee, die sind alle tot.«

»Ich habe gehört, dass Ihr Vater den Hof nach dem Tod seines Vaters übernommen hat. Sie haben Ihren Großvater sehr früh verloren …«

»Er ist bei einem Unfall ums Leben gekommen, da war ich noch ziemlich klein. Meine Mutter hat mir mal erzählt, dass er irgendein defektes Gerät im Stall reparieren wollte, und dabei hat's ihn erwischt. Sie sehen, Unfälle prägen unsere Familiengeschichte. Meine Großmutter hat ihn nicht mal ein Jahr überlebt, Krebs.« Thomas machte eine Pause und schien für kurze Augenblicke mit seinen Gedanken weit weg zu sein, bevor er mit verklärtem Blick weitersprach: »Meine Großeltern waren klasse, soweit ich mich überhaupt an sie erinnern kann. Das meiste weiß ich aus den Erzählungen meiner Mutter. Wenn die heute noch leben würden, wäre alles ganz anders gelaufen, dann hätte mein Vater sicher nicht so eine Scheiße gebaut.«

»Herr Wrotzeck, ich weiß, das hört sich jetzt für Sie möglicherweise dumm an, aber Hass frisst einen von innen auf …«

»Und? Das ist doch ganz allein mein Problem. Sie hätten mal bei der Beerdigung dabei sein müssen, inklusive Pfar-

151

rer waren wir zwölf … Trauernde. Und die Hälfte davon kannten meine Mutter und ich gar nicht. Ich nehme an, es waren Leute aus dem Puff. So viel zum exzellenten Ruf des Alten.«

»Trotzdem …«

»Sparen Sie sich Ihre Belehrungen, ich kann mit dem Tod des Alten ganz gut leben. Hört sich gut an, was? Mit dem Tod leben. Wow!«

»Sie sind so jung und schon so zynisch …«

»Und? Ohne Zynismus hätte ich diese ganze Scheiße nicht überlebt. Mein Vater, dieser verdammte Bastard, war das größte gottverdammte Arschloch, das mir je über den Weg gelaufen ist. Wenn's nur einmal gewesen wäre, kein Thema. Aber zweiundzwanzig Jahre lang! Ich bin froh, dass er weg ist. Und jetzt halten Sie mich von mir aus für pietätlos, undankbar, gehässig, ist mir scheißegal! Und soll ich Ihnen auch verraten, warum?« Thomas beugte sich nach vorn. »Ich kann's Ihnen sagen, ich hoffe jedoch, Sie behalten's für sich. Schauen Sie sich meine Mutter an, die ist zu einem Zombie geworden. Es ist ewig her, dass sie gelacht hat, und weinen hab ich sie nur einmal gesehen, das war nach dem Unfall von Allegra. Aber sie hat wirklich nur einmal geweint. Und das war alles die Schuld meines ehrenwerten Herrn Vaters! Hätten Sie die vergangenen Jahre hier verbringen müssen, Sie würden meinen Zynismus sehr gut verstehen.«

»Aber Ihre Schwester war doch …«

»Allegra ist und war nicht, um das klarzustellen! Sie ist eine Ausnahme. Ich hab mir oft gewünscht, so zu sein wie sie. Hat leider nicht funktioniert. Ihr ist da was mitgegeben worden, das ich nicht habe. Sie ist die Liebe in Person, ich bin ein waschechter Zyniker.«

»Ach ja, hätt ich beinahe vergessen«, sagte Brandt und fuhr sich mit einer Hand übers Kinn. »Warum haben Sie mir eigentlich nicht erzählt, dass ein gewisser Herr Caffarelli Ihre Schwester jeden Tag in der Klinik besucht?«

Thomas zuckte mit den Schultern. »Tut mir leid, daran hab ich gestern nicht gedacht. Aber wenn Sie's schon wissen, ist's ja gut.«

»Warum macht Caffarelli das?«, fragte Brandt.

»Weil er einfach ein klasse Typ ist. So, wie der sich um andere kümmert«, Thomas schüttelte den Kopf. »Ich frag mich, wie der noch Zeit hat, sein Geschäft zu führen.«

»Aber jeden Tag zwei Stunden.«

»Wie lange? Zwei Stunden? Sorry, aber das hör ich heute zum ersten Mal. Keinen Schimmer, warum er das macht.«

»Er war gestern bei Ihnen, ich hab ihn gesehen, als ich losgefahren bin. Ist er oft hier?«

»Oft nicht. Er kommt überhaupt erst, seit der Alte unter der Erde liegt. Vorher hätte er sich nicht hergetraut.«

»Warum nicht?«

»Weil mein Alter ihn hochkant rausgeschmissen hätte. Der hatte was gegen Caffarelli und seine noble Art. Na ja, so ist das eben, wenn ein ungehobelter Bauer auf einen feinen Herrn trifft. Obwohl, der Alte konnte auch ganz schön liebenswürdig sein, aber nur, wenn er dafür etwas bekam.«

»Und …«

Thomas ließ Brandt nicht aussprechen. »Sie wollen wissen, was Caffarelli hier will. Er erzählt uns von den angeblichen Fortschritten, die Allegra macht. Ich weiß auch nicht, welche Fortschritte er bei ihr sieht, für mich ist alles noch so wie vor vier Monaten.«

»Mögen Sie ihn?«

»Es gibt wohl kaum jemanden, der ihn nicht mag. Aber warum machen Sie sich nicht selbst ein Bild von ihm? Er beißt garantiert nicht, der würde nicht mal seine Stimme erheben, wenn er wütend ist, was ich mir bei ihm nicht vorstellen kann, ich meine, dass er wütend wird.«

»Ich hatte bereits das Vergnügen, wenn auch nur kurz. Eine Frage noch, dann muss ich gehen. Hatte Ihr Vater eine Lebensversicherung abgeschlossen?«

Thomas lachte wieder auf und schüttelte den Kopf. »Das ist wie bei Columbo – eine Frage noch. Und ich weiß genau, was Sie denken, aber ich muss Sie leider enttäuschen, Wrotzeck hat keine Lebensversicherung abgeschlossen, und er hat auch kein Testament verfasst, weil er mit Sicherheit nicht damit gerechnet hat, schon so früh den Löffel abgeben zu müssen.«

»Wenn es kein Testament gibt, dann sind Ihre Mutter, Sie und Ihre Schwester Alleinerben des Hofs?«

»So sieht's wohl aus. Aber ich will Sie nicht länger aufhalten, Sie …«

»Wenn Sie sich entschließen sollten, ihn zu verkaufen, was bringt der in etwa?«

»Warum interessiert Sie das?«

»Ich bin von Beruf neugierig«, sagte Brandt ernst.

Thomas schien zu überlegen, doch Brandt war überzeugt, dass er es längst durchgerechnet hatte. »Na ja, so Pi mal Daumen zwischen fünf und acht Millionen. Ist gutes Land, guter Boden, dazu das Vieh, die Gebäude und so weiter. Jetzt haben Sie aber was in der Hand gegen meine Mutter und mich … Ach was, ich sag Ihnen, wie's war – meine Mutter hatte den Plan, und ich hab den Alten kaltgemacht. Und weil Allegra sowieso sterben wird, brauchen wir nicht mal durch drei zu teilen. Und mal sehen, vielleicht gibt's ja noch einen tragischen Unfall, so dass entweder meine Mutter oder ich alles einsacken kann. Wir belauern uns schon die ganze Zeit, und irgendwann macht's peng! Kommt nur drauf an, wer schneller ist.«

»Sie sind wirklich der geborene Zyniker.«

»Nee, so geboren wird man nicht, das sieht man am besten an Allegra. Aber glauben Sie, ich merk nicht, wo Sie mich hinhaben wollen?«

»Sie interpretieren meine Fragen völlig falsch. Tut mir leid, aber ich hatte und habe auch nicht vor, Sie eines Verbrechens zu beschuldigen.«

Brandt sah, dass die Zeit fortgeschritten war, erhob sich und reichte Thomas wie zur Versöhnung die Hand, der sie auch nahm. Brandt hätte noch viele Fragen gehabt, doch er hatte das Gefühl, dass dies nicht der richtige Zeitpunkt war. »Ich muss los, es gibt noch eine Menge Dinge zu klären.«

»Beehren Sie uns bald wieder«, sagte Thomas grinsend.

»Ganz bestimmt sogar. Wiedersehen.« An der Tür blieb Brandt stehen, drehte sich um und sagte: »Sorry, hab wohl doch zu oft Columbo gesehen. Eine letzte Frage: Kennen

Sie die Clubs und Bars, in denen sich Ihr Vater aufgehalten hat? Und wie oft war er dort?«

»Keine Ahnung, ich hab mich nie dafür interessiert. Fragen Sie doch Müller, unsern Tierarzt. Der wird Ihnen das bestimmt sagen können, denn wenn der Alte überhaupt so was wie einen Freund hatte, dann Müller. Bei der Gelegenheit fragen Sie ihn doch mal so ganz nebenbei nach den Geschäften, die er mit Wrotzeck getätigt hat.«

»Wo finde ich diesen Müller?«

»Warten Sie, ich geb Ihnen seine Visitenkarte.« Thomas zog eine Schublade des Sekretärs heraus, entnahm ihr die Karte und reichte sie Brandt. »Viel Spaß.«

»Was glauben Sie, wann kann ich ihn am besten antreffen?«

»Steht alles auf der Karte. Aber rufen Sie ihn doch vorher an, Sie müssen ihm ja nicht gleich auf die Nase binden, dass Sie ein Bulle sind.«

»Lassen Sie mich mal machen«, sagte Brandt und warf einen Blick auf die Karte. Müller hatte heute nachmittag von drei bis sieben Sprechstunde. Er würde ihn kurz vor sieben aufsuchen, dann konnte er länger zu Hause bleiben und überlegen, wie er die Ermittlungen am besten weiterführte. Bis jetzt hatte er viel erfahren, und doch war er kaum schlauer als gestern.

Kaum hatte Brandt das Haus verlassen, fiel ihm schon wieder das Gespräch mit dem Pfarrer ein. Er beschloss, kurz bei Köhler reinzuschauen, bevor er zurück nach Offenbach fuhr, auch wenn die Wahrscheinlichkeit, ihn anzutreffen, eher gering war. Obwohl, dachte Brandt, jetzt um die Mittagszeit …

Donnerstag, 12.10 Uhr

Köhler war nicht auf dem Hof. Seine Mutter sagte, er habe einen Arzttermin und mehrere Besorgungen zu machen und sei erst gegen Abend wieder zurück. Also fuhr Brandt nach Offenbach und ließ die Unterredung mit Lehnert noch einmal Revue passieren. Was hatte er gemeint, als er sagte: »Haben Sie nicht richtig zugehört?«

Natürlich hab ich richtig zugehört, oder hab ich vielleicht doch was überhört?, dachte er. Was hat Lehnert alles gesagt? Dass Wrotzeck eine Prüfung für andere gewesen sei. Abgehakt, ist mir bekannt. Und dass Wrotzeck gebeichtet habe. Aber was um alles in der Welt hat Wrotzeck dem Priester anvertraut, wovon aller Wahrscheinlichkeit nach nur Wrotzeck und der Priester wussten? Und warum geht einer wie Wrotzeck überhaupt zur Beichte? Was ist mir entgangen? Peter, du drehst dich im Kreis, obwohl die Lösung wahrscheinlich direkt vor dir liegt. Was also hast du überhört? Lehnert hat gesagt, dass er es vielleicht nicht anders verdient habe. Was meint er damit? Und er hat nicht nur einmal, sondern des öfteren mit Wrotzeck gesprochen. Und was meint Lehnert, wenn er sagt, dass Wrotzeck ein gläubiger Mensch gewesen sei? Wrotzeck und gläubig, das passt doch zusammen wie Offenbach und Frankfurt! Andererseits, er hat das »gläubig« so seltsam betont.

Mit einem Mal verlangsamte er das Tempo, fuhr an den Straßenrand, stellte den Motor ab und legte den Kopf an die Nackenstütze. Absolution! Lehnert hat Wrotzeck keine Absolution erteilt. Ich habe ihn gefragt, ob er die Absolution erteilt hat, und er hat nur geantwortet: »Kein Kommentar.« Also nicht. Bei welchen Sünden wird die Absolution erteilt und bei welchen nicht? Das kann ich doch Lehnert mal fragen. Darauf muss er mir eine Antwort geben. Und auf die Frage, wie Wrotzeck den Unfall seiner Tochter aufgenommen hat, hat Lehnert sehr ausweichend geantwortet. Er wirkte sogar irgendwie erschrocken. Wie war das noch mal – »Ich weiß nicht, wie er es unmittelbar danach aufgenommen oder wie er reagiert hat. Ich nehme an, er war genauso entsetzt und erschüttert wie all die andern.« Genau das hat Lehnert gesagt.

Ich habe tatsächlich nicht richtig zugehört, und ich habe auch nicht auf Lehnerts Körpersprache geachtet, zumindest nicht so, wie ich es hätte tun sollen. Er hat mir doch einiges durch die Blume mitgeteilt.

Brandt nahm seinen Notizblock und einen Stift aus dem Seitenfach und schrieb alle Bemerkungen des Pfarrers auf. Er würde ihm schon bald noch ein paar Fragen stellen, ohne ihn jedoch in die Bredouille zu bringen, denn er wusste, wie streng Priester den Regeln der Kirche unterworfen waren. Einige Male schon hatte er mit ihnen zu tun gehabt, und einige Male hatte er dabei gespürt, wie gerne die Betroffenen geredet hätten, doch jedes Mal stand das unantastbare Beichtgeheimnis zwischen ihnen. Ich möchte kein Priester sein, dachte Brandt, ewig diese Gewissenskonflikte, dieses »ich würde es ja gerne sagen, aber ich darf nicht«. Selbst wenn ein Mörder zu einem Priester kam, um die Beichte abzulegen, hatte das absolute Beichtgeheimnis Bestand. Nicht einmal vor Gericht durften die Geistlichen gezwungen werden, dieses in Brandts Augen antiquierte Gelübde zu brechen. Das Beichtgeheimnis, das so manchem Verbrecher, sogar Mörder quasi einen Freifahrtschein lieferte und die Arbeit der Polizei unnötig behinderte. Brandt erinnerte sich an den Fall eines Kindsmörders, der einem Priester seinen ersten Mord gestanden und danach noch drei weitere Kinder umgebracht hatte. Alle drei könnten noch leben, dachte er, wenn der Priester der Polizei einen Hinweis gegeben hätte. Hätte! Wie oft in meiner Laufbahn habe ich schon hätte, wäre, wenn gesagt. Wie viele Straftaten hätte ich verhindern können, wenn ich … Mein Gott, jetzt bin ich schon wieder bei diesem verdammten Konjunktiv! Ich muss und werde noch einmal mit Lehnert sprechen und versuchen, ihm über Umwege ein paar Geheimnisse zu entlocken. Na ja, wahrscheinlich sind es gar keine so großen Geheimnisse. Wrotzeck war, wenn ich das richtig verstanden habe, ein einfacher Landwirt, eben ein Bauer, und wahrscheinlich hat er seinem Beichtvater nur erzählt, was für ein Familientyrann er war. Und weil er sich nicht gebessert hat, hat Lehnert ihm auch die Absolution verweigert. So wird's gewesen sein.

Und außerdem, ich bin ja selbst Katholik, und meine Mutter geht jeden Sonntag zum Gottesdienst. Sie hat's auch nicht anders gelernt, sie ist eben Italienerin. Und ich liebe sie. Und irgendwann sollte ich vielleicht auch mal wieder eine Kirche von innen sehen. Ich könnte meine Mutter begleiten und Sarah, Michelle und Andrea fragen, ob sie nicht Lust hätten, mitzukommen. Irgendwann.

Brandt setzte sich wieder aufrecht hin, startete den Motor und fuhr weiter. Er wollte bei seinen Eltern vorbeischauen, sich mal wieder melden und vor allem sich zeigen, und wenn er Glück hatte, waren auch seine Töchter gerade dort, die er zuletzt vorgestern abend gesehen hatte. Und er würde ein paar Worte unter vier Augen mit seinem Vater, einem pensionierten Polizisten, wechseln.

Donnerstag, 12.50 Uhr

Hallo, Mama«, begrüßte Brandt seine Mutter, die ihn fest an sich drückte, seinen Kopf zwischen ihre Hände nahm und ihn mit diesem vorwurfsvollen Blick aus ihren braunen Augen ansah.

»Du kommst in letzter Zeit auch immer seltener. So viel zu tun?«

»Mama, schau mich nicht so an, ich bin kein kleines Kind mehr. Man kann ja hier auch nicht in Ruhe in Urlaub fahren. Kaum ist man zurück, ist der ganze Schreibtisch voller Arbeit. Ich werd mich trotzdem bessern, versprochen. Sind meine Süßen da?«

»Wir haben gerade zu Mittag gegessen. Wenn du willst, es ist noch etwas für dich übrig.«

»Danke, ich hab wirklich Hunger.«

Er ging ins Wohnzimmer, wo Sarah von ihrem Handy aus telefonierte (Brandt fragte sich, wann sie wieder kommen würde und Geld für eine neue Karte würde haben wollen) und erschrocken und mit hochrotem Kopf aufblickte, als sie ihren Vater sah. »Ich muss Schluss machen, tschüs«, sagte sie schnell und beendete damit das Gespräch. »Das war Christine«, erklärte sie und zerstreute damit Brandts Befürchtung, sie könnte mit Spanien telefoniert haben. Michelle saß mit ihrem Großvater vor dem Fernseher und sah sich die Mittagsnachrichten auf RTL an. Brandt hatte bei ihr festgestellt, dass sie anfing, sich für Dinge zu interessieren, die nicht nur mit Musik und Filmen zu tun hatten. Überhaupt waren die Gespräche mit ihr in den vergangenen Monaten tiefschürfender und ernster geworden. Im Gegensatz zu Sarah, deren schulische Leistungen im letzten Jahr einen leichten Abwärtstrend verzeichnet hatten, war Michelle zur Klassenbesten aufgestiegen, ohne sich großartig dafür anstrengen zu müssen. Brandt fragte sich, ob sie nicht vielleicht unterfordert war, und er spielte sogar mit dem Gedanken, sie einem IQ-Test unterziehen zu lassen und, sollte dieser entsprechend ausfallen, sie auf eine Schule für Hochbegabte zu schicken.

Doch dies war im Moment nebensächlich, noch waren Ferien, und die Schule begann erst in gut zwei Wochen wieder. Er nahm beide in den Arm, unterhielt sich kurz mit ihnen und versprach, spätestens morgen abend, wenn Andrea sich mit Elvira Klein traf, irgendetwas mit ihnen zu unternehmen, und wenn es nur eine Lieferung durch den Pizzaservice war, dabei eine oder zwei DVDs gucken und quatschen. Und er hoffte, dass nichts dazwischenkam, denn er wusste, wie sensibel vor allem Michelle auf nicht gehaltene Versprechungen reagierte.

»Paps, kann ich dich mal kurz unter vier Augen sprechen?«, fragte er seinen Vater.

»Gleich bin ich für dich da«, war die Antwort. Er wollte noch einen Bericht zu Ende sehen.

»Nichts da, erst wird gegessen«, mischte sich Brandts Mutter ein, holte einen Teller aus dem Schrank und füllte in der Küche auf. Rinderbraten mit Kartoffeln und Gemüse, dazu ein Glas Bier. Er aß langsam. Fast ein Monat war vergangen, seit er zuletzt bei seinen Eltern eine Mahlzeit eingenommen hatte, weshalb es diesmal besonders gut schmeckte.

»Das war gut«, sagte er, wischte sich mit der Serviette den Mund ab und trank sein Glas leer.

Brandts Vater erhob sich schwerfällig. Seit einem Bandscheibenvorfall vor einem Monat, der glücklicherweise ohne Operation nur mit Spritzen behandelt werden konnte, spielte sein Rücken nicht mehr so mit, wie er das gerne wollte. Sie begaben sich in das noch immer genutzte Arbeitszimmer seines Vaters, sein kleines Reich, in das er sich zurückzog, wenn er mal allein sein wollte.

»Was gibt's? Unter vier Augen willst du mich doch immer nur sprechen, wenn du was auf dem Herzen hast.«

»Also das verbitt ich mir aber«, sagte Brandt gespielt beleidigt. »Wie oft haben wir beide hier schon gesessen und uns über Gott und die Welt unterhalten. Doch diesmal will ich tatsächlich was. Ich bearbeite gerade einen ungeklärten Todesfall. Wir mussten letzte Nacht sogar eine Exhumierung vornehmen, und es hat sich rausgestellt, dass der Gute unfreiwillig das Zeitliche gesegnet hat. Der Fall ist aber dermaßen kompliziert, dass ich mich im Kreis drehe …«

Brandts Vater unterbrach den Redefluss seines Sohnes mit einer Handbewegung. »Verrätst du mir auch, wo du gerade ermittelst?«

»Bruchköbel.«

»Oh, die Leute dort kenn ich. Ziemlich schwer, an die ranzukommen, auch wenn die Stadt sich weltoffen gibt. Trotzdem, das ist noch immer flaches Land.«

»So seh ich das auch. Aber ich hab heute abend einen Termin mit einem Uhrmacher oder besser gesagt einem Uhrenrestaurator. Du hast doch so eine alte Taschenuhr, die du schon immer mal repariert haben wolltest. Wie sieht's aus, kann ich die mitnehmen und ihn fragen, ob er sie sich wenigstens anschaut?«

»Das ist ein altes Erbstück, stammt noch von meinem Urgroßvater. Ich glaub aber nicht, dass da noch was zu machen ist.«

»Probieren können wir's doch. Wär doch was, wenn die wieder ticken würde.«

Brandts Vater zog die unterste Schublade seines Schreibtischs heraus, entnahm ihr ein Etui und reichte es seinem Sohn.

»Hier, versuch dein Glück. Aber ich will sie wiederhaben. Du bekommst sie erst, wenn ich unter der Erde liege, was hoffentlich noch eine Weile dauern wird. Und was hast du noch auf dem Herzen?«

Brandt musste lächeln. Sein Vater hatte ihn durchschaut, vor ihm etwas zu verbergen war beinahe unmöglich.

»Hast du während deiner Berufszeit schon mal einem Pfarrer etwas entlockt, was er eigentlich gar nicht hätte sagen dürfen?«

»Meinst du das Beichtgeheimnis?« Brandts Vater steckte die Hände in die Hosentaschen und grinste. »Ja, einmal.«

163

»Wie hast du das geschafft?«

»Ganz einfach, ich hab ihn besoffen gemacht, ich musste ihn sogar fast nach Hause tragen. Ich hatte meine Informationen und der Ärmste, wenn er sich denn überhaupt noch an den Abend erinnern konnte, wahrscheinlich ein sauschlechtes Gewissen. Aber so hackedicht, wie der war, glaub ich kaum, dass er sich an irgendwas erinnert hat. War noch ein ziemlich junger Kerl, und ganz ehrlich, ich hab mich hinterher geschämt. Ich hab eine Regel gebrochen und hatte danach wochenlang ein ganz blödes Gefühl.«

»Das wird bei dem in Bruchköbel nicht funktionieren. Der qualmt zwar wie ein Schlot, aber so, wie ich ihn einschätze, macht der die großen Besäufnisse nicht mit, auch wenn er vielleicht hin und wieder zu tief ins Glas schaut. Doch der Typ ist ein alter Hase im Kirchengeschäft.«

Brandts Vater stopfte sich eine Pfeife und sagte ruhig: »Lass es sein. Das Schlimmste, was du machen kannst, ist, ihn zu drängen. Er wird sich zurückziehen und überhaupt nicht mehr mit dir reden, weil er Angst hat.«

»Angst wovor?«

»Etwas auszuplaudern, was er nicht ausplaudern darf. Bei Priestern kommst du nur mit einer Methode ans Ziel – mit Diplomatie.«

Brandt lachte auf. »Also wenn hier einer diplomatisch ist, dann ich. Trotzdem komm ich nicht voran.«

»Seit wann arbeitest du an dem Fall?«

»Seit gestern.«

Brandts Vater schüttelte verständnislos den Kopf und sagte: »Es gibt viele schlechte Helfer, Ungeduld ist einer davon. Mein Gott, manche Fälle dauern Wochen oder Monate, manche sogar Jahre, bevor sie aufgeklärt werden, das müsstest du doch am besten wissen. Was hetzt dich?«

»Nichts«, war die kleinlaute Antwort. »Aber du kennst mich ...«

»Deswegen sag ich das ja. Lass es langsam angehen, damit kommst du garantiert ans Ziel. Ist nur ein guter Rat von mir, auch wenn ich ungern Ratschläge erteile. Was hast du heute noch vor, ich meine, außer deinem Termin heute abend?«

»Ich muss mich noch mal kurz im Präsidium zeigen und dann nach Hause. Dieser Pfarrer hat mir einige Dinge durch die Blume zu verstehen gegeben, aber ich krieg die noch nicht auf die Reihe. Wenn ich das Gespräch nur irgendwie hätte mitschneiden können. Ich muss sowieso noch mal mit ihm reden, dann nehm ich mir entweder was zu Schreiben oder ein Diktiergerät mit.«

Er blieb noch eine halbe Stunde, bevor er sich von seinen Eltern und von Sarah und Michelle verabschiedete, die gleich zu ihren Freundinnen gehen, die Nacht jedoch bei den Großeltern verbringen würden. Er hatte keine Lust, ins Büro zu fahren, doch es ließ sich nicht vermeiden.

Donnerstag, 14.30 Uhr

Bis auf Bernhard Spitzer und einen weiteren Beamten war die Abteilung K 11 verwaist. Vier Kollegen, darunter Nicole Eberl, observierten die Albaner, zwei befanden sich noch in Urlaub, fünf hatten mit kleineren Delikten wie Einbrüchen, Diebstählen und so weiter zu tun, und zwei waren hinter einem Vergewaltiger her. Der hatte in den vergangenen zwei Monaten die Gegend zwischen Obertshausen und Langen unsicher gemacht, vier alleinstehende Frauen nachts in ihren Wohnungen überfallen und zu teilweise perversen sexuellen Handlungen genötigt, Frauen, die nachts bei der Hitze entweder die Balkontür oder ein Fenster offen gelassen hatten, was dieser Mann skrupellos ausgenutzt hatte. Jeder hoffte auf einen schnellen Fahndungserfolg, denn wenn er nicht bald geschnappt würde, stieg die Wahrscheinlichkeit, dass er es eines Nachts nicht bei einer Vergewaltigung belassen und womöglich noch einen Mord begehen würde. Seine bisherigen vier Opfer waren von ihm schwer misshandelt worden, die letzte Frau hatte er sogar gewürgt, doch im letzten Moment von ihr abgelassen. Sie war noch nicht vernehmungsfähig, aber es könnte auch sein, dass er geglaubt hatte, sie wäre tot. Dieser Vergewaltiger bereitete den Kollegen große Sorgen, weil er zwar seine DNA hinterlassen hatte, aber sich offenbar so sicher fühlte, dass man ihn nicht kriegen würde, da er bisher in keiner Datenbank registriert war.

Die noch verbliebenen drei Kollegen kümmerten sich um einen Raubüberfall auf eine Sparkasse, den sechsten dieser Art in den letzten fünf Wochen im Rhein-Main-Gebiet. Alle trugen die Handschrift ein und desselben Täters, der zwar auf den Überwachungsbändern zu sehen war, aber bei seinen Überfällen stets eine Karnevalsmaske trug und deshalb bisher nicht identifiziert werden konnte. Mittlerweile galt er als Gentleman-Gangster, weil er dem

Personal, und dabei vornehmlich den Damen, in den Filialen stets freundliche Komplimente gemacht hatte, bevor er sie höflich, aber bestimmt aufforderte, ihm das Geld auszuhändigen. Danach verließ er jedes Mal die Bank, ohne dass es auch nur den Hauch einer Spur gab, die zu ihm führte. Der Überfall heute vormittag um kurz nach elf war der erste, der in den Zuständigkeitsbereich der Offenbacher Kripo fiel, die nun mit den Kollegen aus Frankfurt und Wiesbaden zusammenarbeitete.

Brandt erstattete Spitzer einen kurzen Bericht und sagte ihm, dass er gleich nach Hause fahren werde, um dort einen Schlachtplan, wie er es nannte, für sein weiteres Vorgehen auszuarbeiten.

»Wieso kannst du das nicht hier machen?«, fragte Spitzer etwas irritiert.

»Weil ich zu Hause besser denken kann und außerdem um halb fünf wieder in Bruchköbel sein muss. Hat die Klein sich schon gemeldet?«

»Seltsamerweise bis jetzt nicht. Aber was nicht ist, wird schon noch kommen«, antwortete er grinsend. »Oder sie ruft dich auf dem Handy an, um deine liebliche, entzückende Stimme zu hören.«

»Arschloch. Tu mir einen Gefallen, schau doch mal nach, ob du irgendwas über diesen Kurt Wrotzeck rauskriegen kannst, ob er zum Beispiel in unserer Kartei vermerkt ist. Und wenn du was gefunden hast, lass es mich baldmöglichst wissen.«

»Bin ich dein Sklave? Such's doch selber raus, du siehst doch, was ich alles zu tun habe«, beschwerte sich Spitzer mit erhobener Stimme.

Brandt stützte sich mit beiden Händen auf den Schreibtisch und erwiderte ernst und gelassen, auch wenn es in ihm kochte: »Und ich opfere in schöner Regelmäßigkeit mein Privatleben, so auch heute, weil ich bis mitten in die Nacht unterwegs bin, während du um fünf oder halb sechs den Stift fallen lässt und dich abmachst zu deiner lieben Uschi. Kaum bin ich aus dem Urlaub zurück, bin ich schon wieder der Depp der Abteilung …«

»Jetzt mach aber mal halblang! Du bist doch derjenige, der immer wie ein einsamer Wolf alles alleine machen will. Du könntest jede Unterstützung haben, aber nein, du glaubst ja, der Größte zu sein …«

»Erstens bin ich es gewohnt, alleine zu arbeiten, das weißt du seit über zwanzig Jahren. Und zweitens, die Unterstützung kannst du mir jetzt geben, wo doch die andern alle unterwegs sind. Stell einen Antrag, dass wir dringend mehr Personal brauchen, dann kannst du dich schön zurücklehnen und einfach nur die andern dirigieren.«

»Warum bist du so gereizt?«

»Ach ja, bin ich das?«, fragte Brandt zurück.

»Ja«, antwortete Spitzer ruhig, die Augenbrauen hochgezogen. »Warum?«

»Weil mir im Moment alles stinkt. Wir sind hoffnungslos unterbesetzt, unsere wichtigsten Leute werden für unnütze Observierungen abgestellt, und ich komm keinen Schritt in diesem Kaff voran. Dabei weiß ich, dass die Kacke dort gewaltig am Dampfen ist.«

Brandt setzte sich auf den Stuhl vor Spitzers Schreibtisch, schloss kurz die Augen und atmete ein paarmal tief ein und aus, um sich zu beruhigen. Er hatte selbst keine Erklärung für seine plötzliche Wut und dachte, es hat keinen Sinn, Bernie für etwas den schwarzen Peter zuzuschieben, den er nicht verdient hat.

»Sorry, Alter, war nicht so gemeint. Wrotzeck war das, was man einen unliebsamen Zeitgenossen nennt, aber ich habe das Gefühl, dass hinter seinem Tod eine Menge mehr steckt als nur der Hass auf einen Kotzbrocken. Der Typ hat sich über Jahre hinweg immer mehr Feinde geschaffen, und schließlich hat er die Konsequenz dafür tragen müssen. Aber darum geht's mir nicht. Ich will wissen, warum Wrotzeck sterben musste.«

»Aber es war doch allem Anschein nach kein vorsätzlicher Mord, oder?«

»Das wird sich noch rausstellen. Sollte der- oder diejenige ihm eins über den Schädel gezogen haben, während Wrotzeck an der Kante stand, war es Mord. Wenn er nur das Gleichgewicht verloren hat, was bei seinem Promillewert durchaus möglich ist, kann es auf Totschlag hinauslaufen. Doch um mir ein klares Urteil bilden zu können, muss ich die Hintergründe kennen. Aber noch mauern die an allen Ecken und Enden, keiner will so richtig mit der Sprache rausrücken, was mit Wrotzeck wirklich los war.«

»Was machst du heute noch?«

»Ich such den Tierarzt auf. Er war angeblich der beste und wahrscheinlich auch einzige Freund von Wrotzeck, und danach rede ich noch mal in aller Ruhe mit diesem Uhrmacher. Und wenn ich Glück habe, bin ich um halb elf, elf zu Hause«, seufzte Brandt.

Spitzer drehte einen Kugelschreiber zwischen den Fingern und sah seinen Freund besorgt an. »Du bist zu ungeduldig …«

»Hallo, musst du jetzt auch noch damit kommen?! Das hat mit Ungeduld absolut nichts zu tun, das ist meine Art, sozusagen das italienische Blut, das in meinen Adern fließt. Ich sage mir immer, wenn ich nicht permanent die Augen aufhalte, verliere ich möglicherweise die Fährte. Und außerdem, unter Druck kann ich am besten arbeiten.«

»Und warum regst du dich dann so auf?«, fragte Spitzer grinsend.

»Ich reg mich doch gar nicht auf.« Brandt reichte Spitzer die Hand. »Frieden. Ich bin einfach nur schlecht drauf. Gibt sich auch wieder. So, und jetzt mach ich mich vom Acker. Ciao … Ach ja, wie sieht's aus, guckst du mal wegen dem Wrotzeck?«

»Ich ruf dich nachher an. Bis morgen.«

Brandt verließ das Büro und ging gerade durch den menschenleeren Flur, als sein Handy klingelte.

»Ja?«

»Klein hier. Ich habe eben das vorläufige Autopsieergebnis gelesen. Gratuliere«, flötete sie ungewohnt liebenswürdig in die Muschel, was Brandt schon fast erschrecken ließ.

»Wofür?«

»Sie hatten den richtigen Riecher, und die Ausgaben waren nicht umsonst. Wie weit sind Sie mit Ihren Ermittlungen?«

»Bisher leider noch nicht sehr weit. Aber Sie bekommen von mir die wesentlichen Infos, sobald ich welche habe.«

»Ich wäre Ihnen sehr verbunden. Eine Frage noch – glauben Sie, dass es vorsätzlicher Mord war?«

»Im Augenblick glaube ich noch gar nichts, da ich zwar mit Informationen zugeschüttet werde, aber die sind zum größten Teil für den Mülleimer«, antwortete er diplomatisch und wunderte sich, dass sie diese Frage überhaupt stellte. Natürlich hätte er Elvira Klein von seiner Unterredung mit Pfarrer Lehnert berichten können, ließ es jedoch lieber sein, denn sie hätte ihn sonst nur gedrängt, Lehnert unter Druck zu setzen. Und Caffarelli ließ er ebenso unerwähnt.

»Gut, dann wünsche ich Ihnen noch viel Erfolg. Tschüs.« Brandt starrte sein Handy an, als wäre es ein Alien, ein Fremdkörper, denn normalerweise legte Elvira Klein grußlos auf. Warum ist die so freundlich?, dachte er. Irgendwas führt die doch im Schilde, fragt sich nur, was. Egal, solange sie mir von der Pelle bleibt.

Donnerstag, 18.00 Uhr

Matteo Caffarelli hatte um Punkt siebzehn Uhr das Geschäft geschlossen, sich umgezogen und auf sein Fahrrad gesetzt, um zur Klinik zu fahren, wo er um genau achtzehn Uhr eintraf. Er fuhr mit dem Aufzug nach oben, klingelte an der Station und wurde von einer der drei Schwestern eingelassen.

»Guten Abend, Schwester Sarin«, begrüßte er sie. »Wie geht es Allegra?« Er stellte diese Frage jeden Tag und hoffte jedes Mal aufs Neue, endlich die ersehnte Antwort zu erhalten.

»Seit gestern hat sich leider nichts verändert. Aber sie wartet schon auf Sie.«

»Das ist schön. Ich werde dann mal zu ihr gehen.«

Caffarelli begab sich in das Zimmer und machte die Tür hinter sich zu. Wie immer blieb er einen Moment an der Tür stehen und betrachtete das Mädchen, das regungslos im Bett lag. Er hatte die Hände gefaltet und murmelte ein Gebet, bevor er den Stuhl direkt vor das Bett stellte und sich auf ihm niederließ. Aus einer Stofftasche holte er einen Discman und Kopfhörer heraus und sagte: »Ich habe dir heute etwas ganz Besonderes mitgebracht. Du erinnerst dich bestimmt noch an unseren Auftritt zu Weihnachten, sogar zwei Zeitungen haben darüber berichtet. Du weißt sicher auch noch, dass das Konzert mitgeschnitten wurde, und jetzt habe ich es auf CD. Aber am besten hörst du es dir an, es war schließlich dein bisher größter Auftritt. Selbst die Callas hätte es nicht besser singen können. Aber hör selbst.«

Caffarelli setzte Allegra vorsichtig die Kopfhörer auf und stellte den Discman an. Während die Musik lief, hielt er Allegras Hand. Nach zwanzig Minuten drückte er auf Pause und sagte: »Hat es dir bis jetzt gefallen? Oder bist du mit deiner Stimme noch immer nicht zufrieden? Aber du bist ja immer kritischer mit dir selbst umgegangen, als andere es taten. Na ja, das ist eben deine Art, du bist eine Perfektionistin, und ich bin eigentlich auch einer.«

Er sah auf ihre Hände und dann auf ihr Gesicht, und für Sekunden meinte er zu träumen. Er erschrak, doch nicht vor Entsetzen oder Furcht, nein, sondern weil etwas eingetreten war, woran er zwar geglaubt und was er sich sehnlichst gewünscht hatte, aber dass es so schnell eintreten könnte, damit hätte er nicht gerechnet. Sie hatte die Augen nicht nur geöffnet, sondern blickte in seine Richtung, und ihre Lippen bewegten sich, als wollte sie ihm etwas mitteilen. Er legte sein Ohr an ihren Mund, um zu verstehen, was sie sagte.

»Ich bin müde«, kam es kaum hörbar über ihre Lippen.

»Allegra, Allegra, meine kleine Nachtigall! Ich glaube dir, dass du müde bist, aber du darfst jetzt nicht schlafen, nicht jetzt. Warte noch einen Augenblick. Bitte!« Er drückte lange und kräftig auf den Alarmknopf. Schwester Sarin kam angerannt. Caffarelli sagte beinahe ehrfurchtsvoll: »Sie hat die Augen aufgemacht und gesagt, dass sie müde ist. Hier, sehen Sie, sie bewegt sich.«

»Ich hole Dr. Bakakis.«

Kaum eine Minute später erschien die Ärztin. »Was hat sie gesagt?«

»Dass sie müde ist. Sie hat wörtlich gesagt: ›Ich bin müde.‹ Ich habe es genau verstanden. Kommen Sie, noch ist sie wach. Ich wusste, sie würde zurückkehren. Meine kleine Nachtigall ist wieder da.« Er hatte Tränen in den Augen, während er noch immer Allegras Hand hielt und spürte, wie sie einmal ganz leicht seine drückte. »Das Leben hat sie wieder.«

»Ihr Herzschlag ist schneller geworden, der Blutdruck gestiegen«, sagte Dr. Bakakis so ruhig wie möglich, auch wenn sie innerlich aufgewühlt war.

»Ich habe es gewusst, ich habe es immer gewusst.« Matteo Caffarelli liefen Tränen übers Gesicht, und immer wieder streichelte er Allegra übers Haar.

»Herr Caffarelli, wenn Sie bitte für einen Moment draußen warten würden, ich möchte Allegra untersuchen.«

Caffarelli erhob sich und ging auf den Flur. Er war unruhig wie lange nicht mehr. Wie sehr hatte er auf diesen Augenblick gewartet, wie viele Gebete hatte er gesprochen, wie viele Kerzen angezündet.

Nach fünf Minuten kam Dr. Bakakis heraus und sagte: »Sie ist wieder eingeschlafen. Das will aber nichts heißen, es kann sein, dass sie sich jetzt ausschläft. Aber ich muss Ihnen auch sagen, dass solche Momente bei Wachkomapatienten nicht selten sind.«

»Sie hat gesagt, dass sie müde ist. Das ist doch ein Zeichen, oder? Ja, es ist ein Zeichen.«

»Sicher. Trotzdem sollten wir mit Prognosen vorsichtig sein. Was haben Sie mit ihr gemacht?«

»Ich habe ihr ein Konzert vorgespielt, in dem sie bei den meisten Liedern die Solistin war. Es war an Weihnachten. Kann ich wieder zu ihr?«

»Natürlich. Und sollte etwas sein, klingeln Sie«, sagte Dr. Bakakis mit aufmunterndem Lächeln.

Caffarelli blieb bis um acht, obwohl er diesmal gerne noch länger, viel länger geblieben wäre, aber er war ein pflichtbewusster Mann und wollte Brandt, der sich für einundzwanzig Uhr angemeldet hatte, nicht unnötig warten lassen. Er spielte ihr noch zweimal die CD vor, und immer wieder zuckte Allegra bei bestimmten Passagen mit den Händen und den Augen. Kurz bevor er ging, meinte er noch einmal zu sehen, wie sie ihn anschaute, als würde sie ihn erkennen. Er war aufgewühlt und glücklich. Er wusste, es war nur noch eine Frage der Zeit, bis Allegra die Augen nicht nur für Sekunden, sondern für Minuten und sogar Stunden öffnete. Es war das, was er gewollt und wofür er gebetet hatte. Und nun waren seine Gebete endlich erhört worden. Das Leben war schön. Zum Abschied sagte er, während er über ihr Haar streichelte: »Schlaf gut, meine Nachtigall.«

Donnerstag, 18.55 Uhr

Brandt hatte zu Hause eine Liste mit Fragen erstellt, die ihn nach seinen Gesprächen mit Thomas Wrotzeck und vor allem Pfarrer Lehnert beschäftigten. Er hatte, bevor er losfuhr, mit Andrea noch zu Abend gegessen und ihr gesagt, dass es eventuell spät werden könne.

»Dann fahr ich zu mir und geh früh ins Bett, ich muss mal wieder richtig ausschlafen«, hatte sie entgegnet, ihn noch einmal kräftig gedrückt und gesagt, dass sie am Wochenende wieder bei ihm übernachte.

Er kam um fünf vor sieben bei Dr. Müller an. Im Vorzimmer saßen noch zwei Frauen. Die eine hatte einen Hund, der sich ängstlich unter einem Stuhl verkrochen hatte, als würde er ahnen, dass die folgenden Minuten nicht sehr angenehm für ihn werden würden. Die andere hielt einen Käfig mit einem Wellensittich fest umklammert und schaute kurz auf, als Brandt sich setzte. Er nahm sich eine Zeitschrift über Pferde und blätterte lustlos darin herum. Müller kam zusammen mit einem tränenüberströmten Mann aus dem Behandlungszimmer und klopfte ihm noch einmal aufmunternd auf die Schulter.

Um halb acht waren sowohl der Hund als auch der Wellensittich verarztet. Müller fragte, nachdem auch die letzte Patientin die Praxis verlassen hatte: »Was kann ich für Sie tun?« Er war mittelgroß und untersetzt, hatte eine Stirnglatze, große, leicht hervorstehende Augen und eine schnarrende helle Stimme, die in krassem Gegensatz zu seinem äußeren Erscheinungsbild stand. Er war nicht ungepflegt, dennoch hätten seine Haare einen Schnitt dringend nötig gehabt, die Hände waren eher klein, die Finger wulstig, sein Atem roch nach Rauch.

»Brandt, Kripo Offenbach. Ich würde mich gerne mit Ihnen unterhalten. Es geht um Herrn Wrotzeck.«

»Ja, und?«, fragte er mit gekünsteltem Lachen.

»Wollen wir uns hier unterhalten?«

»Ich schließ nur schnell ab, dann stehe ich Ihnen zur Verfügung. Ich habe allerdings nicht viel Zeit.«

»Ein paar Fragen werden Sie mir schon beantworten müssen«, sagte Brandt und nahm wieder Platz, während Müller abschloss und sich Brandt gegenüber auf einen der typischen schwarzen Wartezimmerstühle setzte und sich eine Zigarette ansteckte.

»Schießen Sie los.«

»Sie waren mit Herrn Wrotzeck befreundet, wie ich erfahren habe.«

»Und, ist das ein Verbrechen?«

»Dr. Müller, ich habe meine Zeit auch nicht gestohlen«, erwiderte Brandt kühl. »Mich interessiert, wie lange Sie befreundet waren.«

176

»Zehn Jahre, vielleicht auch elf. Was soll das? Ich habe gehört, dass Sie ihn exhumiert haben, aber was wollen Sie von mir?«, fragte er mit Schweiß auf der Stirn, obgleich es in dem Raum recht kühl war.

»Zum Beispiel will ich wissen, wem Sie zutrauen würden, Ihren Freund auf dem Gewissen zu haben?«

Müller verzog den Mund zu einem gequälten Lächeln. »Soll ich jetzt einfach jemanden verdächtigen?«

»Nein, aber Sie waren der einzige Freund, den Wrotzeck hatte. Erzählen Sie mir ein bisschen was aus seinem Leben. Zum Beispiel, was Ihre Freundschaft ausgemacht hat.«

Müller schaffte es nicht, Brandt anzusehen. Er wischte sich mit einer Hand den Schweiß von der Stirn, zog eine Zigarette aus der Brusttasche und zündete sie an.

»Darf ich fragen, was das mit seinem Tod zu tun haben soll?«

»Dürfen Sie. Aber gut, wenn Sie meine Frage nicht beantworten möchten, tue ich das für Sie. Sie haben viele Abende und Nächte miteinander verbracht, und mich interessiert brennend, wo Sie sich getroffen haben.«

»Was geht Sie das an?«

»Dr. Müller, dem Ring an Ihrer Hand entnehme ich, dass Sie verheiratet sind. Wäre es Ihnen lieber, wenn wir die Befragung im Beisein Ihrer Frau und vielleicht auch Ihrer Kinder, sofern Sie welche haben, fortsetzen? Ich weiß, dass sich Ihre Wohnung direkt über uns befindet«, sagte Brandt lapidar.

»Ist das eine Drohung?«

»Nennen Sie es, wie Sie wollen. Also, in welchen Clubs und Bars haben Sie sich aufgehalten?«

177

»Mein Gott, ich bin erledigt, wenn meine Frau davon er-fährt. Sie dürfen es ihr nicht sagen. Bitte!«, stieß Müller flehend hervor, dem jetzt nicht nur der Schweiß auf der Stirn stand, auch unter seinen Achseln hatten sich zwei rie-sige Schweißflecken auf dem Hemd gebildet.

»Das hängt ganz von Ihnen ab. Ich weiß, dass Sie und Wrotzeck regelmäßig bestimmte Etablissements aufge-sucht haben, und ich will die Namen und Adressen.«

Müller nannte sie mit stockender Stimme, zündete sich eine weitere Zigarette an und bat Brandt noch ein-mal inständig, nichts davon seiner Frau gegenüber zu erwähnen.

»Wie oft haben Sie sich abends dort aufgehalten? Und sagen Sie die Wahrheit, ich finde es so oder so heraus.«

»Bis zu dreimal in der Woche«, brachte Müller mühsam hervor, den Blick zu Boden gerichtet, als würde er sich schämen. »Aber meist nur zweimal pro Woche, meine Frau wäre sonst misstrauisch geworden.«

»Das kostet eine Menge Geld. Bringt Ihr Beruf so viel ein, dass Sie sich das leisten können?«, fragte Brandt mit hochgezogenen Brauen. Und als er keine Antwort bekam: »Nun sagen Sie schon, können Sie sich das leisten?«

»Wrotzeck hat mich oft eingeladen.«

»Ach ja, er hat Sie also eingeladen«, sagte Brandt hart und unnachgiebig. »Wie nobel von ihm. Er lädt Sie in den Puff ein und begleicht die Rechnung, egal, wie hoch die ist. Er hat Ihnen die Frauen und den Schampus spen-diert … Hab ich das richtig verstanden?«

»Ja.«

»Das war die falsche Antwort.«

Müller schaute erschrocken auf. Er zitterte, die Zigarette fiel ihm fast aus der Hand. »Was meinen Sie damit?«

»Ganz einfach, Sie und Wrotzeck haben gemeinsame Sache gemacht. Wenn ich Ihre illegalen Geschäfte melde, können Sie Ihre Praxis dichtmachen, das ist Ihnen hoffentlich klar.«

»Wovon reden Sie? Ich habe keine illegalen Geschäfte getätigt …«

Brandt erhob sich, stellte sich mitten ins Zimmer und sah auf Müller hinab. »Allmählich hab ich die Faxen dick. Es kostet mich einen Anruf, und ich habe innerhalb von einer halben Stunde ein paar Beamte mit einem Durchsuchungsbeschluss hier, und dann wird die Praxis und auch Ihre Wohnung in ihre Einzelteile zerlegt. Doch Sie können sich das ersparen, wenn Sie sich ab sofort kooperativ zeigen. Denn ich wette, meine Kollegen würden so einiges hier finden. Ich sage nur Bullensamen.«

Müller kratzte sich aufgeregt am Hals und stieß hervor: »Mein Gott, das war Wrotzecks Idee! Er hat mich gefragt, ob man da nicht was türken könne, und ich hab ihm gesagt, ja, klar, man kann alles. Also haben wir's gemacht. Doch es war allein seine Idee!«

»Das lässt sich jetzt nicht mehr beweisen, aber ich denke eher, Sie haben das zusammen in einem dieser Puffs ausgeheckt. Und Sie haben ordentlich dafür abkassiert. Und was noch? Da war doch auch noch was mit Medikamenten, oder?« Brandts Frage war ein Schuss ins Blaue, von dem er nicht wusste, ob er treffen würde.

»Nennen Sie mir einen Arzt, der nicht irgendwie rumtrickst. Ohne die … Zuwendungen … der Pharmaindustrie könnte keiner von uns existieren, egal, ob das Ihr Hausarzt ist oder ich. Überall wird doch heutzutage was gedreht.«

»Da mögen Sie recht haben. Aber kommen wir zu etwas anderem. Was können Sie mir über Wrotzecks Familienleben sagen? Wie hat er seine Frau und seine Kinder behandelt? Und bitte erzählen Sie mir nicht, er hätte nie mit Ihnen darüber gesprochen. Also?«

»Warum fragen Sie nicht seine Frau und seinen Sohn?«

»Das hab ich bereits. Ich möchte es aber trotzdem auch noch von Ihnen hören. Und bitte, ich habe noch einen wichtigen Termin.«

»Er hat sie nicht sonderlich gut behandelt. Mehr weiß ich nicht.«

Brandt fasste sich ans linke Ohrläppchen und meinte: »Wenn ich mit jemandem zehn Jahre oder länger befreundet bin, vorausgesetzt, es handelt sich um eine echte Freundschaft, dann weiß derjenige eine ganze Menge aus meinem Leben. Wrotzeck war ja, wie ich schon erwähnt habe, alles andere als beliebt. Er hatte nur einen einzigen Freund, und das waren Sie. Was hat er Ihnen über seine Familie erzählt?«

»Er hat nie etwas erzählt, ich habe nur einige Male mitbekommen, wie er seine Frau verbal niedergemacht hat. Und es heißt, er soll sie auch geschlagen haben. Mehr weiß ich nicht. Wenn ich so drauf wäre, würde ich es auch nicht erzählen, nicht mal meinem besten Freund.«

»Wurde er auch andern Leuten gegenüber brutal?«

Müller zuckte nur mit den Schultern und sah Brandt ängstlich an. Es war eine Angst, die Brandt schon oft gesehen hatte. Nur, wovor hat Müller Angst?, fragte er sich.

180

»Hat er Sie unter Druck gesetzt?«

»Nein«, kam es leise über Müllers Lippen, zu leise und zaghaft, als dass Brandt es nicht aufgefallen wäre.

»Wieso glaub ich Ihnen das bloß nicht?«

»Glauben Sie doch, was Sie wollen.«

»Wieso waren Sie mit ihm befreundet? Oder war es doch keine richtige Freundschaft, sondern eine Abhängigkeit von Ihrem sogenannten Freund?«

Müller schluckte schwer, setzte sich plötzlich aufrecht hin und antwortete: »Es war eine richtige Freundschaft, wir haben uns gegenseitig geholfen … Ich meine natürlich, wir waren füreinander da, wie es sich eben für gute Freunde gehört.«

»Das ist aller Ehren wert«, bemerkte Brandt nicht ohne Ironie, »gute Männerfreundschaften sind selten. Vor allem solche, die so lange anhalten. Aber lassen Sie mich noch mal auf das gegenseitig helfen zurückkommen. Ich verstehe ja, dass Sie ihm geholfen haben, aber worin bestand seine Hilfe?«

»Es war rein finanzieller Natur«, antwortete Müller wie aus der Pistole geschossen, zu schnell, als dass Brandt nicht hellhörig wurde.

»Eine Freundschaft also, die auf Geld aufgebaut war. Okay, lassen wir das erst mal so stehen. Meine nächste Frage betrifft Allegra. Wie hat denn Ihr … Freund … reagiert, als er von dem schrecklichen Unfall seiner Tochter erfahren hat? War er sehr traurig?«

»Wären Sie es nicht?«

»Das ist keine Antwort. War er's, oder war er's nicht?«

»Das wissen Sie doch bestimmt längst von seiner Frau.

Nein, er war nicht sonderlich traurig, er wusste doch gar nicht, was das ist! Der hat kaum darüber gesprochen …«

»Was glauben Sie, warum er nicht darüber gesprochen hat? Schließlich war es seine Tochter, die beinahe ihr Leben verloren hat.«

»Hören Sie, Wrotzeck war kein Familienmensch. Es gab nur einen Menschen, den er geliebt hat, und das war er selbst. Und vielleicht seinen Sohn Thomas. Aber als der ihm gesagt hat, dass er den Hof nicht übernehmen würde, war auch sein Sohn für ihn gestorben.«

»Was heißt ›auch‹? Wer ist denn noch gestorben?«

»Das war doch nur sinnbildlich gemeint. Sind Sie jetzt fertig?«

»Nein. Warum hatte er etwas gegen Allegra? Darüber wird er doch wohl mit Ihnen gesprochen haben.«

»Keine Ahnung. Er hatte grundsätzlich Probleme mit Frauen. Die einzigen Frauen, die er einigermaßen respektvoll behandelt hat, waren die Huren. Sie sind dazu da, Wünsche zu erfüllen und nur zu reden, wenn …« Müller, der merkte, dass er zu viel gesagt hatte, presste die Lippen aufeinander.

»Nur zu reden, wenn was?«

»Wenn sie gefragt werden«, antwortete er kaum hörbar.

»Und Sie denken natürlich genauso. Haben Sie Wrotzeck eigentlich gemocht?«

»Gemocht wäre zu viel gesagt, aber er war nicht so schlecht, wie er von allen hingestellt wird. Er war halt nicht einfach zu nehmen, weil er ein Sturkopf war.«

»Ist schon seltsam, jeder will mir weismachen, dass er gar nicht so übel war, aber fast jeder hat ihn gehasst.

182

Kommt Ihnen das nicht auch ein bisschen merkwürdig vor?«

Schulterzucken.

»Noch mal meine Frage: Haben Sie einen Verdacht, wer für seinen Tod verantwortlich sein könnte?«

»Es kommen viele in Frage, zu viele. Tut mir leid, da kann ich Ihnen nicht weiterhelfen. Jemand aus seiner Familie oder irgend jemand sonst ...«

»Irgend jemand sonst? Köhler vielleicht? Oder Sie?«

Müller rann der Schweiß in Bächen übers Gesicht. Er versuchte, sich noch eine Zigarette anzuzünden, schaffte es aber nicht und warf sie einfach zu Boden.

»Warum sind Sie so nervös?« Brandt setzte sich wieder. »Schauen Sie mich an.« Müller hob vorsichtig den Kopf, um ihn gleich wieder zu senken. »Was ist los mit Ihnen? Was wissen Sie über Wrotzeck, was Sie mir verheimlichen? Und warum verheimlichen Sie es mir?«

»Gehen Sie, bitte gehen Sie. Ich weiß nicht mehr als das, was ich Ihnen gesagt habe.«

»Sie sollten vielleicht mal zur Beichte gehen, das erleichtert das Gewissen und die Seele.«

»Blödsinn!«

»Wrotzeck hat's regelmäßig gemacht. Er scheint eine Menge auf dem Kerbholz gehabt zu haben. Oder wussten Sie das etwa nicht?«

»Nein«, antwortete Müller zögerlich und in einem Ton, der Brandt verriet, dass er doch von Wrotzecks Beichtgängen Kenntnis hatte.

Brandt holte eine Visitenkarte aus der Brusttasche seines Hemdes und reichte sie Müller. »Hier, für den Fall, dass Ihnen doch noch etwas einfällt. Ich bin mir sogar sicher, dass Ihnen noch etwas einfällt, was für meine Ermittlungen wichtig sein könnte. Denken Sie dran, ich weiß eine Menge über Sie. Und versuchen Sie nicht mich zu linken, das hat noch keiner geschafft. Jetzt dürfen Sie zu Ihrer lieben Frau gehen. Richten Sie ihr einen schönen Gruß von mir aus, vielleicht unterhalte ich mich ja auch noch mit ihr.«

»Warum drohen Sie mir? Was habe ich Ihnen getan?«, fragte Müller mit zittriger Stimme.

Brandt stellte sich direkt vor Müller und sagte leise und doch deutlich vernehmbar: »Ich drohe Ihnen nicht, ich habe nur das dumpfe Gefühl, dass Sie mir längst nicht alles gesagt haben. Aber Sie haben ja meine Karte. Schönen Abend noch. Ach, da fällt mir doch noch was ein – ich brauche die Namen der Frauen, mit denen Sie und Wrotzeck am häufigsten verkehrt haben, in den bestimmten Etablissements, meine ich.«

»Was wollen Sie von denen?«

»Das Gleiche, was ich von Ihnen will – die Wahrheit. Vielleicht bekomme ich die ja von den entsprechenden Damen. Manche von ihnen können richtige Quasselstrippen sein, wenn's darauf ankommt.«

Müller gab ihm die Namen von fünf Frauen und in welchen Clubs sie arbeiteten. Brandt notierte sie und nickte. »Übrigens, Wrotzeck hat Sie in der Hand gehabt. Ich frage mich nur, womit. Na ja, ich denke, Sie werden's mir schon noch verraten. Wiedersehen.«

Müller begleitete Brandt zur Tür, schloss auf und gleich wieder zu und lehnte sich von innen dagegen. Er schnaufte wie ein Walross. Dieser Tag war zu viel für ihn gewesen.

Ohne dass er es bemerkte, stand plötzlich seine Frau vor ihm. Ihr eisiger Blick verhieß nichts Gutes. Sie musste entweder von oben oder durch die Hintertür gekommen sein.

»Wer war das?«, fragte sie mit harter Stimme, eine Stimme, die ihm durch Mark und Bein ging.

»Jemand von der Polizei«, antwortete er nur, drehte sich um und wollte wieder in die Praxis gehen.

»Und weiter?« Sie stand vor ihm in ihrer typischen Haltung und vor allem mit diesem Ausdruck in den Augen, der längst nichts Liebevolles mehr hatte, im Gegensatz zu früher, als er ihr nicht lange genug in die Augen sehen konnte. Aber sie hatte sich verändert, er fühlte sich von ihr ein ums andere Mal gedemütigt und wie ein kleines Kind behandelt. Manchmal hätte er am liebsten seine Sachen gepackt und wäre abgehauen, aber im tiefsten Innern war er ein Feigling, der den Schwanz einzog, wenn sie wieder einmal ihre Schimpfkanonaden auf ihn abfeuerte. Er wehrte sich nicht, weil er verbal keine Chance gegen sie hatte.

»Was, und weiter? Nichts. Er wollte nur was über Kurt von mir wissen.«

»Aha, über Kurt. Du solltest übrigens nicht immer das Fenster offen lassen, wenn du Besuch hast, von dem ich nichts wissen darf.«

»Was meinst du damit?«, fragte Müller, ohne sich umzudrehen, da er ihrem Blick ohnehin nicht standgehalten hätte.

»Ich habe seit sieben draußen auf der Bank gesessen und genäht. Und ich habe alles gehört, was er dich gefragt hat und was du geantwortet hast. Es war höchst aufschlussreich. Hast du eine Erklärung?«, fragte sie scharf.

»Was für eine Erklärung willst du haben?« Er drehte sich nun doch um. Er wusste, er hatte verloren, doch er wollte nicht schon wieder vor ihr zu Kreuze kriechen.

»Ich habe immer gesagt, dass Kurt ein schlechter Umgang für dich ist. Und dann hat er dich auch noch dazu gebracht, zu den Huren zu gehen, und was noch viel schlimmer ist, kriminelle Geschäfte zu machen! Was denkst du dir eigentlich dabei?! …«

»Halt's Maul, halt endlich dein verdammtes Maul!«, schrie er sie an, wie er es in all den Jahren zuvor nie gewagt hätte, denn sie war stark, manchmal erbarmungslos. »Ich kann es nicht mehr hören, wie du mich behandelst …«

»Wie ich dich behandle?! Frag dich lieber mal, wie du mich und die Kinder behandelst. Seit Jahren führen wir doch schon keine Ehe mehr. Ist es da ein Wunder, wenn ich innerlich abstumpfe?!«

»Und ich hab die Schnauze bis oben hin voll! Alles, wofür ich doch gut bin, ist, dass genügend Kohle rangeschafft wird, damit du alle paar Monate ein paar neue Möbel oder andern Scheißkram anschleppst, den keine Sau braucht. Was anderes hat dich doch nie interessiert. Und die Kinder hast du auch auf deine Seite gezogen.« Er machte ein verächtliches Gesicht und fuhr fort: »Na los, geh hin und erzähl ihnen, was für einen verdammten Hurenbock sie zum Vater haben. Was ist, was stehst du da so blöd rum, mach schon.«

»Und ich habe dich geliebt«, sagte sie und spuckte vor ihm auf den Boden.

»Ha, dass ich nicht lache! Du weißt doch gar nicht mehr,

was das ist. Du sprichst von Liebe, aber du müsstest dabei mal den Ausdruck in deinen Augen sehen. Du bestimmst, was Liebe ist. Aber da drinnen«, sagte er und klopfte sich auf die Brust, »da drinnen, wo andere ein Herz haben, ist bei dir nur noch ein kalter Stein.«

»Ich wünsche, dass du das Haus noch heute verlässt. Pack deine Sachen und verschwinde.«

»Nein, den Gefallen werde ich dir nicht tun, denn ich habe meine Praxis hier, falls du das vergessen haben solltest. Und ohne Praxis kein Geld.«

»Die Praxis kannst du behalten, aber in die Wohnung kommst du mir nicht mehr. Und verlass dich drauf, ich werde gleich morgen früh zum Anwalt gehen und die Scheidung einreichen. Du wirst bluten, mein Lieber, bluten, bis du tot umfällst.«

»Leck mich doch am Arsch«, sagte er nur, ging nach oben, stopfte zwei Koffer mit dem Nötigsten voll und verließ wortlos die Wohnung.

»Ich werde das Schloss austauschen lassen«, rief sie ihm hinterher.

Er drehte sich nicht mehr um. Dieser Tag war über seine Kräfte gegangen. Er wollte nur noch seine Ruhe haben. Einerseits war er erleichtert, endlich seinen jahrelang aufgestauten Frust losgeworden zu sein, andererseits fühlte er Unbehagen bei dem Gedanken, dass Brandt wiederkommen könnte. Nein, es war mehr als Unbehagen, es war Angst. Eine Angst, die er verdrängen wollte, die sich aber immer stärker bemerkbar machte, während er in seiner Praxis saß, die Koffer neben sich, den Kopf in den Händen vergraben. Nach einer Weile stand er auf, schloss die Praxis ab und ging zu seinem Auto. Er fuhr zu einer Kneipe, bestellte sich einen Teller Spaghetti Bolognese und trank dazu Wein. Nach fünf Gläsern zahlte er, und obgleich er längst nicht mehr fahrtauglich war, holte er sich an einer Tankstelle zwei Flaschen Wodka und mehrere Dosen Bier, schaffte es, ohne angehalten zu werden, zurück zum Haus und verkroch sich in einem Nebenraum der Praxis, in dem auch ein Bett stand, in dem er oft schlief, wenn seine Frau ihm wieder einmal auf die Nerven ging. Doch diesmal würde es für länger sein, so lange, bis er eine geeignete Wohnung gefunden hatte. Um zweiundzwanzig Uhr, er hatte sich gerade hingelegt und einen tiefen Schluck aus der Wodkaflasche genommen, klingelte sein Telefon. Er hievte sich aus dem Bett, schleppte sich mit wackligen Beinen ins Behandlungszimmer und nahm ab. Am andern Ende hörte er nur schweres Atmen. Er drückte auf die Gabel und legte den Hörer daneben. Ihm war nicht nach üblen Scherzen.

Donnerstag, 21.00 Uhr

Matteo Caffarelli hatte mit seiner Frau Anna und Sohn Luca zu Abend gegessen. Noch hatte er Anna nichts von dem Wunder berichtet, das im Krankenhaus geschehen war und das er als erster erleben durfte. Er würde mit ihr darüber sprechen, sobald der Kommissar wieder gegangen war. Pünktlich zur ausgemachten Uhrzeit klingelte es. Caffarelli öffnete die Tür und bat Brandt herein. Sie begaben sich nach oben, wo Caffarelli seine Frau und seinen Sohn vorstellte.

»Meine Frau Anna haben Sie ja bereits kennengelernt, und das ist unser Sohn Luca.«

»Angenehm«, sagte Brandt und reichte erst Anna Caffarelli, dann Luca die Hand. Anna war eine ansehnliche Person, groß, sehr schlank und mit Augen, die neugierig alles um sie herum aufzusaugen schienen. Als sie Brandt ansah, hatte er das Gefühl, als könnte sie in sein tiefstes Inneres blicken. Doch es war nicht aufdringlich oder unangenehm, sie schien lediglich erkunden zu wollen, mit was für einem Menschen sie es zu tun hatte. Sie hatte ein offenes, überaus freundliches und beinahe faltenloses Gesicht, obwohl sie die vierzig bestimmt schon überschritten hatte. Luca war ihr äußerlich sehr ähnlich, fast wie aus dem Gesicht geschnitten, mit bis auf die Schultern fallenden Haaren und braunen Augen, die den Fremden ernst und kritisch musterten.

»Macht es dir etwas aus, wenn wir ins Wohnzimmer gehen?«, fragte Caffarelli seine Frau.

»Nein, überhaupt nicht. Ich habe sowieso noch zu tun, und Luca wollte noch zu Mirko rüber.«

»Aber komm nicht zu spät nach Hause«, bat Caffarelli und lächelte Luca zu. Und zu Brandt: »Wenn Sie mir bitte folgen möchten.«

Sie gelangten in ein kleines hübsches, fast wie eine Puppenstube wirkendes Zimmer, in dem sich Brandt auf Anhieb wohl fühlte, auch wenn es eher schlicht und doch sehr gemütlich eingerichtet war. Die Couchgarnitur bestand aus grobem braunem Cord, der Tisch hatte eine Marmorplatte, in dem alten und wuchtigen Schrank standen ein paar Bücher und Weingläser, die offensichtlich mehr zur Zierde da waren, doch da war kein Radio, von einer Hi-Fi-Anlage ganz zu schweigen, und schon gar kein Fernseher. Ein gemütliches, heimeliges Zimmer, mit Pflanzen auf den drei schmalen Fensterbänken, in einer Ecke ein hohes grünes Gewächs, das Brandt zwar schon in einigen Wohnungen gesehen hatte, doch nirgends passte es besser hin als hier.

»Sie haben es schön«, sagte Brandt und setzte sich auf die Couch.

»Danke«, entgegnete Caffarelli höflich, »ich fühle mich hier auch sehr wohl. Darf ich Ihnen etwas zu trinken anbieten? Wir haben aber leider nur Wasser und Saft.«

»Nein, danke, ich will Ihnen keine Umstände machen.«

»Das sind keine Umstände, Herr Brandt. Möchten Sie auch einen Orangensaft?« Ohne eine Antwort abzuwarten, ging er hinaus und kam mit zwei gefüllten Gläsern zurück. Er nahm nicht wie die meisten, mit denen Brandt es zu tun hatte, ihm gegenüber Platz, möglichst weit weg, sondern setzte sich in den Sessel in unmittelbarer Nähe zu ihm.

»Haben Sie Allegra von mir gegrüßt?«, fragte Brandt, während er an seinem Orangensaft nippte, der besonders gut schmeckte.

»Oh, das habe ich leider vergessen. Aber heute ist so viel geschehen, dass ich mich für mein Versäumnis entschuldigen möchte. Ich werde es morgen nachholen und Allegra die Grüße ausrichten.«

»Was ist denn geschehen?«

»Eigentlich wollte ich es meiner Frau nachher erzählen, aber ich denke, es macht nichts, wenn Sie es als erster erfahren. Allegra hat die ersten Worte gesprochen, und sie hat meine Hand ganz leicht gedrückt. Sie erwacht wieder zum Leben.«

»Ist das wahr?«

»Warum sollte ich Sie anlügen? Ich glaube, es hat etwas mit Ihnen zu tun.«

»Wieso soll das etwas mit mir zu tun haben? Ich war gestern doch nur ein paar Minuten bei ihr.«

»Und ich bin seit beinahe vier Monaten jeden Tag bei ihr, und es ist nichts geschehen. Ich fühle es einfach«, sagte Caffarelli lächelnd.

»Ich verstehe nicht, was Sie meinen.«

»Vielleicht hat Allegra gespürt, wer Sie sind, und möchte Ihnen etwas sagen.«

Brandt war wie schon am Vormittag irritiert und wusste nicht, was er von Caffarellis Aussage halten sollte. Was könnte ihm Allegra schon großartig mitteilen wollen?

»Was sagen die Ärzte?«, fragte Brandt.

»Sie zweifeln noch, aber das ist wohl so ihre Art«, erwiderte Caffarelli gelassen. »Ich zweifle nicht, ich glaube fest daran, dass Allegra bald wieder mitten unter uns sein wird.«

»Warum haben Sie ein solches Interesse an ihr?«

Caffarelli hob die Schultern und antwortete: »Vielleicht, weil ich mir immer eine Tochter wie sie gewünscht habe. Verstehen Sie mich jetzt bitte nicht falsch, ich liebe meinen Sohn Luca über alles, er ist neben meiner Frau das wertvollste Geschenk, das mir jemals gemacht wurde, und trotzdem habe ich mir immer auch eine Tochter gewünscht. Leider hat meine Frau nach Lucas Geburt keine

Kinder mehr bekommen können. Ich bin dennoch sehr, sehr glücklich mit meiner Familie.«

»Das glaube ich Ihnen. Aber ich muss gestehen, ich habe noch nie jemanden kennengelernt, der sich so sehr für einen Fremden einsetzt.«

»Allegra ist mir nicht fremd, ich kenne sie, seit sie ein kleines Mädchen war. Sie bedeutet mir sehr viel. Aber Sie sind bestimmt nicht wegen Allegra gekommen, sondern wegen ihres Vaters.«

Brandt nickte und meinte: »Sie haben recht. Doch vorher möchte ich Ihnen etwas zeigen und Sie fragen, ob Sie mir vielleicht helfen können.« Er zog das Etui mit der Uhr, die sein Vater ihm gegeben hatte, aus der Innentasche seiner Jacke, öffnete es und nahm die Uhr heraus. »Das ist das gute Stück.«

Caffarelli nahm die Uhr in die Hand, und seine Augen begannen zu glänzen. »Sie ist wunderschön. Ein Meisterwerk. Warten Sie«, sagte er, stand auf, holte eine Lupe aus dem Schrank und nahm den Deckel und die Rückseite in Augenschein. »Wunderbar, einfach wunderbar. Sie wurde zwischen 1893 und 1894 gefertigt, also vor etwa hundertzehn Jahren. In den Deckel ist ein Bibelspruch eingraviert, Moment … ›Alles hat seine Zeit‹, Kohelet, und darunter Konrad Edouard Brandt und noch das Datum der Fertigstellung, 12. Januar 1894.« Caffarelli wog sie und betrachtete sie eine Weile, als hielte er einen kostbaren Schatz in der Hand. »Diese Uhr ist ein Kunstwerk, so viel kann ich Ihnen jetzt schon sagen. Allein dieses filigrane Zifferblatt mit der Mondphasenanzeige und das Gehäuse mit den winzig kleinen und doch sehr exakten Gravuren. Hier, das

Sternzeichen Steinbock, das heißt, Ihr Vorfahr hat diese Uhr entweder zum Geburtstag geschenkt bekommen oder sie sich selbst zum Geschenk gemacht … Haben Sie überhaupt eine Ahnung, was diese Uhr in etwa wert ist?«

Brandt schüttelte den Kopf. »Nein, ich kenne mich mit Uhren überhaupt nicht aus. Ich trage meine schon seit zehn oder elf Jahren.«

Caffarelli warf nur einen kurzen Blick auf Brandts linkes Handgelenk und sagte: »Ja, die heutigen Uhren sind nicht mehr mit den alten zu vergleichen. Schauen Sie sich doch nur diesen Modekram an, bunte Armbänder, bunte Gehäuse, wie Bonbons. Oder Uhren, die zwar noch einen noblen Namen tragen, aber am Fließband gefertigt werden. Die meisten Uhren zeigen einem nur noch, dass man entweder keine Zeit mehr hat oder in Zeitdruck ist oder etwas nicht verpassen darf. Aber das hier, das ist noch Handwerkskunst in höchster Vollendung. Eine Favre Boulle Genève in diesem Zustand …«

»Sie geht aber nicht mehr, und das ist ja wohl das Wichtigste«, bemerkte Brandt lakonisch.

»Aber nicht für mich, Herr Brandt. Lassen Sie sie hier, ich werde ihr wieder Leben einhauchen.«

»Und, was ist sie wert?«, fragte Brandt neugierig.

»Zwischen dreißig- und vierzigtausend Euro. Der ideelle Wert ist jedoch unschätzbar.«

Brandt machte ein ungläubiges Gesicht und stammelte: »Was, dreißig- bis vierzigtausend? Sind Sie da sicher?«

»Absolut. Ich verspreche Ihnen, ich werde mich bald um diese Pretiose kümmern. Wissen Sie, die Uhr, die Sie umhaben, zeigt Ihnen zwar die Zeit an, aber sie ist wertlos, wenn ich das so sagen darf. Sie hat ein Quarzwerk, so dass sie möglichst genau geht, aber wie die meisten Uhren ist sie bloß ein Gebrauchsgegenstand. Wir lesen die Zeit ab und können sie doch nicht aufhalten, wir können sie nur nutzen. Carpe diem. Nur wenn wir die uns geschenkte Zeit auch nutzen, werden wir eines Tages sagen können: Ich habe meine Zeit sinnvoll verbracht. Wissen Sie, eine wirklich gute Uhr geht nie genau, die eine geht vor, die andere nach, es ist wie im Leben. Mal ist man etwas zu früh, mal etwas zu spät. Eine Minute hat sechzig Sekunden, eine Stunde sechzig Minuten, und im Durchschnitt schlägt das Herz sechzigmal in der Minute. Mal schneller, mal langsamer. Die Uhrmacher damals waren noch Künstler. Heute gibt es auch noch einige von ihnen, die solche Kunstwerke herstellen, aber sie werden immer seltener. Michel Parmigiani ist so einer, er fertigt fast nur Unikate. Aber seine Uhren sind sowohl für Sie als auch für mich unerschwinglich.«

»Die wenigsten können sich eine solch teure Uhr leisten.«

»Ich weiß, und ich wollte Sie auch nicht belehren, aber wenn man sich wie ich seit vielen Jahren mit Uhren beschäftigt, hat man viel Zeit zum Nachdenken, über das Leben und den Tod und wie die Zeit scheinbar immer schneller dahinfliegt, je älter wir werden. Doch ich will Sie nicht langweilen, Sie sind schließlich gekommen, um mir ein paar Fragen zu stellen. Bitte, ich stehe zu Ihrer Verfügung«, sagte er, lächelte wieder und nahm einen Schluck von seinem Saft.

»Danke für Ihre Ausführungen. Sagen Sie, Sie sind Italiener, aber Sie sprechen perfekt Deutsch, Sie haben nur diesen leichten Akzent, den meine Mutter auch hat.«

»Ich dachte, wenn ich schon Gast in diesem Land sein darf, gebietet es die Höflichkeit, auch die Sprache zu erlernen. Sprechen Sie Italienisch?«

»Meine Mutter hat darauf bestanden, dass ich zweisprachig aufwachse.«

»Dann könnten wir uns auch auf Italienisch unterhalten«, sagte Caffarelli lächelnd.

»Belassen wir's bei Deutsch. Herr Caffarelli, Sie haben heute morgen gesagt, dass Ihr Bezug zur Familie Wrotzeck hauptsächlich über Allegra bestehe. Und ich habe Sie auch nach Herrn Wrotzeck gefragt, und Sie sagten, dass er ein Mann mit großen Problemen gewesen sei. Können Sie mir das näher erläutern?«

»Nein, leider nicht. Die wenigen Male, die wir uns begegneten, waren nicht sehr erfreulich, aber das ist nicht wichtig.«

»Vielleicht doch, da ich mir ein Bild von ihm zu machen versuche, denn ich möchte herausfinden, warum er sterben musste.«

»Also gut, er hatte etwas dagegen, dass Allegra in unserem Chor singt. Er wollte auch nicht, dass sie Abitur macht. Einmal platzte er mitten in unsere Probe hinein und hat sie einfach am Arm gepackt und rausgezogen. Er war betrunken, deshalb habe ich das nicht so ernst genommen. Trotzdem war es sehr unerfreulich für uns alle. Aber Allegra hat sich davon nicht beeindrucken lassen, sie kam schon zur nächsten Probe wieder.«

»Haben Sie danach mit ihm gesprochen?«

»Ja, das habe ich. Ich habe ihm gesagt, was für ein unglaubliches Naturtalent Allegra ist und dass man ein solches Talent nicht einfach vergeuden darf. Erst hat er nicht zuhören wollen, aber schließlich hat er gemeint, sie soll doch machen, was sie will. Ab da habe ich ihn nur noch einmal in der Klinik gesehen.«

»Wie hat er reagiert, als er Sie dort angetroffen hat? Oder wusste er von Ihren Besuchen bei seiner Tochter?«

»Er wusste es nicht und ist ziemlich ausfällig geworden und hat mir verboten, sie weiterhin zu besuchen.«

»Sie haben sich aber nicht daran gehalten. Hatten Sie denn keine Angst vor ihm?«

»Nein. Er hat gebellt, aber nicht gebissen. Außerdem hat er Allegra fast überhaupt nicht besucht. Ich glaube, er hat keine Anteilnahme verspürt. Er war ein armer Mann.«

Brandt versuchte zu ergründen, warum Matteo Caffarelli kein schlechtes Wort für Wrotzeck fand, obwohl er genügend Grund gehabt hätte. Jeder andere hätte zumindest die eine oder andere abfällige Bemerkung fallen lassen, doch nicht Caffarelli. Es war, als würde neben ihm, dem mit allen Wassern gewaschenen Kommissar, ein Mann sitzen, der die Menschen einfach nur liebte. Seine Augen drückten es aus, seine Haltung, seine Stimme. Leise und doch verständlich und voller Wärme. Ein Mann, wie ihn Brandt in all den Jahren bei der Polizei nicht kennengelernt hatte.

»Ich habe heute auch mit Pfarrer Lehnert gesprochen. Ist er eigentlich immer so … griesgrämig? Verzeihen Sie, aber das ist mir ziemlich stark aufgefallen. Ich meine, das ist doch für einen Pfarrer nicht normal, es sei denn, er glaubt, Gott habe ihm verboten, zu lachen oder wenigstens zu lächeln.«

Caffarelli nahm noch einen Schluck und stellte das Glas auf den Marmortisch. Seine Miene wurde schlagartig ernst, fast traurig. »Früher hat er gelacht, er war ein sehr fröhlicher Mensch, fast wie Don Camillo.« Er machte eine Pause, als müsste er sich innerlich ordnen, und sagte schließlich: »Aber das hat ganz plötzlich aufgehört. Ich kenne ihn, seit ich hier wohne. Ich gehe jeden Sonntag mit meiner Familie in die Kirche, und ich habe ihn bei vielen Anlässen erlebt. Er hat gelacht, er hat gegessen und getrunken, und er war immer für seine Gemeinde da. Aber von einem Tag auf den andern hat er sich zurückgezogen, nahm nicht mehr an irgendwelchen Festen teil, hat sich fast ausschließlich in seiner Wohnung aufgehalten und tut es auch immer noch. Das einzige, was er noch macht, ist, die Gottesdienste abzuhalten, die aber nicht mehr die Qualität von früher haben. Und natürlich steht er den Mitgliedern für die Beichte zur Verfügung oder für Trauungen oder Beerdigungen.«

Brandt hatte die Frage mehr beiläufig und intuitiv gestellt, doch nun, nach Caffarellis Erklärungen, fragte er sich, was wohl der Grund für diesen Wandel gewesen sein mochte.

»Haben Sie eine Erklärung für diese ungewöhnliche Ernsthaftigkeit?«

Caffarelli schüttelte den Kopf. »Nein, ich habe keine Erklärung. Es scheint, als ob jede Lebensfreude aus ihm gewichen wäre.«

»Seit wann ist er so ernst?«, fragte Brandt mit zusammengekniffenen Augen. War der Auslöser für Lehnerts Verhalten vielleicht ein Erlebnis, das ihn derart erschüttert und auch geprägt hat, dass er praktisch von einer Minute zur andern sein Lachen und auch seine Lebensfreude verloren hat? Und Brandt fühlte sich durch die Antwort von Matteo Caffarelli bestätigt, die dieser nach einigem Überlegen gab.

»Das war vor etwas über drei Jahren, als er aufhörte, Freude zu zeigen. Manchmal glaube ich, dass er ein besonderes Erlebnis gehabt haben muss, eins, das ihn so erschüttert hat, dass ihm im wahrsten Sinne des Wortes das Lachen für immer vergangen ist.«

»Vor drei Jahren? Ist da irgendwas Besonderes hier im Ort passiert?«

»Nicht dass ich wüsste. Ich kann mir nicht erklären, was diese Veränderung bei ihm ausgelöst hat. Ich weiß nur eins, er ist ein guter, ein sehr guter Mensch mit einem großen Herzen.« Mit einem Mal fasste sich Caffarelli an die Stirn und sagte: »Ich kann mich an eine Begebenheit aus der Zeit erinnern. Wir hatten gerade Chorprobe, als Herr Lehnert an uns vorbeilief, und er war kalkweiß im Gesicht. Sonst hat er immer für ein paar Minuten bei uns gestanden und uns zugehört, manchmal hat er auch einen Kommentar abgegeben oder ein paar aufmunternde Worte gesprochen oder sogar Beifall geklatscht, aber an diesem Abend hat er mich nur kurz angesehen, und ich hatte das Gefühl, dass es ihm nicht gut ging. Doch wenn ich jetzt zurückschaue, dann habe ich wieder sein Gesicht vor Augen, und es kommt mir vor, als hätte er den Teufel gesehen.« Caffarellis Blick wirkte jetzt noch trauriger und ernster. »Sie halten mich vielleicht für verrückt, aber so habe ich ihn vorher noch nie erlebt. Er war immer freundlich zu allen. Und er hat seinen Beruf geliebt, was ich jetzt nicht mehr glaube. Ich weiß nicht, vielleicht hat er tatsächlich den Teufel gesehen, oder er selbst hat etwas getan, was nicht recht war. Ich weiß es nicht, ich weiß es einfach nicht.«

»Aber Sie erinnern sich nicht, wann genau das war? Überlegen Sie bitte gut, es könnte sehr wichtig für mich sein.«

Caffarelli dachte nach und sagte nach einer Weile: »Es war schon dunkel draußen. Sie müssen wissen, unsere Proben sind immer mittwochs und samstags und beginnen um achtzehn Uhr. Nur jetzt, wo Allegra im Krankenhaus ist, haben wir die Zeiten geändert. Es muss im März gewesen sein, als noch keine Sommerzeit war, aber es war auch nicht mehr Winter.« Er kaute auf der Unterlippe, während er angestrengt nachdachte. »Ja, es war im März 2001, ganz bestimmt sogar.«

»Sind Sie sicher?«

»Ziemlich. Ich habe ein recht gutes Gedächtnis. Glauben Sie, dass es etwas mit dem Tod von Herrn Wrotzeck zu tun haben könnte?«

»Ich weiß es nicht. Ich sehe im Moment noch keine Verbindung.«

»Aber Sie haben eine innere Stimme, die Ihnen etwas zuflüstert«, bemerkte Caffarelli wie selbstverständlich.

»Sie erstaunen mich immer wieder aufs Neue«, entgegnete Brandt anerkennend.

»Ich sehe es an Ihrem Gesicht. Sie versuchen gerade ein Puzzle zusammenzusetzen, aber ich kann Ihnen leider nicht mehr sagen, als ich weiß.«

Brandt sah Caffarelli an, dieser erwiderte den Blick, und für eine Weile fiel kein Wort, kein Geräusch drang von draußen herein, lediglich aus der Küche war leises Klappern von Geschirr zu vernehmen.

»An dem besagten Abend, war da außer Pfarrer Lehnert noch jemand in der Kirche?«

»Es sind fast immer ein oder zwei da. Manchmal hören sie uns bei den Proben zu …«

»Nein, ich meine, können Sie sich erinnern, wo Herr Lehnert herkam? Vielleicht aus dem Beichtstuhl?«

»Das kann sein, aber ich stehe immer mit dem Rücken zum Beichtstuhl, also konnte ich auch nicht sehen, wo Herr Lehnert herkam.«

»War Herr Lehnert im Kirchengebäude, als Sie mit der Probe begannen?«

»Nein, ich habe ihn zumindest nicht gesehen, aber es gibt ja auch noch Nebenräume.«

»Wo befinden sich diese Nebenräume?«

»Seitlich neben dem Altar. Ja, wenn er aus einem dieser Räume gekommen wäre, dann hätte ich das gesehen, aber er kam von hinten …«

»Und hinten ist nur der Beichtstuhl, richtig?«

»Ja. Und auch der Eingang.«

»Das heißt, Sie haben niemand anders bemerkt.«

»Ich würde es Ihnen sagen, glauben Sie mir. Ich wünschte, ich könnte Ihnen weiterhelfen.«

»Sie glauben gar nicht, wie sehr Sie mir geholfen haben. Und ich möchte Sie bitten, unser Gespräch vorerst für sich zu behalten.«

»Ich gebe Ihnen mein Wort darauf. Und sollten Sie

noch Fragen haben, Sie sind jederzeit herzlich willkommen.«

»Danke, das höre ich gerne«, erwiderte Brandt, der Matteo Caffarelli, diesen kleinen schmächtigen Mann, am liebsten umarmt hätte, denn er war wie jemand, den er schon seit langem zu kennen meinte, obwohl er ihn heute vormittag zum ersten Mal gesehen hatte. Ein durch und durch liebenswürdiger und hilfsbereiter Mensch, einer, der keiner Fliege etwas zuleide tun konnte. Und wenn Brandt in seinen Einschätzungen Menschen betreffend normalerweise sehr vorsichtig war, so war er sich bei Caffarelli absolut sicher. »Ich werde dann mal gehen. Es ist spät, und ich will Sie nicht unnötig aufhalten. Und wegen der Uhr können Sie sich Zeit lassen, das hat keine Eile. Und grüßen Sie Allegra von mir.«

»Ich glaube, Allegra würde sich sehr freuen, wenn Sie sie wieder besuchen würden. Es war Ihr Besuch, weshalb sie heute die Augen geöffnet hat.«

Brandt schüttelte den Kopf. »Herr Caffarelli, Ihre Bescheidenheit in allen Ehren, aber es ist Ihr Verdienst.«

»Sie verstehen nicht, Commissario Brandt«, sagte Caffarelli ernst. »Ich kenne Allegra, sie muss gestern gespürt haben, dass jetzt die Zeit gekommen ist, die Augen aufzumachen.«

»Was …«

»Sie will Ihnen etwas sagen, und sie wird es auch tun. Schon sehr bald. Halten Sie mich ruhig für verrückt, aber das alles ist kein Zufall. Sie hätte schon vor einer Woche oder vorgestern oder erst in einem halben Jahr aufwachen können, aber nein, sie hat es einen Tag nach Ihrem Besuch gemacht. Das ist kein Zufall, es gibt ohnehin keine Zufälle. Sie bekommt viel mehr mit, als wir alle glauben, das heißt, als die Ärzte und Schwestern und auch ihre Familie glauben. Ich habe es immer schon gewusst. Versprechen Sie mir, dass Sie wieder zu ihr gehen?«

»Das verspreche ich gerne.« Brandt erinnerte sich sehr wohl an den gestrigen Tag bei Allegra, an das überraschte Gesicht der Ärztin, als der Herzschlag des Mädchens sich beschleunigte, nachdem er aufgestanden war, und sich wieder beruhigte, als er ihre Hand hielt. Vielleicht hatte Caffarelli ja recht, vielleicht war es tatsächlich sein Besuch gewesen, aber vielleicht war es auch nur ein Zufall.

»Morgen?«

»Ich werde versuchen, es einzurichten.«

»Ich danke Ihnen. Und kommen Sie gut nach Hause.«

»Danke. Ach ja, beinahe hätte ich's vergessen, hier ist meine Karte, falls Ihnen noch etwas einfällt.«

»Auf Wiedersehen, Commissario«, sagte Caffarelli lächelnd.

»Wiedersehen, und nochmals vielen Dank für Ihre Hilfe.«

Caffarelli und Brandt waren bereits an der Wohnzimmertür, als Brandt fragte: »Kennen Sie eigentlich Dr. Müller, den Tierarzt?«

»Natürlich, die meisten hier kennen ihn.«

»Wissen Sie von der Freundschaft zwischen ihm und Herrn Wrotzeck?«

»Nein, das ist mir neu. Ich wusste nicht, dass Herr Wrotzeck überhaupt Freunde hatte«, antwortete Caffarelli, ohne dabei abfällig zu wirken.

»Gut, das war's schon. Jetzt bin ich endgültig weg.«

Anna Caffarelli kam aus der Küche, als sie die Stimmen der Männer hörte. Sie wischte sich eine Haarsträhne aus dem Gesicht und verabschiedete sich von Brandt. Schritte auf der Treppe, Luca.

»Du bist schon da?«, sagte sie.

»Siehst du doch«, war die flapsige Antwort. Er zwängte sich an Brandt vorbei und verschwand in seinem Zimmer.

Anna sah ihren Mann ratlos an. Brandt sagte: »Ich kenne diesen Ausdruck, ich habe zwei Töchter. Wenn sie so sind, lasse ich sie meistens allein.«

»Ich werde trotzdem mal nach ihm schauen«, erwiderte Anna, während Brandt von Caffarelli zur Haustür begleitet wurde. Sie schüttelten die Hände und wünschten sich gegenseitig noch einen schönen Abend. Auf dem Weg zum Auto dachte Brandt: Den werde ich ganz sicher nicht haben, irgendwann mal wieder, wenn dieser ganze Mist vorbei ist. Ein Blick auf die Uhr, Viertel nach zehn. Er hatte die Adressen von drei Clubs und die Namen von fünf Frauen, die dort arbeiteten. Und da Andrea sowieso in ihrer Wohnung übernachtete und Sarah und Michelle bei seinen Eltern schliefen, würde er noch einen Abstecher zu wenigstens einem der Clubs machen, wo zwei der Damen arbeiteten. Fragen stellen, ein wesentlicher Bestandteil seines Berufs.

Das Radio lief leise, und er dachte über das Gespräch mit Matteo Caffarelli nach. Und es waren zwei Fragen, die ihn beschäftigten: Was für ein Erlebnis hatte Pfarrer Lehnert vor gut drei Jahren gehabt, das ihn urplötzlich von einem, wie Caffarelli berichtete, extrovertierten zu einem extrem introvertierten, zu keinem Lachen mehr fähigen Mann gemacht hatte? Und gab es etwas, das etwa zu dieser Zeit in Bruchköbel geschehen war, das in Zusammenhang damit gebracht werden konnte? Er würde Lehnert darauf ansprechen, auch wenn ihm klar war, dass er keine oder nur eine unbefriedigende Antwort bekommen würde.

Um zwanzig vor elf hielt er vor dem Club in Hanau, klingelte, ein breitschultriger Mann öffnete die Tür und musterte Brandt kritisch. Brandt hielt seinen Ausweis hoch und wurde eingelassen. Er fragte nach Carmen und Monika. Der Türsteher nannte den Namen Carmen und deutete auf eine junge Dame mit pechschwarzen langen Haaren und strahlend blauen Augen, die am Tresen in ein Gespräch mit einem älteren Herrn vertieft war. Brandt stellte sich daneben, zeigte ein weiteres Mal seinen Ausweis und bat Carmen, sie unter vier Augen zu sprechen. Sie begaben sich in ein Séparée. Erst jetzt hatte er Gelegenheit, sie näher zu betrachten. Sie trug einen Hauch von Nichts, ihre Beine waren endlos lang, die Brüste groß und doch fest und, so vermutete Brandt, mit Silikon aufgepumpt. Im diffusen Licht der Bar hatte sie ein hübsches Gesicht, aber Brandt wusste aus Erfahrung, dass diese nächtliche Schönheit bei Tag meist gewöhnlich aussah, dazu hatte er schon zu oft mit Damen des horizontalen Gewerbes zu tun gehabt. Er versuchte fast fünf Minuten lang vergeblich, sie über Wrotzeck und Müller auszufragen. Sie sperrte sich, bis ihm der Geduldsfaden riss und er ihr freundlich, aber unmissverständlich zu verstehen gab, dass er sie aufs Präsidium vorladen lasse, wenn sie nicht endlich den Mund aufmache.

»Wenn's unbedingt sein muss«, sagte sie schließlich entnervt und zündete sich eine Zigarette an. »Aber machen Sie schnell, ich kann nicht so lange wegbleiben. Wir sind heute sowieso schon eine weniger, Monika ist krank.«

»Seit wann und wie oft kamen Wrotzeck und Müller her?«

»Seit gut drei Jahren, und immer so ein-, zweimal die Woche.«

»Und sie sind immer zusammen gekommen?«

»Fast immer, manchmal konnte Müller nicht, weil er zu irgendeinem Notfall gerufen wurde.«

»Wie lange sind sie in der Regel geblieben?«

»Drei, vier Stunden.«

»Was haben die so lange hier gemacht?«

Carmen lachte auf und sagte spöttisch: »Was glauben Sie denn, was hier gemacht wird? Wir sind kein Kloster.«

»Aber das kostet doch 'ne Menge Geld.«

»Klar, aber die haben's ja, vor allem Wrotzeck.«

»Und er hat auch immer bezahlt?«

»Was meinen Sie damit?«

»Na ja, hat er immer die komplette Rechnung übernommen?«

»Nee, die haben sich abgewechselt, mal war Wrotzeck dran, mal Müller. Immer achthundert Euro. Aber seit Wrotzeck tot ist, hat sich Müller hier nicht mehr blicken lassen. Und ganz ehrlich, ich kann auf alle beide verzichten.«

»Wieso, die haben doch gut gezahlt«, bemerkte Brandt.

»Das schon, aber dafür hatten sie auch die ausgefallensten Wünsche, das heißt, Wrotzeck hatte diese Wünsche. Er war besonders schlimm, aber ein guter Kunde darf alles verlangen, da drückt der Chef beide Augen zu. Und wenn eine von uns nicht pariert, fliegt sie raus.« Sie warf einen ängstlichen Blick zum Vorhang hin, ihr Atem ging schneller, als würde sie fürchten, jemand könnte mithören.

»Wurde Wrotzeck ab und zu auch mal brutal?«

»Wenn Sie damit meinen, dass er es am liebsten hatte, wenn er seinen Riesenschwanz überall reinstecken konnte, dann ja.« Und leiser, fast flüsternd: »Wenn die hier waren, haben sie immer nur mich und Monika verlangt, wenn Sie verstehen. Wrotzeck war 'ne perverse Sau. Wenn der mit seiner Frau genauso umgesprungen ist, dann tut die Ärmste mir heute noch leid. Ich war jedenfalls immer froh, wenn ich Wrotzeck nicht sehen musste. Und Monika ging's nicht anders. Wrotzeck hat einige Male einen Dreier verlangt, Sie wissen schon, zwei Männer, eine Frau. Aber Müller hat das nicht gebracht, und Wrotzeck hat ihn ausgelacht und noch kräftiger zugestoßen … Na ja, und seit Wrotzeck den Abgang gemacht hat, traut sich Müller wohl nicht mehr her. Dabei ist der gar nicht so übel. Mir kam's immer so vor, als ob der unter der Fuchtel vom Wrotzeck stand und eigentlich gar nicht so gerne hergekommen ist. Wenn Wrotzeck was gesagt hat, musste Müller springen. Aber warum interessiert Sie das alles? Wrotzeck ist tot, und Müller kommt nicht mehr.«

»Weil ich ein extrem neugieriger Mensch bin, der einen Mordfall aufklären will«, antwortete Brandt trocken.

»Was? Heißt das, Wrotzeck ist umgebracht worden?«

»Ach, ich dachte, das hätte sich mittlerweile rumgesprochen.«

»Ich bin normalerweise nicht so, aber um dieses Schwein tut's mir nicht leid.«

»Hat Wrotzeck jemals über sein Privatleben mit Ihnen gesprochen?«

»Der doch nicht. Hat mich auch nicht interessiert. Er war einfach nur ein Arschloch.«

»Danke für die Informationen, Sie waren mir eine große Hilfe, ob Sie's glauben oder nicht.«

»Wenn Sie meinen. Kann ich jetzt wieder gehen?«

»Ich bin fertig. Wo finde ich Ihre Kollegin Monika?«

»Die wird Ihnen auch nichts anderes sagen …«

»Wo?«

»Haben Sie was zu schreiben?«

Brandt holte seinen Notizblock und einen Stift aus der Jackentasche. Carmen notierte die Adresse und Telefonnummer ihrer Freundin. »Wir wohnen zusammen. Sie ist aber diese Woche krankgeschrieben.«

»Was hat sie?«

»Nur 'ne Erkältung, aber von den Typen da draußen hat's keiner gern, wenn eine von uns die ganze Zeit nur keucht und schnieft. Ich muss jetzt aber wirklich wieder raus, sonst krieg ich Ärger.«

»Kein Problem. Und sollten Sie doch noch was für mich haben, hier ist meine Karte.«

Carmen warf einen kurzen Blick darauf und begab sich zurück zum Tresen, wo der ältere Herr noch immer wartete. Sie setzte wieder ihr verführerischstes Lächeln auf, legte eine Hand auf seinen Oberschenkel und flüsterte ihm etwas ins Ohr.

Brandt war müde, er war seit beinahe sechzehn Stunden im Dienst und wollte nur noch nach Hause und ins Bett. Achthundert Euro pro Abend, und das mindestens zweimal die Woche. Macht mindestens sechstausendvierhundert im Monat. Und Müller hatte gelogen, als er sagte, Wrotzeck habe ihn oft eingeladen. Junge, Junge, ich werde dir morgen mal richtig auf den Zahn fühlen.

Donnerstag, 22.20 Uhr

Was habt ihr so lange zu besprechen gehabt?«, fragte Anna Caffarelli ihren Mann und ging vor ihm ins Wohnzimmer, ohne jedoch die Tür zuzumachen. Sie setzten sich zusammen aufs Sofa. Anna nahm Matteos Hand.

»Wir hatten doch heute morgen keine Zeit, und er wollte von mir noch mehr über Herrn Wrotzeck wissen«, antwortete er.

»Nur über Wrotzeck?«, fragte sie besorgt. »Sonst hast du ihm nichts erzählt?«

»Was soll ich ihm erzählt haben? Wir haben uns auch noch über Allegra und den Pfarrer unterhalten …«

»Über Lehnert?« Anna neigte den Kopf leicht zur Seite und sah ihren Mann prüfend an. »Warum über ihn?«

»Weil Herr Brandt ein sehr intuitiver und einfühlsamer Mensch ist. Er hat erkannt, dass mit unserem Pfarrer etwas nicht stimmt, und er hat mich gefragt, was der Grund sein könnte.«

»Ach, Matti«, so nannte ihn Anna liebevoll, »du bist immer viel zu gutmütig und vor allem gutgläubig. Der Kommissar wollte dich doch nur aushorchen ...«

»Nein, das wollte er nicht«, entgegnete Matteo mit diesmal energischer Stimme. »Du magst recht haben, ich bin vielleicht zu gutgläubig, aber ich kenne die Menschen. Und der Commissario ist sehr nett. Natürlich stellt er viele Fragen, aber wenn Herr Wrotzeck tatsächlich umgebracht wurde, dann muss er doch wissen, wer es war und warum derjenige es getan hat. Verstehst du das nicht? Und habe ich dich jemals enttäuscht?«

Anna wiegte den Kopf ein paarmal hin und her und sagte: »Doch, ich verstehe dich, und nein, du hast mich nie enttäuscht. Im Gegenteil. Ich bin eben nur ziemlich kritisch, und das weißt du auch.« Sie legte ihren Kopf an seine Schulter, und er streichelte ihr übers Haar, das ein wenig nach Küche roch, doch ihm machte das nichts aus, er liebte Anna wie am ersten Tag. Und es stimmte, er war manchmal etwas blauäugig, aber andererseits fragte er sich, was denn schlimm daran sei, jeden Menschen gleich zu behandeln? Und gleich bedeutete für ihn, jedem Respekt zu erweisen, ganz egal, woher die Person stammte oder welcher Ruf ihr vorauseilte. Selbst wenn ein negativer Ruf zu Recht bestand, war dies für ihn noch längst kein Grund, denjenigen schlechter zu behandeln als einen, der scheinbar integer war. So war er nun mal, und er würde sich auch nie ändern. Er war sich aber auch im klaren, dass Anna selbst nach achtzehn Jahren Ehe noch hie und da Probleme mit seiner Art hatte. Nur, was sollte er dagegen tun? Kämpfen? Anfangen, andere anzuschreien, wenn irgendetwas nicht so lief, wie er es erwartete? Oder gar gewalttätig werden? Sein Wesen war anders, ruhig, ausgeglichen, liebevoll. Und eigentlich mochte Anna genau das an ihm, auch wenn sie sich hin und wieder wünschte, er wäre etwas dominanter. Andererseits wusste sie aber, dass seine Dominanz eben sein unerschütterlicher Glaube und seine Liebe für die Menschen war, nur war diese Dominanz schwer zu erkennen. Aber die Menschen, die tagtäglich mit ihm zu tun hatten, ob in seinem Geschäft oder im Chor, diese Menschen spürten, dass er ein durch und durch aufrichtiger und selbstloser Mann war, der niemandem eine Angriffsfläche bot. Und wenn es doch einen Griesgram gab, der meinte, sein Leben lang mit einem mürrischen, unzufriedenen Gesichtsausdruck herumlaufen zu müssen, so brauchte er nur ein paarmal mit ihm zusammen zu sein, um eine Kehrtwendung zu vollziehen. Anna hatte schon einige dieser wundersamen Wandlungen erlebt.

»Ich muss dir etwas erzählen«, sagte Matteo und streichelte Anna weiter übers Haar. »Ich wollte es eigentlich schon beim Essen erzählen, aber ich dachte, es wäre besser zu warten, bis Herr Brandt wieder gegangen ist …«

»Ja, und? Jetzt mach's doch nicht so spannend.«

»Allegra hat heute zum ersten Mal die Augen richtig aufgemacht und ein paar Worte gesagt.«

Anna schoss wie von der Tarantel gestochen hoch und sah Matteo ungläubig staunend an. »Wiederhol das noch mal.«

»Du hast schon richtig gehört«, sagte Matteo lachend und umarmte seine Frau. »Na ja, sie hat die Augen nicht richtig aufgemacht, aber sie hat mich angesehen. Allegra wird leben.«

»Was hat sie gesagt?«

»Nicht viel, sie hat nur gesagt, dass sie müde ist. Danach ist sie wieder eingeschlafen. Sie muss bestimmt sehr müde sein, sie hat so lange wach gelegen …«

»Ich bitte dich, Matti, sie hat doch die ganze Zeit geschlafen …«

»Nein, sie hat alles mitbekommen, das weiß ich. Sie war nur gefangen in ihrem Körper, aber ihr Geist hat alles wahrgenommen. Und als gestern der Commissario zu ihr gekommen ist, ich glaube, da hat ihr Wille gesagt, he, Körper, wach endlich auf!«

»Ich frag mich trotzdem, was das mit dem Kommissar zu tun haben soll.«

»Sie wird ihm etwas zu sagen haben, aber was das ist, das weiß nur Allegra.«

»Aber du hast dich die ganze Zeit um sie gekümmert. Und jetzt …«

»Anna, bitte«, sagte er, stellte sich auf die Zehenspitzen und gab ihr einen Kuss auf die Stirn, »ich war immer für Allegra da und werde es auch in Zukunft sein. Aber heute, das war etwas so Einzigartiges, das lässt sich kaum beschreiben. Und ist es nicht egal, was der Auslöser dafür war?«

»Natürlich ist es egal, trotzdem, ich denke, es ist dein Verdienst.«

»Nein, es war hauptsächlich Allegras Wille, der sie wieder zum Leben erweckt hat. Und außerdem, ich kann doch keine Toten zum Leben erwecken …«

»Du hast keine Tote, sondern höchstens eine Schlafende aufgeweckt«, fuhr Anna unbeirrt fort, während sie sich wieder setzten. »Und wann willst du es Luca sagen?«

»Ich weiß es nicht. Er wird sich sehr freuen, aber ich habe ein wenig Angst vor seiner Reaktion, wenn er …« Matteo stockte. Ein paar Tränen liefen ihm über die Wangen, und er hatte Mühe, nicht die Beherrschung zu verlieren, denn mit einem Mal war alles in ihm in Aufruhr.

Anna sah Matteo liebevoll an. »Ich kann dich ja verstehen. Er wartet aber so sehnsüchtig darauf, dass Allegra aufwacht. Du musst mit ihm sprechen, vor allem jetzt. Er macht sich Hoffnungen.«

»Gib mir noch ein wenig Zeit, nur noch ein paar Tage. Ich will abwarten, ob Allegra Fortschritte macht. Nur noch ein paar Tage.«

»Er wird so oder so enttäuscht sein. Er ist sogar eifersüchtig auf Allegra, denn er hat das Gefühl, als würde sie dir mehr bedeuten als er. Andererseits ist er verliebt in sie.«

»Das weiß ich doch. Aber Luca ist mein Sohn, und ich liebe ihn. Ich liebe dich und ich liebe ihn.«

Anna nahm Matteo in den Arm und sagte: »Wenn doch nur alle Menschen so viel Liebe hätten wie du. Ich bin stolz auf dich und habe mir nie einen anderen Mann als dich gewünscht. Manchmal frage ich mich, womit ich dich überhaupt verdient habe.«

»Nein, das sollst du nicht sagen. Ich bin auch nicht so, wie du immer denkst. Ich habe so viele Fehler und Schwächen …«

»Hast du nicht, höchstens ein paar. Du bist zum Beispiel viel zu gutmütig. Und du lässt dich ausnutzen«, entgegnete sie schmunzelnd. »Trotzdem, du solltest es Luca wirklich bald sagen.«

»Anna, der Zeitpunkt wird kommen, wo ich es für richtig halte, mit ihm zu sprechen, von Mann zu Mann. Er wird alles verstehen, weil ich es ihm erklären werde.«

»Was werde ich verstehen, und was wirst du mir erklären?«, fragte Luca, den weder Matteo noch Anna hatten kommen hören.

»Mein Gott, was schleichst du dich so heran?«, sagte Anna erschrocken.

»Tschuldigung. Was wollt ihr mir denn nun erklären?« Er trat näher und setzte sich in einen der Sessel, die Beine übereinandergeschlagen, lässig wie ein junger Mann eben. Er war fast so groß wie seine Mutter, hatte breite Schultern und ungewöhnlich lange hellbraune Haare, braune Augen und einen athletischen Körper. Ein Junge von siebzehn Jahren, dem die Mädchen nachschauten und nachliefen, und obwohl er schon einige Freundinnen gehabt hatte, hielt doch keine von ihnen dem Vergleich mit der einen stand, die er verehrte wie keine andere – Allegra. Er schwärmte für sie, seit er zwölf war, aber da war immer Johannes, und Luca wusste, dass er gegen ihn keine Chance hatte. Doch nun, da Johannes tot war, hoffte und betete er für Allegras Leben, und vielleicht kam irgendwann die Zeit, wo sie ein Paar sein würden, auch wenn er gerade erst siebzehn geworden und sie schon fast neunzehn war. Aber was waren schon diese lausigen zwei Jahre, er sah sowieso älter aus und … Es waren Träume und Hoffnungen, Luftschlösser und Wünsche, von denen er jedoch ahnte, dass sie wie Seifenblasen zerplatzen würden. Nein, es war nicht nur eine bloße Ahnung, sondern eine Gewissheit, die tief in ihm drinsteckte und ihm sagte, dass er sich keine Hoffnungen machen solle. Diese innere Stimme, die er von seinem Vater geerbt zu haben schien, wie er überhaupt sehr viel von ihm hatte. Er ging Streitigkeiten aus dem Weg, er versuchte, in jedem das Gute zu sehen, was auch an der Erziehung lag, die er genossen hatte. Und es gab vieles mehr, was er an guten Eigenschaften aufwies und auf das seine Eltern stolz waren.

»Dein Papa wollte dir nur erzählen, dass er heute bei Allegra war und sie zum ersten Mal etwas gesagt hat. Ist das nicht wunderbar?«

»Echt?«, stieß Luca mit einem Strahlen hervor, das sein ganzes Gesicht überzog. »Aber was gibt es da zu verstehen?«

»Nun, keiner weiß, ob das von Dauer ist, denn sie ist wieder eingeschlafen«, sagte Matteo. »Du magst sie sehr, aber ich würde mir an deiner Stelle nicht zu große Hoffnungen machen. Das ist es, was ich dir sagen wollte.«

»Und was glaubst du? Wird sie wieder so sein wie vorher?«

»Schon möglich. Aber denk dran, sie hat den Mann verloren, den sie heiraten wollte. Wenn sie erfährt, dass er tot ist ...«

»Wir werden ihr alle helfen, darüber hinwegzukommen«, sagte Luca mit entschlossener Miene. »Sie wird es schaffen.«

»Natürlich wird sie es schaffen«, pflichtete Matteo seinem Sohn bei, »aber es kann eine sehr lange Zeit vergehen, bis sie wieder völlig hergestellt ist. Und jetzt geh ich ins Bett, es war ein langer und aufregender Tag.«

»Ich zieh mir noch eine oder zwei DVDs rein«, sagte

Luca, der einen Computer, einen Fernsehapparat und eine Hi-Fi-Anlage in seinem Zimmer stehen hatte. Matteo, der selbst nur selten fern sah, hätte seinem Sohn nie verboten, mit der Zeit zu gehen, solange es sich in einem angemessenen finanziellen Rahmen hielt.

»Aber nicht so laut, bitte.«

»Mama, du weißt doch, dass ich abends immer die Kopfhörer aufsetze. Nacht«, sagte er, erhob sich und gab erst seiner Mutter, dann seinem Vater einen Kuss auf die Wange.

Matteo sah ihm nach, bis er das Zimmer verlassen hatte, und erst als Luca auch die Tür zu seinem Zimmer zugemacht hatte, sagte er: »Es wird eine schwere Zeit auf mich zukommen. Ich habe Angst davor.«

»Lass uns ins Bett gehen, es hat keinen Sinn, jetzt darüber nachzudenken.« Anna begab sich ins Bad, während Matteo sich in der Küche noch ein Glas Wasser einschenkte und in langsamen Schlucken trank. Er holte aus dem Wohnzimmer die Uhr, die Brandt ihm anvertraut hatte, und betrachtete sie lange, dieses Kunstwerk, dieses in feinster Handarbeit gefertigte Unikat. Er beneidete Brandt darum.

Freitag, 6.45 Uhr

Brandt hatte eine unruhige Nacht hinter sich. Er war um halb eins erschöpft ins Bett gefallen und lag doch noch lange wach. Als er endlich schlief, wurde er von quälenden Alpträumen geplagt, an die er sich jedoch nur schemenhaft erinnern konnte. Er stellte den Wecker aus, blieb noch einen Augenblick liegen, die Hände hinter dem Kopf verschränkt, und dachte über den vergangenen Tag nach. Gleich mehrere Fragen beschäftigten ihn, deren Antworten er aber nicht zu Hause, sondern in Bruchköbel erhalten würde. Um sieben stand er auf. Er fühlte sich wie gerädert und eigentlich gar nicht fit. Nachdem er die Fenster geöffnet hatte, um die frische, kühle Luft hereinzulassen, sah er sich in der Wohnung um, die zumindest einigermaßen aufgeräumt war, und trank, bevor er ins Bad ging, ein Glas Orangensaft. Er sah die drei Bananen in der Obstschale, die alle schon braune Flecken hatten, aß zwei und würde sich nachher beim Bäcker zwei Stückchen holen und eine Tasse Kaffee trinken. Ihm fiel ein, dass Bernhard Spitzer sich noch gar nicht wegen der Nachforschungen, die er über Wrotzeck anstellen wollte, gemeldet hatte. Brandt überlegte, ob er im Präsidium vorbeifahren oder lieber anrufen sollte, und entschied sich für ersteres. Aber zunächst würde er duschen, um einen klaren Kopf zu bekommen, und sich allmählich auf den Tag vorbereiten.

Bevor er das Haus um acht Uhr verließ, wählte er die Nummer von Andrea Sievers in der Rechtsmedizin.

»Sievers.«

»Hi, ich bin's. Ich wollte dir nur einen guten Morgen und einen schönen Tag wünschen«, meldete sich Brandt. »Und ich wollte dir sagen, dass ich dich vermisse.«

»Das ist aber schön. Was machst du gerade, außer telefonieren natürlich?«

»Ich hau gleich ab, erst einen Abstecher ins Büro und dann wieder nach Bruchköbel. Hinter dem Tod von Wrotzeck steckt meiner Meinung nach viel mehr, als ich anfangs vermutet habe. Aber der Pfarrer darf nichts sagen, die Familie hält sich auch ziemlich bedeckt, und sein bester Freund hat mich gestern angelogen. Also werde ich heute versuchen, wenigstens einen Teil des Sumpfes trockenzulegen. Und du?«

»Das Übliche. Dass ich mich heute abend mit Elvira treffe, hast du nicht vergessen, oder?«

»Nein. Wann sehen wir uns wieder?«

»Morgen nachmittag, es sei denn, du musst arbeiten.«

»Ich hoffe nicht, und wenn doch, geb ich dir umgehend Bescheid.«

»Wir telefonieren ja sowieso vorher noch mal. Solltest du aber morgen arbeiten, geh ich in die Stadt und bring ein bisschen Geld unter die Leute. Ist schon eine ganze Weile her seit dem letzten Mal. So, ich muss jetzt Schluss machen, Bock und ich haben gleich eine Autopsie. Mach's gut und denk dran, ich steh auf dich.«

»Danke, gleichfalls. Und genieß den Abend mit deiner Freundin«, sagte er grinsend.

»Das werd ich garantiert. Wir werden uns den ganzen Abend nur über dich unterhalten.«

»Solang ich nicht dabei bin, soll's mir egal sein. Ciao, bella.«

Brandt legte auf und fühlte sich gleich besser. Er schloss die Fenster und verließ die Wohnung. In der Bäckerei, wo er Stammkunde war, kaufte er eine Quarktasche und ein Schokocroissant, trank an einem der drei Bistrotische dazu eine Tasse Kaffee und fühlte sich nun gestärkt für den Tag.

Freitag, 8.15 Uhr

Bernhard Spitzer war in ein Gespräch mit Nicole Eberl vertieft, als Brandt ins Büro kam.

»Morgen«, sagte er und stellte sich zu ihnen.

»Gut, dass du da bist, um halb neun ist Dienstbesprechung. Geht um die Observierung der Albaner, den Vergewaltiger und unsern Gentleman-Gangster.«

»Sorry, ohne mich. Ich wollte mich nur kurz zeigen und muss gleich weiter nach Bruchköbel. Was hast du über Wrotzeck rausgefunden?«

»Nichts.«

»Hast du nichts rausgefunden, oder hast du gar nicht erst nachgeforscht?« Brandt sah Spitzer prüfend an.

»Er hat eine fast blütenweiße Weste. Kein Eintrag wegen irgendwelcher Vergehen, Strafzettel für zu schnelles Fahren ausgenommen. Einmal ist ihm sogar für sechs Monate der Führerschein entzogen worden, weil er mit einem Promille bei einer Verkehrskontrolle erwischt wurde.«

»Wann war das?«

»Augenblick«, Spitzer blätterte in seinen Unterlagen. »19. August 2000 bis 18. Februar 2001. Hilft dir das weiter?«

»Nee. Ich frag mich nur, was er ohne den Lappen gemacht hat, der brauchte doch das Auto.«

»Vielleicht hat er sich kutschieren lassen.«

»Glaub ich nicht. Nicht einer wie Wrotzeck. Ich denk eher, er ist schwarzgefahren, das würde zu seinem Persönlichkeitsbild passen. Okay, gibt's sonst irgendwas?«

»Nein. Hast du gestern noch was erreicht?«

»Ich mach mich ab, ihr kriegt sämtliche Informationen, sobald ich sie hab«, sagte Brandt und verschwand schnell nach draußen, bevor Spitzer oder Eberl noch weitere Fragen stellen konnten. Er hätte ihnen von seinen Besuchen bei Müller, Caffarelli und in dem Nobelpuff berichten können, doch er hatte sich in den Kopf gesetzt, diesen Fall ganz allein zu lösen und sich nicht irgendwelche Vermutungen seiner Kollegen anzuhören.

Sein erster Weg führte ihn zu Dr. Müller.

Freitag, 8.55 Uhr

Müllers Geländewagen stand vor dem Haus, die oberen Fenster waren geöffnet, vor dem Praxiseingang wartete eine ältere Frau mit ihrem Hund darauf, eingelassen zu werden. Sie klingelte mehrmals, schüttelte den Kopf und wollte gerade an Brandt vorbeigehen, als er sie anhielt.

»Wollten Sie zu Dr. Müller?«

»Scheint nicht da zu sein«, war die knappe Antwort.

»Aber das ist doch sein Wagen.«

»Keine Ahnung. Ich hatte eigentlich einen Termin. Seine Frau macht auch nicht auf, obwohl sie bestimmt zu Hause ist.« Sie deutete mit dem Kopf auf die geöffneten Fenster.

»Danke«, sagte Brandt und begab sich zum Haus. Er hielt den Finger lange auf den Klingelknopf gedrückt, bis eine Frauenstimme aus dem ersten Stock schrie: »Was ist denn, verdammt noch mal?!«

»Brandt, Kripo Offenbach. Ich möchte zu Dr. Müller.«

»Keine Ahnung, wo der ist«, entgegnete sie schroff und machte das Fenster zu.

»Also gut, du wolltest es nicht anders«, sagte er leise zu sich selbst und klingelte diesmal so lange, bis die Haustür aufgerissen wurde und eine kleine, aber sehr resolut wirkende Frau mit giftigem Blick aus stechend blauen Augen vor ihm stand.

»Was ist los? Ich habe mit meinem Mann nichts mehr zu tun!«, sagte sie laut und mit schriller Stimme, die Brandt durch Mark und Bein ging. Eine Stimme, die zu ihrem tödlichen Blick passte.

»Das ist nicht mein Problem. Aber vielleicht können Sie mir trotzdem freundlicherweise verraten, wo ich ihn finden könnte? Oder ist das zu viel verlangt? Sein Wagen steht hier.«

»Geht mich nichts mehr an«, erwiderte sie eisig.

»Ist er vielleicht in der Praxis?«

»Woher soll ich das wissen?!«

»Hören Sie, ich kann diesen Ton nicht leiden, und ich weiß auch nicht, was zwischen Ihnen und Ihrem Mann vorgefallen ist, ich möchte lediglich zu ihm und mich mit ihm unterhalten. Haben Sie das verstanden?«

»Ja, hab ich. Genauso, wie ich alles verstanden habe, was Sie gestern mit ihm besprochen haben.«

»Ah, so ist das also, Sie haben gelauscht.«

»Hab ich nicht, das Fenster war gekippt, und ich hab auf der Bank gesessen und genäht. Soll doch der alte Hurenbock sehen, wo er bleibt, in die Wohnung kommt der mir jedenfalls nicht mehr.«

»Das müssen Sie unter sich ausmachen. Wo hat er heute nacht geschlafen, oder wissen Sie das auch nicht?«

»Der hat 'n Bett in der Praxis, ich hab ihn heut noch nicht gesehen.«

»Tja, dann wollen wir doch mal schauen, ob wir in die Praxis reinkommen. Haben Sie einen Schlüssel?«

»Nein. Aber versuchen Sie doch einfach, die Tür einzutreten. Meinen Segen haben Sie.«

Alte Giftspritze, dachte Brandt und drängte sich an der Frau, die vom Äußeren her nicht überwältigend, aber doch ganz passabel aussah und bestimmt nicht älter als Mitte dreißig war, vorbei in den Flur.

»Danke, ich brauche Sie nicht mehr.«

»Aber …«

»Nichts aber! Sie können wieder gehen, und bitte bleiben Sie oben, solange ich mit Ihrem Mann rede.«

»Das ist also der Dank für meine Hilfsbereitschaft!«

»Sollte ich was von Ihnen wollen, sag ich Ihnen schon Bescheid. Oder ich lade Sie aufs Präsidium vor. Auf Wiedersehen.«

Frau Müller machte auf dem Absatz kehrt, trampelte die Treppe nach oben und knallte die Tür hinter sich zu. Er hörte sie die Kinder ankeifen und dachte nur: Wenn ich mit der verheiratet wäre, ich hätte mir längst einen Strick genommen. Kein Wunder, dass Müller zu Huren gegangen ist.

Er stand vor der Praxistür und hämmerte mit der Faust dagegen, wartete, keine Reaktion. Nach fünf Minuten gab er es auf. Seine Hand tat schon weh. Er legte das Ohr an die Tür, nichts.

Also gut, dann wollen wir mal. Brandt zog sein ganz

spezielles Werkzeug, von dem nur Eberl etwas wusste, aus der Jackentasche, inspizierte das Schloss und schaffte es, die Tür nach einigen Sekunden zu öffnen. Er trat ein, machte sie hinter sich zu und begab sich in den Behandlungsraum, von dem drei Türen abgingen. Hinter einer davon hörte er lautes Schnarchen. Er drückte die Klinke herunter, der Gestank von abgestandener Luft und Schnaps schlug ihm entgegen. Der Raum war fensterlos, eine kleine Lampe, die die ganze Nacht über an gewesen war, spendete diffuses Licht. Müller lag auf dem Bett, den Mund halb offen. Er war vollständig angekleidet, vor dem Bett standen eine leere und eine volle Wodkaflasche sowie sechs leere Bierdosen.

Brandt rüttelte ihn kräftig an den Schultern. »He, Mann, aufwachen!«

»Lass mich zufrieden!«, knurrte Müller und drehte sich auf die Seite.

»Nix da, jetzt wird nicht mehr geschlafen!«, herrschte Brandt ihn an. »Aufstehen, Polizei!« Er wiederholte seine Aufforderung dreimal, bis Müller endlich die Augen aufschlug und sich langsam umdrehte.

»Hä? Was wollen Sie denn schon wieder?«, lallte er.

»Mit Ihnen reden. Stehen Sie auf oder setzen Sie sich wenigstens hin. Wissen Sie eigentlich, wie spät es ist?«

»Mir doch egal!« Er setzte sich mühsam auf, hielt sich den Kopf und sagte mit schwerer Stimme: »O Mann, mein Schädel. Scheiß drauf, ich brauch was zu trinken.« Er wollte bereits nach der noch unangebrochenen Wodkaflasche greifen, doch Brandt war schneller und nahm sie an sich.

222

»Schluss damit. Ziehen Sie sich erst mal um, Sie haben sich ja total eingesaut«, sagte Brandt streng und mit Blick auf die Hose und das Bettlaken. »Außerdem stinkt's hier drin wie in einem Pissoir oder einem Schweinestall.«

»Lecken Sie mich am Arsch und hauen Sie ab, ich bin müde und will meine Ruhe.«

»Die können Sie haben, nachdem Sie mir ein paar Fragen beantwortet haben.«

Müller hatte sich wieder hingelegt und die Augen zugemacht. Brandt merkte, dass er nicht weiterkam, ging nach draußen, suchte nach den Schlüsseln für die Praxis und stieg die Treppe rauf. Er klopfte an die Tür, und wenig später stand ein kleines Mädchen von höchstens fünf Jahren vor ihm. Sie sah ihn mit großen Augen an.

»Hallo, wer bist du denn?«, fragte Brandt und ging in die Hocke.

»Caroline. Und du?«, fragte sie mit keckem Augenaufschlag. Sie erinnerte ihn ein klein wenig an Michelle, als diese noch klein war.

»Ich bin Peter. Kannst du mal deine Mutti holen?«

»Hm. Mama!«

»Was ist denn jetzt schon wieder?«, hallte es zurück.

»Hier ist jemand.«

»Mein Gott, hat man denn niemals seine Ruhe?!« Sie kam aus der Küche, wischte sich die Hände an der Hose ab und sagte: »Sie schon wieder. Haben Sie meinen Mann gefunden?«

»Hab ich. Er müsste dringend duschen oder baden und sich umziehen …«

»Aber auf keinen Fall in dieser Wohnung. Hier kommt er nicht mehr rein, nie mehr!«

»Dazu haben Sie kein Recht«, wurde sie von Brandt belehrt. »Es sei denn, Sie können einen triftigen Grund vorbringen, weshalb Sie Ihrem Mann den Zutritt zur gemeinsamen Wohnung verweigern.«

»Ha, den kennen Sie doch wohl am besten! Zu Huren geht er, zu diesen verdammten Schlampen! Das ist doch wohl Grund genug, oder nicht?«

Brandt schüttelte den Kopf. »Tut mir leid, aber da muss ich Ihnen widersprechen. Es sei denn, Ihr Mann bedroht Sie oder ist Ihnen oder den Kindern gegenüber gewalttätig geworden. Ist er das?«

»In was für einem Land lebe ich eigentlich?«, schrie sie, woraufhin zwei weitere Kinder in Schlafanzügen die Köpfe aus einem Zimmer steckten. »Der Kerl treibt sich bei Huren rum und lässt mich in dem Glauben, er wäre nur in einer Kneipe mit seinem Kumpan Wrotzeck. Aber ich werde mir einen Anwalt suchen und …«

»Das bleibt Ihnen freigestellt, doch vorerst hat Ihr Mann jederzeit das Recht, diese Wohnung zu betreten und seine Kinder zu sehen. Ich werde ihn jetzt hochholen, er hat sich letzte Nacht ziemlich betrunken. Außerdem wäre es sehr zuvorkommend, wenn Sie ihm ein Frühstück machen würden. Und denken Sie drüber nach, ob Ihre Reaktion nicht etwas übertrieben ist, schließlich haben Sie drei Kinder von ihm, wenn ich das richtig sehe.«

»Na und? Sollen sie vielleicht von einem Vater großgezogen werden, der sich nur rumtreibt?«

»Frau Müller, so kommen wir nicht weiter. Und vielleicht tut Ihrem Mann das alles ja furchtbar leid, weshalb er sich auch betrunken hat. Ich hatte jedenfalls gestern den Eindruck, dass er leidet.«

Sie zögerte und überlegte und sagte schließlich in moderatem Ton: »Also gut, er soll hochkommen, ich lass ihm Wasser ein. Wenn er betrunken ist, kann er wohl kaum duschen. Aber so einfach kommt er mir nicht davon.«

»Das klingt doch schon besser«, sagte Brandt lächelnd und reichte ihr die Flasche Wodka. »Kippen Sie das Zeug weg. Und passen Sie in nächster Zeit ein bisschen auf ihn auf, Alkohol ist das schlimmste Gift.«

»Sie verlangen eine ganze Menge von mir«, entgegnete sie, und zum ersten Mal huschte so etwas wie ein Lächeln über ihr Gesicht, das sie auf Anhieb hübscher machte. »Aber gut, ich will noch mal Gnade vor Recht ergehen lassen.«

»Sprechen Sie mit ihm in aller Ruhe, er hat bestimmt eine Erklärung.«

»Ich hoffe es.«

Brandt begab sich erneut nach unten, wo Müller wieder eingeschlafen war. Nach zehn Minuten guten Zuredens hatte Brandt ihn so weit, dass er sich von ihm ins Bad führen ließ. Er zog vorsichtshalber den Schlüssel ab und gab ihn seiner Frau. Von den Kindern war nichts mehr zu sehen, er hörte nur ihre Stimmen.

»Ich habe ihm frische Wäsche hingelegt und was zu essen gemacht. Er sieht ja wirklich fürchterlich aus. Aber erklären Sie mir doch bitte, warum er mir das angetan hat?«

»Fragen Sie ihn. Wahrscheinlich hat es mit Wrotzeck zu tun.«

»Das hab ich mir auch schon gedacht. Ich konnte diesen Kerl nie leiden, er hat immer nur Unruhe gestiftet. Ich habe mich sowieso gefragt, wie es zu dieser Freundschaft kommen konnte, denn eigentlich ist mein Mann sehr wählerisch, was Freunde angeht.«

War Müllers Frau vor kurzem noch zänkisch und verbissen, so wurde sie von Minute zu Minute zugänglicher. Sie bot Brandt sogar einen Platz an und setzte sich auf die andere Seite des Esstisches.

»Wie gut haben Sie Wrotzeck gekannt?«

»Er war einige Male hier, aber das hat mir schon gereicht. Der hat sogar einmal versucht, mir an die Wäsche zu gehen, doch das liegt schon ein paar Jahre zurück. Rainer weiß bis heute nichts davon. Sollte jemand Wrotzeck umgebracht haben, dann hat er's auch verdient, ich weine ihm jedenfalls keine Träne nach.«

»Würden Sie bitte mal nach Ihrem Mann schauen, nicht, dass er wieder eingeschlafen ist.«

Sie lief mit schnellen Schritten ins Bad, sprach mit ihm und half ihm beim Anziehen. »Was hast du letzte Nacht bloß gemacht?«, hörte Brandt sie sagen, und es klang gar nicht mehr so, als wollte sie unbedingt, dass er auszog.

»Mich sinnlos besoffen. Gudrun, ich liebe dich, und es tut mir leid, was ich gestern zu dir gesagt habe. Ich habe es nicht so gemeint. Alles tut mir leid, wirklich alles. Mann, ist mir schlecht, und mein Schädel brummt. Und mir ist schwindlig.«

»Ist schon gut. Du nimmst jetzt erst mal ein Aspirin und isst eine Kleinigkeit. Und die Praxis bleibt heute geschlossen.«

»Ist der Polizist noch da?«

»Ja, er wartet im Wohnzimmer auf dich. Komm jetzt.«

Müller warf Brandt einen kurzen ängstlichen Blick zu und ging in die Küche, schluckte das Aspirin, das neben dem Glas Wasser lag, und aß ein halbes Brötchen mit Marmelade und trank eine Tasse Kaffee.

Nach einer halben Ewigkeit, es war mittlerweile zehn Uhr, kam Müller ins Wohnzimmer und setzte sich vorsichtig in einen Sessel.

»Was wollen Sie bloß schon wieder von mir?«

»Frau Müller, ich würde gerne mit Ihrem Mann unter vier Augen reden. Ist das möglich?«

»Ja, ich geh mal in die Praxis, ein bisschen aufräumen und vor allem lüften.«

Brandt wartete, bis sie die Tür hinter sich zugemacht hatte, und sagte: »Geht's wieder einigermaßen?«

»Nein, wenn Sie's genau wissen wollen. Ich fühl mich zum Kotzen.«

»Können Sie mir trotzdem ein paar Fragen beantworten?«

Müller fasste sich mit beiden Händen an den Kopf und schloss die Augen. »Fangen Sie an.«

»Sie erinnern sich an unser Gespräch von gestern abend?«

»So besoffen kann ich gar nicht sein.«

»Sie haben gesagt, dass Sie meistens von Wrotzeck in die Clubs eingeladen wurden. Ich habe aber eine andere Aussage, laut der immer abwechselnd bezahlt wurde. Und ich habe erfahren, was Sie so pro Abend in etwa ausgegeben haben.«

Müller schnaufte schwer und erwiderte: »Ich weiß, Sie werden gleich sagen, das ist ein Haufen Geld. Und Sie haben recht, das ist ein Haufen Geld.«

»Sie allein haben in den letzten drei Jahren monatlich mindestens dreitausend Euro dort gelassen. Das ist auch für einen Tierarzt eine Menge Holz. Woher haben Sie so viel?«

»Ist das nicht egal? Ich hab's eben.«

Brandt, dem die Zeit davonlief, wurde allmählich ungeduldig, versuchte aber dennoch, die Ruhe zu bewahren.

»Warum haben Sie sich so sinnlos betrunken? War es mein Besuch, oder haben Sie Angst?«

Müller wandte das Gesicht zum Fenster, und seine Kiefer mahlten aufeinander. »Meine Frau hat mich rausgeschmissen, deshalb hab ich mich voll laufen lassen. Sonst noch was?«

»Womit hatte Wrotzeck Sie in der Hand? Sie sind nicht der Typ, der mit einem wie ihm gut Freund ist.«

Obwohl es Müller ziemlich schlecht ging, sprang er auf, musste sich aber gleich am Tisch festhalten, weil sich alles um ihn drehte. »Lassen Sie mich doch endlich zufrieden, Sie sehen doch, dass ich mich beschissen fühle. Und außerdem, was geht es Sie an, mit wem ich befreundet bin und mit wem nicht?! Verschwinden Sie, und lassen Sie uns zufrieden. Wrotzeck ist tot, und das ist auch gut so.«

»Warum ist das gut so? Dann war es also doch keine Freundschaft, obwohl Sie jahrelang mit ihm in diverse Clubs gepilgert sind. Mann, jetzt rücken Sie doch endlich mit der Sprache raus! Was hat Sie und Wrotzeck verbunden? Hat er Sie erpresst?« Brandt meinte zu sehen, wie

Müller zusammenzuckte, doch er erhielt keine Antwort. Er erhob sich und sagte: »Ich werde gehen, aber glauben Sie bloß nicht, dass Sie mich so schnell loswerden. Ich komme wieder und wieder und wieder, bis ich erfahren habe, was zwischen Ihnen und Ihrem Kumpel war.«

»Machen Sie doch, was Sie wollen. Ich habe alles gesagt.«

Du hast Angst, dachte Brandt, du hast eine solch erbärmliche Angst. Aber wovor? Vor Wrotzeck brauchst du keine mehr zu haben, der ist tot. Also was gibt es noch, wovor du Angst haben könntest?

»Ruhen Sie sich aus, damit Sie bei meinem nächsten Besuch fit sind. Und noch was, reden Sie mit Ihrer Frau, sie ist sehr verletzt.«

Müller winkte nur ab, Brandt verließ die Wohnung grußlos. Unten ging er in die Praxis, wo Gudrun Müller sauber machte.

»Wie geht es ihm?«, fragte sie und lehnte sich an den Schreibtisch.

»Gut genug, um meine Fragen nicht zu beantworten. Würden Sie mir vielleicht helfen?«

Sie sah Brandt überrascht an und meinte: »Wie soll ich das machen?«

»Reden Sie mit ihm. Ihr Mann hat Angst, aber ich weiß nicht, wovor. Für meine Begriffe muss es mit Wrotzeck zu tun haben.«

»Ich dachte, die wären befreundet. Sind Sie sicher, dass er Angst hat?«

»Ziemlich. Aber wenn Sie mit ihm reden, versuchen Sie, diplomatisch zu sein, mit Vorwürfen kommen Sie nicht weiter, im Gegenteil, er wird sich noch mehr verschließen.«

»Sprechen Sie da etwa aus persönlicher Erfahrung?«, fragte sie mit einem leicht spöttischen Unterton.

»Ja, leider«, antwortete Brandt ernst.

»Ich werde sehen, was ich tun kann. Versprechen kann ich aber nichts. Mein Mann und ich, wir haben uns schon lange nicht mehr allzu viel zu sagen. Er ist die meiste Zeit unterwegs oder in seiner Praxis, ich mach den Haushalt und kümmere mich um die Kinder … Es ist frustrierend. Und wenn man dann auch noch hört, dass er zu Huren geht, Sie glauben gar nicht, was da für Gefühle in einem hochkommen.«

»Ich kann's mir in etwa vorstellen. Aber ich bin überzeugt, dass Ihr Mann das ohne Wrotzeck nicht getan hätte.« Er machte eine Pause und überlegte, ob er Gudrun Müller von seinem Besuch im Club berichten sollte, und beschloss, es zu tun. »Ich verrate Ihnen jetzt etwas im Vertrauen und bitte Sie, das für sich zu behalten. Ich habe gestern abend noch mit einer dieser Damen gesprochen, die mir gesagt hat, dass sie das Gefühl hatte, dass Ihr Mann nicht gerne dorthin gegangen ist. Und seit Wrotzecks Tod ist er überhaupt nicht mehr dort erschienen. Ich würde Ihnen jetzt gerne einen Rat geben, wie Sie am besten mit ihm umgehen sollten, aber jeder Rat ist ein schlechter Rat, hat mein Vater mal gesagt.«

Gudrun Müller kniff die Lippen zusammen und meinte nach einigem Überlegen: »Ich werde sehen, was ich machen kann. Mal schauen, ob noch was zu retten ist. Und es tut mir leid, wenn ich vorhin so grantig war, aber das gestern hat mir den Rest gegeben. Ich hab die ganze Nacht kein Auge zugekriegt, hab nur gedacht, wie das in Zukunft weitergehen soll. Ich mit den Kindern, und er geht zu seinen geliebten Huren. Wenn ich's mir genau überlege, muss Wrotzeck die treibende Kraft gewesen sein. Erst durch ihn hat er sich verändert. Ich dachte immer, es wäre die viele Arbeit, aber vielleicht haben Sie recht, vielleicht steckt doch was anderes dahinter. Wie kann ich Sie erreichen?«

Brandt gab ihr seine Karte und sagte: »Sie können mich jederzeit anrufen, am besten auf dem Handy, weil ich im Moment kaum im Büro bin. Und Kopf hoch, es gibt für alles eine Erklärung und bestimmt auch eine Lösung für Ihr Problem. Wiedersehen.«

»Wiedersehen.«

Brandts nächster Besuch galt Pfarrer Lehnert.

Freitag, 10.50 Uhr

Sie. Ich habe schon mit Ihnen gerechnet.« Lehnert hatte tiefe Ränder unter den Augen, als hätte er kaum oder gar nicht geschlafen. Er roch streng nach Alkohol und Rauch.

»Sind Sie Hellseher?«, konnte sich Brandt nicht verkneifen zu sagen.

»Nein, ich kenne nur die Menschen. Gehen Sie schon ins Arbeitszimmer, ich komme gleich nach.«

Brandt sah sich in dem noch immer unaufgeräumten und verqualmten Zimmer um, bis Lehnert angeschlurft kam. Auf dem Tisch stand eine halb volle Flasche Whiskey, daneben ein Glas. Lehnert schenkte sich etwas Whiskey ein und trank das Glas leer. Daraufhin zündete er sich eine Zigarette an und inhalierte tief.

»Ist das nicht etwas zu früh am Tag«, sagte Brandt und deutete auf die Flasche.

»Es ist nie zu früh und nie zu spät«, war die Antwort.

»Herr Lehnert, würden Sie mir verraten, wann Herr Wrotzeck zum ersten Mal die Beichte abgelegt hat? Oder fällt das auch unter das Beichtgeheimnis?«

»Das kann ich Ihnen sogar genau sagen, es war der 24. März 2001. Hilft Ihnen das weiter?« Er fragte es, ohne eine Miene zu verziehen, schenkte sich noch mehr Whiskey ein und hielt das Glas einen Moment in der Hand, bevor er es leerte.

Brandt war wie elektrisiert, als er das Datum hörte. Caffarelli hatte ihm gestern gesagt, dass es im März vor drei Jahren war, als Lehnert aussah, als wäre er dem Teufel persönlich begegnet.

»Schon möglich. Wrotzeck war bei Ihnen und hat die Beichte abgelegt. Aber Sie werden mir natürlich nicht verraten, was er Ihnen anvertraut hat, was ich auch verstehen kann. Doch Ihr Leben hat sich an jenem Abend grundlegend geändert.«

Lehnert drückte seine Zigarette aus und zündete sich gleich eine neue an. Er schwieg eine Weile, sah Brandt durch den Rauch hindurch an und sagte schließlich: »Ich sehe, Sie haben Erkundigungen über mich eingeholt. Ja, manchmal gibt es Ereignisse im Leben, die unseren menschlichen Verstand überfordern und uns nachdenklicher werden lassen.«

»Und Wrotzecks Beichte hat Sie nachdenklicher werden lassen. Sie haben gestern meine Frage, ob sie ihm die Absolution erteilt haben, nicht beantwortet. Mich würde aber interessieren, in welchen Fällen die Absolution nicht erteilt wird.«

Lehnert sah Brandt mit undurchdringlicher Miene an und antwortete: »Ein Hauptgrund ist, dass der Beichtende seine Sünde oder seine Sünden nicht bereut. Aber wenn ich Ihnen jetzt alles aufzählen würde, wann die Absolution nicht erteilt werden darf oder kann … Nein, dafür reicht die Zeit nicht.«

»Ehebruch? Mord?« Brandt ließ nicht locker.

»Unter Umständen.« Lehnert hielt sich wie die meiste Zeit bedeckt. Nichts in seinem Gesicht verriet, was in ihm vorging. Er rauchte, und Brandt kam es vor, als säße ihm gegenüber einer jener Männer aus dem Film *Momo*, die den ganzen Tag nichts anderes taten als zu rauchen. Brandt, der merkte, dass er nicht weiterkam, fragte: »Würden Sie mir Ihre Kirche zeigen?«

»Gerne.« Lehnert erhob sich zusammen mit Brandt, und sie gingen wortlos zu dem Kirchengebäude, das schon von außen eine eher kühle, nüchterne Atmosphäre verbreitete. Drinnen war es nicht anders, das Erhabene fehlte, die alten Bänke, die Buntglasfenster, die Gewölbedecken, die Pfeiler. Aber es roch nach Weihrauch, ein Geruch, der wohl nie aus dem Gemäuer verschwinden würde, der aber nicht unangenehm war.

»Wo finden die Chorproben immer statt?«, fragte Brandt.

»Hier vorn.« Lehnert zeigte auf die Fläche, wo auch der Altar war.

233

»Und der Beichtstuhl ist links hinter uns. Das heißt, Wrotzeck kam zu Ihnen während der Probe ...«

»Woher wissen Sie, dass es während der Probe war?«, fragte Lehnert.

»Herr Caffarelli hat ein sehr gutes Gedächtnis. Im Gegensatz zu Ihnen konnte er sich aber nicht mehr an das genaue Datum erinnern. Er weiß nur, dass Sie an diesem Abend eine Begegnung der besonderen Art gehabt haben müssen. Er hat recht, oder?«

»Mag sein«, war die karge Antwort.

»Und Wrotzeck kam zu Ihnen, während seine Tochter sang.« Er wandte sich Lehnert zu und sah ihm in die Augen. »Ich habe Ihnen übrigens gestern richtig zugehört, und ich glaube, ich kann das Rätsel bald lösen.«

»Ich wünsche Ihnen viel Erfolg«, sagte Lehnert müde. »Aber der Erfolg, den Sie vielleicht haben werden, wird keiner sein. Er wird für Sie vieles in einem andern Licht erscheinen lassen, wenn es denn überhaupt noch ein Licht gibt.«

»Bitte?«, fragte Brandt verwundert.

»Es ist symbolisch gemeint.«

»Aha. Kennen Sie Dr. Müller, den Tierarzt?«

»Nur flüchtig.«

»War er auch schon bei Ihnen, um zu beichten?«

»Nein, er ist evangelisch. Brauchen Sie mich noch? Ich habe gleich einen Termin. Sie können aber jederzeit wiederkommen.«

»Ich wollte mir nur mal die Kirche anschauen. Übrigens, was meinten Sie gestern mit ›nichts geschieht einfach so. Schon gar nicht solche Unfälle‹?«

»Finden Sie es heraus, ich kann Ihnen leider nichts weiter sagen. Nur so viel – Sie sind auf dem richtigen Weg. Führen Sie Ihre Gedankengänge weiter, und Sie gelangen ans Ziel. Wenn Sie mich jetzt bitte entschuldigen wollen.«

Lehnerts Schritte hallten von den Wänden wider. Brandt sah ihm nach, wie er gebeugt und von einer überschweren Last schier erdrückt durch den Ausgang verschwand.

Am 24. März 2001. Was ist da passiert? Oder an den Tagen oder Wochen oder Monaten zuvor? Was habe ich übersehen oder überhört? Sehe ich den Wald vor lauter Bäumen nicht oder das große Ganze vor lauter Details? Die Antwort kann eigentlich nur im Hause Wrotzeck zu finden sein. Wo sonst?

Freitag, 11.50 Uhr

Brandt fuhr auf den Wrotzeck-Hof und ging zum Haus. Ein paar Arbeiter saßen um einen großen Tisch im Freien, aßen, tranken und unterhielten sich. Liane Wrotzeck erschien nach dem Klingeln an der Tür und sagte: »Kommen Sie jetzt jeden Tag?«

»Nur solange der Tod Ihres Mannes nicht aufgeklärt ist. Ich möchte Sie auch nicht lange stören, ich will nur wissen, ob Ihr Mann ein eigenes Zimmer hatte oder ein Büro?«

»Er hatte beides. Sein Büro ist gleich hier rechts, sein Zimmer ist im ersten Stock.«

»Dürfte ich einen Blick in dieses Zimmer werfen?«

»Ich habe nichts dagegen. Aber was erwarten Sie dort zu finden, wenn ich fragen darf?«

»Keine Ahnung. Vielleicht einen Hinweis darauf, warum Ihr Mann zur Beichte gegangen ist.«

Liane Wrotzeck sah Brandt mit diesem Sie-wollen-mich-wohl-auf-den-Arm-nehmen-Blick an. »Was, mein Mann soll zur Beichte gegangen sein? Wo haben Sie denn das her?«

»Hat Ihr Sohn Ihnen das nicht gesagt? Ich habe doch gestern schon mit ihm darüber gesprochen.«

»Das ist unmöglich! Mein Mann hat die Kirche gemieden wie der Teufel das Weihwasser. Das glaube ich einfach nicht.«

»Fragen Sie Pfarrer Lehnert, er wird es Ihnen bestätigen. Mehr aber auch nicht.«

»Was heißt, mehr aber auch nicht?«

»Beichtgeheimnis«, erwiderte Brandt lächelnd. »Können Sie sich denn vorstellen, warum Ihr Mann zu Lehnert gegangen ist?«, fragte er, während er neben Liane Wrotzeck die breite Treppe in den ersten Stock hinaufstieg. Das Holz knarrte unter ihren Füßen, alter Dielenboden, der oben wahllos von ein paar einfachen Teppichen bedeckt wurde.

»Wie soll ich mir vorstellen, warum er zu Lehnert gegangen ist, wenn ich nicht mal wusste, dass er in die Kirche geht?«, sagte sie nicht ohne Ironie in der Stimme. »Hier, das war das Zimmer meines Mannes.« Sie drückte die Klinke herunter und stieß die Tür auf. »Ich habe es seit seinem Tod nicht betreten, mein Sohn auch nicht.«

»Und warum? Hat er hier nicht seine Unterlagen wie Versicherungen und so weiter aufbewahrt?«

»Nein, das ist alles unten im Büro. Ich hatte zu Lebzeiten keinen Zutritt zu diesem Zimmer, und ich habe auch nicht vor, es jetzt zu betreten.«

»Hatte Ihr Mann Ihnen verboten …«

»Ja«, antwortete sie schnell.

»Aber er hat es nicht abgeschlossen«, bemerkte Brandt.

»Nein, aber er hätte sofort gemerkt, wenn jemand drin gewesen wäre. Er hat alles gemerkt. Schauen Sie sich um, und lassen Sie sich von mir aus so viel Zeit, wie Sie wollen. Ich bin wieder unten.«

Liane Wrotzeck hatte den Fuß nicht über die Schwelle gesetzt, sondern war davor stehen geblieben, als würde sie fürchten, dem Geist ihres Mannes darin zu begegnen. Sie drehte sich um, er hörte sie weggehen.

Brandt lehnte die Tür an. Es war warm und stickig, geradezu muffig, und er glaubte Liane Wrotzeck, dass sie dieses Zimmer nicht betreten hatte. Vielleicht früher einmal, vor vielen Jahren, woran sie sich jetzt nicht mehr erinnerte oder nicht mehr erinnern wollte. Die Einrichtung bestand aus einem alten braunen Ohrensessel mit einem dazugehörigen Fußschemel, einer Vitrine, in der ein paar Gläser standen, einem kleinen Schrank, einem kleinen, aber massiven Holztisch mit fein gedrechselten Beinen, einem alten Sekretär, einem Sofa und einem Bett, alles im Landhausstil. Die Vorhänge waren zugezogen, so dass kaum Licht hereinfiel. Er schob sie zurück und sah sich um, ohne etwas zu berühren. Schließlich öffnete er den Schrank, in dem nichts als Kleidungsstücke, vornehmlich Unterwäsche und Socken, waren. Auf dem Tisch standen ein leeres Glas, eine Flasche Bier und eine angebrochene Flasche Korn, im Aschenbecher waren ein paar Zigarettenstummel. Staub hatte sich auf die Möbel gelegt, und Brandt fragte sich, wann hier wohl zuletzt sauber gemacht worden war und vor allem, von wem. Die Bettdecke und das Kissen waren zerknautscht und sahen aus, als hätte jemand darin geschlafen, was eigentlich nur Wrotzeck gewesen sein konnte. Zwei paar Schuhe standen unordentlich vor dem Bett, einige Kleidungsstücke lagen darauf, und bei näherem Hinsehen erkannte Brandt, dass die Bettwäsche vermutlich seit Monaten nicht gewechselt worden war.

Bei jedem Schritt, den er machte, ächzten die alten Dielen unter seinen Schuhen. Was ihn wunderte, war, dass der Raum weder ein Radio noch einen Fernseher hatte, denn er war inzwischen fest überzeugt, dass Wrotzeck und seine Frau in getrennten Betten geschlafen hatten und er sich, wenn er zu Hause war, hier auch aufgehalten hatte. Er würde sie später fragen. Er versuchte, den ebenfalls von einer feinen Staubschicht überzogenen Sekretär zu öffnen, doch er war abgeschlossen. Brandt suchte nach dem Schlüssel und wollte schon aufgeben, als er ihn schließlich in einem alten Bierkrug mit einem Silberdeckel in der Vitrine fand. Aha, dachte Brandt, er hat also doch befürchtet, jemand könnte in seinem Zimmer rumschnüffeln, wenn er nicht zu Hause war.

Das Innere des Sekretärs war beinahe penibel aufgeräumt, ganz anders als der Rest des Zimmers. Alles lag geordnet neben- und aufeinander, in der Mitte befand sich ein großes Fach, rechts und links daneben jeweils zwei kleinere sowie zwei Schubladen. Brandt zog sich einen Stuhl heran und durchsuchte die Papiere, von denen viele Schriftwechsel aus längst vergangenen Zeiten waren. Fast alles war persönlicher Natur, und Brandt fragte sich, warum er dies aufgehoben hatte. Sentimentalität, alte Erinnerungen an bessere Zeiten? Wrotzeck und sentimental? Nee, kann ich nicht glauben.

Nach einer halben Stunde, in der er jeweils einen kurzen Blick auf diverse Briefe und andere Schriftstücke geworfen hatte, nahm er einen kleinen Karton heraus, in dem sich Postkarten und Fotos befanden. Viele der Fotos zeigten Aufnahmen von Wrotzeck als Kind, bei seiner Einschulung, wie er auf dem Hof mithalf, seine ersten Melkversuche, wie er auf einem Pferd saß, an der Seite seiner Eltern und mit Arbeitern, vor allem aber lachte er auf vielen dieser Fotos oder machte zumindest ein fröhliches Gesicht. Auf ein paar wenigen war er mit seiner Frau und den Kindern zu sehen, auf dem Schützenfest oder anderen Veranstaltungen. Und ein altes Schwarzweißfoto zeigte ihn mit strengem Seitenscheitel und einer Kerze in der Hand und sichtlich stolz bei der Kommunion. Brandt hielt das Bild eine Weile in der Hand und fragte sich, wie aus einem solchen Jungen, der einen aufgeweckten und aufgeschlossenen Eindruck machte, jemand werden konnte, der von allen gehasst und verachtet wurde. Den niemand mehr mochte und von dem sich die Umwelt abwandte. Der sein Glück bei Huren suchte und, nach allem, was er bisher gehört hatte, andere ins Verderben stürzte. Jemand, der vielleicht ein solch düsteres Geheimnis mit sich herumtrug, dass selbst ein gestandener Priester praktisch zu Eis erstarrte, als er davon bei der Beichte hörte. Junge, dachte Brandt, was ist mit dir passiert? Und was hast du angerichtet? Und warum wurdest du, wie du warst?

Er legte das Foto zur Seite, sah sich die restlichen an und blieb mit einem Mal bei einem hängen, das in eine Spezialfolie eingeschweißt war. Es zeigte eine bildhübsche junge Frau von vielleicht zwanzig Jahren (aber nicht Liane Wrotzeck), mit langen blonden Haaren, strahlendem Lächeln, großen blauen Augen und makellos weißen Zähnen. Brandt drehte es um, doch weder das Datum, wann das Foto gemacht wurde, noch der Name der Frau waren vermerkt. Brandt spürte instinktiv, dass dieses Foto für Wrotzeck eine besondere Bedeutung gehabt haben musste, denn es war eines der wenigen, an dem die Spuren der Zeit vorübergegangen waren. Und warum hatte er es eingeschweißt, als wäre es für die Ewigkeit? Und vor allem, wer war die junge Frau?

Brandt steckte es ein, durchsuchte noch weitere zehn Minuten den Sekretär, obwohl er überzeugt war, in seiner Tasche ein wesentliches Stück des Mosaiks zu haben. Er schloss wieder ab und legte den Schlüssel in den Bierkrug zurück, zog den Türschlüssel ab, der von innen steckte, denn er war sicher, beim zweiten Suchen noch mehr Material zu finden. Er schloss ab und begab sich nach unten.

Wieder im Erdgeschoss, warf er einen Blick in das Wohnzimmer, das leer war.

»Frau Wrotzeck?«, rief er.

Sie kam aus der Küche. »Haben Sie gefunden, wonach Sie gesucht haben?«

»Möglich«, antwortete er, zog das Foto aus seiner Jackentasche und reichte es ihr. »Kennen Sie diese Frau?«

Liane Wrotzeck legte die Stirn in Falten, betrachtete einen Moment das Bild und sagte: »Das ist Frau Köhler. Ich verstehe nicht ganz …« Sie machte ein ratloses Gesicht.

»Ich auch nicht. Ihr Mann hatte es unter all seinen Fotos im Sekretär. Den Schlüssel des Zimmers Ihres Mannes habe ich bei mir und möchte Sie auch bitten, falls ein Zweitschlüssel existiert, den Raum nicht zu betreten.«

»Ich habe keinen Zweitschlüssel, zumindest weiß ich nichts davon. Das Foto ist mindestens zwanzig Jahre alt, wenn nicht sogar älter.«

»Und Sie haben keine Ahnung, warum Ihr Mann ausgerechnet dieses Foto eingeschweißt hat?« Brandt blickte sie prüfend an, doch sie schüttelte den Kopf.

»Nein. Ich habe Ihnen doch von der Feindschaft zwischen meinem Mann und Köhler erzählt. Ich weiß wirklich nicht, was es damit auf sich hat.«

»Galt diese Feindschaft auch Frau Köhler?«

»Was glauben Sie denn?! Mein Mann hat keine Gelegenheit ausgelassen, Köhler und seiner Familie eins auszuwischen. Aber wie gesagt, es ging nur um diese verfluchten neun Meter Land.«

»Sind Sie da wirklich so sicher?«, fragte Brandt und sah Liane Wrotzeck prüfend an.

»Ja, da bin ich mir sicher. Damit fing alles erst so richtig an.«

»Was meinen Sie mit ›so richtig‹?«

»Das habe ich doch alles schon erzählt. Mein Mann war auch schon vorher nicht gerade der Umgänglichste, aber seit er die Urkunde gefunden hatte, war er nicht mehr zu halten. Neun Meter! Das ist weniger, als unser Wohnzimmer lang ist. Ich begreif's bis heute nicht.«

»Hat sich Herr Caffarelli gestern abend oder heute bei Ihnen gemeldet?«

»Sie meinen, ob er mir das von Allegra erzählt hat?« Ein Lächeln huschte über ihr Gesicht, als sie mit leicht glasigen Augen fortfuhr: »Er war heute morgen hier und hat mir berichtet, was gestern geschehen ist. Thomas ist gerade bei ihr, und ich werde nachher hinfahren. Aber ich will mir nicht zu viel Hoffnung machen, sonst werde ich wieder enttäuscht.«

»Warum glauben Sie nicht daran, dass alles gut wird?«, fragte Brandt. »Sie haben eine bildhübsche Tochter, und Herr Caffarelli ist so besorgt um sie. Wenn er so fest von der Genesung überzeugt ist, warum …«

»Ich glaube an gar nichts mehr, denn immer, wenn ich dachte, alles wird gut oder es wird sich etwas ändern, ist genau das Gegenteil eingetreten. Es wurde immer schlimmer und schlimmer und schlimmer. Jedes Mal, wenn ich mir Hoffnung machte, er würde sich ändern, war es, als würde man mir kurz darauf eine Plastiktüte über den Kopf stülpen. Aber gehen wir doch rüber, oder haben Sie keine Zeit mehr«, sagte sie. Das Abweisende, das sie am Vortag noch gezeigt hatte, war wie weggeblasen, ja, es schien sogar, als wäre sie froh, endlich jemanden zu haben, mit dem sie reden konnte, und wenn es nur ein lausiger Bulle war.

»Ich bin nicht in Eile«, erwiderte er, obwohl er eigentlich vorhatte, zu Köhler zu fahren.

»Ich wollte mit Ihnen sprechen, weil ich Sie bitten

möchte, Thomas nicht zu sehr zu belasten. Er spielt zwar den Starken, ist aber in Wirklichkeit sehr sensibel. Er weiß gar nicht, was in all den Jahren so vorgefallen ist. Behelligen Sie ihn bitte nicht weiter.«

»Ihr Sohn kommt mir gar nicht so sensibel vor. Zudem ist er ein ziemlich intelligenter junger Mann.«

»Trotzdem, das alles nimmt ihn sehr mit.«

»Was? Der Tod Ihres Mannes?«

»Nein, das nicht. Die beiden haben sich zwar bis vor ein paar Jahren ganz gut verstanden …«

»Wenn ich Sie kurz unterbrechen darf, aber Ihr Sohn hat gesagt, dass er seinen Vater gehasst hat. Zweiundzwanzig Jahre lang.«

»Das stimmt so nicht, er sieht es vielleicht nur so.«

»War Ihr Mann ein guter Vater?«

Liane Wrotzeck senkte den Blick und schüttelte den Kopf. »Nein, nur ganz am Anfang, als Thomas noch klein war. Aber je größer er wurde, desto gleichgültiger wurde mein Mann ihm und auch Allegra gegenüber. Wobei er Thomas besser behandelt hat, das ist aber auch das einzige.«

»Hat Thomas so eine Art Beschützerrolle übernommen?«

»Allerdings. Er hat sich sogar einmal zwischen meinen Mann und Allegra gestellt, als die zwei sich gestritten haben. Kurt hat immer einen Grund gefunden, Allegra niederzumachen.«

»Sie haben mir noch immer nicht gesagt, was er gegen Allegra hatte. Ich kann mir keinen Vater vorstellen, der sich nicht eine solche Tochter wünscht.«

243

»Kurt war eben anders. Er war ein Landwirt vom alten Schlag. Ihm war wichtig, einen Sohn zu haben, der eines Tages den Hof übernimmt. Allegra war nur ein lästiges Anhängsel. Na ja, und als mein Mann immer mehr darauf drängte, dass Thomas den Hof übernimmt, und der partout nicht wollte, kam es zum Bruch. Sie haben kaum noch ein Wort miteinander gewechselt. Aber Thomas hat sich durchgesetzt, obwohl mein Mann ihm nicht einen Cent mehr gegeben hat. Er hat gemeint, wenn sein Sohn schon Jura studieren will, dann soll er auch zusehen, wie er das finanziell hinkriegt.«

»Und, hat Ihr Sohn es geschafft?«

»Natürlich. Er geht nebenbei arbeiten und ist von Natur aus sehr sparsam. Jetzt kann er sich aber voll und ganz auf sein Studium konzentrieren, ich meine, ich gebe ihm Geld. Das einzige, was ich verhindern konnte, war, dass Thomas rausgeworfen wurde. Kurt war so generös, ihn hier wohnen zu lassen.«

»Frau Wrotzeck, Fakt ist, dass Ihr Mann durch Fremdeinwirkung ums Leben gekommen ist. Wie es scheint, gibt es unzählige Verdächtige, aber ich habe noch niemanden fest im Auge.«

»Warum betonen Sie das so?«

»Um Ihnen die Angst zu nehmen, mir alles zu sagen.«

»Was erwarten Sie von mir? Soll ich Ihnen mein ganzes Leben erzählen? Aber gut, ich war achtzehn, als ich Kurt kennenlernte, es war auf dem Schützenfest, und er wurde zum zweiten Mal hintereinander Schützenkönig. Er war sechs Jahre älter und ein stattlicher Kerl. Wir haben nur ein halbes Jahr später geheiratet, ein paar Monate darauf wurde Thomas geboren. Anfangs lief alles ganz gut, bis Kurt sein wahres Gesicht gezeigt hat. Er hat Regeln aufgestellt, die nicht gebrochen werden durften. Regeln, die für alle Familienmitglieder galten. Nur, da lebten seine Eltern noch, und er hat sich zurückgehalten.«

Als sie nicht weitersprach, fragte Brandt: »Inwiefern zurückgehalten?«

»Mein Mann war ein Sadist. Er hat alles getan, um andere zu zerstören. Wenn er sah, dass es jemandem gut ging, dann war ihm jedes nur erdenkliche Mittel recht, dies zu ändern. Er ergötzte sich geradezu daran, andere leiden zu sehen. Die einzigen Personen, die er einigermaßen gut behandelt hat, waren die Leute, mit denen er Geschäfte getätigt hat. Als mein Schwiegervater starb, habe ich mich um meine Schwiegermutter gekümmert, die sehr getrauert hat. Sie hat sich in ihrem Zimmer verkrochen und hat nur noch aus dem Fenster gestarrt. Für sie war mit dem Tod ihres Mannes das Leben vorbei. Meinen Mann jedenfalls hat das kalt gelassen, ihm war das alles völlig egal, eine andere Erklärung gab es nicht. Kurz darauf ist sie an Krebs erkrankt und kaum ein Jahr nach dem Tod meines Schwiegervaters gestorben. Ich habe sie bis zum bitteren Ende ganz allein gepflegt. Die Kinder haben das kaum mitbekommen, sie waren auch noch viel zu klein.« Sie holte tief Luft und sah an Brandt vorbei aus dem Fenster. »Er war nicht mal da, als sie im Sterben lag, obwohl er wusste, dass es sich nur noch um Stunden handeln konnte. Ich habe ihre Hand gehalten, als sie eingeschlafen ist. Sie wollte ihren Sohn noch einmal sehen, bevor sie die Augen für immer schloss, aber er hat ihr den Gefallen nicht getan. Sie hat so furchtbar gelitten, und ich auch. Jemandem in der Stunde seines Todes die Hand zu halten, das ist schrecklich und gleichzeitig etwas ganz Besonderes. Jedenfalls hat sie gelächelt, als sie gegangen ist.«

Sie machte eine Pause, stand auf, holte zwei Gläser und eine Flasche Wasser und schenkte ein.

»Nach ihrem Tod«, fuhr sie fort und nahm wieder Platz, »konnte er endlich schalten und walten, wie es ihm gefiel. Er war ja nun der unumstrittene Herrscher im Haus und auf dem Hof.«

»Ihre Schwiegereltern waren noch relativ jung, als sie starben.«

»Mein Schwiegervater war siebenundfünfzig, meine Schwiegermutter dreiundfünfzig. Für die heutige Zeit ist das sehr jung.«

»Um noch mal auf die Leute zurückzukommen, die er gut behandelt hat. Was ist mit Dr. Müller?«

»Was soll mit ihm sein? Er ist unser Tierarzt.«

»Und er war der Freund Ihres Mannes. Sagt er jedenfalls.« Brandt log bewusst, um herauszufinden, was Liane Wrotzeck über die Beziehung zwischen ihrem Mann und Müller wusste.

»Mag sein. Müller ist seit vielen Jahren unser Tierarzt, und wenn sich daraus eine Freundschaft zwischen Kurt und ihm entwickelt haben sollte, mein Gott, was interessiert *mich* das?! Kurt ist zu Huren gegangen, und das war auch gut so.«

Brandt fiel das Gespräch mit Thomas ein, der behauptet hatte, es seiner Mutter nicht erzählt zu haben.

»Woher wissen Sie das mit den Huren?«, fragte er.

»Kurt hat es mir selbst gesagt, das heißt, er hat nur gemeint, dort würde er wenigstens bekommen, was er hier nicht kriegt. Und das war's. Ich möchte aber nicht, dass Thomas es erfährt.«

»Entschuldigung, aber er weiß es schon längst.«

Liane Wrotzeck schüttelte zaghaft den Kopf und kaute auf der Unterlippe. »So ist Thomas, er kann schweigen wie ein Grab. Aber ganz ehrlich, es war keine Demütigung für mich, ich habe ganz andere Dinge ertragen müssen.«

»Frau Wrotzeck, Sie und Ihr Mann haben doch in getrennten Betten geschlafen, oder? Jedenfalls lässt sein Zimmer diesen Schluss zu.«

»Ja, dadurch habe ich wenigstens die meiste Zeit meine Ruhe gehabt, zumindest in den letzten vier Jahren. Ich hatte mein Zimmer, er seins. Das hat ihn aber nicht davon abgehalten …« Sie stoppte mitten im Satz, biss sich auf die Unterlippe und meinte dann: »Unsere Ehe war schon seit ewigen Zeiten keine Ehe mehr, die bestand nur noch auf dem Papier.«

Brandt schaute zur Uhr und wollte gerade sagen, dass er gehen müsse, als das Telefon klingelte.

»Wrotzeck … Ja … Mein Gott, ist das wahr? Du hast es selber gesehen? … Ich mach mich gleich fertig und komm in die Klinik … Ja, bitte, bleib da und warte auf mich … Ja, in zwanzig Minuten bin ich dort. Tschüs.« Sie legte auf. »Allegra ist eben wieder für kurze Zeit aufgewacht. Sie hat Thomas sogar erkannt. Können Sie sich das vorstellen, sie hat ihren Bruder erkannt. Und die Ärzte haben gesagt, es könnte sein, dass sie irreparable Gehirnschäden davongetragen hat oder dass sie sich an nichts mehr erinnert. Aber sie hat ihren Bruder erkannt. Matteo, er hat es geschafft. Ich muss mich schnell umziehen, Sie haben's ja gehört.«

»Schon gut. Und fahren Sie vorsichtig.«

»Allegra lebt! Wer hätte das gedacht!«

Brandt verabschiedete sich. Zum ersten Mal hatte er Liane Wrotzeck lachen sehen. Und sie hatte Tränen in den Augen. Sie war kein Zombie, wie Thomas gesagt hatte, sie hatte sich nur eine Haut zugelegt, durch die keine Gefühle mehr nach außen drangen. Doch nun war auch diese Haut noch zu dünn. Und das war auch gut so.

Es war fast vierzehn Uhr, als er vom Hof fuhr. Während der Fahrt telefonierte er mit Elvira Klein und fragte sie, wie lange sie vorhabe, im Büro zu bleiben. Bis spätestens halb fünf, war ihre Antwort, schließlich wolle sie sich vor dem Treffen mit Andrea Sievers noch zurechtmachen. Dabei hatte ihre Stimme einen leicht süffisanten Unterton. Sie fragte, ob es etwas Wichtiges gebe, doch Brandt sagte nur, nein, das habe auch noch Zeit bis Montag.

»Bis Montag? Ich bitte Sie, wenn Sie Informationen haben, dann her damit.«

»Nein, nicht am Telefon«, erwiderte er grinsend. Er wollte sie zappeln und im Ungewissen lassen, und im Grunde hatte er auch nichts, was wirklich wichtig war. »Vielleicht ruf ich Sie morgen im Laufe des Vormittags an, dann bin ich bestimmt noch einige Schritte weiter. Und bevor ich's vergesse, ich wünsche Ihnen einen schönen Abend.«

»Herr Brandt, wenn es so wichtig ist und …«

»Hat Zeit bis morgen.« Er legte einfach auf, so wie sie es

normalerweise tat, und lenkte seinen Wagen auf den Köhler-Hof. Er war gespannt, welche Antworten Köhler auf seine Fragen hatte.

Freitag, 14.00 Uhr

Der große schwarze Hund lag vor dem Haus und beäugte Brandt wie gestern schon mit einer Mischung aus Argwohn und Neugier. Aber er bellte nicht, er knurrte nicht einmal, und nach wenigen Sekunden legte er den Kopf wieder auf den Boden und nahm keine Notiz mehr von dem Fremden.

Köhlers Mutter stand in der Tür, bevor Brandt überhaupt klingeln konnte.

»Mein Sohn ist im Stall«, sagte sie barsch. »Dort drüben.«

»Danke.«

Brandt überquerte den Hof und betrat den Stall. Er hätte sich am liebsten die Nase zugehalten, so beißend war der Gestank, den er nicht gewohnt war und an den er sich auch nie gewöhnen würde. Da ist die Pathologie ja die reinste Parfümerie dagegen, dachte er.

»Herr Köhler«, rief Brandt, der Köhler nicht sah. Er wollte ihn nicht erschrecken.

»Kommen Sie ruhig näher. Haben Sie schon mal ein neugeborenes Kalb gesehen? Es kann sich kaum auf den Beinen halten. Ist erst drei Stunden alt.« Köhler, der gerade Heu auffüllte, kam langsam hoch, streckte sich und winkte den Kommissar heran.

»Hallo. Haben Sie noch lange hier zu tun?«, fragte Brandt.

»Bin gleich fertig. Ist nichts für Ihre Nase, stimmt's oder hab ich recht?«, fragte er grinsend. »Na ja, die Stadtmenschen können eben mit der guten Landluft nichts anfangen. Gehört aber dazu, schließlich trinkt fast jeder Milch und isst Fleisch. Ich komm gleich raus.«

Brandt warf einen kurzen Blick auf das Kalb, das tatsächlich noch sehr wacklig auf den Beinen war, während die Mutter es vorsichtig und liebevoll ableckte.

Draußen wartete er fünf Minuten auf einer alten Holzbank. Sein Magen meldete sich, und er merkte, dass er seit dem Frühstück nichts zu sich genommen hatte. Er würde jetzt auch noch bis zum Abend durchhalten, sich und seinen Töchtern die halbe Karte beim Italiener bestellen und einfach abschalten, auch wenn er wusste, dass dies nicht möglich war. Solange ein Fall nicht beendet war, beschäftigte er ihn manchmal sogar in den Träumen.

Köhler kam aus dem Stall, spritzte sich die Hände mit einem Schlauch ab und setzte sich neben Brandt.

»Werfen Ihre Kühe oft?«

»Kühe sind keine Katzen oder Hunde«, antwortete Köhler mit vergebendem Lächeln ob der Unwissenheit Brandts. »Einmal im Jahr sollte eine Kuh aber schon werfen, damit der Milchfluss nicht versiegt. Meine Mädels werden aber nicht die meiste Zeit im Stall gehalten, die beiden da drin kommen morgen früh schon wieder auf die Weide. Wissen Sie, die meisten Bauern und Landwirte, die ich kenne, halten ihre Viecher in Boxen und quälen sie barbarisch. Die armen Kreaturen sind angekettet und kriegen ein ums andere Mal einen Elektroschock verpasst, wenn sie nicht ordentlich scheißen, könnte ja sonst zu viel dreckig werden. Manchmal möchte ich dazwischenhauen und … Dabei brauchen Kühe frische Luft. Denen macht's auch nichts aus, wenn's regnet oder mal 'ne kühle Brise weht. Und Kühe sind viel sensibler, als die meisten glauben. Und sie sind sehr gesellig. Und für den Gestank im Stall können sie nichts, es ist eben die Natur.«

»Sie lieben Ihre Tiere, was?«

»Klar. Und meine kriegen auch keine Antibiotika, so als Prophylaxe, damit sie nicht krank werden. Meine Mädels sind fast nie krank, und wenn doch mal eine ein Zipperlein hat, hol ich den Doktor. Aber glauben Sie mir, ich pass wie ein Schießhund auf, dass der ihnen nicht diese Chemiekeulen verabreicht … Genug davon, Sie sind nicht gekommen, um von mir einen Vortrag über artgerechte Tierhaltung zu hören. Was kann ich für Sie tun?«

Brandt holte das Foto aus seiner Jacke und hielt es Köhler wortlos hin. Der starrte es an und machte ein Gesicht, als wäre er vom Blitz getroffen.

»Wo haben Sie das her?«, fragte er mit kehliger Stimme.

»Ist das Ihre Frau?«

»Das wissen Sie doch, sonst würden Sie's mir nicht zeigen. Woher haben Sie's?«

»Ich hab's bei Wrotzeck gefunden. Können Sie sich vorstellen, warum dieses Foto in seinem Besitz war?«

Köhler schluckte schwer und schüttelte den Kopf. »Dieser gottverdammte Hurensohn! Geschieht ihm recht, dass er jetzt aufgeschnitten wird!«

»Was meinen Sie damit?«

»Vergessen Sie's, unwichtig.« Köhlers Blick hatte sich verdüstert. Er zog eine filterlose Zigarette aus seiner Hemdtasche und zündete sie an. »Ist auch ein Naturprodukt, ohne jeden Zusatz von suchtmachenden Stoffen«, erklärte er. »Schmeckt einfach nur.«

»Schön für Sie. Trotzdem würde ich gerne meine Frage beantwortet haben. Wie könnte dieses Foto in Wrotzecks Besitz gelangt sein?«

Köhler nahm einen tiefen Zug und blies den Rauch durch die Nase aus. »Keine Ahnung, woher der das hat«, stieß er hervor.

»Irgendwie glaube ich Ihnen nicht. Machen Sie's mir doch nicht so schwer. Ihre Frau war noch sehr jung, als dieses Foto gemacht wurde. Möchten Sie, dass ich mir etwas zusammenreime?«

»Na gut, wenn Sie's unbedingt wissen wollen. Inge, meine verstorbene Frau, war damals ganz kurz mit Wrotzeck zusammen. Sie waren kein Paar, sie waren nur ziemlich gut befreundet. Dann hab ich sie bei einer Feier kennengelernt, hab mich unsterblich in sie verliebt, und da fing das Buhlen an. Der hat sich ins Zeug gelegt, als ging's um sein Leben, aber Inge hat sich für mich entschieden. Wir haben vor dreiundzwanzig Jahren geheiratet, am 21. Juni 1981. Drei Jahre später ist Johannes geboren.«

»Wie hat Wrotzeck die Niederlage verkraftet?«

»Da gab's nicht viel zu verkraften, der hat doch schon ein paar Tage später Liane kennengelernt. Die beiden haben sogar noch zwei Wochen vor uns geheiratet.«

252

»Damit haben Sie meine Frage nicht beantwortet. Wie hat er die Niederlage verkraftet?«

»Woher soll ich das denn wissen? Ich hab doch keine Ahnung, was in seinem Schädel vorgegangen ist. Außerdem weiß ich gar nicht, ob's eine Niederlage für ihn war.«

»Das Foto wird er aber nicht nur zum Spaß aufbewahrt haben. Wann fing Ihr Streit genau an?«

»Hab ich doch schon gesagt, vor sechzehn Jahren ...«

»Und davor war alles eitel Sonnenschein?«

»Quatsch! Aber als der alte Wrotzeck noch lebte, bestimmte er, wo's langging. Erst nach seinem Tod fing die ganze Scheiße an.«

»Hat Wrotzeck Sie jemals auf Ihre Frau angesprochen?«

»Ich weiß zwar nicht, wie Sie das meinen, aber er hat sie einmal als Hure beschimpft. Das war nach seinem endgültigen Knockout vor Gericht.«

»Wann war das?«

»März 2000. Was glauben Sie, was nach diesem Urteil hier los war. Der hat nur noch rumgestänkert, und zwar schlimmer als je zuvor. Wrotzeck konnte nun mal mit Niederlagen nicht umgehen. Der hat ständig einen Grund gesucht, sich mit mir anzulegen. Ich hab aber nicht mit gleicher Münze heimgezahlt. Im selben Sommer sind drei meiner besten Kühe vergiftet worden. Das war er, doch ich konnte es ihm nicht beweisen ... Darf ich das Foto behalten?«

»Sie bekommen es von mir, sobald ich meine Ermittlungen abgeschlossen habe.«

»Und wozu brauchen Sie das?«

»Einfach so. Wann ist noch mal Ihre Frau gestorben?«

253

»Vor knapp dreieinhalb Jahren.« Er ballte die Hände, bis die Knöchel weiß hervortraten.

»Ich hätte gern das genaue Datum.«

»23. März 2001. Ist das auch erheblich für Ihre Ermittlungen?«, fragte Köhler sarkastisch.

»Möglicherweise. Ach ja, Sie haben doch gesagt, Sie würden ein Fest veranstalten, sollte Allegra wieder aufwachen. Sie können schon mal mit den Vorbereitungen beginnen.«

Köhler sah Brandt wie ein Wesen von einem andern Stern an und stammelte: »Hab ich das richtig verstanden? Ist sie aufgewacht?«

»Sagen wir es so, es besteht die berechtigte Hoffnung, dass sie in absehbarer Zeit wieder auf dem Damm ist.«

»Klasse, absolute Spitzenklasse!« Sein eben noch mürrisches Gesicht begann zu leuchten, als hätte Brandt ihm gerade gesagt, dass Köhler eine Tochter bekommen habe. Trotz seiner Rückenschmerzen sprang er auf und klopfte Brandt auf die Schulter. »Und was ich versprochen habe, das halte ich auch! Es wird ein Fest geben, wie es dieser verdammte Ort noch nie gesehen hat! Und Sie sind selbstverständlich auch eingeladen.« Er wurde schlagartig ernst und sagte traurig: »Ich wünschte, Johannes könnte das miterleben. Aber das Leben ist nicht fair. Es ist sogar verflucht unfair … Sie kommen doch, oder?«

»Sehr gerne sogar. Wir sehen uns.«

»Danke für die gute Nachricht. Trotzdem kapier ich nicht, warum Wrotzeck ein Foto von meiner Frau gehabt hat.«

»Das frage ich mich auch. Wiedersehen.«

Brandt fuhr zurück nach Offenbach. Unzählige Gedanken waren in seinem Kopf. Um halb vier hielt er vor dem Präsidium und ging in sein Büro. Nicole Eberl hatte den Bleistift bereits fallen gelassen und sich ins Wochenende verabschiedet. Nur Spitzer hielt wie immer noch die Stellung.

»Und?«, war die knappe Frage.

»Nichts weiter«, war die ebenso knappe Antwort.

Brandt setzte sich hinter seinen Schreibtisch und nahm den Telefonhörer ab, als Spitzer sagte: »Jetzt rück schon raus mit Sprache. Ich kenn dich viel zu gut, als dass ich nicht merken würde …«

»Ich erklär's dir ein andermal. Nur zu deiner Beruhigung, ich komme der Lösung immer näher. Und jetzt lass mich bitte telefonieren.«

Er wählte die Nummer von Hauptkommissar Heinzer in Hanau. »Hi, Peter hier. Tu mir bitte einen Gefallen und such mir die Unfallakten von einer gewissen Inge Köhler raus. 23. März 2001. Ich brauch alles, was du darüber finden kannst. Ebenso brauche ich die Unfallakten von Johannes Köhler, verunglückt am 16. oder 17. April diesen Jahres. Ist so um Mitternacht passiert, deswegen kann ich dir das genaue Datum nicht nennen. Würdest du mir den Gefallen tun?«

»Hat das was mit deinem aktuellen Fall zu tun?«

»Ja. Wann kann ich damit rechnen?«

»Wann brauchst du's denn?«

»Am besten gestern. Wenn du's heute noch auf die Reihe kriegst, komm ich vorbei und hol's ab.«

»Ich geb dir Bescheid. Könnte aber auch sein, dass die

Akten schon bei euch im Archiv gelandet sind.« Heinzer legte auf, und Brandt schaltete seinen PC ein. Er wartete, bis er hochgefahren war, gab sein Passwort ein und tippte ein paar Daten ein. Er fand nicht, wonach er suchte, unterhielt sich noch mit Spitzer über Belanglosigkeiten, bis das Telefon klingelte. Heinzer.

»Ich hab die Akten hier. Sind aber nicht sehr umfangreich.«

»Darum geht's nicht. Ich komm vorbei.«

Um kurz vor fünf holte er die Akten ab und las sie noch im Auto. Sie waren tatsächlich aussagelos. Kein Hinweis auf einen Defekt an den Fahrzeugen, kein Hinweis auf Fremdverschulden, keine Bremsspuren, kein Hinweis auf nichts. Er sah sich die Fotos an, die von den Wracks gemacht worden waren, und wunderte sich, wie Allegra aus dem zerquetschten Ford KA lebend rausgekommen war. Enttäuscht schlug er die Akten zu und legte sie auf den Beifahrersitz. Er könnte noch einen Abstecher im Krankenhaus machen. Ihn interessierte nur allzu sehr, wie es Allegra ging. Wenn Caffarelli schon behauptet, ich sei der Auslöser gewesen …

Er rief von unterwegs bei seinen Eltern an und sagte, er sei gegen sieben dort und hole die Mädchen ab. Und er hoffte auf einen gemütlichen Abend, auch wenn eine innere Stimme ihm sagte, dass daraus nichts werden würde. Aber er wollte diese Stimme nicht hören, er wollte nur einen ruhigen Abend vor dem Fernseher haben. Mit Pizza, Salat, einer Flasche Bier oder einem Glas Rotwein und im Beisein seiner Töchter, die er seit Tagen kaum gesehen hatte.

Freitag, 17.35 Uhr

Sie war heute schon dreimal wach«, sagte Dr. Bakakis. »Wir haben keine Erklärung, für uns alle hier auf der Station ist das ein großes Rätsel. Aber wenn sie weiter so rapide Fortschritte macht, wird es auch nicht mehr lange dauern, bis sie aufsteht.«

Brandt hatte sich ans Bett gesetzt und betrachtete das ebenmäßig schöne Gesicht von Allegra. Er streichelte vorsichtig über ihre weiße Hand. Ihre Finger bewegten sich, ihr Atem ging etwas schneller, ihr Herzschlag beschleunigte sich wie schon am Mittwoch, als Brandt zum ersten Mal bei ihr war.

»Schläft sie jetzt?«, fragte er.

»Genau kann ich das nicht sagen, aber ich denke, sie merkt, dass jemand bei ihr sitzt.«

»Sind Sie eigentlich immer im Dienst?«, fragte Brandt, ohne aufzuschauen.

»Nur noch bis Sonntagabend, dann habe ich drei Wochen Urlaub. Irgendwie schade, ich habe mich auf den Urlaub gefreut und werde vermutlich gar nicht mitbekommen, wenn sie endgültig aufwacht. Herr Caffarelli hat ein Wunder bewirkt, das muss man ihm lassen. Er hat nie aufgegeben.«

»Hm, ich habe ihn kennengelernt. Aber er weist es zurück, irgendetwas mit diesem Wunder zu tun zu haben. Hat Allegra heute auch wieder etwas gesagt?«

»Sie hat ihren Bruder erkannt und etwas geflüstert. Der Junge war völlig durch den Wind. Er hat auch gleich danach seine Mutter angerufen. Sie kann es auch noch nicht begreifen, keiner von uns kann es. Tut mir leid, aber ich habe noch andere Patienten, um die ich mich kümmern muss. Wenn was ist, sagen Sie einfach einer Schwester Bescheid.«

»Wie hoch ist die Wahrscheinlichkeit, dass sie bleibende Schäden davonträgt?«

»Das lässt sich zu diesem Zeitpunkt noch nicht genau bestimmen, aber ich würde sagen, die Wahrscheinlichkeit ist eher gering. Sie hat in Anführungszeichen ›nur‹ vier Monate im Koma gelegen. Wäre es ein Jahr oder mehr, würden sich die Prognosen entsprechend verschlechtern. Ich lehne mich jetzt sehr weit aus dem Fenster und behaupte, sie wird wieder vollkommen genesen. Wir haben heute morgen eine Kernspintomographie gemacht, körperlich ist bei ihr alles in bester Ordnung. Sie hat auch den Vorteil, dass sie noch sehr jung ist. Ich muss jetzt aber wirklich los.«

Nachdem Dr. Bakakis das Zimmer verlassen hatte, beugte sich Brandt nach vorn und sagte leise: »Allegra, können Sie mich hören?«

Sie schloss die Finger um seine Hand. Noch war es ein kraftloses Umschließen, und doch spürte Brandt die Willensstärke, die dahintersteckte.

»Das ist gut, das ist sehr gut. Und jetzt tun Sie mir einen großen Gefallen, schlafen Sie nicht mehr, dafür haben Sie noch genügend Zeit in Ihrem Leben. Es gibt eine Menge Menschen, die sehnlichst darauf warten, Sie wiederzusehen. Einverstanden?«

Er meinte sie für einen Sekundenbruchteil lächeln zu sehen. Aber es kann auch Einbildung sein, dachte er.

Er merkte nicht, wie die Zeit verrann, und plötzlich trat Matteo Caffarelli ins Zimmer.

»Guten Tag, Herr Brandt«, sagte er erfreut. »Das ist schön, dass Sie da sind. Ist es nicht wundervoll, welche Fortschritte sie macht? Sie sieht so entspannt und glücklich aus. Was haben Sie ihr gesagt? Irgendetwas müssen Sie ihr gesagt haben, sonst würde sie nicht lächeln.«

»Sie lächelt?«

»Herr Brandt, ich habe vier Monate an ihrem Bett gesessen, ich kenne inzwischen ihre Mimik. Und ihre Gesichtsfarbe hat sich verändert. Sie ist längst nicht mehr so blass, sehen Sie nur, wie rosig ihre Wangen sind. Aber ich will Sie nicht stören, ich warte gerne draußen.«

»Nein, nein, bleiben Sie, ich muss sowieso gehen. Ich habe meinen Töchtern einen Abend mit ihrem Vater versprochen. Ich war in den letzten Tagen viel unterwegs.«

Er erhob sich und reichte Caffarelli die Hand. »Ich lasse Sie jetzt allein. Und ich würde mich freuen, wenn Sie mich auf dem laufenden halten würden.«

»Ich rufe Sie an«, sagte Caffarelli mit dem ihm eigenen Lächeln und nahm auf dem Stuhl Platz. »Und genießen Sie den Abend mit Ihren Töchtern. Wie alt sind sie?«

»Dreizehn und fünfzehn. Ein schwieriges Alter«, sagte Brandt lachend.

»Jedes Alter eines Kindes ist schön. Manchmal schwierig, aber immer schön. Wir alle waren doch mal Kinder.«

Er wandte sich Allegra zu, streichelte über ihr Gesicht und die Haare und flüsterte ihr ein paar Worte ins Ohr. Brandt zog die Tür hinter sich zu, warf noch einen letzten Blick durch die Glasscheibe in Allegras Zimmer und verabschiedete sich von Dr. Bakakis. Er war auf eine seltsame Weise glücklich und beschwingt. Warum, das vermochte er nicht zu sagen, vielleicht hatte es mit Allegra zu tun, vielleicht aber auch mit Matteo Caffarelli und dessen unaufdringlich charismatischer Ausstrahlung.

Freitag, 19.00 Uhr

Als er bei seinen Eltern ankam, war Michelle zwar da, aber von Sarah keine Spur.

»Wo ist Sarah?«, fragte er seine Mutter.

Sie zuckte mit den Schultern und meinte: »Sie ist heute mittag zu einer Freundin gefahren und wollte dich anrufen. Hat sie das nicht getan?«

»Nein, hat sie nicht«, entgegnete er säuerlich. Er nahm sein Handy aus der Tasche und merkte erst jetzt, dass er es vor Betreten des Krankenhauses ausgeschaltet hatte. Er schaltete es ein und wählte Sarahs Nummer.

»Ja?«

»Hier ist dein Vater. Hast du etwa vergessen, dass wir heute abend ...«

»Papa, ich bin bei Celeste, und sie hat mich gefragt, ob ich das Wochenende bei ihr bleiben kann. Ihre Eltern haben auch nichts dagegen. Bitte.«

»Das ganze Wochenende?! Warum hast du mir nicht rechtzeitig Bescheid gegeben, es hätte dich nur einen Anruf gekostet.«

»Bist du sehr sauer?«

»Ich mach nicht gerade Freudensprünge, wenn du das

hören willst. Hast du denn alles dabei, dein Zahnputzzeug, Unterwäsche …«

»Jaaaa«, erwiderte sie genervt. »Ich bin auch ganz bestimmt Sonntagmittag zu Hause. Großes Ehrenwort.«

»Wie ist die Nummer von dieser Celeste? Ich kenn die gar nicht, und wo wohnt sie?«

»Papa? Hallo, ich kann dich nicht mehr hören.«

»Verdammt!«, quetschte er durch die Zähne und drückte auf Aus. »Die Verbindung ist abgebrochen. Kennst du Celeste, und weißt du, wo sie wohnt?«, fragte er Michelle. Die schüttelte nur den Kopf.

»Na toll. Woher soll ich wissen, dass sie bei einer Freundin ist und nicht irgendwo anders?«

»Junge«, sagte sein Vater und legte einen Arm um seine Schulter, »Celeste war letztens hier, ich hab sie auch zum ersten Mal gesehen. Macht einen anständigen Eindruck.«

»Wirklich?«

»Indianerehrenwort. Mach dir keine Sorgen.«

»Ich mach mir aber welche. Das ganze Wochenende!«

»Ruf sie noch mal an.«

Er wollte gerade Sarahs Nummer wählen, als sein Handy klingelte. Sarah.

»Tut mir leid, aber ich war bei Celeste im Garten, und mit einem Mal war die Verbindung weg. Jetzt geht's aber wieder. Was wolltest du noch?«

»Die Nummer und die Adresse.«

Sarah nannte sie ihm, er schrieb mit. Und er war erleichtert. Für einen Moment hatte er die schlimmsten Befürchtungen gehegt, hatte sich vorgestellt, dass Sarah ihn angelogen haben könnte.

»Und was machen wir zwei Hübschen?«, fragte er Michelle, die ihn ansah, als ob sie auch keine rechte Lust auf einen einsamen Abend mit ihrem Vater hätte. Und er konnte es ihr nicht verdenken.

»Weiß nicht.«

»Das ist keine Antwort. Also, Klartext – möchtest du lieber hier bleiben oder mit nach Hause kommen?«

Schulterzucken.

»Du bist mir vielleicht eine Hilfe. Was nun? Oder wollen wir knobeln?«

Michelle grinste und sagte: »Beim Knobeln verlierst du doch sowieso immer.«

»Peter, ich müsste dich kurz sprechen«, sagte sein Vater und machte mit dem Kopf ein Zeichen, ihm in sein Zimmer zu folgen. Er schloss die Tür und lehnte sich dagegen. »Ich will mich ja nicht in deine Erziehung einmischen, aber Michelle merkt, dass du im Augenblick nicht ganz bei der Sache bist. Lass sie hier bei uns. Du hast doch Bereitschaft, oder?«

»Ja, schon, aber …«

»Nichts aber. Ein Anruf von der Zentrale um zehn oder elf oder noch später, und du musst Michelle allein lassen. Und du weißt, dass sie sich allein in der großen Wohnung fürchtet. Wo ist eigentlich Andrea?«

»Sie trifft sich mit einer Freundin.« Er vermied zu erwähnen, dass es sich bei der Freundin um Elvira Klein handelte. Sein Vater hätte nur unnötige Fragen gestellt, die er nicht beantworten wollte.

»Bis wann hast du Bereitschaft?«

»Sonntag.«

262

»Alles klar, so lange bleibt Michelle hier, es sei denn, Andrea kümmert sich um sie. Einverstanden?«

»Wenn du meinst. Tut mir ja auch leid, aber was soll ich machen? Ich wär auch lieber ein ganz normaler Vater mit einer geregelten Arbeitszeit. Manchmal mach ich mir echt Vorwürfe, dass die zwei zu kurz kommen. Was sie brauchen würden, wäre eine Mutter, aber die hat es ja vorgezogen, sich aus dem Staub zu machen«, seufzte er.

»Sie war nicht die Richtige für dich, und es hat lange gedauert, bis du das kapiert hast, aber sie hat dir zwei zauberhafte Töchter geschenkt. Und wer weiß, wenn das mit Andrea und dir weiter so gut funktioniert …«

Brandt hob die Hand und unterbrach seinen Vater: »Keine Zukunftspläne mehr. Für mich zählt nur noch das Heute. Andrea ist dreizehn Jahre jünger, und ich bewege mich mit Riesenschritten auf die fünfzig zu.«

»Oh, oh, was für ein Drama! Du bist sechsundvierzig und noch lange kein Grufti, wie man heute so schön sagt. Hör bloß auf, in Selbstmitleid zu versinken. Was soll ich erst sagen?! Ich geh auf die siebzig zu, das ist schon was anderes. Und, beklag ich mich?«

»Nein, doch du hast Mama immer noch, das ist der kleine, aber feine Unterschied. Wir waren immer eine Familie …«

»Und sind es noch. Bis jetzt haben sich Sarah und Michelle nicht beschwert, dass ihr Vater ab und zu nicht zur Verfügung steht. Aber du bist ein guter Vater, du kümmerst dich um sie, du kleidest sie ein, du hörst ihnen zu, wenn sie Probleme haben, und du zeigst ihnen vor allem immer wieder, wie sehr du sie liebst. Das ist mehr, als viele Eltern zu geben bereit sind. Denk mal drüber nach.«

»Und trotzdem glaub ich manchmal, es ist nicht genug. Na ja, man kann nicht alles haben.«

»Soll ich mal eine Liste machen, an wie vielen Abenden und Nächten du im letzten Jahr nicht zu Hause warst? Das waren maximal zwanzig Tage. Selbst wenn du Bereitschaft hattest, warst du fast immer zu Hause. So, und jetzt finito. Du kannst ja hier bleiben und mit uns zu Abend essen. Ist garantiert besser als der Fraß vom Pizzaservice«, sagte Brandts Vater und klopfte ihm auf die Schulter.

Er tat, als würde er überlegen, und sagte schließlich: »Einverstanden. Und nachher genehmigen wir uns noch ein kühles Blondes?«

»Klar.«

Brandt fasste sich an die Stirn. »Mensch, beinahe hätt ich's vergessen. Die Uhr, die du mir gestern mitgegeben hast, ich hab sie dem Uhrmacher gezeigt. Weißt du eigentlich, was die wert ist?«

»Nein, woher denn? Hat mich auch nie interessiert.«

»Na gut, dann behalt ich's für mich«, sagte Brandt grinsend und wollte an seinem Vater vorbei wieder zu seiner Mutter und Michelle gehen, doch der verstellte ihm den Weg.

»Stopp, nicht so schnell. Raus mit der Sprache, was ist sie wert?«

»Was hat der gleich noch mal gesagt … Irgendwas zwischen dreißig und vierzig. Nicht der Rede wert.«

»Was zwischen dreißig und vierzig?«, fragte Brandts

Vater mit zusammengekniffenen Augen, den Kopf leicht geneigt.

»Na ja, halt zwischen dreißig und vierzig … tausend. Euro. Er wird sie reparieren.«

»Wie viel?« Ungläubiges Staunen.

»Du hast schon richtig gehört. Sattes Sümmchen, was?«

»Meinst du, der kann das beurteilen?«

»Darauf kannst du wetten. Wenn sich einer mit Uhren auskennt, dann er. Ich sag dir, du müsstest diesen Caffarelli kennenlernen. Der Mann hat was an sich, das ist einfach unbeschreiblich. Aber komm doch mit, wenn die Uhr fertig ist, und mach dir selbst ein Bild von ihm. Ich wette, so jemanden hast auch du noch nie getroffen.«

»Mal schauen.«

»Du glaubst mir nicht, oder?«

»Natürlich glaub ich dir. He, es ist Essenszeit. Wir können ja nachher noch ein bisschen schwätzen.«

Sie nahmen ein ausgedehntes Abendessen ein, unterhielten sich wie immer angeregt dabei und merkten gar nicht, wie die Zeit verging. Michelle half ihrer Großmutter beim Abräumen des Tisches, während Brandt es sich mit seinem Vater vor dem laufenden Fernseher gemütlich machte. Michelle und Brandts Mutter gesellten sich ebenfalls zu ihnen, und Brandt fühlte sich einfach nur wohl. Die Männer tranken Bier, während die Frauen sich mit Saft begnügten. Es war fast zweiundzwanzig Uhr, als sein Handy klingelte. Er schaute verwundert auf das Display, die Nummer war unterdrückt.

»Ja?«, meldete er sich.

»Herr Brandt?«, sagte eine weibliche Stimme, die er nur zu gut kannte.

»Am Apparat.«

»Müller hier. Sie haben doch gesagt, ich könne Sie jederzeit anrufen. Es tut mir leid, dass es so spät ist, aber es geht um meinen Mann. Er möchte Ihnen etwas mitteilen. Wäre es möglich, dass Sie herkommen?« Sie klang besorgt.

»Ich bin in etwa zwanzig Minuten bei Ihnen«, sagte Brandt und steckte das Handy ein. Und zu seinem Vater: »Du hast vorhin recht gehabt, ich meine, wenn mein Telefon um zehn oder elf klingelt. Ich muss nach Bruchköbel.«

»Das nennt man Altersweisheit«, entgegnete Brandts Vater schmunzelnd.

»Ja, ja. Ich bin jedenfalls weg. Tschüs, Mäuschen«, sagte er zu Michelle und gab ihr einen Kuss auf die Stirn. »Bis morgen. Und schlaf gut oder wie die Engländer sagen – Good night, sleep tight, don't let the bed bugs bite. Und träum was Süßes.«

»Nacht.« Sie sah ihn aus ihren großen braunen Augen an, die einen ungewöhnlichen Kontrast zu ihren blonden Haaren bildeten und ihr einen besonderen Ausdruck verliehen. Er erinnerte sich noch gern an die Zeiten, als Sarah und Michelle kleiner waren und in sein Bett gekrochen kamen, um mit ihm zu kuscheln. Doch auch dies war Vergangenheit. Manchmal kam Michelle noch, um sich eine Kuscheleinheit abzuholen, aber Sarah war inzwischen zu alt, fand sie jedenfalls.

Er verabschiedete sich von seinen Eltern und ging mit schnellen Schritten zu seinem Wagen. Er war gespannt, was Müller ihm zu sagen hatte.

Freitag, 20.00 Uhr

Andrea Sievers und Elvira Klein trafen zeitgleich beim Portugiesen ein. Sie hatten am Fenster reserviert. Das Restaurant war noch spärlich besucht, nur etwa ein Viertel aller Tische war besetzt, was sicher auch noch mit den Schulferien zu tun hatte – sechs Wochen, in denen die Straßen leerer als sonst waren, die Staus entsprechend weniger, das Leben etwas ruhiger. Aus Lautsprechern erklang dezente Musik, der Kellner kam an den Tisch, brachte die Karte und fragte, was sie trinken wollten. Elvira Klein, die einen nur knapp bis zum Knie reichenden hellen Rock und eine modisch grüne Bluse anhatte, sah Andrea, die ein geblümtes luftiges Sommerkleid trug, fragend an.

»Was nehmen wir? Du bist öfter hier als ich.« Sie hatte ihr Haar offen, was ihre Gesichtszüge weicher und femininer erscheinen ließ, und war dezent geschminkt.

»Einen 97er Duas Quintas, bitte. Das heißt, zweimal.«

»Wir haben leider keinen 97er mehr, aber ich kann Ihnen einen 2001er anbieten oder einen Quinta das Baceladas, ebenfalls ein exzellenter Wein.«

Andrea sah den Kellner, den sie einigermaßen gut kannte, mit prüfendem Blick von unten herauf an. »Schauen Sie doch bitte mal in Ihrem hervorragend bestückten Weinkeller nach, ich wette, dort finden Sie noch eine Flasche vom 97er Jahrgang. Würden Sie das für uns tun?«, sagte sie mit säuselnder Stimme und unwiderstehlichem Augenaufschlag.

Er machte eine leichte Verbeugung und erwiderte mit

undurchdringlicher Miene: »Ich werde nachschauen, ob nicht vielleicht doch noch eine Flasche irgendwo versteckt ist.«

»Ist der wirklich so gut?«

»Besser. Ich hab zu Hause drei Flaschen davon, haben zwar ein Heidengeld gekostet, werden aber auch nur zu besonderen Anlässen getrunken.«

Elvira Klein blätterte in der Speisekarte und sagte, ohne aufzuschauen: »Zum Beispiel mit Hauptkommissar Brandt?«

»Unter anderem«, erwiderte Andrea und nahm sich ebenfalls die Karte vor. »Also, bringen wir das Wesentliche gleich hinter uns. Wie bist du draufgekommen, dass Peter und ich zusammen sind?«

Elvira sah Andrea an und antwortete: »Inzwischen spricht doch jeder drüber ...«

»Das stimmt nicht, das wüsste ich. In der Rechtsmedizin weiß jedenfalls keiner davon. Also, woher weißt du's?«

Elvira lächelte mädchenhaft und etwas verlegen, wobei sie leicht errötete. »Ich habe kürzlich abends bei ihm angerufen und wollte ihn wegen eines Falls sprechen. Da hat mir eine seiner süßen Töchter so en passant mitgeteilt, dass er mit dir im Kino ist ...«

»Seine Töchter heißen übrigens Sarah und Michelle. Und woher weißt du, dass sie süß sind?«

»Hab ich mir eben so gedacht.«

»Aha. Und was hat sie gesagt? Oder andersrum, was hast du gefragt?« Andrea lächelte Elvira an und sah ihr in die Augen. Elvira hielt diesem Blick nicht lange stand und spielte mit der Serviette. Sie hatte ihre Fingernägel in einem unauffällig-auffälligen Rosé lackiert, ja, sie sah überhaupt aus, als würde sie sich nicht mit einer Freundin, sondern mit einem Mann treffen, um später entweder zu ihr oder zu ihm zu gehen. Nur, das hätte Elvira nie gemacht, dazu war sie viel zu zurückhaltend, das wusste Andrea.

»Ich hab nur gesagt, dann ist er also mit deiner Mutter im Kino … Mein Gott, ich war neugierig, ob er jemanden hat.« Die Serviette war inzwischen ziemlich zerknautscht.

»Du warst neugierig, ob er jemanden hat? Wieso das denn?«

»Einfach so. Ich meine, ein alleinerziehender Vater mit zwei Töchtern, das ist doch eher ungewöhnlich.«

»Und weiter?«

»Was, und weiter?«

»Was hast du für eine Antwort bekommen?«

»Seine Tochter hat gesagt, ich weiß nicht, wer von den beiden dran war, dass er mit dir aus ist. Na ja, so hab ich mir eben meinen Reim drauf gemacht.«

»Und da warst du erst mal von den Socken. Und du warst sauer auf mich, weshalb du dich auch eine ganze Weile nicht gemeldet hast.«

Der Kellner kam an den Tisch und hielt eine Flasche Wein in der Hand. »Ich habe tatsächlich noch eine Flasche ausfindig machen können. Soll ich sie öffnen?«

»Bitte.«

Nachdem er den Korken gezogen hatte, fragte er: »Möchten Sie die Flasche gleich hier am Tisch behalten?«

»Gerne. Wenn Sie bitte einschenken würden«, sagte Andrea lächelnd.

»Bei diesem exzellenten Wein würde ich an Ihrer Stelle

noch einen Moment warten, bis er sein volles Bouquet entfaltet hat. Haben Sie schon gewählt?«

»Nein, wir sind noch dabei. Ich rufe Sie. Und danke für Ihre Mühe.«

»Gern geschehen.«

Als der Kellner fort war, sagte Elvira: »Ich war schon ein bisschen überrascht, aber das war nicht der Grund, weshalb ich mich so lange nicht gemeldet habe. Ich hatte in letzter Zeit einfach unglaublich viel um die Ohren. Ich brauche dringend Urlaub, ich habe das Gefühl, mein ganzes Leben dreht sich nur noch um Arbeit.«

»Das ist dein Problem, du kannst eben nicht abschalten. Und, wenn ich das von Freundin zu Freundin so sagen darf, du bist manchmal einfach zu hart, andern, aber auch dir selbst gegenüber … Wie soll ich's dir bloß erklären, ohne dass du beleidigt bist. Bist du beleidigt?«

»Nein, raus damit.«

»Du bist manchmal wie deine Paragraphen, steif und unbeweglich. Und deshalb machst du dir das Leben oft unnötig schwer. Verstehst du, was ich meine?«

»Schon, aber diese Welt ist eine Männerwelt, wo du als Frau nur eine Chance hast, wenn du ihnen Paroli bietest. Was glaubst du, wie oft ich mit Vorurteilen zu kämpfen habe. Die meisten sehen in mir keine Staatsanwältin, sondern nur ein hübsches Blondchen, das sie am liebsten flachlegen würden …«

»Ach komm …«

»Jetzt lässt du mich ausreden. Ich bin die einzige Staatsanwältin in Offenbach, der Rest wird von den Männern beherrscht. Was glaubst du, was mir schon für Angebote gemacht wurden? Ein Oberstaatsanwalt, dessen Namen ich besser für mich behalte, hat mich gefragt, ob ich nicht Lust hätte, mit ihm Urlaub auf Hawaii zu machen. Da war ich gerade mal eine Woche in Offenbach tätig. Diesem … Arschloch … hab ich's aber gegeben, das kannst du mir glauben. Seitdem versucht der mich runterzumachen, wo er nur kann.«

Andrea sagte ernst: »Vielleicht hast du's einfach falsch angestellt. Ist er verheiratet?«

»Ja.«

»Wusstest du das da schon?«

»Ja, warum?«

»Na ja, ich hätte ihm mit meinem charmantesten Lächeln gesagt: Ich nehme Ihr Angebot gerne an, da kann ich auch gleich Ihre Frau kennenlernen.«

»Du bist ja auch nicht auf den Mund gefallen. Außerdem ist das jetzt sowieso zu spät. Aber das sind Tatsachen, ich erleb das fast jeden Tag. Selbst manche Angeklagte nehmen mich nicht für voll, nur weil ich nicht wie ein typischer Bürohengst oder besser gesagt wie eine Bürostute aussehe. Aber dafür kann ich doch nichts.«

»Und dann fährst du die Krallen aus.«

»Was bleibt mir denn anderes übrig? Wie habt ihr euch eigentlich kennengelernt?«

»Wie? Keine Ahnung. Ich kann dir nur sagen, wo. In der Rechtsmedizin. Ich fand ihn ganz nett und er mich wohl auch, tja, und so ist es passiert. Auf dein Wohl«, sagte Andrea, schenkte ein und hob ihr Glas.

»Auf unser Wohl. Und auf unsere Freundschaft.« Sie nahmen einen Schluck und stellten die Gläser wieder hin.

»Aber das mit dem ganz nett ist ja wohl leicht untertrieben. Habt ihr vor zu heiraten?«

Andrea schüttelte energisch den Kopf. »Nein, das ist noch kein Thema …«

»Ah, Betonung auf noch. Wann? Wenn du schwanger bist?«, fragte Elvira mit einem gewissen Funkeln in den Augen.

»Quatsch! Wir sind zusammen, ich mag Peter sehr, und das war's auch schon.«

»Aber wie kommst du damit zurecht, dass er zwei Töchter hat, die fast deine Schwestern sein könnten?«

»Ich bitte dich, ich bin dreiunddreißig und Sarah ist fünfzehn, ich könnte sehr wohl ihre Mutter sein. Und ich verstehe mich hervorragend mit Sarah und Michelle. So, mir knurrt allmählich der Magen. Was nimmst du?«

»Du weichst aus«, sagte Elvira und blätterte wieder in der Karte.

»Wenn du meinst. Aber wenn du's so genau wissen willst, ich fühle mich wohl in seiner Nähe, wir haben gemeinsame Interessen, und ich steh irgendwie auf Familie. Wie sieht's denn eigentlich bei dir beziehungsmäßig aus? Ist da endlich mal was in Sicht?«

Elviras Mundwinkel zuckten, sie schüttelte den Kopf. »Wer will schon was mit einer Staatsanwältin zu tun haben? Na ja, ich kann damit leben.«

»Kannst du nicht, sonst würdest du nicht so eine Trauermiene aufsetzen. He, du siehst klasse aus, du könntest an jedem Finger zehn Männer haben.«

»Und wieso krieg ich dann keinen ab?«

»Lass einfach nicht immer die toughe Frau raushängen,

die sich mit allen Mitteln in der Männerwelt behaupten muss. Die meisten Männer mögen nun mal keine Frauen, die immer das letzte Wort haben wollen.«

»Ich nehme den Fisch mit Kartoffeln und Gemüse.«

»Jetzt weichst du aus. Ganz ehrlich, Elvira, ich beneide dich manchmal um dein Aussehen. Ich glaube, wenn Peter jetzt hier wäre und dich sehen könnte, der würde Stielaugen kriegen. Und ich könnte mir vorstellen, dass dir viele Männer hinterherschauen und so richtig schmutzige Gedanken haben«, sagte Andrea grinsend. »Aber so was lässt du ja nicht an dich ran. Ich hoffe, du bist jetzt nicht sauer … Ich nehme ein schnödes Steak mit Kartoffeln, Gemüse und Salat.«

Elvira entgegnete leicht pikiert: »Warum sollte ich sauer sein? Du magst ja in dem einen oder andern Punkt recht haben, aber ich glaube, ich bin beziehungsunfähig.«

»Hast du denn überhaupt keine Bedürfnisse? Ich meine, solche Bedürfnisse?«

Elvira verzog den Mund zu einem gequälten Lächeln und antwortete leise: »Natürlich hab ich auch Bedürfnisse. Und wenn niemand da ist, muss man sich eben selbst behelfen.« Sie kniff die Lippen zusammen und sah Andrea verschämt an.

»Aber das ist doch nicht dasselbe wie mit einem Mann.«

»Kannst du mir einen backen? Außerdem komm ich ganz gut allein zurecht. Und jetzt lass uns bitte das Thema wechseln und vor allem die Bestellung aufgeben, sonst werde ich noch sentimental und fange womöglich vor allen Leuten zu heulen an.«

Sie blieben bis weit nach dreiundzwanzig Uhr, unterhielten sich angeregt, nur das Thema Peter Brandt war tabu. Als sie sich verabschiedeten, wurde Andrea vor der Tür von Elvira umarmt. »Ich wünschte, wir würden öfter was gemeinsam unternehmen. Das war ein richtig schöner Abend.«

»Wir könnten ja mal auf die Piste gehen. Abtanzen wie früher. Peter ist für so was nicht unbedingt zu begeistern. Aber ich hätte mal so richtig Lust dazu. Wie sieht's aus?«

»Gerne, auch wenn ich nicht gerade eine begnadete Tänzerin bin, wie du weißt. Lass uns in den nächsten Tagen telefonieren.«

Andrea sah ihr nach, bis sie mit ihrem neuen BMW Cabrio außer Sichtweite war. Sie ging die wenigen Meter bis zu ihrer Wohnung zu Fuß. Sie genoss die frische Nachtluft, der Himmel war von dichten Wolken überzogen, die vielleicht Regen mit sich führten. Und Andrea dachte an Brandt. Einerseits war sie glücklich, jemanden wie ihn zu haben, andererseits fragte sie sich, ob ihre Beziehung wirklich von Dauer sein würde. Wie betonte er doch immer – ich bin immerhin dreizehn Jahre älter. Stimmt, dachte sie, du bist dreizehn Jahre älter. Aber warum sollte das nicht gutgehen?

Samstag, 0.45 Uhr

Elvira Klein war noch eine ganze Weile ziellos durch die Gegend gefahren. Schließlich parkte sie in der Tiefgarage des Hochhauses in der Innenstadt, in dem sie seit einem halben Jahr eine Eigentumswohnung besaß, und fuhr mit dem Aufzug nach oben. Sie verriegelte die Tür, stellte sich ans Fenster und schaute auf das tief unter ihr liegende nächtliche Frankfurt. Dieser Abend war eine wohltuende Abwechslung gewesen, sie hatte nicht allein vor dem Fernseher sitzen oder Akten wälzen müssen, die sie mit nach Hause gebracht hatte, weil ihr sonst die Decke auf den Kopf gefallen wäre.

Andrea hat recht, dachte sie, ich bin vielleicht zu verbissen. Aber wie kann ich das ändern? Und ich hab ja auch nichts gegen Brandt, der ist sogar ganz in Ordnung. Und wäre er nicht so viel kleiner, wer weiß, vielleicht hätte ich ihn … Du spinnst, du blöde Kuh! Ich habe keine Lust mehr, allein zu leben, aber wo finde ich einen Mann, der mich einfach so nimmt, wie ich bin? Frankfurt, die Stadt der Singles, und ich bin eine davon. Und außer Andrea habe ich keine wirklichen Freunde, nur Bekannte, und natürlich meine Eltern. Was mach ich bloß falsch?

Sie ging ins Wohnzimmer, ließ sich auf die Couch fallen und vergrub ihr Gesicht in einem Kissen. Auf einmal brach alles aus ihr heraus, und sie heulte sich die Seele aus dem Leib.

Nachdem sie sich einigermaßen beruhigt hatte, wischte sie sich die Tränen ab, schnäuzte sich, zog sich aus und stellte sich unter die Dusche. Nein, sagte sie sich, ich werde nicht aufgeben. Ich bin eine gute Staatsanwältin und ich bin auch kein schlechter Mensch. Und wenn es sein muss, geb ich eben eine Bekanntschafts- oder Heiratsannonce auf. Sie wickelte ein Handtuch um ihre Hüften und setzte sich wieder ins Wohnzimmer und schaltete den Fernseher ein.

Freitag, 22.20 Uhr

Gudrun Müller stand in der Tür und rauchte eine Zigarette. Ihr Gesicht hatte etwas Trauriges, Enttäuschtes, Verzweifeltes.

»Danke, dass Sie gekommen sind«, begrüßte sie ihn, ließ die Zigarette einfach fallen und drückte sie mit der Schuhspitze aus. »Ich habe mir schon vor Jahren das Rauchen abgewöhnt, doch in der letzten Stunde habe ich fünf oder sechs geraucht. Aber hören Sie sich selbst an, was mein Mann Ihnen zu sagen hat. Er wartet oben und ist mit den Nerven ziemlich fertig. Und ich auch.«

»Wollen Sie dabei sein?«, fragte Brandt.

»Ich kenne die Geschichte schon und müsste sie nicht unbedingt ein zweites Mal hören, aber er möchte, dass ich dabei bin. Gehen wir hoch.«

Müller blickte erschrocken auf, als seine Frau mit Brandt ins Zimmer kam. Wie ein Häufchen Elend saß er in die Ecke des Sofas gequetscht.

»N'abend«, sagte Brandt und nahm Platz. »Wie geht es Ihnen?«

»Beschissen.«

Seine Frau setzte sich zu ihm, und er nahm ihre Hand, als wollte er sich daran festhalten.

»Los, bring's hinter dich. Herr Brandt schlägt sich extra für dich die Nacht um die Ohren. Erzähl ihm genau das, was du mir erzählt hast.«

»Ich kann das nicht«, jammerte er.

»Doch, du kannst. Und wenn du es nicht sagst, werde ich es tun. Also?«

Müller zögerte, nahm einen Schluck Tee und lehnte sich wieder zurück.

»Wrotzeck hat mich erpresst«, stieß er hervor und schwieg dann.

»Das dachte ich mir schon. Aber womit hat er Sie erpresst?«

»Das ist eine lange Geschichte ...«

»Nein, ist es nicht«, unterbrach ihn seine Frau leicht ungehalten. »Du kannst es in ein paar wenige Sätze fassen.«

Müllers Blick ging unruhig hin und her, bis er sagte: »Es war vor vier Jahren. Ich bin zu Wrotzeck gerufen worden, weil eine seiner Kühe Probleme beim Kalben hatte. Danach haben wir noch zusammengesessen und was getrunken, vielleicht auch ein bisschen zu viel. Ich hätte eigentlich gar nicht mehr fahren dürfen, aber ich hab mir gedacht, die paar Meter nach Hause ...« Er presste die Lippen aufeinander und hielt starr wie ein Kaninchen vor der Schlange inne. Sein Blick ging an Brandt vorbei ins Leere, als würde er fürchten, die folgenden Worte könnten sein Leben endgültig zerstören.

»Und weiter?«, fragte Brandt ruhig, obwohl er ungeduldig war.

»Ich weiß nur noch, dass es wie aus Eimern geschüttet hat. Der Mann stand plötzlich mitten auf der Straße, ich konnte nicht mehr ausweichen. Es hat einen Schlag gegeben und ...« Er wischte sich mit einer Hand den Schweiß von der Stirn. »Ich hab angehalten, aber der hat sich nicht mehr gerührt. Da war aber auch kein anderes Auto oder irgend jemand, der mich gesehen hat ...«

»Und da sind Sie wieder in Ihren Wagen gestiegen und nach Hause gefahren. Richtig?«

Müller nickte nur.

»Wann genau war das? Ich brauche das Datum.«

»Am 27. Juli 2000. Die Uhrzeit weiß ich nicht mehr, ich war in Panik. Ich wollte nur nach Hause und habe gehofft, das wäre bloß ein böser Alptraum. Aber das war kein Alptraum, ich hab schon am nächsten Morgen im Radio gehört, dass ein Mann von einem Auto angefahren wurde und noch an der Unfallstelle im Notarztwagen gestorben ist. Die haben die Bevölkerung aufgerufen, bei der Suche nach dem Unfallfahrer mitzuhelfen, aber niemand hat mich gesehen. Ich hab jedenfalls tagelang Blut und Wasser geschwitzt, und geschlafen hab ich auch nicht.«

»Hatte Ihr Wagen keine Beule oder Lackschäden?«

»Der ist mir genau vor den Kuhfänger gelaufen. Es gab nur ein paar Blutspuren, die ich leicht abwaschen konnte oder die der Regen schon abgewaschen hatte. Was passiert jetzt mit mir?«

»Es wird ein Verfahren wegen Unfallflucht mit Todesfolge geben. Was dabei rauskommt, kann ich beim besten Willen nicht sagen.«

»Muss ich ins Gefängnis?«, fragte Müller ängstlich.

Brandt hatte Mühe, nach dem Gehörten nicht die Contenance zu verlieren und Müller anzuschreien, wie er es überhaupt wagen konnte, diese Frage zu stellen, wo er doch einen Menschen auf dem Gewissen hatte und sich wie ein Dieb in der Nacht davongeschlichen hatte, doch er mahnte sich zur Beherrschung und antwortete in gemäßigtem Ton: »Das ist schon möglich. Wie gesagt, das hängt vom Richter ab. Wie ist der Name des Toten?«

»Ewald Zorn. Ich habe erfahren, dass er zum Zeitpunkt des Unfalls sehr betrunken und ein stadtbekannter Säufer war, der keine Angehörigen hatte. Er hat in einem Männerwohnheim gelebt … Aber das soll um Gottes willen keine Entschuldigung sein. Nein, ich habe schwere Schuld auf mich geladen, ich habe einen Menschen getötet, und das kann ich nie wieder gutmachen. Alles lässt sich irgendwie reparieren, aber kein toter Mensch. Doch ich bin froh, dass das endlich raus ist. Und außerdem war ich ja selber nicht mehr nüchtern.«

»Und was hat der Unfall mit Wrotzeck zu tun?«

»Er hat natürlich auch am nächsten Morgen von dem Unfall gehört, und er wusste auch, welchen Weg ich immer von seinem Hof nach Hause nehme. Für ihn hat alles zusammengepasst, die Uhrzeit und so weiter und so fort. Er hat mich auch gleich darauf angesprochen … Nein, der hat das viel zynischer gemacht. Er hat mich so richtig scheinheilig gefragt, ob ich auch von dem Unfall gehört hätte. Ich habe geantwortet, ich hätte davon gehört, und versucht, mir nichts anmerken zu lassen. Aber der hat genau gewusst, dass nur ich derjenige gewesen sein konnte, der als Fahrer in Betracht kam. Er hat noch ein bisschen weitergebohrt, und irgendwann hab ich's ihm gestanden … Dann hat er auf einmal so getan, als wären wir beste Freunde, was wir vorher nicht waren, denn Wrotzeck gehörte nicht zu denen, die Freunde haben. Tja, und dann kam das mit dem Bullensamen und dem ganzen andern Mist. Ich wollte auch nie in diese Bars und Clubs gehen, aber er hat mich dazu gezwungen. Er hat gesagt, wenn ich nicht mitziehe, geht er zur Polizei. Eiskalt hat er mir das ins Gesicht geschleudert und dabei gegrinst, wie nur Wrotzeck grinsen konnte … Ich weiß, ich hab's auch nicht anders verdient. Wäre ich damals am Unfallort geblieben, man hätte mir den Führerschein abgenommen und ich hätte meine Strafe bekommen, aber ich wäre nicht erpressbar gewesen. Wrotzeck hätte nichts, aber auch gar nichts machen können. Aber so.« Müller sah seine Frau hilfesuchend an, die aber den Blick nicht erwiderte.

»Haben Sie Wrotzeck umgebracht, weil Sie seine Erpressungen nicht mehr ausgehalten haben?«

»Nein, nein, nein! Ich habe einen Menschen überfahren, aber ich habe mit Wrotzecks Tod nicht das Geringste zu tun. Das müssen Sie mir glauben. Ich gebe zu, ich habe ein paarmal mit dem Gedanken gespielt, aber ich wäre zu so was nie fähig.«

»Hat Wrotzeck noch andere Personen erpresst?«

»Keine Ahnung, der hat doch nie irgendwas erzählt. Sie kannten Wrotzeck nicht, der hat immer den Mund gehalten, selbst im Puff hat er nicht viel geredet. Aber ich könnte mir schon vorstellen, dass er auch noch mit andern so seine Spielchen getrieben hat.«

Irgendwie ergibt das alles keinen rechten Sinn, dachte Brandt. Was verschweigt Müller mir noch immer?

»Herr Müller, um den Unfall werden sich Kollegen von mir kümmern, aber wahrscheinlich nicht vor Montag. Trotzdem bleibt für mich so einiges unklar. Zum Beispiel hat mir eine der Damen in Hanau, eine gewisse Carmen, erzählt, dass die Rechnungen abwechselnd von Ihnen und

Wrotzeck bezahlt wurden. Wenn Wrotzeck Sie in der Hand hatte, warum hat er dann nicht verlangt, dass Sie alles übernehmen? Das wäre doch nur mehr als logisch gewesen.«

Müller schluckte wieder schwer, sein Atem ging rasselnd. Er griff zu der Schachtel Zigaretten und zündete sich mit nervösen Fingern eine an.

»Hat Ihnen Carmen auch gesagt, wie das dort abgelaufen ist?«

»Ich weiß nicht genau, was Sie meinen. Klären Sie mich auf.«

»Wrotzeck wollte meistens einen Dreier. Aber ich kann so was nicht. Er hat mich ausgelacht, wenn er ... Muss ich noch mehr erzählen?«

»Schon gut. Trotzdem, warum hat auch er Rechnungen beglichen, wenn er Sie doch in der Hand hatte?«

»Weil er wusste, dass ich nicht so viel Geld habe. Was glauben Sie denn, was eine Tierarztpraxis so abwirft? Ich bin kein Dermatologe oder Radiologe, die die großen Gelder einkassieren.«

»Aber er hätte ja auch allein in seine Clubs fahren können.«

»Sicher hätte er. Aber dann hätte es ihm nicht so viel Spaß gemacht. Er hatte nur Freude, wenn er andere demütigen konnte, in dem Fall mich. So war er, auch seiner Familie gegenüber.«

»Herr Müller, ich glaube Ihnen nicht. Das mit dem Unfall und der Erpressung schon, aber den Rest nicht. Warum sagen Sie mir nicht endlich die Wahrheit? Haben Sie doch alles bezahlt?«

Müller drückte seine Zigarette aus, warf seiner Frau einen kurzen Blick zu und nickte. »Scheiß drauf, warum soll ich noch weiter lügen! Ja, ich habe alles bezahlt. Jeden Drink, den er genommen hat, jede Hure, die er gefickt hat, alles! Ich hab mich dumm und dämlich geschuftet, aber es hat vorn und hinten nicht gereicht. Schließlich hab ich eine Hypothek aufs Haus aufgenommen, dann noch eine und noch eine. Wäre das noch ein oder zwei Jahre so weitergegangen, ich wäre pleite gewesen. Das einzige, was noch unbelastet ist, sind meine drei Grundstücke. Wenn Carmen sagt, dass wir abwechselnd bezahlt hätten, dann stimmt das auch, nur, ich hab Wrotzeck das Geld immer schon vorher gegeben, obwohl dieser Drecksack im Geld nur so geschwommen ist ...«

»Heißt das, wir sind hochverschuldet?«, fragte Gudrun Müller entsetzt, wobei ihre Stimme nicht jene schrillen Höhen erklomm wie am Vormittag, als Brandt sie zum ersten Mal getroffen hatte. Noch hatte sie sich erstaunlich gut in der Gewalt.

Müller antwortete lediglich mit einem Schulterzucken. Hilflosigkeit. Und die pure Verzweiflung in seinen Augen.

»Wie hoch sind unsere Belastungen?«

»Etwas über zweihunderttausend«, murmelte er.

Gudrun Müller sah ihren Mann mit geweiteten Augen an und stieß fassungslos hervor: »Sag, dass das nicht wahr ist! He, sag, dass das nicht wahr ist! Bitte!«

»Doch, es ist wahr.«

»Und das nur, weil du betrunken Auto gefahren bist. Wie oft habe ich dir gesagt, du sollst nicht so viel trinken ... Mein Gott, wie soll das bloß weitergehen? Du wanderst ins Gefängnis oder musst eine hohe Geldstrafe zahlen, und wir, wo bleiben wir? Wo bleiben die Kinder und ich? Hast du jemals daran gedacht?« Sie schlug sich die Hände vors Gesicht, schluchzte, hielt die Situation schließlich nicht mehr aus und rannte aus dem Zimmer. Für sie war eine Welt zusammengebrochen, das Leben hatte eine Dimension erreicht, die sie nicht mehr begreifen konnte.

»Das war's wohl«, sagte Müller leise und mit leerem Blick.

Brandt atmete tief durch. »Herr Müller, ich kann Ihnen bei Ihren privaten Problemen nicht helfen, aber ich muss Sie das fragen: Wo waren Sie am 23. Juli zwischen einundzwanzig Uhr und Mitternacht?«

»In Hanau. Wrotzeck und ich hatten uns dort verabredet. Ich bin so gegen eins wieder heimgefahren. Das können die Angestellten dort bezeugen.«

»Ich werde das nachprüfen. Vorläufig halten Sie sich bitte zu meiner weiteren Verfügung. Was wegen des Unfalls geschieht, entscheidet ein Richter.«

»Das ist mir egal. Ich hab sowieso alles verloren, meine Familie, mein Geld, alles futsch.«

»Ihre Frau steht zu Ihnen, sie ist nur im Augenblick überfordert. Die letzten vierundzwanzig Stunden sind über ihre Kräfte gegangen. Ich würde nicht gleich alles aufgeben …«

»Was soll ich denn noch machen? Ich bin bis zu den Haarspitzen verschuldet, ich habe einen Menschen getötet und ich bin ein verfluchter Feigling. Ich war es immer und werde es auch immer bleiben«, sagte er ohne Selbstmitleid, sondern klar und deutlich, als hätte er seine Lage zum ersten Mal richtig erkannt. Da war kein Jammern mehr, sondern nur noch nüchterne Realität.

»Wenn Sie jetzt alles hinschmeißen, was soll dann aus Ihrer Familie werden? Denken Sie drüber nach. Ich habe Ihre kleine Tochter heute vormittag gesehen, sie ist ein aufgewecktes Kind. Und die andern sind es bestimmt auch.«

»Es sind tolle Kinder, und meine Frau ist eine gute Frau.«

»Dann wissen Sie ja, was jetzt zu tun ist. Und wenn Sie noch Informationen für mich haben, rufen Sie mich an. Voraussichtlich am Montag werden zwei Beamte bei Ihnen vorbeischauen und sich wegen des Unfalls mit Ihnen unterhalten. Und seien Sie bitte nüchtern, ist nur ein guter Rat von mir, wenn Sie verstehen.«

Gudrun Müller stand wieder draußen und rauchte. Ihr Gesicht war verheult, und sie zitterte.

»Kann ich noch irgendwas für Sie tun?«, fragte Brandt, der nur dachte, was so eine Nachricht doch auslösen kann. Manche Leute greifen zur Flasche, andere fangen wieder an zu rauchen, manche gehen sogar den endgültigen Schritt und nehmen sich aus Verzweiflung das Leben.

»Nein, da kann keiner helfen. Warum hat er mir das alles verschwiegen? Er hätte doch mit mir reden können, ich bin doch kein Unmensch. Aber wahrscheinlich sieht er mich so, und ich weiß nicht, wie ich mich jetzt verhalten soll.«

»Stehen Sie zu ihm, allein schon wegen der Kinder. Ich nehme an, Ihre Ehe war vor der ganzen Sache in Ordnung.«

»Ja, schon. Wie entscheiden denn die Richter normalerweise in so einem Fall?«

»Es kommt immer auf den Richter an. Sofern Ihr Mann Reue zeigt und nicht die Schuld bei andern sucht, ist es ziemlich sicher, dass er mit einer Bewährungsstrafe oder einer Geldstrafe davonkommt. Ich werde mir die Akte mal anschauen. Und wenn's auch noch so abgedroschen klingt, Kopf hoch, die Welt geht davon nicht unter, und Ihr Leben ist nicht vorbei. Sie müssen jetzt beide Verantwortung übernehmen, und wenn Sie das gemeinsam machen, schaffen Sie es auch.«

»Danke. Das ist für mich trotzdem alles unbegreiflich. Kommen Sie gut heim.«

»Gute Nacht.«

Brandt fuhr um Mitternacht mit einem schalen Geschmack im Mund zurück nach Offenbach und fand einen Parkplatz in unmittelbarer Nähe seiner Wohnung. Er holte sich eine Flasche Bier aus dem Kühlschrank, löschte das Licht und trank am offenen Fenster. Es war ruhig, eine beinahe gespenstische Stille hatte sich über die Stadt gelegt, sehr still und ungewöhnlich für eine Wochenendnacht. Der Himmel hatte sich zugezogen, es würde wohl bald Regen geben. Während er am Fenster stand und einen Schluck aus der Flasche nahm, dachte er an Andrea und wie der Abend mit Elvira Klein wohl verlaufen war. Er fragte sich, ob sie es ihm berichten oder das Wesentliche für sich behalten würde. Das ist jetzt auch egal, dachte er und legte sich hin.

Er konnte nicht einschlafen, wälzte sich unruhig im Bett, bis er um halb zwei aufstand, sich an den Esstisch setzte, einen Block und einen Kugelschreiber vor sich liegend. Er machte sich Notizen von allem, was er bisher bei seinen Befragungen in Erfahrung gebracht hatte, und fügte Fragen hinzu, die ihm während des Schreibens einfielen. Es waren vor allem Fragen an Köhler und Liane Wrotzeck.

Anschließend legte er die drei Akten, die er von seinem Kollegen Heinzer erhalten hatte, nebeneinander auf den Tisch.

Kurt Wrotzeck, gestorben am 23. Juli 2004. Unfall, Mord oder Totschlag?

Johannes Köhler, bei einem Autounfall ums Leben gekommen in der Nacht vom 16. auf den 17. April 2004, vermutliche Unfallzeit zwischen Mitternacht und 0.30 Uhr.

Inge Köhler, bei einem Autounfall ums Leben gekommen am späten Abend des 23. März 2001. Vermutliche Unfallzeit zwischen 23.30 Uhr und Mitternacht.

Beide Unfallorte lagen nur etwa hundert Meter auseinander. Bei beiden Unfällen hatte es keine Zeugen gegeben. Bei beiden Unfällen hatte die kriminaltechnische Untersuchung keinerlei Defekte an den jeweiligen Fahrzeugen, einem Ford KA, Baujahr 2003, und einem Opel Corsa, Baujahr 2000, ergeben. Die an den jeweiligen Unfallorten gemachten Fotos waren aussagelos, es gab keine Bremsspuren, nur ein paar Splitter von Rücklichtern auf der Straße. Die den Fahrern entnommenen Blutproben wiesen keinerlei Alkoholkonzentration auf. Der Ford KA von Johannes Köhler wurde circa eine halbe Stunde nach dem Unfall entdeckt, der Opel Corsa von Inge Köhler sogar erst eine Stunde später, wie die Analyse der KTU ergeben hatte. Johannes Köhler war laut ärztlichem Gutachten sofort tot, obwohl er angeschnallt war und die Airbags ordnungsgemäß funktioniert hatten. Inge Köhler lebte noch ein paar Minuten, bevor sie im Notarztwagen ihren schweren Verletzungen erlag. Es wurden keine weiteren Ermittlungen angestellt, die Unfälle als ebensolche zu den Akten gelegt. »Unfallursache ungeklärt« war der nüchterne Vermerk. Brandt las die dünnen Berichte mehrfach durch und betrachtete die Fotos mit einer Lupe. Moment, dachte er, streckte sich und lehnte sich zurück, keine Bremsspuren? Wieso gab es keine Bremsspuren? Er blätterte die Seite mit der stichpunktartigen Auflistung der wesentlichen Aussagen der Wrotzecks, von Lehnert, Köhler, Müller und Caffarelli um und notierte:

<u>Unfälle Inge und Johannes Köhler</u>
Keine Bremsspuren – warum nicht?
Wie können Autos, die kaum ein Jahr alt sind und sich laut KTU in technisch einwandfreiem Zustand befanden, einfach so von der Straße abkommen?
Plötzlicher Wildwechsel?
Nicht auszuschließen, aber keine Haare an den Fahrzeugen gefunden.
Ein Reifenplatzer?
Möglich. Aber gleich bei zwei Autos innerhalb einer Familie? Und das im Abstand von drei Jahren.
Ziemlich ausgeschlossen, auch wenn es solche Zufälle sicher schon gegeben hat.
Wie waren die Witterungsverhältnisse zum Unfallzeitpunkt?

23. März 2001: Regen, nasse Straße, Temperatur vier Grad plus.
Bremsspuren haben sich erledigt, da starker Regen und nasse Straße.
16./17. April 2004: klare Nacht, trockene Straße, Temperatur neun Grad.
Aber nicht der Hauch einer Bremsspur.
Geschwindigkeit: Johannes Köhler circa 90 km/h, Inge Köhler circa 80 km/h.
Beide Unfälle an ziemlich genau der gleichen Stelle. Gerade Strecke, keine Kurven.
Gibt es solche Zufälle???
Nein, nein, nein!!! Da sind zu viele Parallelen.

Ihm fielen erneut die Worte von Lehnert ein – nichts passiert einfach so, schon gar nicht solche Unfälle. Aber was war in jenen Nächten passiert? Er war mit einem Mal hellwach.

Samstag, 8.30 Uhr

Brandt schlief tief und fest, als er etwas Warmes an seinem Rücken spürte. Er meinte zu träumen, doch ganz allmählich realisierte er, dass es kein Traum war, sondern der warme Körper von Andrea. Sie streichelte seinen Rücken. Er blieb noch einen Augenblick regungslos liegen, um sie in dem Glauben zu lassen, er würde noch schlafen. Er genoss ihre Wärme, das zärtliche Streicheln, auch wenn er noch müde war, hatte er sich doch erst um halb sechs hingelegt, als es draußen bereits zu dämmern begann.

»Hallo«, säuselte sie ihm ins Ohr. »Bist du wach?«

»Hm.«

»Und warum sagst du nichts?«

»Ich genieße und schweige.«

»Aha.«

»Was machst du hier?«

»Ich hatte Sehnsucht und konnte nicht mehr schlafen. Schlimm, dass ich dich geweckt habe?«, fragte sie und ließ ihre Hand tiefer gleiten.

»Nein, überhaupt nicht. Mach ruhig weiter, du wirst schon sehen, was du davon hast«, sagte er grinsend, ohne dass sie es sehen konnte.

»So, was denn, du starker Mann?«

Er drehte sich um und merkte erst jetzt, dass Andrea nackt war. Es war das erste Mal, dass er sie so erlebte, fast draufgängerisch. Vor allem hatte er nicht damit gerechnet, dass sie heute kommen würde, am Abend eventuell, aber nicht so früh.

Sie liebten sich nur eine halbe Stunde, doch so intensiv wie selten zuvor. Schließlich lag er schnell atmend auf dem Rücken, sie neben ihm.

»Guten Morgen, Herr Brandt. Ausgeschlafen?«

»Das nicht, aber wach. Seit wann bist du auf?«

»Kurz vor sieben. Ich hab uns auch Brötchen und Croissants und Plunderhörnchen mitgebracht. Dann können wir wie eine große Familie gemeinsam frühstücken.«

»Wie eine kleine kinderlose Familie«, bemerkte Brandt trocken.

»Wo sind Sarah und Michelle?«

»Sarah hat es vorgezogen, bei einer gewissen Celeste das Wochenende zu verbringen. Und mein Vater hat mich überzeugt, dass es dann wohl auch besser wäre, wenn Michelle bei ihnen bliebe.«

»Na gut, dann machen wir's eben wie ein altes Ehepaar«, sagte Andrea, setzte sich auf und zog sich das T-Shirt von Brandt über, das er in der Nacht getragen hatte.

Er setzte sich ebenfalls auf und lehnte sich mit dem Rücken an die Wand. »Wieso bist du eigentlich so gut gelaunt?«

»Darf ich das nicht sein? Ich fühle mich einfach saugut.« Sie lachte und klang dabei fast übermütig wie ein Kind.

»Schon, trotzdem ...«

»Trotzdem was? Du bist doch bestimmt schon ganz neugierig, wie mein Abend gestern war. Ich kann nur sagen, super. Es war richtig schön, mal wieder mit einer guten Freundin über Gott und die Welt zu quatschen. Aber als ich vorhin aufgewacht bin, hab ich mich ziemlich einsam gefühlt. So bin ich halt, anschmiegsam wie ein Schmusekätzchen.«

»Ich kapier noch immer nicht, wie die Klein deine beste Freundin sein kann.«

»Ich sag's dir jetzt zum letzten Mal – sie ist nicht so, wie sie sich immer gibt. Das ist nur Fassade, quasi Selbstschutz. In Wirklichkeit ist sie ganz anders. Aber du siehst sie nur so, wie du sie sehen willst ...«

»Stimmt überhaupt nicht«, widersprach Brandt energisch. »Mag ja sein, dass sie privat ganz anders ist, aber ...«

»Hör doch mal auf mit dem ewigen Aber. Außerdem heißt sie Elvira und nicht ›die Klein‹. Wenn du mit mir sprichst, kannst du sie ruhig beim Vornamen nennen. Doch um auf gestern abend zurückzukommen, nur so viel: Sie hat Probleme, und darüber haben wir geredet. Nicht über irgendwelche Probleme, die sie mit dir hat, sondern persönliche Probleme. Kapiert?«

»Sie ist in letzter Zeit ja auch ganz passabel geworden. Zumindest nervt sie nicht mehr so wie am Anfang«, brummte Brandt.

»Hast du dich schon mal gefragt, warum sie so … unausstehlich … ist?« Andrea sah Brandt herausfordernd an. »Na? Jetzt sag bloß nicht, weil sie aus Frankfurt kommt, denn denk dran, ich wohne auch dort.«

»Du hast sie ja nicht erleben müssen, wie sie hier bei uns angefangen hat. Als wäre sie die Meisterin der Ermittlungen.«

»Sie hat Angst gehabt, das ist alles. Du weißt doch, aus was für einem Elternhaus sie stammt. Ist es da ein Wunder, dass sie alles perfekt machen will? Gib ihr einfach 'ne Chance. Du wirst merken, dass sie gar nicht so unausstehlich ist. Sie hat übrigens gestern abend toll ausgesehen, wie dem Modekatalog entstiegen. So richtig sexy und unglaublich erotisch«, sagte Andrea grinsend.

»Schön für sie«, bemerkte Brandt nur.

»Ist das alles, was du dazu zu sagen hast?«

»Was soll ich denn sonst sagen, ich hab sie ja schließlich nicht gesehen.«

»Ist das jetzt eine diplomatische Antwort? Komm, du musst doch zugeben, dass Elvira klasse aussieht.«

»Sie ist nicht hässlich.« Brandt stand auf, streckte sich und meinte: »Aber was willst du wirklich, liebste Andrea? Willst du, dass ich sage, dass sie umwerfend aussieht, dass ich gerne mal mit ihr in die Kiste steigen würde und dass sie meine Traumfrau ist? Ist das die weibliche Taktik, rauszufinden, was Männer wirklich denken?«

»Okay, belassen wir's dabei ...«

»Nein, nein, nein! So kommst du mir nicht davon. Also gut, Elvira sieht top aus, sie hat Grips, und ich würde ihr wahrscheinlich, nein, nicht wahrscheinlich, sondern ganz bestimmt auf der Straße nachschauen, wenn sie an mir vorbeigehen würde. Das ist doch genau das, was du hören wolltest, oder?«

»Ja. Genau das hab ich Elvira gestern auch gesagt. Ich hab gesagt, dass du, wenn du sie jetzt sehen könntest, Stielaugen kriegen würdest. Und ich hab recht behalten.«

»Dann sind wir uns ja einig. Und wohin hat uns dieses Frage-und-Antwort-Spiel jetzt gebracht? Zu gar nichts, weil ich dich liebe, was aber nicht heißen muss, dass es nicht auch andere attraktive Frauen neben dir gibt.«

»Ich bin aber nicht halb so attraktiv wie Elvira«, sagte Andrea.

»Seit wann leidest ausgerechnet du unter Minderwertigkeitskomplexen?«, entgegnete Brandt erstaunt. »Brauchst du überhaupt nicht zu haben. Ich zähl dir mal auf, was ich an dir liebe. Du bist hübsch, attraktiv, aber das ist nicht das Wesentliche. Denn du hast diesen Humor, den ich so an dir schätze. Ich mag es, wenn du lachst und dann diese niedlichen Grübchen bekommst. Ich mag es, wenn wir wie Kinder rumalbern und dann wieder ganz ernste Gespräche führen können. Ich mag es, wie du mit Sarah und Michelle zurechtkommst und schon eine ganze Menge in diesem Haus bewirkt hast. Du hast schließlich das uneingeschränkte Vertrauen von beiden. Ich liebe es, wenn du wie eben in mein Bett gekrochen kommst, ich liebe deine natürliche Art, und ich liebe es, wenn du mich manchmal wieder aufrichtest, wenn ich down bin. Fazit: Ich liebe dich so, wie du bist. Die Klein, ich meine Elvira, kann dir nicht im Entferntesten das Wasser reichen, wir funken einfach nicht auf einer Wellenlänge. Reicht das fürs erste?«

Andrea sah ihn an, ihre Augen leuchteten und hatten doch einen leicht feuchten Schimmer. Sie nickte und legte ihren Kopf an seine Schulter.

»Das war die schönste Liebeserklärung, die ich je gehört habe. Fast wie in *Harry und Sally*. Nein, viel schöner, weil du es gesagt hast.« Sie saßen noch fünf Minuten schweigend da, als Andrea plötzlich meinte: »Ach ja, bevor ich's vergesse. Das mit uns beiden weiß Elvira entweder von Sarah oder von Michelle. Sie hat hier angerufen, als wir im Kino waren und so weiter und so fort. Muss kurz vor unserm Urlaub gewesen sein, da waren wir zuletzt im Kino. Und jetzt Thema beendet, ich habe nämlich Hunger.«

Brandt stellte sich unter die Dusche, während Andrea Kaffee kochte und den Frühstückstisch deckte. Als Brandt aus dem Badezimmer kam und den beinahe festlich und opulent gedeckten Tisch erblickte, rief er aus: »Wow, das ist ja wie im Fünfsternehotel.«

»Ich wollte es einfach gemütlich haben«, erwiderte Andrea bescheiden. Sie schenkte Kaffee ein und setzte sich Brandt gegenüber.

»Wie war eigentlich dein Tag gestern?«

»Aufschlussreich, informativ.«

»Wirst du heute arbeiten?«

»Es lässt sich leider nicht vermeiden. Ich konnte nicht einschlafen und habe bis um vier dagesessen und bin verschiedene Akten durchgegangen und hab mir unzählige Notizen gemacht. Und wenn ich das heute nicht erledige, was ich mir vorgenommen habe … Tut mir leid.«

»Braucht es nicht, ich hab doch schon gesagt, dass ich Shoppen gehen will. Und das Wetter lädt geradezu dazu ein. Wie weit bist mit deinen Ermittlungen?«

»Wrotzeck war ein Stinktier. Dazu kommen noch zwei Autounfälle, die sich an fast der gleichen Stelle ereignet haben, obwohl dort sonst so gut wie nie was passiert.«

Andrea setzte ein fragendes Gesicht auf. »Du sprichst in Rätseln.«

»Wie wahr, wie wahr! Noch ist das alles tatsächlich ein Rätsel, aber ich denke, heute werde ich der Lösung noch ein Stück näher kommen.«

»Zeigst du mir mal deine Notizen?«

»Gerne. Du wirst aber nicht schlau draus werden«, sagte er grinsend. »Ich kann meine Hieroglyphen selbst kaum entziffern.«

Nach dem Frühstück, das sich über eine Stunde hinzog, räumten sie zusammen den Tisch ab, spülten das wenige Geschirr, und dann zeigte Brandt Andrea seine Notizen und auch die Akten. Sie las, fragte ein paarmal, was dieses und jenes Wort heiße, runzelte die Stirn und meinte schließlich: »Sag mal, wie kann es sein, dass Mutter und Sohn an fast der gleichen Stelle tödlich verunglücken?

Und warum hat keiner was gesehen? Und du fragst ja selber nach dem Zufall. Ich bin ganz deiner Meinung, das kann kein Zufall sein. Oder?« Sie sah ihn zweifelnd an.

Brandt zuckte mit den Schultern und lehnte sich zurück. »Genau das will ich heute rausfinden. Ich werde mit Köhler sprechen, und ich werde mir vor allem mal bei Tag die Gegend anschauen, wo die Unfälle passiert sind. Außerdem will ich in Erfahrung bringen, wie viele Unfälle es in den letzten zehn Jahren dort gegeben hat.«

»Es ist doch völlig uninteressant, wie viele Unfälle es dort gegeben hat, ich finde, das einzige, was wirklich interessant oder besser makaber ist, ist, dass Mutter und Sohn dort verunglückt sind, ohne dass es Spuren gibt. Was war der 16. April für ein Tag?«, sagte Andrea mehr zu sich selbst und warf einen Blick auf den Wandkalender. »Ein Freitag. Und der 23. März? Hast du noch einen Kalender von 2001?«

»Woher denn? Die Dinger schmeiß ich weg. Außerdem wollte ich Köhler sowieso fragen, wo seine Frau am Unfallabend war.«

»Hast du schon eine Theorie, was die Unfälle betrifft?«, fragte Andrea.

»Klar hab ich eine, aber die ist so verrückt …«

»Und die wäre?«

»Wrotzeck hat seine Hände im Spiel gehabt. Aber es gibt keinerlei Spuren auf Fremdeinwirkung. Beide Fahrzeuge wurden, und das hast du selbst gelesen, von der KTU auf entsprechende Spuren hin untersucht. Und letztendlich wurden sie eben als Unfälle ad acta gelegt. Mir passt das auch nicht, und ich hab auch keine Ahnung, wie der Typ das angestellt haben könnte, aber mein Bauch sagt mir, dass er was damit zu tun hat. Ich meine, Köhler war sein ärgster Feind, gleichzeitig aber hat Wrotzeck ein Foto von Köhlers Frau in seinem Sekretär unter Verschluss gehalten …«

»Hä, versteh ich nicht.«

»Ich auch nicht. Der hatte zwar früher mal ein Auge auf sie geworfen, aber dann hat er noch vor Köhler seine jetzige Frau geheiratet. Deswegen fällt's mir auch schwer, da eine Verbindung herzustellen. Wrotzeck hat ja all die Jahre über gegen die ganze Familie Köhler gestänkert. Keine Ahnung, kann auch sein, dass er das Foto, das ja ziemlich alt ist, einfach nur bei seinen Unterlagen aufbewahrt hat. Zumindest lag's ziemlich weit unten, mitten unter allen andern Fotos. Ich hab Köhler sogar schon drauf angesprochen, aber der hat auch keine Erklärung dafür. Tja, und deshalb muss ich wohl oder übel jetzt los und ein paar Wege erledigen.«

»Na, dann mal viel Erfolg. Ich zieh von dannen und schmeiß ein bisschen Geld unter die Leute. Sehen wir uns heute abend?«

»Das hoffe ich doch sehr.« Brandt erhob sich und zog seine Jacke über. Die Temperatur war in den letzten beiden Tagen stark gefallen, während der Nacht und auch am Morgen hatte es geregnet, und wie der Himmel sich gab, dunkel, die Wolken voller Wasser, das nur darauf wartete, ausgeschüttet zu werden, würde es schon bald noch mehr regnen. Er steckte sein Handy, das er über Nacht aufgeladen hatte, in die Tasche und verließ zusammen mit Andrea die Wohnung.

»Was kaufst du dir denn Schönes?«, fragte er auf dem Weg nach unten.

»Weiß nicht, irgendwas wird mich schon anspringen. Und wenn's nur ein Buch oder eine CD ist. Oder ein paar sündhaft teure Schuhe«, sagte sie und tippte ihm mit dem Zeigefinger auf die Nasenspitze. »Tschüs, mein Herzallerliebster.«

»Viel Spaß beim Shoppen.«

Er setzte sich in seinen Wagen, schob eine CD von Shania Twain ein und fuhr los. Auf der Fahrt nach Bruchköbel überlegte er, wem er zuerst seine Aufwartung machen sollte, nachdem er die Unfallorte inspiziert hatte. Er entschloss sich für Köhler. Und er ließ sich, während die Musik ziemlich laut spielte, noch einmal alles durch den Kopf gehen, was er in der letzten Nacht schon zu Papier gebracht hatte. Er wusste, er hatte irgendetwas übersehen, aber er kam nicht darauf, was. Wo war die Verbindung zwischen Wrotzeck und den Unfällen zu suchen? Gab es überhaupt eine, oder verrannte er sich in eine fixe Idee, nur um einen Grund für den Tod von Wrotzeck zu finden? Er wusste es nicht, aber er spürte, dass er auf der richtigen Fährte war. Doch noch waren die Spuren nicht klar erkennbar, noch ergaben die Puzzlesteine kein komplettes Bild. Etwas fehlte. Aber was?

Samstag, 11.10 Uhr _____

Brandt fuhr in gemäßigtem Tempo auf der Straße, wo sich die Unfälle ereignet hatten. Rechts und links dehnten sich abgeerntete Felder aus, dazwischen ein paar Grünstreifen, ansonsten war es flaches Land mit ein paar kleinen Unebenheiten. Eine gerade Straße ohne bemerkenswerte Kurven und Windungen. Eine Straße, auf der selbst um diese Zeit kaum Verkehr herrschte, obwohl es Samstag war und die meisten Leute ihre Wochenendeinkäufe tätigten. Etwa an der Stelle, wo Inge und Johannes Köhler verunglückt waren, hielt er an und stieg aus. Es hatte wieder angefangen zu regnen, er fuhr mit den Händen über den nassen Asphalt. Die Luft war kühl, aber dennoch viel wärmer als an den Tagen, an denen die Unfälle passiert waren.

Wie kann hier ein Auto von der Fahrbahn abkommen?, dachte er. Eigentlich ist das unmöglich, außer es liegt ein technischer Defekt vor. Oder man will einem Reh oder Hasen ausweichen. Aber sonst? Johannes hatte seine Freundin Allegra mit im Auto, vielleicht hatten sie die Musik zu laut angestellt, vielleicht hatten sie sich auch gestritten, wodurch er unkonzentriert war und … Mein Gott, wie oft habe ich mich früher mit meiner Frau gestritten und wie oft streiten sich andere während des Fahrens, ohne dass etwas passiert. Inge Köhler war jedoch allein auf dem Weg nach Hause. Okay, es hatte geregnet, die Fahrbahn war nass und möglicherweise glatt, auch wenn die Temperatur vier Grad plus zeigte. Johannes' Wagen lag fast hundertfünfzig Meter von der Straße entfernt im Feld. Der von Inge Köhler fast hundert Meter. Was zum Teufel ist hier passiert? Und vor allem, wie?

Der Regen wurde stärker, er stieg wieder ein. Bis zu Köhler waren es nicht einmal fünf Minuten. Er parkte wieder auf dem Hof, der große schwarze Hund war nicht zu sehen.

Er wollte klingeln, doch die Haustür stand offen, der Duft von gebratenem Fleisch stieg ihm in die Nase.

»Hallo?«, rief er.

»Ja?«, hallte es zurück. Köhlers Mutter.

Als sie nicht kam, ging er zur Küchentür und klopfte an. Frau Köhler stand am Herd und drehte sich um.

»Ah, Sie. Mein Sohn ist in seinem Büro. Gehen Sie einfach die Treppe runter.«

»Danke. Riecht übrigens gut. Was ist das?«

Köhlers Mutter, die sonst ein ernstes, beinahe mürrisches Gesicht machte, lächelte. »Rinderbraten aus eigener Schlachtung. Garantiert sauberes Fleisch. Dazu gibt's Kartoffeln und frisches Gemüse. Haben Sie Appetit, ist genug da.«

»Danke für die Einladung, aber ich habe leider keine Zeit. Ich geh dann mal runter.«

Köhlers Arbeitszimmer war ein großer Raum und mit modernsten Geräten ausgestattet. Telefon, Fax, PC, ein Schreibtisch mit einer Glasplatte und einem Schrank, in dem sich aneinander gereiht zahlreiche Aktenordner, aber auch Bücher befanden. Köhler blickte auf, speicherte die Daten, die er soeben in den Computer eingegeben hatte, und sagte: »Heute habe ich Sie nun wirklich nicht erwartet. Aber bitte, nehmen Sie Platz.«

Brandt setzte sich auf einen mit schwarzem Leder bezogenen Stuhl, dessen Gestell aus einem einzigen Stück gefertigt war. »Ich will Sie nicht lange stören, aber mir geht da etwas nicht aus dem Sinn. Es hängt mit den Unfällen Ihrer Frau und Ihres Sohnes zusammen. Würden Sie mir bitte noch einmal sagen, wo Ihr Sohn und Allegra am Abend des Unfalls waren?«

»Bei Ferdinand Mahler und Anne Friedrichs, das waren

Freunde von Johannes und Allegra. Warum?« Er kniff die Augen zusammen und fixierte Brandt mit durchdringendem Blick.

»Könnte ich bitte die Adresse haben?«

»Klar. Warten Sie, ich schreib sie Ihnen auf«, antwortete er ungewohnt kühl. Er schob den Zettel über den Tisch, Brandt las die Adresse und steckte den Zettel ein.

»Gut. Ich hätte dann noch ein paar Fragen bezüglich des Unfalls Ihrer Frau. Der 23. März 2001, was war das für ein Tag?«

»Meinen Sie, welcher Wochentag?«

»Ja.«

»Ein Freitag. So was vergisst man nicht. Diese verfluchten Freitage! Genau wie bei Johannes.«

»Wo war Ihre Frau an dem Abend?«

Köhler sah Brandt verständnislos an und sagte: »Warum interessiert Sie das alles?«

»Weil die Antwort unter Umständen wichtig sein könnte.«

»Der Wochentag, an dem meine Frau gestorben ist, ist also wichtig. Na denn. Sie werden's kaum für möglich halten, aber sie war auch in Hammersbach. Sie hat sich jeden Freitag mit ein paar Freundinnen zum Kegeln getroffen. Eben so ein richtiger Frauenverein.«

Ohne darauf einzugehen, fragte Brandt weiter: »Wissen Sie auch, wann in etwa sie dort losgefahren ist?«

Köhler schoss nach vorn. Er hatte die Hände gefaltet. Im grellen Licht der Halogenschreibtischlampe wirkten seine tiefen Falten um die Nase, den Mund und auf der Stirn noch tiefer. »Hören Sie, ich weiß über jede Sekunde dieses gottverdammten Abends Bescheid. Meine Frau hat wie jeden Freitag um Punkt sieben das Haus verlassen und ist bis um ziemlich genau Viertel nach elf mit ihren Freundinnen zusammen gewesen. Ich habe mit jeder einzelnen von ihnen gesprochen. Alle konnten sich erinnern, wie sie zum Parkplatz gegangen sind und sich voneinander verabschiedet haben. Alle haben dasselbe gesagt. Ist auch irgendwie logisch, denn sie hatten die Kegelbahn immer von halb acht bis elf reserviert. Das heißt, der Kegelverein besteht immer noch.«

»Und Ihre Frau ist immer dieselbe Strecke gefahren?«

»Alles andere wäre ein riesiger Umweg gewesen.«

»Ich gehe davon aus, dass Sie diese Straße in- und auswendig kennen, oder?«

»Was glauben Sie denn?! Für mich ist das nur noch die Todesstraße. Wussten Sie eigentlich, dass das Feld, wo das passiert ist, mir gehört? Scheiße! … Ist Ihnen eigentlich klar, was Sie mit Ihren Fragen bei mir wieder alles hochholen?! Ich bin gerade dabei, mein Leben wieder einigermaßen zu ordnen, und da kommen Sie daher und stellen Fragen, wo und wann meine Frau und mein Sohn an den jeweiligen Abenden waren. Sie haben's echt drauf. Als ob ich nicht schon genug gelitten hätte!«

»Tut mir leid, aber das gehört zu meinem Beruf …«

»Ach ja?« Köhler stand auf und stützte sich mit beiden Händen auf die Glasplatte. Seine Augen funkelten düster und gefährlich. »Dann erklären Sie mir doch bitte, was Sie mit diesen Fragen bezwecken? Finden Sie doch lieber raus, wer Wrotzeck den Hals umgedreht hat …«

»Herr Köhler, bitte, beruhigen Sie sich wieder, ich will

es Ihnen erklären. Ich bin der Überzeugung, dass der Unfall Ihrer Frau und der Ihres Sohnes keine normalen Unfälle waren. Und ich werde es beweisen.«

Köhler lachte höhnisch auf, zog eine Zigarette aus seiner Hemdtasche und zündete sie an. »Sie wollen tatsächlich beweisen, dass … Hallo, bin ich hier im falschen Film?! Die Autos sind auf Herz und Nieren untersucht worden, wenn ich das so sagen darf, und es wurden keinerlei Hinweise …«

Brandt unterbrach Köhler mit einer Handbewegung. »Ich kenne die Akten. Ich habe die Berichte eingehend studiert, und ich habe mir auch die Fotos angesehen. Ich war sogar eben noch einmal an den Unfallstellen. Irgendetwas stimmt nicht, und ich werde es herauskriegen …«

»Sparen Sie sich die Mühe, da gibt es nichts rauszukriegen. Wahrscheinlich haben sowohl meine Frau als auch Johannes einen Fahrfehler begangen. Das ist im Übrigen auch die einzige Erklärung, die die Polizei hatte. Wir sind eben vom Pech verfolgt. Eine verfluchte, gestrafte, vom Pech verfolgte Familie.«

»Können wir bitte einen Moment sachlich bleiben?«

»Sachlich! Ich hab keinen Bock, sachlich zu bleiben.«

»Würden Sie mir trotzdem noch ein paar Fragen gestatten?«

»Scheiße!« Er schloss die Augen und atmete ein paarmal durch. »Fragen Sie schon.«

»Weder Ihre Frau noch Johannes hatten Alkohol im Blut. Hat Sie das nicht selbst von Anfang an stutzig gemacht?«

»Was, bitte schön, soll mich denn stutzig gemacht haben? Meine Frau ist vor dreieinhalb Jahren verunglückt, mein Sohn vor vier Monaten. Was soll mich da stutzig machen? Verraten Sie mir, was Sie mit Ihrer absurden Theorie, dass irgendwas nicht stimmen könnte, bezwecken wollen? Bitte, ich höre.«

Köhler war aufgebracht, er rauchte hastig, drückte die Zigarette aus, ging zum Schrank, öffnete eine Klappe und holte zwei Gläser und eine Flasche Schnaps heraus.

Brandt winkte ab. »Nein danke, nicht für mich …«

»Sie trinken jetzt einen mit mir, das sind Sie mir schuldig. Außerdem ist das selbstgebranntes Kirschwasser. Das werden Sie ja wohl vertragen.« Er stellte die Gläser auf den Tisch und schenkte sie bis zum Rand voll. »Prost.«

Brandt nahm das Glas widerwillig und schüttete den Inhalt in einem Zug hinunter. Es brannte für einen Augenblick in seinem Magen, er war Schnaps nicht gewöhnt, trank aber Köhler zuliebe und um ihn auf diese Weise vielleicht zu besänftigen.

»So, und jetzt noch einen, und dann erklären Sie mir Ihre abenteuerliche Theorie.«

»Sie mögen mich für verrückt halten, aber ich glaube, dass Wrotzeck mit den Unfällen zu tun hatte. Fragen Sie mich nicht, warum ich das glaube, aber ich glaube auch nicht an diese berühmten Zufälle.«

Köhler lachte wieder auf, diesmal noch eine Spur höhnischer. »Das ist tatsächlich verrückt! Herr Brandt, woran Sie glauben, interessiert mich herzlich wenig, für mich zählen nur Fakten. Sie haben die Unfallberichte wohl doch nicht richtig studiert, sonst wäre Ihnen aufgefallen …«

»Ich habe sie sogar sehr intensiv studiert …«

»Ah, dann hat Wrotzeck also die Autos so manipuliert,

dass selbst die besten Experten das nicht gemerkt haben. Tolle Idee, zugegeben, aber so clever war der nicht. Der Typ war in letzter Zeit doch mehr besoffen als nüchtern, falls Sie das noch nicht wissen sollten. Außerdem, wie hätte er irgendwas manipulieren können, die Autos standen schließlich bei uns immer in der Garage, und Wrotzeck hätte sich nie auf den Hof getraut, dazu war er dann doch zu feige. So, damit wäre das wohl geklärt. Wrotzeck mag alles Mögliche angestellt haben, aber mit den Unfällen hat er nichts zu tun, er kann nichts damit zu tun haben.«

»Als Anwohner kennen Sie sich doch aus – wie viele Unfälle passieren denn so auf dieser … Todesstraße?«

»Mir ist es scheißegal, wie viele Unfälle es dort schon gegeben hat, ich weiß nur, dass meine Familie vom Pech verfolgt ist, und ich werde damit leben können. Es waren tragische Zufälle, und ich habe keinen blassen Schimmer, was der da oben damit bezweckt hat, aber zu einem gläubigen Menschen hat er mich damit bestimmt nicht gemacht. Scheiße, Mann, Sie wollen den Mord an Wrotzeck aufklären und wühlen dabei in meinen Familienangelegenheiten rum. Das einzige, was Sie bis jetzt geschafft haben, ist, dass alte Wunden wieder aufbrechen. Wirklich toll! Wenn Sie mich jetzt bitte entschuldigen würden, ich habe noch zu tun.«

Brandt erhob sich und sagte: »Es tut mir leid, ich wollte Ihnen nicht zu nahe treten und ich wollte vor allem nicht böse Erinnerungen wecken.«

»Das haben Sie aber wunderbar geschafft. Eins noch zum Abschied, und dann will ich Sie hier nie wieder sehen: Bei dem Unfall von Johannes saß auch Allegra mit im Auto. Die beiden waren zusammen und sind auch fast immer zusammen gefahren, zumindest abends. Wrotzeck mag das größte Arschloch auf der nördlichen Halbkugel gewesen sein, aber dass er seine eigene Tochter umbringt, nee, das hätte selbst einer wie er nicht gebracht. Und er hätte nach Ihrer Theorie damit rechnen müssen, dass auch sie draufgeht. Adieu, Herr Kommissar.«

»Wiedersehen.«

Brandt fühlte sich elend, und zudem spürte er den Alkohol in seinem Kopf. Noch ein Glas mehr, und ich wäre nicht mehr fahrtüchtig, dachte er. Köhler lag wahrscheinlich gar nicht so falsch, es gibt Zufälle, die es eigentlich nicht geben dürfte. Er fuhr in die Innenstadt von Bruchköbel, um Lehnert aufzusuchen. Aber im Moment hätte er am liebsten alles hingeschmissen, am liebsten hätte er Elvira Klein angerufen, um ihr mitzuteilen, dass er den Fall abgab. Nein, dachte er entschlossen, ich ziehe das durch. Und ich werde die nötigen Beweise erbringen. Und wenn Köhler noch so sehr darauf beharrt, dass seine Familie einfach nur vom Unglück oder vom Pech heimgesucht wird, ich werde ihm zeigen, dass ich recht habe.

Ein kräftiger Regenschauer fegte übers Land, die dunkelgrauen Wolken angetrieben von einem böigen Westwind. Das passt ja zu diesem tristen Gespräch, dachte er, und für ein paar Sekunden kam in ihm der Gedanke hoch, sich vielleicht doch verrannt zu haben. Aber dieser Gedanke war viel zu flüchtig, als dass er ihn weiterdenken konnte. Brandt stellte die Anlage auf volle Lautstärke, Shania Twain dröhnte in seinen Ohren.

Samstag, 12.50 Uhr

Als Brandt Lehnert nicht in seinem Haus antraf, begab er sich zum Kirchengebäude, wo Lehnert vor dem Altar in ein Gespräch mit einer älteren Frau vertieft war. Er schaute zur Tür, als Brandt eintrat, und widmete sich gleich wieder der ganz in Schwarz gehüllten Frau.

Die würden ein gutes Paar abgeben, beide in Schwarz, dachte Brandt ironisch und nahm auf einer der hinteren Bänke Platz, um zu warten, bis Lehnert Zeit für ihn hatte. Die Frau drehte sich um und kam an ihm vorbei. Sie war viel älter, als Brandt gedacht hatte. Er schätzte sie auf Anfang bis Mitte achtzig, aber sie hatte dennoch einen ungebeugten, stolzen Gang. Sie sah ihn kurz an, bevor ihre langsamen Schritte allmählich verhallten. Er stand auf und ging zu Lehnert, der die Hände vor dem Bauch gefaltet hatte. Sein Blick war gewohnt ernst, auch wenn er nicht mehr so unnahbar schien wie bei den ersten beiden Treffen.

»Guten Tag, Herr Brandt. Was führt Sie zu mir?«

»Immer noch dasselbe leidige Problem. Haben Sie ein paar Minuten Zeit?«

»Bitte, gehen wir in mein Büro.«

»Können wir das auch im Beichtstuhl machen?«, fragte Brandt.

»Der Beichtstuhl ist für die Beichte und nicht für normale Gespräche«, entgegnete Lehnert abweisend. »Oder haben Sie vor, die Beichte abzulegen?«

»Nein, zumindest jetzt nicht. Können Sie nicht mal eine Ausnahme machen?«

Lehnert überlegte und sagte schließlich: »Also ausnahmsweise, auch wenn ich es nicht gutheiße.«

Sie begaben sich zum Beichtstuhl, Brandt setzte sich auf die von vorn gesehen linke Seite des verzierten Gitters auf die kleine Holzbank und lehnte sich an. Er konnte Lehnert nicht erkennen, da sein Gesicht von einem kleinen Vorhang verdeckt wurde.

»Ich höre«, sagte Lehnert so leise, dass jemand, der in diesem Moment die Kirche betrat oder sich in ihr aufhielt, es nicht hätte verstehen können.

»Es geht um Herrn Wrotzeck. Ich komme nicht weiter, was meine Ermittlungen angeht. Ich bin sicher, dass er mit dem Tod von Inge und Johannes Köhler zu tun hat. Und ich bin ebenso sicher, dass er Ihnen davon berichtet hat. Und zwar genau hier. Er saß an meiner Stelle und hat Ihnen erzählt, was er getan hat. Ich brauche Ihre Hilfe, um Klarheit in die Sache zu bringen. Ich kann nicht mehr richtig schlafen, ich habe Alpträume, und ich möchte endlich diesen Fall zum Abschluss bringen. Was muss ich tun, damit Sie mir helfen?«, flüsterte Brandt.

Für Sekunden herrschte Stille, bis Lehnert antwortete. Ihm stand Schweiß auf der Stirn, seine Handflächen waren feucht, er atmete schwer. »Ich habe Ihnen bereits geholfen. Und, wie gesagt, ich glaube, dass Sie nicht richtig zugehört haben. Ja, Herr Wrotzeck hat an Ihrer Stelle gesessen, und er hat mir ein paar Dinge anvertraut, über die er mit niemandem sonst gesprochen hat. Aber ich kann Ihnen leider nicht sagen, was er mir anvertraut hat.«

»Verbietet es Ihnen das Beichtgeheimnis, auf bestimmte

Fragen mit einem Ja oder Nein zu antworten?«, fragte Brandt.

»Ja«, war die knappe, aber entschiedene Antwort. »Falls es Ihnen nicht bekannt ist, aber ich darf über die Beichten meiner Mitglieder und auch anderer, die zu mir kommen und ihre Sünden bekennen, nicht einmal mit meinem Bischof sprechen. Ich bin der einzige, der davon Kenntnis hat. Und sollte ich es doch tun, so werde ich unweigerlich exkommuniziert und verliere alles. Ich bekomme nicht einmal die letzte Ölung, wenn ich auf dem Sterbebett liege. Verstehen Sie jetzt, warum ich mich so bedeckt halte?«

Er hörte die Verzweiflung aus Lehnerts Stimme, der gerne gesprochen hätte, es aber aufgrund verquaster Regeln, so empfand es Brandt, die irgendwann von der Kirche aufgestellt worden waren, nicht durfte. Er war ein Gefangener, der die Lasten anderer mit sich herumtrug, während diese sich nach ihrem Bekenntnis wieder ins normale Leben stürzen konnten.

»Doch, ich verstehe Sie. Dennoch möchte ich Ihnen etwas sagen. Wrotzeck kam am 24. März 2001 zu Ihnen und hat Ihnen berichtet, dass er am Abend zuvor den Tod von Inge Köhler verursacht hat. Und ich gehe davon aus, dass er Ihnen noch viel mehr erzählt hat, denn sonst hätten Sie auf Herrn Caffarelli nicht den Eindruck gemacht, als wären Sie dem Teufel persönlich begegnet. Das hat er mir gesagt. Er hat mir auch gesagt, dass Sie ab diesem Tag zu einem andern Menschen geworden sind. Ich denke, das, was Wrotzeck Ihnen an diesem Abend mitgeteilt hat, war nicht nur der Unfall von Inge Köhler, seiner ehemaligen großen

308

Liebe, es war noch etwas anderes, etwas, das einen solch schlimmen Eindruck bei Ihnen hinterlassen hat …«

»Herr Brandt, ich möchte dieses Gespräch beenden, denn es führt zu nichts. Ich sitze hier nicht, um die Beichte abzulegen, das tue ich regelmäßig bei meinem Bischof.«

»An wen kann ich mich wenden, um mehr zu erfahren? Wrotzeck ist tot …«

»Und die Toten soll man ruhen lassen. Es war schon genug, dass Sie ihn aus dem Grab geholt haben.«

»Warten Sie bitte noch, bevor Sie aufstehen. Ich möchte Ihnen erklären, um was es geht. Ich war vorhin bei Herrn Köhler. Er ist ein gebrochener Mann, er hat alles verloren, was ihm wichtig war. Auch wenn er versucht, nach außen hin Stärke zu zeigen, ist sein Leben für ihn wertlos geworden. Liegt es Ihnen nicht auch am Herzen, ihm den Glauben an die Gerechtigkeit zurückzugeben? Und vielleicht auch den Glauben an Gott? Er hat mich rausgeschmissen, weil ich ihm von meiner Theorie erzählt habe. Im Moment glaubt er an gar nichts mehr.«

»Das tut mir leid für ihn, wirklich. Dennoch muss ich Sie bitten, mir keine weiteren Fragen zu stellen.«

Lehnert verließ den Beichtstuhl, Brandt folgte ihm. Die Kirche war leer, die Tür geschlossen. Lehnerts Blick war auf Brandt gerichtet. Er reichte ihm die Hand.

»Auf Wiedersehen. Und viel Glück.«

»Auf Wiedersehen. Sie würden gerne reden, stimmt's?«

»Was ich gerne würde, zählt nicht. Für mich gelten andere Regeln und Gesetze als für Sie. Das ist die Trennung von Kirche und Staat oder von kirchlicher und weltlicher Gesetzgebung.«

Sie bewegten sich langsam auf den Ausgang zu, als Brandt stehen blieb. Auch Lehnert verlangsamte seine Schritte und drehte sich um. »Herr Lehnert, ich möchte noch einmal auf diesen einen Satz zurückkommen, den Sie gesagt haben: Nichts passiert einfach so, schon gar nicht solche Unfälle. Sie haben im Plural gesprochen und damit nicht Wrotzecks Tod, sondern den von Inge und Johannes Köhler gemeint. Er war also noch einmal bei Ihnen, und zwar vor drei oder vier Monaten. Vielleicht sogar am Tag nach dem Unfall von Johannes und Allegra. Sie brauchen nichts weiter zu tun, als nur mit Ja oder Nein zu antworten. War Wrotzeck am 17. April dieses Jahres bei Ihnen, um die Beichte abzulegen? Das war übrigens auch ein Samstag, genau wie der 24. März 2001.«

»Ja, er war an beiden Tagen hier und hat die Beichte abgelegt. Kompliment, Sie fangen allmählich an, die richtigen Fragen zu stellen. Und wenn Sie alles zusammenhaben, dann kommen Sie wieder und stellen mir weitere Fragen, und zwar solche, die ich mit reinem Gewissen beantworten kann. Sie müssen die Wahrheit suchen, denn sie kommt nicht von allein zu Ihnen. Möge der Herr mit Ihnen sein.«

»Danke.«

Draußen sagte Brandt, bevor er sich endgültig verabschiedete: »Haben Sie schon das Neueste von Allegra gehört?«

»Nein, was ist mit ihr?«

»Sie ist schon ein paarmal kurz aufgewacht. Sie wird gesund und vielleicht schon bald wieder hier singen.«

Lehnerts Gesicht begann sich aufzuhellen, als er sagte: »Das ist die beste Nachricht seit langer, langer Zeit.«

Brandt meinte Tränen in seinen Augen zu sehen, bevor Lehnert sich schnell umdrehte und seine Schritte Richtung Pfarrhaus lenkte. Er blickte ihm nach, bis er die Tür hinter sich zugemacht hatte. Dann überlegte er, was er als Nächstes tun sollte, und entschied sich, zu Liane Wrotzeck zu fahren. Er hatte den Zündschlüssel bereits ins Schloss gesteckt, als sein Handy klingelte. Matteo Caffarelli.

»Herr Brandt, was haben Sie gerade vor?«

»Warum?«

»Ich bin bei Allegra im Krankenhaus. Sie ist schon den ganzen Morgen wach. Möchten Sie nicht herkommen und sie begrüßen?«

»Ich weiß nicht, ihre Mutter und ihr Bruder sind doch bestimmt auch bei ihr, und da möchte ich nicht stören.«

»Sie sind da, aber es würde ihnen nichts ausmachen, wenn Sie kommen würden. Ich habe bereits mit ihnen gesprochen.«

»Also gut, ich bin sowieso in Bruchköbel. Bis gleich.«

Er hielt das Telefon noch eine Weile in der Hand und fragte sich, ob es richtig war, nach Hanau in die Klinik zu fahren. Natürlich freute er sich mit allen andern, dass Allegra es nun offenbar endgültig geschafft hatte, aber irgendwie war es ihm peinlich, in diesem Moment dort reinzuplatzen. Doch wenn Caffarelli ihn schon darum bat ...

Samstag, 14.25 Uhr

Matteo Caffarelli und Thomas Wrotzeck standen zusammen auf dem Flur und unterhielten sich.

»Hallo, Herr Brandt«, wurde er von Caffarelli begrüßt, »das ist schön, dass Sie gekommen sind. Warten wir einen Augenblick, Frau Wrotzeck hat Allegra noch einiges zu sagen.«

Thomas lehnte an der Wand. Er wirkte sichtlich aufgewühlt und sah Brandt irritiert an.

»Herr Wrotzeck«, er reichte ihm die Hand, »ich möchte Ihnen nur sagen, wie sehr ich mich für Sie freue.«

»Ich kann das noch gar nicht begreifen. Mein größter Wunsch ist in Erfüllung gegangen. Aber das ist Herrn Caffarellis Verdienst.«

»Nein, Thomas«, wehrte dieser bescheiden ab, »das ist nicht mein Verdienst. Allegra ist eine starke junge Frau.«

»Hat sie schon irgendwas gesagt, ich meine, kann sie sprechen?«, fragte Brandt.

»Es fällt ihr noch schwer, aber es wird sich nur noch um Tage handeln, bis ihre Stimmbänder wieder in Ordnung sind. Jetzt wird alles ganz schnell gehen«, sagte Caffarelli mit dem ihm eigenen Optimismus, der ihm offensichtlich angeboren war. Ein Optimismus, der Berge versetzt oder eine dem Tod geweihte junge Frau wieder ins Leben zurückgeführt hatte. Brandt bewunderte ihn dafür, für diesen unerschütterlichen Glauben an was auch immer. »Dr. Bakakis hat gesagt, sie wird wieder vollkommen genesen. Sie ist über den Berg, Herr Brandt«, berichtete er mit diesem Leuchten in den Augen, das ihn so sympathisch machte. »Allegra wurde vorhin untersucht, sie ist körperlich in sehr guter Verfassung.«

»Weiß sie schon von dem Tod ihres Freundes?«

»Sie weiß alles«, antwortete Caffarelli. »Ich habe Ihnen doch gesagt, dass sie alles mitbekommen hat.«

»Und, wie hat sie reagiert?«

»Wie soll sie reagiert haben, wenn sie es doch schon wusste?«, entgegnete Caffarelli, worauf Brandt nichts mehr erwidern konnte. »Wir haben uns vorhin darüber unterhalten. Sie klang zwar traurig, aber sie hat mir … Nein, darüber möchte ich nicht sprechen.«

Sie warteten fast zwanzig Minuten, bis Liane Wrotzeck herauskam, sichtlich gezeichnet von dem Erlebten und der Freude, ihre Tochter wiederzuhaben.

»Herr Brandt«, sagte sie mit einem Lächeln, das er so bei ihr noch nicht gesehen hatte, »gehen Sie ruhig hinein, aber behalten Sie bitte noch für sich, dass Sie von der Polizei sind.«

»Ja, das hatte ich auch vor. Herr Caffarelli, würden Sie mich begleiten?«

»Gerne, wenn Sie es wünschen.«

Sie betraten das Zimmer, Allegra hatte ihre großen smaragdgrünen Augen weit geöffnet und wirkte gar nicht so, als hätte sie über vier Monate im Koma verbracht. Und sie war noch viel hübscher als auf dem Foto, das sie mit ihrer Familie zeigte.

»Setzen Sie sich doch«, sagte Caffarelli und deutete auf den Stuhl vor dem Bett, während er auf dem Stuhl am Bettende Platz nahm. Und an Allegra gewandt: »Das ist Herr Brandt, er hat dich auch schon ein paarmal besucht.«

»Ich weiß, wer Sie sind«, sagte Allegra mit noch schwacher Stimme.

Brandt schaute erst Allegra, dann Caffarelli fragend an. Er wusste nicht, was er darauf erwidern sollte.

»Erinnern Sie sich, was ich Ihnen gesagt habe?« Caffarellis Augen blitzten auf.

»Sie wissen, wer ich bin? Sie haben mich doch noch nie gesehen«, meinte Brandt verwundert. Doch ja, er erinnerte sich an die Worte von Caffarelli, der gesagt hatte, sie habe alles mitbekommen.

»Ich habe Sie gesehen und gehört. Sie sind von der Polizei«, sagte sie lächelnd. Brandt schluckte schwer und sah Caffarelli hilflos an, der nur mit den Schultern zuckte.

»Bleiben Sie noch einen Moment hier?«, fragte sie und legte ihre Hand auf seine.

»Natürlich, wenn Sie es möchten«, erwiderte er und dachte: Was für eine bescheuerte Antwort, sie hat mich ja gerade darum gebeten.

Sie fuhr sich mit der Zunge über die spröden Lippen und sah Brandt lange an.

»Wie geht es Ihnen?«, fragte er, weil ihm nichts Besseres einfiel. Er saß hier am Bett einer ihm vollkommen fremden jungen Frau, die gerade aus einem viermonatigen Schlaf aufgewacht war. Er fühlte sich nicht sonderlich wohl in seiner Haut und er fürchtete, jedes Wort, das er sagte, könnte falsch sein.

»Es geht mir gut«, antwortete sie. »Was machen Sie bei der Polizei?«

»Ich bin Kriminalbeamter.«

»Das ist schön. Sie sind nett, das habe ich schon beim ersten Mal gespürt. Kommen Sie morgen wieder?«

»Gerne.«

»Ich bin jetzt doch etwas müde, aber wenn Sie morgen kommen, möchte ich Ihnen etwas erzählen.«

»Morgen um die gleiche Zeit?«, sagte Brandt.

»Ja, ich warte auf Sie.«

»Ich geh dann mal wieder. Und erholen Sie sich gut.«

»Ich bin nur müde.«

Caffarelli begleitete Brandt hinaus, von Liane und Thomas Wrotzeck keine Spur. Er wunderte sich und fragte: »Wo sind …«

»Sie werden bei Dr. Bakakis sein. Es gibt doch jetzt eine Menge zu besprechen. Aber sie machen sich alle noch viel zu viele Sorgen.«

Ohne darauf einzugehen, sagte Brandt: »Wie konnte sie mich wiedererkennen?«

Caffarelli lächelte erneut versonnen und antwortete: »Ihr Körper hat vier Monate geschlafen, aber nicht ihr Geist und auch nicht ihre Seele. Ich weiß, Sie sind ein gläubiger Mensch, auch wenn Sie oft zweifeln. Allegras Geist war die ganze Zeit über sehr wach, und sie hat alles mitbekommen, was um sie herum vorging. Die Ärzte haben für so etwas keine Erklärung, aber es gibt Dinge zwischen Himmel und Erde, die wir nun mal nicht erklären können, nicht einmal die besten Wissenschaftler.«

»Dann weiß sie auch, dass ihre Mutter und ihr Bruder sie nur selten besucht haben, ganz im Gegensatz zu Ihnen.«

»Darüber haben wir doch schon gesprochen, Herr Brandt. Ich habe das gerne getan.«

»Ich wollte eigentlich noch mit Frau Wrotzeck reden, aber …«

»Schauen wir doch nach, ob sie bei Dr. Bakakis ist. Ich

würde sie aber jetzt nicht zu sehr strapazieren, das alles hat sie eine Menge Kraft gekostet.«

Sie liefen über den Gang, Brandt klopfte an die Tür von Dr. Bakakis, öffnete sie nach einem »Herein« und sah die Ärztin zusammen mit Liane und Thomas Wrotzeck an einem Tisch sitzen.

»Gibt es etwas Wichtiges?«, fragte Dr. Bakakis mit hochgezogenen Brauen.

»Nein, eigentlich nicht«, sagte Brandt und sah Allegras Mutter an, »ich wollte nur fragen, wann ich Sie sprechen kann. Es wird auch nicht lange dauern.«

»Ich bin heute abend zu Hause«, erwiderte sie.

»Gegen sieben?«, fragte Brandt.

»Ja, da bin zu Hause.«

Caffarelli war wieder bei Allegra und hielt ihre Hand. Sie war eingeschlafen, ihr Gesicht war entspannt.

Brandt nahm die Treppe und fragte sich auf dem Weg nach unten, was Allegra ihm zu erzählen hatte. Und er fragte sich, wie sie ihn wiedererkennen konnte. Er hatte unzählige Fragen und war verwirrt wie lange nicht mehr. Der einzige, der es nicht war, war Matteo Caffarelli. Der Mann, der ein Wunder bewirkt hatte. Ein Mann, der nicht von dieser Welt zu sein schien.

Samstag, 15.15 Uhr

Elvira Klein war erst am frühen Morgen kurz vor der Dämmerung eingeschlafen und aufgewacht, als es bereits vierzehn Uhr war. Sie hatte sich verwundert die

Augen gerieben, war aufgestanden und hatte sich, noch bevor sie ins Bad ging, auf den Balkon gestellt. Es hatte leicht geregnet. Sie konnte sich noch sehr gut an einen Traum erinnern, der so schön war, dass sie ihn nie vergessen würde. War ihr nach dem Treffen mit Andrea zum Heulen zumute, so fühlte sie sich jetzt beinahe heiter und beschwingt. Sie hatte sich etwas zu Essen gemacht, eine Tasse Kaffee getrunken und war gerade dabei, aufzuräumen, als ihr Handy klingelte. Sie erkannte die Nummer auf dem Display und meldete sich mit einem knappen »Ja?«

»Brandt. Ich will Sie nicht unnötig stören, aber könnten Sie vielleicht ein paar Minuten Ihrer kostbaren Zeit erübrigen, ich müsste ein paar Dinge mit Ihnen bereden.«

»Heute?«

»Nur, wenn es Ihnen nichts ausmacht. Können wir uns im Präsidium treffen oder bei Ihnen?«

»Bei mir zu Hause?«

»Nein, im Büro natürlich.«

»Um ganz ehrlich zu sein, ich hatte heute nicht vor, nach Offenbach zu fahren.«

»Okay, dann nicht. Entschuldigung.«

»Warten Sie. Ist es so wichtig?«

»Es geht. Ich trete nur im Moment auf der Stelle, was den aktuellen Fall betrifft.«

Elvira Klein überlegte und sagte schließlich: »Wäre es Ihnen möglich, zu mir zu kommen? Sie wissen ja sicherlich, wo ich wohne, oder hat Ihnen das Andrea nicht gesagt?«

»Schon. Ich bin in einer halben Stunde bei Ihnen. Welcher Stock?«

»Einundzwanzigster. Aber Sie müssen sich sowieso beim Pförtner anmelden.«

Elvira Klein ging ins Bad und machte sich frisch. Sie zog eine Jeans und ein leichtes Sweatshirt an, trug etwas Rouge und Lippenstift auf, legte eine CD ein und wartete.

Samstag, 15.20 Uhr

Liane und Thomas Wrotzeck hatten ein langes Gespräch mit Dr. Bakakis geführt. Matteo Caffarelli saß immer noch an Allegras Bett und sang leise ein italienisches Volkslied. Er blickte zur Seite, als die Tür aufging und Liane und Thomas hereinkamen. Er stand sofort auf und sagte: »Sie ist eingeschlafen. Ich gehe dann mal wieder.«

»Sie waren lange genug hier«, entgegnete Liane. »Sie müssen sich doch auch mal ausruhen. Ich weiß gar nicht, wie ich Ihnen danken soll. Sie haben mehr für uns und Allegra getan als irgend jemand sonst. Ich weiß wirklich nicht, wie ich das jemals wieder gutmachen kann.«

Caffarelli sagte nur: »Es gibt nichts wieder gutzumachen, das wissen Sie auch. Ich habe es sehr gerne getan. Ciao.«

Er ging nach draußen, fuhr nach unten und setzte sich auf sein Fahrrad. Zu Hause angekommen, begrüßte er seine Frau Anna mit einem Kuss und sagte: »Allegra ist endgültig zurückgekommen. Sie hat sogar mit uns allen gesprochen, sogar mit Herrn Brandt.«

»Der Kommissar war auch in der Klinik?«, fragte sie mit kritischem Unterton.

»Ich hatte ihn gebeten zu kommen. Er hat Allegra zurückgeholt, aber er will es nicht wahrhaben. Er ist ein guter Mann. Ich wünschte, ich könnte ihm mehr helfen.«

»Was meinst du damit?«

»Anna, in dieser Stadt gibt es viele kleine und einige große Geheimnisse, das weißt du. Und ich merke, dass er nicht vorankommt. Ich habe es an seinem Gesicht gesehen.«

»Dann hilf ihm doch, ich habe nichts dagegen. Ich frage mich nur, ob du andern damit nicht schadest.«

»Du hast recht, und außerdem würde er es bald allein herausfinden. Ich frage mich, was besser ist, ihm alles zu erklären oder zu warten, bis er uns die Wahrheit um die Ohren schlägt. Sag mir, was ich tun soll.« Er sah seine Frau hilfesuchend an.

»Tu, was du für richtig hältst. Ich kann dir keinen Rat geben. Nicht in diesem Fall. Ich weiß genau, was du durchmachst.« Sie nahm ihn in den Arm, und mit einem Mal fing Matteo an zu weinen, nicht laut, sondern still. Tränen liefen über sein Gesicht. Anna sagte leise: »Ich kann dich so gut verstehen.«

»Es tut mir alles so leid.«

»Es gibt nichts, aber auch gar nichts, was dir leid zu tun hat. Soll ich uns einen Kaffee machen?«

Matteo nickte, nahm ein Taschentuch und wischte sich das Gesicht ab. Er hatte sich schon wieder beruhigt. »Ja, gerne. Ist Luca da?«

»Nein, er kommt auch erst heute abend heim. Er hat gesagt, es könne spät werden. Aber bei ihm weiß man ja nie.«

»Ich werde es ihm spätestens morgen sagen. Ich möchte nicht, dass er es von andern erfährt.«

»Ich weiß, dass du das nicht gerne hörst, aber Wrotzeck war ein elender Schweinehund. Es tut mir nicht im Geringsten leid, dass er tot ist. Was er seiner Familie und auch andern angetan hat, das reicht für ein ewiges Schmoren in der Hölle …«

»Anna, bitte! Er war auch nur ein Mensch, der nicht aus seiner Haut konnte …«

»Bitte, was?! Ich hör wohl nicht richtig. Ob der nicht aus seiner Haut konnte, wage ich stark zu bezweifeln. Gekonnt hätte er mit Sicherheit, er wollte nur nicht. Er wollte andern immer nur wehtun. Betonung auf wollte. Er hat so viel Unheil angerichtet, viel zu viel Unheil. Dem geschieht's recht, dass er … Mach dir keine Vorwürfe, denn das ist es doch, was dich so fertig macht. Du glaubst, dass du an allem schuld bist, das bist du aber nicht. Niemand kann dir einen Vorwurf machen. Also hör auf, dich selbst zu kasteien. Ich kenne keinen besseren Menschen als dich, und ich möchte auch keinen andern Mann haben. Reicht das fürs erste?«

Anna ging in die Küche, um Kaffee zu kochen, während Matteo sich hinsetzte und nachdachte. Nach ein paar Minuten stand er auf, ging in seine Werkstatt und holte die Uhr hoch, die Brandt ihm gegeben hatte. Er zeigte sie Anna, die inzwischen den Kaffeetisch gedeckt hatte – drei Stückchen Kuchen lagen auf einem Teller, für jeden anderthalb.

»Hier, schau dir diese Uhr an. Herr Brandt hat sie hier gelassen, damit ich sie repariere. Es ist ein Unikat.«

Anna nahm sie in die Hand und betrachtete sie eingehend. »Sie ist wirklich schön.«

»Es ist eine Kostbarkeit. Macht es dir etwas aus, wenn ich nach dem Kaffeetrinken in die Werkstatt gehe, um sie zu reparieren? Auch wenn Samstag ist?«

»Verschwinde, das lenkt dich wenigstens von deinen trüben Gedanken ab.«

Matteo trank zwei Tassen Kaffee und aß den Kuchen. Anschließend begab er sich in die Werkstatt. Er wollte Brandt nicht enttäuschen und hoffte, auch diesmal das nötige Händchen zu besitzen, womit er schon so viele Uhren repariert und restauriert hatte.

Samstag, 15.45 Uhr

Brandt fuhr mit dem Aufzug in den einundzwanzigsten Stock des noblen Hauses, das sich nur jene leisten konnten, die das nötige Kleingeld besaßen.

»Sie haben ja hier höchste Sicherheitsstufe«, sagte Brandt zu Elvira Klein, die ihn an der Tür empfing. »Das kostet doch bestimmt eine Menge extra, oder?«

»Kommen Sie erst mal rein«, entgegnete Elvira Klein mit charmantem Lächeln, ließ ihn an sich vorbeitreten und machte die Tür hinter sich zu. »In diesem Haus befinden sich nicht nur Wohnungen, sondern auch Geschäftsräume. Aber Sie sind doch nicht gekommen, um sich mit mir über meine Wohnung zu unterhalten. Bitte«, sagte sie und deutete auf einen weißen Ledersessel. So was kann man sich auch nur leisten, wenn man keine Kinder hat, dachte Brandt, der sich unauffällig in der Wohnung umsah. Er kannte in etwa die Preise für Eigentumswohnungen in der Frankfurter Innenstadt, doch bei dieser mochte er sich gar nicht erst vorstellen, was sie gekostet hatte. »Darf ich Ihnen etwas zu trinken anbieten? Ich habe sogar Bier im Haus.«

»Nein danke, ich bin heute schon abgefüllt worden. Ein Glas Wasser würde mir vollkommen ausreichen.«

»Was sind Sie? Abgefüllt worden? Wie habe ich das denn zu verstehen?«

»Ich habe versucht, einem gewissen Herrn Köhler meine Theorie verständlich zu machen, aber er wollte sie nicht hören. Lange Geschichte. Dafür hat er mich fast gezwungen, mit ihm zwei Gläser Schnaps zu trinken.«

»Und darauf haben Sie sich eingelassen? Im Übrigen höre ich heute zum ersten Mal, dass Sie sich zu irgendetwas zwingen lassen«, sagte sie mit leichtem Spott.

»So kann man sich täuschen. Ich dachte nur, ich könnte ihn dadurch vielleicht ein wenig versöhnlicher stimmen, hat aber leider nicht geklappt.«

Sie holte eine Flasche Wasser und eine Flasche Bier aus dem Kühlschrank, stellte beides auf einen Beistellwagen neben dem Tisch und schenkte Brandt das Wasser und sich selbst Bier ein. Brandt war überrascht. Er hatte mit allem gerechnet, aber nicht damit, dass Elvira Klein Bier trank. Und er wunderte sich außerdem über die ungewöhnliche Freundlichkeit, die sie bis jetzt an den Tag gelegt hatte. Er erkannte sie kaum wieder, war sie doch sonst eher spröde und abweisend, spöttisch und herablassend. Vielleicht war die Person, die sie im Alltag zeigte, wirklich nur Fassade, wie Andrea meinte.

»Also, was haben Sie auf dem Herzen?«, fragte sie und trank einen Schluck.

»Es geht um diesen Wrotzeck-Fall.« Brandt berichtete Elvira Klein im Lauf der nächsten zwanzig Minuten seine bisherigen Ermittlungsergebnisse und seine Theorie und schloss mit den Worten: »Und da liegt der Hase im Pfeffer. Ich muss beweisen, dass Wrotzeck sowohl den Tod von Inge Köhler als auch den von Johannes Köhler herbeigeführt hat. Möglicherweise war es sogar vorsätzlicher Mord, was auch das seltsame Verhalten von diesem Pfarrer erklären würde. Denn wie ich Wrotzeck einschätze, ist er zu Lehnert nicht gegangen, um die Beichte abzulegen, sondern um seinem Zynismus freien Lauf zu lassen. Jedenfalls hat er keine Absolution erhalten, was meiner Meinung nach auch gar nicht sein Wunsch war. Das Bild, das ich von Wrotzeck erhalten habe, zeigt einen Typ, mit dem ich nicht eine Minute zusammen sein wollte. Er hat seine Umwelt traktiert, er war ein Erpresser und wohl auch ein Mörder. Ich war an den Unfallstellen. Wenn dort ein Auto mit achtzig beziehungsweise neunzig Stundenkilometern von der Straße abkommt, schießt es in den Graben und überschlägt sich unweigerlich.«

Elvira Klein hatte sich zurückgelehnt, die Beine übereinander geschlagen und sagte, ohne auf Brandts letzte Worte einzugehen: »Ich kenne mich im Kirchenrecht ein wenig aus, ich musste mich während meines Studiums damit auseinandersetzen. Sollte Wrotzeck die Morde begangen haben, ohne zu bereuen, was bedeutet, dass er sich freiwillig der Polizei stellt, so darf ein Priester keine Absolution erteilen. Der Priester ist verpflichtet, ihn darauf hinzuweisen, sich der weltlichen Gerichtsbarkeit zu stellen, sonst darf er ihn nicht von seinen Sünden lossprechen. Laut Kirchenrecht ist Wrotzeck damit in seiner Sünde gestorben. Und dass dieser Pfarrer nicht kooperiert, das dürfen Sie ihm nicht übel nehmen, er würde für den Rest seines Lebens nicht mehr glücklich werden.«

»Das ist er doch sowieso schon nicht mehr. Aber das ist nicht mein Problem. Wie kann bewiesen werden, dass Wrotzeck ein kaltblütiger Mörder war? Die Autos sind längst so klein, dass sie in Ihre Handtasche passen.«

»Ich fürchte, da werden Sie sich etwas einfallen lassen müssen. Was meinen Sie denn, wie er die Unfälle herbeigeführt haben könnte?«

»Das ist ja das Problem – ich weiß es nicht. Und solange ich das nicht weiß, so lange werde ich auch den Tod von Wrotzeck nicht aufklären können. Ich werde mir heute abend noch einmal seine Frau vornehmen, und wenn ich dann noch immer auf der Stelle trete, gebe ich den Fall ab.«

»Herr Brandt, so kenne ich Sie ja gar nicht, Sie werfen doch sonst nicht so schnell das Handtuch. Lassen Sie mich rekapitulieren. Sie sind überzeugt, dass Wrotzecks Tod mit diesen tragischen Unfällen zusammenhängt. Entschuldigen Sie, wenn ich das jetzt sage, aber Sie versuchen die ganze Zeit, sich allein auf Wrotzeck und die Unfälle zu konzentrieren, das heißt, Sie fragen sich, wie er das zustande gebracht hat, ohne dass selbst unsere Spezialisten von der KTU das erkannt haben. Aber ich denke, um Wrotzeck das nachweisen zu können, müsste man eventuell noch nach anderen Verbindungen suchen. Tja, welche möglichen anderen Verbindungen können Sie noch herstellen? Ich kann es Ihnen nicht sagen, ich habe weder Akteneinsicht gehabt, noch war ich bei irgendwelchen Befragungen dabei. Vielleicht erfahren Sie ja von seiner Tochter mehr, ich meine, wie sich der Unfall zugetragen hat. Wenn sie sich denn noch daran erinnern kann, was ich allerdings stark bezweifle. Wissen Sie denn schon, was Sie Frau Wrotzeck fragen wollen?«

»Sie soll mir die Frage beantworten, wo ihr Mann an besagten Abenden war. Allerdings war der so oft abends und nachts auf Achse, dass sie es wahrscheinlich nicht weiß.« Mit einem Mal hielt er inne, sah Elvira Klein an, trank sein Glas leer und stieß hervor: »Das ist es! Dass ich da nicht früher draufgekommen bin. Frau Klein, Sie sind ein Schatz. Ich melde mich bei Ihnen.«

»Bitte, ich …«

»Sie haben mich gerade auf eine Spur gebracht. Danke für das Wasser. Und übrigens, die Klamotten stehen Ihnen sehr gut. Sollten Sie öfter tragen, macht Sie nicht so ernst.«

»Herr Brandt, verraten Sie mir doch wenigstens, was ich gesagt habe.«

»Die Verbindungen. Das ist wie mit dem berühmten Wald vor lauter Bäumen. Machen Sie's gut.«

»Warten Sie, warten Sie. Nur ein kleiner Hinweis. Bitte.« Ihre Stimme hatte beinahe etwas Zartes, als sie ihn mit leicht geneigtem Kopf ansah.

»Ich habe die wesentlichen Verbindungen nicht gesehen

beziehungsweise übersehen. Es würde zu weit führen, Ihnen das jetzt alles zu erklären, weil es ziemlich komplex ist. Aber ich denke, ich habe die Lösung direkt vor Augen. Angenommen, ich mache denjenigen ausfindig, der Wrotzeck eins übergezogen hat, was passiert mit ihm?«

»Vorsätzlicher Mord wird mit lebenslanger Haft bestraft.«

»Aber wenn es kein vorsätzlicher Mord war, sondern eine Affekthandlung?«

»Das hängt vom Richter ab und wie die Staatsanwaltschaft argumentiert. Aber Sie wissen so gut wie ich, dass Mord niemals mit Mord gesühnt werden darf, wir leben schließlich in einem Rechtsstaat, in dem Selbstjustiz strafbar ist.«

»Das ist mir schon klar. Doch sollte ich recht behalten mit meiner Vermutung, dann war es kein Mord. Und wenn Sie sich die Ergebnisse der Autopsie anschauen, da ist nicht sehr kräftig zugeschlagen worden, ihm wurde nicht der Schädel zertrümmert. Die eigentliche Todesursache war der Genickbruch als Folge des Sturzes.«

»Das stimmt allerdings. Ich bin bis mindestens Mitternacht zu erreichen. Rufen Sie mich an«, sagte sie und begleitete Brandt zur Tür. »Hat Andrea Ihnen von gestern erzählt? Von unserm Treffen, meine ich«, fragte sie wie beiläufig.

»Nein, sie hat ja bei sich geschlafen. Außerdem kann Andrea verschwiegener sein als ein Stein«, schwindelte er. »Warum, hab ich etwas verpasst?«, fragte er scheinheilig, den Ahnungslosen spielend.

Elvira Klein lächelte verschmitzt, als hätte sie die charmante Lüge erkannt, schüttelte den Kopf und meinte: »Nein, haben Sie nicht. Viel Glück.«

»Danke, kann ich gebrauchen. Ähm, was machen eigentlich Ihre Albaner?«

»Wieso meine Albaner? Der Hinweis, den wir erhalten haben, war so konkret, dass wir beschlossen haben, diese Observierung durchzuführen. Auch wenn Sie glauben, das wäre nur heiße Luft«, sie schüttelte den Kopf, »das ist es nicht. Gerade in der organisierten Kriminalität sichern die sich nach allen Seiten ab. Aber ich garantiere Ihnen, sie werden einen Fehler machen, und dann gnade ihnen Gott.«

Wieder auf der Straße, dachte er, Andrea hat gar nicht so unrecht gehabt, die Klein ist … manchmal richtig nett. Aber nur manchmal. Wie nett, wird sich herausstellen, wenn ich ihr meine Ergebnisse liefere. Aber die Hütte ist nicht zu verachten. Na ja, bei einem so erfolgreichen Anwalt als Vater auch kein Wunder.

Samstag, 19.00 Uhr

Brandt hatte, bevor er zu Liane Wrotzeck fuhr, noch einmal einen Abstecher in die Klinik gemacht, um nach Allegra zu schauen. Sie war allein in ihrem Zimmer und schlief, doch als er ihre Hand berührte, machte sie kurz die Augen auf und sah ihn an, um gleich darauf weiterzuschlafen. Sie atmete ruhig und gleichmäßig, die Aufzeichnungen auf dem Monitor waren unauffällig.

»Wir werden die künstliche Ernährung vielleicht schon

morgen einstellen«, sagte Dr. Bakakis. »Ich hatte, um ehrlich zu sein, große Zweifel, dass sie jemals wieder aufwachen würde. Aber jetzt habe ich es wenigstens vor meinem Urlaub noch miterlebt. Für mich kommt das einem Wunder gleich.«

»Jemand hat einmal gesagt, es gibt keine Wunder, alles unterliegt Naturgesetzen«, bemerkte Brandt. »Sie sind morgen noch hier?«

»Morgen bis achtzehn Uhr. Ich bin eigentlich schon auf dem Sprung nach Hause. Warum interessieren Sie sich so für sie?«

»Einfach so. Was glauben Sie, wird sie sich an den Unfall erinnern können?«

»Das ist schwer zu beurteilen. Wir werden es sehen.«

»Ich komme morgen wieder, sie hat es so gewünscht«, sagte Brandt und erhob sich.

»Sie hat es gewünscht?« Die Ärztin sah Brandt zweifelnd an.

»Ich muss los«, sagte er, nickte Dr. Bakakis zu und verließ die Station.

Er war noch unterwegs nach Bruchköbel, als er einen Anruf erhielt. Andrea Sievers.

»Wo steckst du?«, fragte sie leicht ungehalten. »Ich bin schon seit zwei Stunden hier und …«

»Sorry, aber ich hab's vergessen. Ich bin gleich in Bruchköbel«, die Unterredung mit Elvira Klein erwähnte er nicht, »und muss unbedingt noch ein paar Dinge klären. Es ist wirklich wichtig. Wirst du da sein, wenn ich komme?«

»Und wann gedenkt der werte Herr mal vorbeizuschauen?«

328

»Andrea, ich kann nicht anders. Ich stehe kurz vor dem großen Durchbruch, und du kennst mich, ich finde doch keine Ruhe, bevor …«

»Okay, okay, ich werde hier sein, aber dafür schuldest du mir was. Denk schon mal drüber nach.«

»Ich mach's wieder gut. Bis dann.«

Um Punkt neunzehn Uhr fuhr er auf den Wrotzeck-Hof. Der Regen hatte, nachdem er im Lauf des Nachmittags nachgelassen hatte, wieder eingesetzt, überall waren Pfützen zwischen dem Haus und den Stallungen und den anderen Gebäuden. Es war kühl geworden, und Brandt war froh, seine Jacke anzuhaben. Liane Wrotzeck erwartete ihn bereits und bat ihn ins Wohnzimmer, wo auch Thomas in einem Sessel saß.

»Ich würde gerne unter vier Augen mit Ihnen sprechen«, sagte Brandt zu ihr.

»Und weshalb?«, fragte sie. Er meinte ein kurzes ängstliches Aufflackern in ihren Augen zu sehen.

»Es sind nur ein paar Fragen, die ich Ihnen ganz persönlich stellen möchte.«

»Thomas, würdest du uns bitte allein lassen?«

»Bin schon weg. Brauchen Sie mich auch noch?«, fragte er und erhob sich.

»Möglicherweise. Wenn Sie sich bitte zu meiner Verfügung halten wollen.«

»Oh, so geheimnisvoll«, sagte Thomas und grinste Brandt an. »Na denn, ich bin einen Stock höher.«

Er machte leise die Tür hinter sich zu. Brandt fragte Liane Wrotzeck, ob er sich setzen dürfe.

»Bitte«, antwortete sie.

»Frau Wrotzeck, das mit Ihrer Tochter freut mich sehr, ganz ehrlich.«

»Das freut uns alle«, erwiderte sie und verzog dabei den Mund zu einem gequälten Lächeln, das alles andere als freudig wirkte. »Aber das ist doch nicht der Grund Ihres Besuchs.« Es war keine Frage, sondern eine Feststellung.

Brandt beugte sich nach vorn und faltete die Hände. »Es geht natürlich in erster Linie um Ihren verstorbenen Mann. Wo war er an dem Abend, als der Unfall mit Allegra passiert ist?«

»Warum wollen Sie das wissen?«

»Beantworten Sie einfach nur meine Frage.«

Sie überlegte, zuckte mit den Schultern und sagte: »Ich habe keine Ahnung. Vermutlich wieder in irgendeiner Bar oder bei seinen diversen Damen. Freitags war er abends nie zu Hause, er war überhaupt nur selten zu Hause.«

»Dann wissen Sie sicherlich auch nicht, wo er an dem Abend war, als Frau Köhler tödlich verunglückt ist?«

»Nein, woher denn? Was hat das alles mit seinem Tod zu tun?«

Sie versucht einen sehr beherrschten und souveränen Eindruck zu machen, dachte Brandt, aber sie hat Angst. Nur, wovor hat sie Angst?

»Wenn Sie es nicht wissen, dann muss ich eben alle Clubs und Bars abklappern, bis ich die gewünschte Antwort bekomme.« Er machte eine Pause und fuhr fort: »Wussten Sie eigentlich, dass Dr. Müller von Ihrem Mann erpresst wurde?«

Liane Wrotzeck zog die Stirn in Falten und schüttelte

den Kopf. »Was? Nein, davon höre ich heute zum ersten Mal. Warum hat mein Mann ihn erpresst?«

»Darüber darf ich leider nicht sprechen, aber Ihr Mann war alles andere als ein Engel. Er hat Sie geschlagen, gedemütigt und vernachlässigt. Eigentlich alles Gründe, um sich scheiden zu lassen. Das haben Sie aber nicht getan. Und er zog es vor, sich seine Befriedigung bei Huren zu suchen. Warum haben Sie sich nicht von ihm getrennt? Das ist doch heutzutage nicht mehr so schwer.«

»Hauptsächlich wegen der Kinder. Und außerdem, wo hätte ich denn hin sollen, ich habe doch keine Verwandten und kenne auch sonst kaum jemanden. Ich habe zwar eine Freundin in Frankfurt, aber wir sehen uns nur sehr sporadisch. Und mein Mann hat mich finanziell sehr kurz gehalten, sehr, sehr kurz. Ich hatte keine Kontovollmacht, er hat mir jeden Cent Haushaltsgeld zugeteilt, und wenn ich damit nicht zurechtkam … Aber das ist Schnee von gestern.«

»Hat er die Kinder auch so kurz gehalten?«

»Er war geizig bis zum Gehtnichtmehr. Die Kinder haben das ebenfalls zu spüren bekommen.«

»Gab es auch kein Taschengeld?«, fragte er zweifelnd.

»Das schon, aber längst nicht so viel, wie die andern Kinder und Jugendlichen erhielten. Manchmal konnte ich vom Haushaltsgeld etwas abzwacken und ihnen zustecken, aber das war nicht oft möglich. Sagen Sie mal einem Sechzehnjährigen, dass er mit zwanzig Mark im Monat auskommen muss, während alle andern das Fünf-, manchmal auch das Zehnfache hatten. So war mein Mann, er selbst hat das Geld mit vollen Händen zum Fenster rausgeschmissen, wo wir blieben, war ihm egal.«

»Und wie war es an Weihnachten und den Geburtstagen?«

Liane Wrotzeck lachte bitter auf und sagte: »In den ersten Jahren haben wir Weihnachten immer zusammen verbracht, aber es war nie schön. Die Atmosphäre war schlecht. Später fiel Weihnachten einfach aus, da haben Allegra, Thomas und ich es uns so gemütlich gemacht, wie wir eben konnten, aber Geschenke gab es keine mehr. Und die Geburtstage hat er auch in schöner Regelmäßigkeit vergessen. Außer den von Thomas. Na ja, bis er ihm mitgeteilt hat, dass er den Hof nicht übernehmen würde.«

»Wussten andere darüber Bescheid?«

»Nein. Ich habe den Kindern gesagt, dass sie nicht über unsere Familie sprechen sollen. Ich hatte Angst, dass Kurt, wenn er das erfährt, alles kurz und klein schlagen würde. Die einzigen, die darunter gelitten hätten, wären doch die Kinder gewesen.«

»Na ja, Sie doch wohl auch. Aber jetzt geht es Ihnen finanziell gut?«

Sie nickte. »Ich kann endlich durchatmen und mir auch mal etwas leisten. Als Sie mich nach der Einrichtung gefragt haben, ob ich die ausgesucht habe … Das war gelogen. Er muss wohl in einem Anfall von Großzügigkeit in ein Möbelgeschäft gefahren sein und hat das alles liefern lassen. Das liegt aber auch schon einige Jahre zurück. Es ist nicht schlecht, aber es gefällt mir nicht. Nichts hier gefällt mir. Ich werde den Hof verkaufen, das habe ich letzte Nacht beschlossen. Es hängen einfach zu viele schlechte Erinnerungen daran. Ich habe mehr als mein halbes Leben hier verbracht, und auch das Leben davor war nicht gerade berauschend.« Sie sah Brandt kurz an und senkte den Blick gleich darauf wieder.

»Hat Ihr Mann häufig zugeschlagen?«

»Es geht«, antwortete sie ausweichend. »Das Schlimmste war eigentlich, wenn er manchmal tage- oder wochenlang kein Wort mit uns gewechselt hat oder wenn er rumgebrüllt hat, dass man es sogar bis auf die Straße hören konnte. Aber was bringt es, sich jetzt noch Gedanken darüber zu machen? Für mich ist das Kapitel Ehe abgeschlossen, und glauben Sie mir, ich werde ganz bestimmt nie wieder heiraten. Und was meinen Kindern bis vor kurzem versagt wurde, das werde ich ihnen geben.«

»Sie meinen damit Geld?«

»Auch, aber sie sollen endlich merken, dass es auch ein friedliches Miteinander gibt. Allegra war sowieso schon immer sehr friedlich. Sie hat sich nur sehr selten beklagt, obwohl sie jeden Grund dazu gehabt hätte, aber sie ist eben anders. Und dass Thomas in so jungen Jahren schon so hart geworden ist, das lag an meinem Mann. Thomas konnte nur überleben, weil er sich eine dicke Haut zugelegt hat und weil er innerlich härter wurde, als ein junger Mann es jemals werden dürfte.«

Brandt erhob sich, holte das Familienfoto und betrachtete es noch einmal. Wie hatte Eberl doch gleich bemerkt? Allegra passt da nicht rein, hatte sie gesagt. Und er hatte dagegengehalten, dass Wrotzeck nicht reinpasse. Und er musste Eberl zustimmen.

»Das ist ein schönes Foto. Wann wurde es aufgenommen?«

»Weiß ich nicht mehr. Vor vier oder fünf Jahren, ich kann mich nicht genau erinnern. Warum?«

»Es zeigt eine sehr idyllische Familie, fast eine heile Welt. Zu welchem Anlass wurde es gemacht?«

»Das war, als Kurt mal wieder einen Preis für einen seiner Bullen bekommen hat. Da kamen einen Tag später ein Reporter und ein Fotograf. Die haben einen Bericht über meinen ach so erfolgreichen Mann gemacht, und der Fotograf hat angeboten, ein Familienfoto von uns zu machen. Erst wollte Kurt nicht, aber schließlich hat er zugestimmt. Seitdem steht es auf dem Schrank.«

Brandt sah Liane Wrotzeck lange an, die seinen Blick ein paarmal kurz erwiderte. Man hätte eine Stecknadel fallen hören können, so still war es in dem Zimmer.

»Ich möchte Sie noch einmal fragen, warum Herr Caffarelli sich so sehr um Allegra gekümmert hat«, sagte Brandt, ohne aufzuschauen. »Nur weil sie in seinem Chor fehlt?«

»Vermutlich«, antwortete sie kaum hörbar.

»Frau Wrotzeck, das kaufe ich Ihnen nicht ab. Ich meine, ich kann auch zu Herrn Caffarelli gehen und ihn noch einmal fragen, warum er das alles auf sich genommen hat. Aus reiner Nächstenliebe?«, fragte er mit hochgezogenen Brauen und nicht ohne eine Spur von Ironie.

»Sie haben ihn doch kennengelernt, für ihn ist Nächstenliebe kein Fremdwort. Und wenn Sie sich umhören, werden Sie niemanden finden, der Schlechtes über ihn zu berichten hat.«

»Allegra ist bildhübsch, wenn ich das so sagen darf. Wann wurde sie geboren?«

»Am 1. November '85. Was bezwecken Sie eigentlich mit diesen Fragen?«

»Ich versuche die Wahrheit herauszufinden, und ich hoffte, Sie wären mir dabei ein wenig behilflich.«

»Und was bitte schön hat Allegra mit dieser Wahrheit zu tun?«

»Erklären Sie's mir.«

»Es tut mir leid, ich verstehe nicht, worauf Sie hinauswollen. Ich kann Ihnen leider nicht weiterhelfen. Ich weiß nicht, wo mein Mann an dem Abend war, als Johannes und Allegra verunglückt sind. Es tut mir wirklich leid.«

»Gut, dann muss ich eben noch etwas warten. Ich würde gerne noch einmal einen Blick in das Zimmer Ihres Mannes werfen und ein paar Dinge mitnehmen.«

»Dürfen Sie das einfach so?«, fragte Liane Wrotzeck.

»Ich kann natürlich auch mit einem Durchsuchungsbeschluss wiederkommen, wenn Ihnen das lieber ist. Aber dann kommen auch noch andere Beamte und stellen hier womöglich alles auf den Kopf. Möchten Sie das?«

»Gehen Sie ruhig hoch, Sie werden sowieso nichts finden«, sagte sie müde, als hätte sie das Frage-und-Antwort-Spiel sehr erschöpft. »Wollen Sie auch noch mit Thomas sprechen?«

»Nein, nicht nötig. Ich bin auch gleich wieder weg.«

Brandt holte den Schlüssel aus seiner Hosentasche und schloss die Tür zu Wrotzecks Zimmer auf. Alles war noch so, wie er es am Vortag verlassen hatte, auch der Schlüssel zum Sekretär befand sich noch in dem alten Bierkrug. Er nahm ein Bündel privater Schriftstücke, klemmte diese unter den Arm und ging wieder nach unten. Liane Wrotzeck saß noch immer im Wohnzimmer.

»Auf Wiedersehen. Und sollten Sie mir doch noch etwas mitzuteilen haben, Sie wissen, wie Sie mich erreichen können.«

Sie erwiderte nichts darauf, sondern schaute Brandt nur stumm an. Er hatte überlegt, sie mit seiner Vermutung direkt zu konfrontieren, aber er wollte es von ihr selbst hören, genug Steilvorlagen hatte er ihr gegeben. Er schaute auf die Uhr. Es war sicher noch nicht zu spät, um Caffarelli einen Besuch abzustatten.

Samstag, 20.15 Uhr

Brandt klingelte bei Caffarelli, seine Frau steckte den Kopf aus dem Fenster, kam gleich darauf die Treppe herunter und öffnete die Tür.

»N'abend. Ich hoffe, ich störe nicht, aber ich würde gerne kurz mit Ihrem Mann sprechen. Ist er da?«

»Natürlich, kommen Sie rein.« Sie machte die Haustür wieder zu und rief mit dieser angenehm warmen Stimme: »Matteo, Kommissar Brandt ist hier, er möchte dich sprechen. Kommst du?« Und zu Brandt: »Er ist seit dem Nachmittag in der Werkstatt und repariert Uhren, ich glaube, auch Ihre. Darf ich Ihnen einen Tee anbieten, ich habe gerade welchen aufgebrüht. Es ist ein ganz besonderer Pfefferminztee und sehr gut für den Magen.«

»Danke, sehr gerne. Aber wenn Ihr Mann in der Werkstatt ist, kann ich ja auch dort mit ihm sprechen.«

»Nein, das ist nicht nötig, Herr Brandt«, sagte Caffarelli, der, wie aus dem Nichts aufgetaucht, mit einem Mal hinter ihm stand. »Meine Frau kann ruhig dabei sein, ich kann mir schon denken, weswegen Sie gekommen sind. Eigentlich habe ich sogar mit Ihrem Besuch gerechnet. Gehen wir nach oben.«

Brandt wunderte sich bei Caffarelli über gar nichts mehr, es schien, als besäße er den sechsten oder siebten Sinn.

Sie begaben sich ins Wohnzimmer, Anna holte drei Tassen und Untertassen aus dem Schrank, stellte sie auf den Tisch, ging in die Küche und kehrte mit der Kanne zurück, um den Tee zu servieren.

»Möchten Sie Zucker?«, fragte sie, nachdem auch sie Platz genommen hatte.

»Ich versuch es erst mal ohne«, antwortete Brandt.

»Aber warten Sie noch, der Tee ist noch sehr heiß«, sagte sie.

Brandt fühlte sich wohl, und gleichzeitig wünschte er sich auf einmal, doch nicht hier zu sein. Es war alles so ruhig und friedlich, eine beinahe vollkommene Harmonie. Alles war Harmonie, wie sich Matteo Caffarelli und seine Frau ansahen, wenn sie sich kurze Blicke zuwarfen, es war eine Atmosphäre, die er so noch bei niemandem erlebt hatte. Bei seinen Eltern vielleicht, aber das zählte nicht. Und nun war er hier und würde womöglich eine Bombe platzen lassen.

»Herr Brandt?«, sagte Caffarelli. »Was kann ich für Sie tun?«

»Entschuldigung, ich war mit meinen Gedanken … Wieso haben Sie mich erwartet? Können Sie hellsehen?«

»Möglicherweise. Aber ich habe in Ihnen von Anfang an einen sehr klugen Mann gesehen. Ich glaube, Sie haben inzwischen eine Menge herausgefunden und möchten mit mir darüber sprechen.«

»Also gut, ich werde mich kurz fassen. Sie haben sich in den vergangenen vier Monaten aufopferungsvoll um Allegra gekümmert. Als ich Sie gefragt habe, warum Sie das tun, antworteten Sie, weil sie eine so gute Sängerin sei und der Chor ohne sie nur halb so viel wert sei. Ist das wirklich alles?«

Caffarelli sah erst zu seiner Frau, dann zu Brandt. Er lächelte still vor sich hin und antwortete: »Ich habe Ihnen auch gesagt, nicht die Gesunden brauchen den Arzt, sondern die Kranken. Ich bin kein Arzt, doch ich mag die Menschen. Aber fragen Sie ruhig weiter.«

»Sie sind ebenfalls ein sehr kluger Mann, Herr Caffarelli. Ich habe mich in den letzten Tagen im Kreis gedreht und nach Antworten auf Fragen gesucht, die ich selbst noch nicht kannte. Erst heute nachmittag hat mich jemand draufgebracht. Es geht mir in erster Linie um den Tod von Herrn Wrotzeck, aber auch um noch weitere Todesfälle, nämlich die von Inge und Johannes Köhler. Und ich habe nach Verbindungen gesucht, nur habe ich leider an den falschen Stellen gesucht ...«

»Was hat der Tod von Wrotzeck mit den andern zu tun?«, fragte Anna Caffarelli überrascht.

»Möglicherweise eine ganze Menge. Herr Caffarelli, Sie haben gesagt, Ihre Frau dürfe bei unserem Gespräch dabei sein. Ich bin zu der Überzeugung gelangt, dass Sie sich um Allegra nicht nur gekümmert haben, weil sie eine so gute Sängerin ist, sondern es gibt einen ganz anderen, viel wichtigeren Grund.« Als Caffarelli keine Anstalten machte, etwas zu sagen, fuhr Brandt fort: »Ich habe Allegra zum ersten Mal am Mittwoch auf einem Familienfoto gesehen. Meine Kollegin hat da zu mir gesagt, sie würde nicht auf dieses Foto passen. Dann habe ich Allegra im Krankenhaus gesehen, und ich habe auch gesehen, wie liebevoll Sie mit ihr umgegangen sind. Und dann habe ich vorhin das Foto noch einmal eingehend betrachtet – ich komme gerade von Frau Wrotzeck –, und ich frage mich, woher sie diese braunen Haare und diese grünen Augen hat. In dieser Beziehung sieht sie ihrer Mutter ähnlich«, er machte eine bedeutungsvolle Pause, »aber, und das ist mir erst vorhin klar geworden, sie sieht auch Ihnen ziemlich ähnlich, zumindest was die Gesichtszüge betrifft. Gehe ich recht in der Annahme, dass Sie Allegras leiblicher Vater sind? Frau Wrotzeck hat sich sehr bedeckt gehalten.«

Caffarelli nickte und sagte: »Ja, Allegra ist meine Tochter. Ich wusste, Sie würden es herausfinden. Meine Frau weiß es schon seit langem, und auch Pfarrer Lehnert weiß es, sonst niemand, weder unser Sohn Luca noch Thomas. Wenn Luca es erfährt, wird für ihn eine Welt zusammenbrechen, denn er ist schon seit langem in sie verliebt und denkt wohl, jetzt, wo Johannes nicht mehr lebt, habe er vielleicht eine Chance bei ihr. Ich werde es ihm sagen müssen, auch wenn es mir das Herz bricht.«

»Das heißt, Sie hatten eine Affäre mit Frau Wrotzeck. Wann und wie lange?«

»Ich war ganz neu in Bruchköbel. Sie kam in mein Geschäft, um eine Uhr reparieren zu lassen, weil sie sich keine neue leisten konnte. Ihr Mann hat sie finanziell sehr kurz gehalten, und sie hat mich gefragt, was diese Reparatur kosten würde … Ich habe sofort gespürt, wie traurig und einsam diese Frau war. Wir haben uns ein bisschen unterhalten, sie kam jedes Mal vorbei, wenn sie einkaufen ging, und irgendwann ist es passiert. Sie wurde schwanger, Allegra wurde geboren, aber wir haben unsere heimliche Beziehung nicht fortgeführt. Ich habe kurz darauf Anna kennengelernt, wir haben geheiratet, und dann wurde Luca geboren.«

»Wie haben Sie erfahren, dass Allegra Ihre Tochter ist?«

»Liane hat es mir gesagt. Allegra und ich, wir sind uns so ähnlich, ich hätte es auch so gemerkt. Was glauben Sie, wie oft Allegra zu mir ins Geschäft kam! Als wüsste sie, dass ich ihr Vater bin. Aber sie weiß es nicht, es kann jedoch sein, dass sie es spürt.«

»Und Wrotzeck, wusste er davon?«

Caffarelli schüttelte entschieden den Kopf. »Nein, natürlich nicht. Egal, wie seine Tochter ausgesehen hätte, ob blond oder rothaarig oder schwarz, er hätte nicht gemerkt, wenn es nicht seine Tochter gewesen wäre. Wissen Sie, hätte er davon gewusst, er hätte erst seine Frau, dann Allegra und anschließend mich umgebracht. Er hat nie lange gefackelt, er hat erst zugeschlagen und dann etwas gesagt. Einmal hat er Allegra im Krankenhaus besucht, als ich auch dort war. Er hat mich angeschrien, was ich andauernd bei ihr will, er habe erfahren, dass ich jeden Tag zu ihr gehe. Ich habe ihm dasselbe geantwortet wie Ihnen vorgestern. Damit hat er sich zufrieden gegeben, und danach habe ich ihn auch nicht mehr gesehen. Er konnte es nicht gewusst haben.«

Brandt lehnte sich zurück und schlug die Beine übereinander. Er hatte mit allem gerechnet, aber nicht damit, dass Caffarelli so offen ihm gegenüber war.

»Sie denken jetzt vielleicht, ich hätte Herrn Wrotzeck getötet. Aber das habe ich nicht. Ich war an jenem Abend hier zu Hause, das können sowohl meine Frau als auch Luca bestätigen …«

Brandt winkte ab und unterbrach Caffarelli: »Nein, nein, ich würde Sie nie verdächtigen. Da ist etwas ganz anderes vorgefallen, ich weiß nur noch nicht genau, was. Sie haben mir sehr geholfen und …«

»Was hat es mit den Unfällen von Inge und Johannes zu tun?«, fragte Anna Caffarelli noch einmal.

»Ich gehe davon aus, dass Wrotzeck diese Unfälle verursacht hat. Ich meine damit, bewusst verursacht, und dass darin der Schlüssel für seinen Tod zu finden ist. Ich frage mich nur, wie hat er es gemacht und wer hat ihn … Getötet kann man nicht sagen, es war eher ein Unglück. Haben Sie eine Idee?«

Caffarelli nahm einen Schluck aus seiner Tasse, der Tee war inzwischen abgekühlt. Er sagte nichts.

»Sie wissen mehr als ich, stimmt's?«, hakte Brandt nach, der an Caffarellis Gesicht erkannte, dass er ihm eigentlich noch etwas mitteilen wollte, sich jedoch zurückhielt, aus welchen Gründen auch immer.

»Nein. Aber fragen Sie doch Allegra, wenn Sie morgen ins Krankenhaus gehen. Sie haben es ihr versprochen.«

»Meinen Sie denn, Sie kann sich erinnern, was sich vor vier Monaten zugetragen hat?«, fragte Brandt.

»Sie kann sich erinnern. Ich weiß das, denn ich bin ihr Vater. Ich habe sie all die Jahre über beobachtet, ich habe sie nie aus den Augen gelassen. Manchmal wünschte ich, ich hätte mehr für sie tun können. Jede Chorprobe war ein Genuss, aber gleichzeitig auch eine Folter, weil ich sie nie in den Arm nehmen durfte. Doch nach dem Unfall wollte ich ihr zeigen, dass ich an ihrer Seite bin und es immer war. Hätte ich gemerkt, dass sie zu Hause zugrunde geht, ich hätte etwas unternommen, um sie dort rauszuholen, glauben Sie mir.« Und nach einer kurzen Pause: »Herr Brandt, es tut mir leid, dass ich Ihnen nicht von Anfang an reinen Wein eingeschenkt habe, aber ich bin froh, dass das endlich raus ist. Wie gesagt, fragen Sie Allegra, was sich an jenem Abend zugetragen hat.«

»Das werde ich tun. Und wann erzählen Sie Ihrem Sohn, dass er eine Halbschwester hat?«

»Vielleicht heute noch, vielleicht auch erst morgen. Aber nicht später, ich möchte nicht, dass er es von andern erfährt. Sie haben ja noch gar nicht von Ihrem Tee probiert. Er wird sonst kalt«, wechselte er schnell das Thema.

Brandt nahm die Tasse und trank einen Schluck, er schmeckte köstlich. Er blieb noch zehn Minuten und verabschiedete sich dann. Caffarelli und seine Frau begleiteten ihn hinunter, und noch bevor sie die Tür öffnen konnten, ging sie auf, und Luca kam herein.

»Hallo«, murmelte er und drängte sich vorbei, um nach oben zu gehen.

Brandt sah ihm nach und dann Caffarelli vielsagend an.
»Es ist wichtig«, sagte er.

»Alles hat seine Zeit, Herr Brandt. Eine Zeit zum Lachen und eine Zeit zum Weinen. Eine Zeit zu leben und eine Zeit zu sterben. Eine Zeit zu sprechen und eine Zeit zu schweigen. Kommen Sie gut nach Hause. Und vielleicht sehen wir uns ja morgen in der Klinik.«

Samstag, 21.35 Uhr

Hinter den Fenstern von Dr. Müller brannte noch Licht, Brandt klingelte, Gudrun Müllers Stimme kam aus dem winzigen Lautsprecher.

»Brandt. Ich würde gerne noch einmal mit Ihrem Mann sprechen. Ist er da?«

»Moment.«

Er hörte das Summen an der Tür, drückte sie auf und ging nach oben. Gudrun Müllers Gesicht war grau und eingefallen, was selbst im diffusen Licht der Flurbeleuchtung zu erkennen war, und sie hatte tiefe Ringe unter den Augen. Die vergangenen Tage hatten sie psychisch und physisch stark mitgenommen. Sie machte eine Handbewegung, um Brandt hereinzulassen.

Müller saß in einem Sessel, der Fernseher lief. Neben sich hatte er eine Flasche Bier stehen, in der Hand hielt er eine Zigarette. Aus einem der Kinderzimmer kam lautes Geschrei, zwei der Kinder stritten sich. Gudrun Müller ging hin und sagte ihnen mit gedämpfter und doch keinen Widerspruch duldender Stimme, dass sie sofort leise sein sollten, sonst schicke sie sie unverzüglich ins Bett. Danach zog sie sich in ein anderes Zimmer zurück, um die beiden Männer allein zu lassen.

»N'abend«, sagte Brandt und nahm einfach Platz. Müller schaute ihn kurz an und dann wieder zum Fernseher, wo ein Actionfilm lief.

»Könnten Sie bitte für einen Moment den Ton wegdrücken oder am besten ganz ausmachen?«

Müller folgte der Aufforderung und sah Brandt an. »Das ist mein erstes Bier heute«, sagte er, und es klang wie eine Rechtfertigung.

»Ich bin nicht gekommen, um Sie zu kontrollieren, sondern weil ich noch zwei ganz wichtige Fragen habe. Sie betreffen Wrotzeck.«

»Das ist ja was ganz Neues«, entgegnete Müller mit tonloser Stimme.

»Lassen wir doch diesen Sarkasmus. Sagen Sie, an welchen Tagen sind Sie immer mit Wrotzeck in die Clubs gefahren?«

»Meistens mittwochs und freitags. Warum?«

»Freitags also. Können Sie sich erinnern, ob Wrotzeck auch an jenem Freitag im Club war, als Johannes Köhler und Allegra verunglückt sind?«

Müller zog die Stirn in Falten, rieb sich die Nase und überlegte. »Keine Ahnung.«

»Dr. Müller, ich bitte Sie. Sie werden sich doch erinnern können, ob Sie allein dort waren oder zu zweit, schließlich haben Sie jedes Mal die Rechnung beglichen«, sagte Brandt scharf, woraufhin Müller erschrocken zusammenzuckte. »Also, waren Sie an besagtem Abend mit Wrotzeck zusammen oder nicht? Zu Ihrer Erinnerung, es war der 16. April.«

»Nein. Er hat mich angerufen und gesagt, er habe noch etwas Wichtiges zu erledigen. Da war ich aber schon in Hanau.«

»Hat er Ihnen auch gesagt, was er zu erledigen hatte?«

»Er hat nur gemeint, er würde sich mit einem Kunden in Frankfurt treffen. Und dann hat er noch gesagt, diesmal würde ich ja vielleicht endlich mal einen hoch …«

»Das interessiert mich weniger. Wissen Sie, wo in Frankfurt er sich mit diesem Kunden treffen wollte?«

»Nein.«

»Okay. Kommen wir zum nächsten Punkt. Sie wurden seit etwa vier Jahren von ihm erpresst, mit ihm zusammen ins Bordell zu gehen und alle seine Rechnungen dort zu begleichen. Wie oft kam es vor, dass Wrotzeck nicht zu den vereinbarten Treffen mit Ihnen erschien? Das heißt, wie oft hat er kurzfristig abgesagt?«

»Nicht oft, vielleicht drei- oder viermal.«

»Auch am 23. März 2001? Das war ebenfalls ein Freitag. Denken Sie gut nach, es könnte eminent wichtig sein.«

»Warum?«

»Kann ich mich darauf verlassen, dass Sie mit niemandem darüber reden?«

»Mit wem sollte ich darüber reden? Außerdem habe ich im Augenblick ganz andere Probleme.«

»Gut, dann sagen Sie mir, ob er an jenem Freitagabend, an dem Inge Köhler starb, mit Ihnen zusammen war. Sie können sich doch sicherlich noch an dieses Datum erinnern, oder?«

345

»Ach, das meinen Sie. Wir waren an dem Abend zusammen in Offenbach, aber er hat schon so gegen zehn gesagt, er müsse dringend weg.«

»Hat er auch gesagt, wohin?«

Müller zögerte mit der Antwort, als würde er allmählich begreifen, was Brandt mit seinen Fragen bezweckte. »Soweit ich mich erinnern kann, wollte er sich mit einer Frau treffen. Sie denken doch nicht etwa, dass er …«

»Das waren exakt die Antworten, die ich hören wollte. Sollte es zum Prozess kommen, werden Sie als Zeuge vorgeladen, und ich möchte Sie bitten, dort noch einmal alles genau so zu erzählen, wie Sie es mir eben erzählt haben.«

»Warten Sie«, sagte Müller, der mit einem Mal aus seiner Lethargie erwacht zu sein schien, zu Brandt, der bereits aufgestanden war, »heißt das etwa, dass Wrotzeck etwas mit diesen Unfällen zu tun hatte?«

»Sagen wir es so, es deutet vieles darauf hin. Hat er mit Ihnen jemals über die Unfälle gesprochen?«

»Schon.«

»Und wie? War er zurückhaltend in seinen Äußerungen, oder hat er auffällig viel dazu zu sagen gehabt?«

Müller lachte trocken auf. »Wrotzeck hat nie viel gesprochen, immer nur das Nötigste. Außer, wenn wir unterwegs waren und er getrunken hatte. Da konnte er mit einem Mal quatschen wie ein Wasserfall.«

»Hm. Haben Sie ihn auf den Unfall von Allegra angesprochen?«

»Hab ich, aber er hat ziemlich unwirsch reagiert. Also hab ich meine Klappe gehalten. Dem ist die ganze Sache sowieso ziemlich am Arsch vorbeigegangen, den Eindruck hatte ich zumindest.«

»Und von dem Streit zwischen Wrotzeck und Köhler wussten Sie auch?«

»Das hat doch jeder gewusst, aber keiner hat sich getraut, Wrotzeck mal so richtig die Meinung zu sagen. Selbst Köhler war viel zu zurückhaltend. Was Wrotzeck gebraucht hätte, wäre mal eine richtige Abreibung gewesen, der hätte mal so richtig eins in die Fresse kriegen müssen. Aber dazu hätte man schon fünf oder sechs starke Kerle gebraucht. Nur, die findet man hier nicht so leicht. Und in diesem Dorf kümmert sich ohnehin jeder nur um seine eigenen Angelegenheiten. Getratscht wird auf Teufel komm raus, aber ansonsten macht man auf heile Welt …« Er winkte ab und meinte: »Schluss damit, ich bin ja keinen Deut besser. Ich habe einen Menschen getötet und werde mein Leben lang dafür bezahlen. Tja, so ist das. Das beschauliche Bruchköbel, ein einziger tiefer Sumpf. Wer hätte das gedacht?!« Müller lachte wieder auf, diesmal hart und bitter. »Sonst noch Fragen?«

»Nein. Ich möchte Sie lediglich noch einmal bitten, dieses Gespräch für sich zu behalten, damit ich meine Ermittlungen in Ruhe abschließen kann.«

»Meine Lippen sind versiegelt, das waren sie leider schon immer.«

Brandt verabschiedete sich und rief um kurz vor halb elf von seinem Wagen aus bei Elvira Klein an. Sie war wieder außerordentlich freundlich am Telefon, was Brandt noch immer sehr verwirrte. Was haben Andrea und die Klein

347

bloß gestern gemacht, dass die auf einmal so … anders … ist?

»Wrotzeck und die Unfälle sind untrennbar miteinander verbunden, das ist so sicher wie das Amen in der Kirche. Er war an einem Abend laut Aussage dieses Dr. Müller nicht mit ihm zusammen, am andern nur bis zweiund-zwanzig Uhr, obwohl freitags immer ihr Ausgehtag war. Jetzt muss ich nur noch rausfinden, wie er's gemacht hat. Jedenfalls hat er sogar unsere Kriminaltechniker ausge-trickst.«

»Und wie wollen Sie das beweisen?«

»Indem ich denjenigen finde, der Wrotzeck eins über den Schädel gezogen hat. Und da kommen nicht mehr allzu viele in Frage. Weder Köhler noch Müller, dieser Caffarelli schon gar nicht …«

»Wenn ich Sie unterbrechen darf, warum dieser Caffa-relli nicht?«

»Weil der keiner Fliege was zuleide tun könnte. Wenn Sie möchten, kann ich Sie gerne mit ihm bekannt machen, eine Begegnung mit ihm würde Ihr Leben mit Sicherheit bereichern.«

»Ihres vielleicht, aber ich habe keinen Bedarf«, erwi-derte sie schnippisch, was Brandts Einschätzung über die wundersame Wandlung der Elvira Klein sofort wieder re-lativierte. »Bringen Sie mir Ergebnisse, Sie sind doch schon fast am Ziel. Sie sagen ja selbst, dass nicht mehr allzu viele in Frage kommen, die Wrotzeck umgebracht haben können.«

»Sie bekommen Ihre Ergebnisse. Und jetzt schlafen Sie gut.«

»Danke, aber ich hatte noch nicht vor, ins Bett zu gehen.«

»Das heißt also, dass ich Sie auch noch in zwei oder drei Stunden anrufen darf, sollte sich etwas ganz Besonderes ergeben?«, fragte er grinsend.

»Sie dürfen, allerdings nur, wenn Sie mir auch den Mörder präsentieren können.«

»Wer immer Wrotzeck in den Tod geschickt hat, er hat der kleinen Welt von Bruchköbel ganz sicher einen großen Gefallen erwiesen. Gute Nacht.«

Er drückte auf Aus, steckte das Handy in seine Jackentasche, startete den Motor und wollte bereits losfahren, als es klingelte. Andrea.

»Hallo, mein Schatz, wie geht es dir?«, sagte sie in einem Ton, der Brandt aufhorchen ließ.

»Gestresst, aber ansonsten ganz gut. Was ist los?«

»Ich hab dich eben schon zu erreichen versucht, aber ...«

»Ich hatte deine liebe Freundin an der Strippe ...«

»Aha. Es geht um Sarah. Sie hat mich vor ein paar Minuten angerufen, es geht ihr wohl ziemlich schlecht. Ich fahr gleich hin und hol sie ab. Ich wollte dir nur Bescheid geben ... Daddy.«

»He, nicht so hastig. Wieso geht's ihr schlecht? Ist sie krank?«

»Weiß nicht, aber ich werde es gleich wissen. Komm bald nach Hause, könnte sein, dass wir dich brauchen, sie hat sich nämlich nicht besonders gut angehört.«

»Bin schon auf dem Weg.«

Er hatte eigentlich noch einen Besuch vorgehabt, auch

wenn es schon sehr spät war, denn er war sicher, der Lösung ganz nahe zu sein. Aber vielleicht ist es ganz gut, wenn ich morgen erst noch mit Allegra spreche, sofern sie überhaupt ansprechbar ist.

Um dreiundzwanzig Uhr, mit Beginn der Nachrichten, traf er in Offenbach ein. Andreas Auto stand vor der Tür, in seiner Wohnung brannte Licht. Er war gespannt und besorgt zugleich, als er die Treppe hinauflief.

Andrea und Sarah saßen auf dem Sofa, Sarahs Gesicht war tränenverschmiert. Andrea machte eine leichte Handbewegung, mit der sie Brandt signalisierte, nicht gleich auf seine Tochter einzureden. Er legte seine Jacke ab und setzte sich in den Sessel. Sarah sah nicht gut aus, und immer wieder warf sie ängstliche Blicke zu ihrem Vater.

Samstag, 22.00 Uhr

Matteo Caffarelli klopfte an die Tür von Lucas Zimmer und trat ein, als er keine Antwort erhielt. Luca lag im Dunkeln auf seinem Bett, die Arme hinter dem Kopf verschränkt. Er hatte Kopfhörer auf und sah sich einen Film auf DVD an. Er nahm die Kopfhörer ab, als er seinen Vater bemerkte.

»Luca, könntest du bitte ins Wohnzimmer kommen, ich hätte etwas mit dir zu besprechen.«

»Geht das nicht auch hier?«, fragte er leicht ungehalten.

»Nein, ich möchte es im Beisein deiner Mutter tun. Kommst du?«

»Wenn's sein muss«, erwiderte Luca, drückte auf Pause und stand auf.

Im Wohnzimmer saß Anna Caffarelli, ihre sonstige Lockerheit war einer sichtlichen Angespanntheit gewichen. Sie fürchtete sich ein wenig vor den folgenden Minuten, in denen Luca etwas erfahren würde, was ihn womöglich zutiefst schockieren und natürlich auch verletzen würde.

»Was ist denn los?«, fragte er und ließ sich in einen Sessel fallen.

»Luca«, sagte Matteo und setzte sich ebenfalls, »ich will nicht viele Worte machen. Du hast eben Kommissar Brandt gesehen, er war hier und hat wieder ein paar Fragen gestellt, die ich ihm natürlich beantworten musste. Unter anderem hat er mich wegen Allegra befragt. Und du weißt, ich kann nicht lügen, ich habe dich nie angelogen und auch deine Mutter nicht.«

»Jetzt mach's doch nicht so spannend«, sagte Luca mit hochgezogenen Brauen. »Was ist mit Allegra?«

»Du magst sie sehr, nicht?« Anna sah ihren Sohn an und hätte ihn am liebsten gleich in den Arm genommen.

»Schon.«

»Ach komm, dein Vater und ich wissen doch, wie sehr du sie magst. Aber du und sie, ihr werdet nie zusammen sein können ...«

»Wer hat denn behauptet, dass ich das will?«, sagte er. »Natürlich mag ich Allegra, aber nicht so, wie ihr vielleicht denkt«, schwindelte er und vermied es, seinen Vater oder seine Mutter anzusehen.

»Luca, du hast für sie geschwärmt, seit du zwölf oder dreizehn bist. Matteo, sag du jetzt bitte auch was.«

Matteo fuhr sich mit der Hand über die Stirn. »Luca, es könnte sein, dass du mich jetzt für das hasst, was du gleich erfährst, aber du bist mein Sohn und hast ein Recht auf die Wahrheit.« Er machte eine Pause und fuhr fort: »Allegra ist deine Halbschwester. Ich bin ihr leiblicher Vater.«

Luca sah seinen Vater lange an, in seinen Augen war Ungläubigkeit. »Was? Wieso bist du ihr Vater? Ich versteh das nicht.«

»Das ist eine lange Geschichte. Es war, bevor ich deine Mutter kennenlernte. Ich hatte eine Affäre mit Frau Wrotzeck, und daraus ist Allegra entstanden ...«

»Und wieso hast du mir das nicht schon längst gesagt?«, schrie Luca seinen Vater an und sprang auf. »Wahrscheinlich wusste es jeder, nur ich nicht. Mama, seit wann weißt du es?«

»Schon immer, dein Vater hat es mir erzählt, als wir zusammengekommen sind. Hör zu, wir ...«

»Nein, ihr hört mir jetzt zu. Hab ich jemals irgendwas nach außen getragen, was wir hier besprochen haben? So viel zum Vertrauen, das in dieser Familie so groß geschrieben wird. Mein Vater, der allseits beliebte Uhrmacher, der kein Wässerchen trüben kann. Ihr hättet es mir längst erzählen können, ich hätte bestimmt meinen Mund gehalten, aber ...«

»Luca«, unterbrach ihn Matteo, »hör mir bitte zu. Wir mussten es so geheim halten, allein schon wegen Allegra und ihrer Mutter. Du weißt doch, wie Herr Wrotzeck war ...«

»Ja, er war das gottverdammt größte Arschloch ...«

»Bitte, sprich nicht so über ihn, auch wenn ich deine

Wut und deine Enttäuschung verstehen kann. Aber er hätte vielleicht Dinge getan, die …«

Anna mischte sich ein. »Reden wir Klartext. Du kanntest Wrotzeck, und vielleicht hätte er ein Blutbad angerichtet, wenn er es erfahren hätte. Nur deshalb haben wir geschwiegen. Aber jetzt dürfen wir darüber sprechen.«

Luca schüttelte den Kopf und meinte: »Ich hätte es doch niemandem gesagt …«

»Als Kind verplappert man sich manchmal völlig ungewollt. Wir durften das Risiko nicht eingehen. Sei deinem Vater nicht böse. Bitte.«

Luca legte den Kopf in den Nacken und schloss die Augen. »Das ist schon ziemlich beschissen. Allegra ist meine Schwester. Ich geh wieder rüber in mein Zimmer, ich muss das alles erst mal verdauen.«

»Luca«, sagte Matteo, »ich war immer für dich da und werde es auch immer sein. Du bist mein Sohn, und ich liebe dich über alles …«

»Und du liebst Allegra über alles. Wie kann man eigentlich alle Menschen so lieben wie du? Gibt es dafür ein Geheimrezept?« Die Ironie in seiner Stimme war wie ein scharfes Schwert. »Jetzt macht das auch Sinn, dass du jeden Tag in die Klinik gefahren bist. Und ich Idiot hab nicht mal gecheckt, dass da was ganz anderes dahinterstecken könnte als nur reine Nächstenliebe. Ciao, ich bin drüben. Aber eins hab ich heute gelernt, mein Vater ist nicht so vollkommen, wie ich immer gedacht habe. Ist aber irgendwo auch ganz beruhigend.« Er wollte bereits in sein Zimmer gehen, als er innehielt und sagte: »Was, wenn Allegra gestorben wäre? Hättet ihr es mir dann auch gesagt?«

»Ja«, antwortete Matteo mit fester Stimme.

»Wer's glaubt.«

»Ich hätte es dir gesagt, Luca, aber nicht solange Herr Wrotzeck gelebt hätte.«

»Hast du ihn etwa umgebracht? Damit du es mir endlich sagen kannst?«, fragte er sarkastisch.

»Bitte, Luca, nicht so!«, herrschte ihn seine Mutter an. »Dein Vater könnte niemals einem Menschen wehtun.«

»Schon passiert.« Er drehte sich um, ging in sein Zimmer und knallte die Tür hinter sich zu, was er sonst nie tat. Er warf sich aufs Bett, setzte die Kopfhörer wieder auf und stellte die Lautstärke noch ein wenig höher, bis es in seinen Ohren dröhnte.

»Er ist sehr verletzt«, sagte Matteo mit traurigem Blick. »Das wollte ich nicht. Ich wollte niemanden mehr verletzen, seit dieser Sache damals mit meiner Mutter. Ich habe nie mit ihr Frieden schließen dürfen … Und jetzt auch noch Luca.«

»Er wird darüber hinwegkommen.« Anna setzte sich neben Matteo und nahm ihn in den Arm. »Luca wird sich irgendwann mit dem Gedanken anfreunden, eine Schwester zu haben. Eine zauberhafte Schwester.«

»Ich weiß es nicht. Er war verliebt in sie, und jetzt mit einem Mal darf er es nicht mehr sein. Das ist nicht leicht zu verkraften. Luca wird mich dafür hassen.«

»Matteo, so kenne ich dich ja gar nicht«, sagte Anna aufmunternd. »Luca kann nicht hassen, er kann es so wenig wie du, weil du sein Vater bist. Er ist enttäuscht, dass wir in seinen Augen so wenig Vertrauen zu ihm hatten. Und das kann ich gut nachvollziehen. Er wird dir nicht lange böse sein, glaub mir.«

»Gehen wir noch ein bisschen spazieren? Ich möchte an die frische Luft und nachdenken.«

»Gerne. Ich zieh mir nur schnell was anderes an.«

Matteo und Anna gingen gemäßigten Schrittes Hand in Hand durch das stille, wie ausgestorben wirkende Bruchköbel. Durch schmale Gassen und vorbei an alten und neuen Häusern. Hinter einigen von ihnen brannte noch Licht, bei den meisten waren jedoch die Rollläden heruntergelassen. Der Regen des Tages hatte aufgehört, an einigen Stellen war der Himmel aufgerissen, und ein paar Sterne funkelten in der klaren Nacht. Matteo und Anna sprachen nur wenig, sie brauchten ohnehin kaum noch Worte, um sich zu verstehen. Es war fast Mitternacht, als sie wieder nach Hause kamen. In Lucas Zimmer war alles dunkel, aber der Krach aus den Kopfhörern drang bis in den Flur.

Samstag, 23.00 Uhr

Brandt saß eine ganze Weile schweigend schräg gegenüber von Andrea, die ihren Arm um Sarah gelegt hatte, während diese sich an ihrer Schulter ausheulte. Nach zehn Minuten hielt er es nicht mehr aus, holte sich eine Flasche Bier aus dem Kühlschrank und sagte: »Kann mir jetzt vielleicht mal einer verraten, was hier los ist? Hallo, Sarah, ich bin's, dein Vater.«

»Willst du's ihm erzählen, oder soll ich das übernehmen?«, fragte Andrea.

»Du«, schluchzte Sarah.

»Sie war auf einer Party von so 'nem Jungen, der sturmfreie Bude hat. Ich hab sie da rausgeholt.«

Brandt setzte sich wieder und sagte: »Ist das alles? Komm, was ist da wirklich abgelaufen? Und keine Angst, ich reiß dir den Kopf schon nicht ab. Aber ich will wissen, was vorgefallen ist. Und eigentlich würde ich es gerne von dir hören.«

Sarah wischte sich die Tränen ab und putzte sich die Nase. »Andrea, bitte«, sagte sie mit flehendem Blick.

Andrea zuckte mit den Schultern und machte ein hilfloses Gesicht.

»Mein Gott, wollen wir bis morgen früh hier sitzen? Du warst also bei einem Jungen, der eine Party gegeben hat. Mir hast du gestern abend gesagt, du würdest das Wochenende bei einer gewissen Celeste verbringen. Von einer Party war nicht die Rede.«

Andrea schüttelte den Kopf und sagte: »Also gut, dann übernehm ich das. Sarah hat mich vorhin angerufen und mich dringend gebeten, sie abzuholen. Also bin ich sofort los, hab sie aus dem Haus geholt und wäre da beinahe selber angemacht worden. Dort wird getrunken und auch Gras geraucht, ob andere Drogen im Spiel sind, keine Ahnung. Jedenfalls hat einer der Typen dort versucht, Sarah ins Bett zu kriegen, und er scheint dabei nicht gerade zimperlich vorgegangen zu sein. Sie hat Angst bekommen und mich angerufen. Das ist die Kurzfassung.«

»Bitte, ich hör wohl nicht richtig. Bei wem findet das statt und vor allem, wo?«, fragte Brandt sichtlich erregt.

»Das ist doch unwichtig …«

»Nein, ist es nicht!«, widersprach Brandt entschieden. »Meine Tochter wird fast vergewaltigt, und du findest es unwichtig?! Jetzt mal raus mit der Sprache. Ich werde sofort hinfahren und dem ein Ende bereiten. Wer weiß, wie viele Mädchen noch unter Drogen gesetzt und zu Dingen gezwungen werden, die sie normalerweise nicht machen würden. Hast du irgendwas genommen?«, fragte er Sarah.

»Ich hab nur was getrunken«, antwortete Sarah zögernd. »Aber ich hab doch gleich gewusst, dass du das nicht verstehen würdest. Du bist wie alle Väter!«, schrie sie und sprang auf, um in ihr Zimmer zu rennen, doch Brandt hielt sie am Arm fest.

»Nicht so schnell. Was hast du getrunken und wie viel? Und hast du Drogen genommen? Ich muss das wissen, wenn ich dorthin fahre und den Laden auseinandernehme. Also, ich erwarte eine klare Antwort.«

»Lass mich los, du tust mir weh.«

»Nein, ich lass dich nicht los, bevor du mir nicht gesagt hast, was du auf dieser Party wolltest und was du dort gemacht hast. Setz dich wieder hin, und wir reden in Ruhe. Dass ich nicht gerade erfreut bin, kannst du dir denken, aber ich mach mir eben Sorgen um dich.«

»Du bist doch nie zu Hause, du weißt doch gar nicht, was los ist.«

»Nein, nein, mein liebes Fräulein, nicht so. Ich bin sehr wohl die meiste Zeit zu Hause, zumindest abends. Dass ich wie jetzt ausnahmsweise Bereitschaft habe, dafür kann ich nichts. Und jetzt beantworte bitte meine Fragen. Was hast du alles zu dir genommen?«

»Ist das jetzt ein Verhör?«, fragte Sarah mit heruntergezogenen Mundwinkeln und fing wieder an zu weinen.

»Nein, natürlich nicht. Entschuldige. Okay, und wenn du jetzt nicht darüber sprechen möchtest, kann ich das verstehen«, sagte Brandt und dachte: Das ist das erste Mal, dass ich mit so was konfrontiert werde. Und ich war immer der Meinung, meinen Töchtern könnte das nicht passieren. Aber warum vertraut sie mir weniger als Andrea? Hab ich ihr jemals einen Grund dafür gegeben?

»Versprichst du mir, nicht dorthin zu fahren, wenn ich dir alles sage?«

»Versprochen.«

»Ich hab zwei Cola-Rum getrunken und einen Joint geraucht, weil Celeste das auch gemacht hat. Und dann ist mir so schwindlig geworden, und mir war auch so schlecht. Und da kam dann dieser Typ, den ich gar nicht kenne, und hat …« Sie presste die Lippen aufeinander und konnte vor Schluchzen nicht mehr weitersprechen.

»Er ist ihr an die Wäsche gegangen«, sagte Andrea. »Aber Sarah konnte sich losreißen und ist aus dem Haus geflüchtet. Zwei von den Jungs und diese Celeste sind ihr jedoch nachgelaufen und haben sie wieder zurückgeholt. Aber davor konnte sie mich noch schnell anrufen. Sie hat panische Angst gehabt, und ich muss ganz ehrlich sagen, ich kann das sehr gut verstehen, ich hatte nämlich selber ein ziemlich mulmiges Gefühl. Erst als ich denen klargemacht hatte, dass du bei der Polizei bist, haben sie uns in Ruhe gelassen.«

»Und wo?«

»Heusenstamm, beste Wohngegend. Sarah kannte sich dort ja nicht aus, deswegen haben die sie so schnell eingeholt.«

»Ich werde mir die Eltern des Bürschchens vorknöpfen und ihnen klarmachen, was dort in deren Abwesenheit so alles getrieben wird. Und du«, sagte er zu Sarah, »du lügst mich in Zukunft bitte nicht mehr an. Ich mach mir große Sorgen, denn ich habe schon zu viele Jugendliche auf diese Weise versacken sehen. Das hast du doch nicht nötig, es gibt doch bestimmt auch andere, mit denen du Partys feiern kannst, ohne dass du in Gefahr bist. Stell dir nur vor, du hättest nicht die Gelegenheit gehabt, Andrea anzurufen, was dann passiert wäre.«

»Ist gut, sie weiß es schon. Und sie wird so was auch nicht mehr machen, das hat sie mir versprochen«, meinte Andrea.

»Hoffentlich. Ich hätte Angst, dich zu verlieren«, sagte Brandt, der sich wieder einigermaßen beruhigt hatte. »Du machst keine solchen Dummheiten mehr, okay?«

Sarah schüttelte den Kopf. »Kann ich jetzt ins Bett?«

»Schlaf dich aus. Und bitte, keinen Alkohol mehr und vor allem keine Drogen. Ich hab leider schon viel zu oft damit zu tun gehabt. Ich hab dich viel zu lieb, als dass ich dich an so einen Dreck verlieren möchte. So, und jetzt komm her.«

Brandt hielt seine Tochter lange umarmt, bis sie sich löste und ihm ein verschämtes Lächeln zuwarf. Er wartete, bis sie in ihrem Zimmer war, und unterhielt sich noch fast zwei Stunden mit Andrea über das, was Sarah erlebt hatte. Er war froh, dass es so glimpflich ausgegangen war, aber er hatte auch schon die anderen Seiten kennengelernt, jene, wo Jugendliche in einen Sog geraten waren, aus dem sie sich nicht mehr befreien konnten. Hoffentlich hat Sarah ihre Lektion gelernt, hoffentlich, dachte er, bevor auch er mit Andrea zu Bett ging.

Sonntag, 13.00 Uhr

Brandt hatte mit Andrea gefrühstückt, während Sarah bis zum Mittag im Bett geblieben war und sich auf Zehenspitzen ins Bad begab. Der vergangene Abend war fürs erste tabu, aber irgendwann in den nächsten Tagen, das hatte er sich vorgenommen, würde er mit Sarah noch einmal ein ernstes Gespräch unter vier Augen führen. Von Vater zu Tochter.

Er machte sich auf den Weg nach Hanau, um Allegra zu besuchen, und hoffte, dass sie wach war, wenn er kam. Matteo Caffarelli und Liane Wrotzeck waren dort und unterhielten sich mit Allegra, die ausgesprochen munter wirkte. Sie lag nicht mehr so steif und bewegungslos im Bett, auch wenn ihre physischen Kräfte erst in ein paar Wochen, womöglich auch erst in einigen Monaten wieder vollständig hergestellt sein würden. Brandt begrüßte Caffarelli und Liane Wrotzeck, die sich sehr distanziert zeigte.

Caffarelli bat ihn nach draußen und meinte: »Allegra ist seit dem Morgen wach. Ich habe Ihnen ja gleich gesagt, dass sie sehr bald wieder zu Hause sein wird. Sie wird auch keine aufwendige Therapie benötigen. Aber ich möchte Sie nicht langweilen. Ich glaube, sie hat Ihnen was zu sagen. Gehen Sie rein, ich werde mit Frau Wrotzeck hier draußen warten.«

Caffarelli gab Liane Wrotzeck ein Zeichen, woraufhin sie wortlos an Brandt vorbeiging. Er machte die Tür hinter sich zu und setzte sich zu Allegra ans Bett. Ihre grünen Augen waren weit geöffnet, irgend jemand hatte sie dezent geschminkt, doch ihre Haut war dennoch sehr blass nach vier Monaten in einem geschlossenen Raum.

»Hallo, da bin ich«, sagte er. »Sie erinnern sich an mich?«

»Natürlich«, antwortete sie mit noch schwacher Stimme. »Sie wollen mich etwas fragen?«

»Ja. Sie wissen ja, ich bin bei der Polizei, und wenn die Polizei kommt, gibt es immer einen Grund«, sagte er lächelnd.

»Sie möchten wissen, ob ich mich an den Abend erinnere, als der Unfall passiert ist.« Allegra schloss für einen Moment die Augen, bevor sie sie wieder öffnete und Brandt ansah.

»Ja, das würde ich gerne wissen.«

»Johannes und ich waren bei Freunden und sind dann nach Hause gefahren. Wir haben eine CD gehört, und dann hat es einen Schlag gegeben, und dann war alles nur noch dunkel.«

»Was für einen Schlag?«

»Ich weiß es nicht, ein Schlag eben. Johannes konnte überhaupt nichts mehr machen.«

»Ein Schlag von vorn, von der Seite oder von hinten? Wissen Sie das vielleicht?«

»Nein, daran kann ich mich nicht erinnern.«

»Das reicht schon. Kann ich irgendetwas für Sie tun?«
Sie war erschöpft und lächelte doch beinahe verklärt.
»Nein, danke. Haben Sie Kinder?«

»Zwei Töchter, etwas jünger als Sie.«

»Sie sind bestimmt ein guter Vater.«

»Das habe ich auch mal gedacht, bis gestern die ersten
Zweifel in mir hochkamen. Doch das erzähle ich Ihnen ein
andermal. Wir sehen uns nämlich heute bestimmt nicht
zum letzten Mal. Ich will Sie jetzt aber nicht länger stören,
ich möchte mich noch ein bisschen mit Ihrer Mutter unterhalten. Machen Sie's gut, und erholen Sie sich. Es gibt
eine Menge Leute, die darauf warten, Sie wieder singen zu
hören.«

»Sie stören mich nicht. Und woher wissen Sie, wie gut
ich singen kann?«

»Herr Caffarelli hat es mir gesagt. Und ich verspreche Ihnen, bei Ihrem nächsten Konzert werde ich da
sein.«

»Das würde mich freuen. Ich hoffe, ich kann noch singen. Und wenn nicht, dann ist es auch nicht schlimm. Ich
weiß jetzt, wie wertvoll das Leben ist.«

»Das ist es. Bis bald.«

Allegra schenkte ihm zum Abschied ein weiteres zau-
berhaftes Lächeln, und Brandt wusste spätestens jetzt,
warum alle von dieser jungen Frau so schwärmten. Sie
war etwas Besonderes und würde es immer sein. Kein
Wunder, bei dem Vater, dachte er, als er wieder auf den
Flur ging, wo Matteo Caffarelli und Liane Wrotzeck
warteten.

»Frau Wrotzeck, ich würde gerne mit Ihnen sprechen. Allein. Am liebsten wäre es mir, wenn wir das bei Ihnen zu Hause tun könnten. Wann würde es Ihnen heute passen?«

Sie sah Caffarelli an, der nur vielsagend nickte.

»Ich verabschiede mich nur schnell von Allegra, ich bin schon seit sieben hier. Ich kann ja nachher noch mal herfahren.«

»Was war das eben für ein Zeichen, das Sie Frau Wrotzeck gegeben haben?«

»Nichts weiter. Ist es nicht schön, welche Fortschritte Allegra macht? Sie wird schon bald wieder die Alte sein. Ich freue mich so sehr für sie, auch wenn ich traurig bin, dass Johannes das nicht miterleben kann. Allegra, einen passenderen Namen hätte man für sie nicht aussuchen können. Er bedeutet so viel wie lebhaft, heiter, fröhlich. Genau das ist sie. Über vier Monate hat sie nicht gesungen, sondern nur stumm geschrien, unsere kleine Nachtigall. Aber bald wird sie wieder singen. Und glauben Sie mir, es war Ihr erster Besuch, der sie zurückgeholt hat aus ihrer Traumwelt.«

»Herr Caffarelli, was oder wer immer es war, wichtig ist doch, dass sie wieder da ist. Haben Sie mit Ihrem Sohn gesprochen?«, fragte Brandt.

»Er ist traurig und enttäuscht. Aber das wird sich legen, dazu kenne ich Luca zu gut. Er ist nicht nachtragend.«

Liane Wrotzeck kam heraus, sagte tschüs zu Caffarelli und fuhr mit Brandt nach unten. Nur zehn Minuten später kamen sie auf dem Hof an.

Sonntag, 14.25 Uhr

Sie wissen also Bescheid«, sagte sie, kaum dass sie im Haus waren. »Und was bringt Ihnen das jetzt?«

»Ganz ehrlich? Es ist mir egal, was in der Vergangenheit war. Aber ich habe eine Vermutung, was den Tod Ihres Mannes angeht, denn allmählich wird das Bild vollständig. Wollen wir uns nicht setzen?«

»Bitte schön«, sagte sie und nahm Brandt gegenüber Platz. »Und wie sieht dieses Bild aus?«

»Nicht sehr schön, und ich denke, Sie kennen dieses Bild ebenfalls. Hab ich recht?«

»Möglich.«

»Ich werde Ihnen sagen, was passiert ist. Korrigieren Sie mich, wenn ich etwas Falsches sage. Ihr Mann hat sowohl Inge Köhler als auch Johannes und beinahe sogar Allegra auf dem Gewissen. Ich habe Informationen, dass er genau an den Freitagen, an denen die Unfälle geschahen, gar nicht oder nur kurz mit Dr. Müller in einem dieser Clubs war. Sein Hass begann, als Herr Köhler ihm seine große Liebe ausspannte. Die neun Meter waren nur ein Vorwand, um es Köhler endlich heimzuzahlen. Aber als er merkte, dass er eigentlich nur verlor, da reifte in ihm dieser abscheuliche Plan. Er hat erst Inge Köhler getötet, dann Johannes. Und er hat sogar in Kauf genommen, dass Allegra dabei stirbt. Ich weiß nur noch nicht genau, wie er es gemacht hat. Aber ich weiß, dass Ihr Mann ein zweifacher Mörder war. Und Sie oder Ihr Sohn, einer von Ihnen beiden hat es herausgefunden. Das muss am oder kurz vor dem 23. Juli gewesen sein ...«

»Sie können aufhören«, sagte Liane Wrotzeck mit fester Stimme. »Ich war es. Ob ich dafür ins Gefängnis muss, ist mir egal, ich sagte Ihnen ja bereits, ich habe mein Leben gelebt …«

»Sie sind Anfang vierzig, da fängt es erst an«, wurde sie von Brandt unterbrochen.

»Nicht mein Leben. Und bevor ich's vergesse, mein Mann war nicht nur ein zweifacher Mörder, er hat drei Menschen umgebracht.«

Brandt runzelte die Stirn und fragte: »Wen denn noch?«

»Seinen eigenen Vater. Er hat eine Maschine manipuliert und meinem Schwiegervater gesagt, sie müsse repariert werden, weil er immer alle Maschinen selbst repariert hat. Dabei hat er einen Stromschlag erlitten und war sofort tot … Haben Sie sich denn überhaupt nicht gewundert, dass er diesen Hof übernommen hat, kurz nachdem Köhlers Vater gestorben war?«

»Nein, ich habe da keine Verbindung gesehen. Wie haben Sie vom genauen Hergang von Allegras Unfall erfahren?«

»Mein Mann hat einem unserer Arbeiter am 22. Juli fristlos gekündigt. Der hat seine Sachen gepackt und mir zum Abschied am nächsten Tag unter vier Augen mitgeteilt, was er am 17. April heimlich mitangesehen hat. Kurt hat zwei richtige Geländewagen und einen Range Rover. Jeder von denen hat vor dem Kühler diese Stoßfänger, viele sagen dazu Kuhfänger, damit, wenn nachts ein Reh oder Hirsch vors Auto läuft, nicht gleich alles kaputtgeht. Jedenfalls hat dieser Arbeiter beobachtet, wie mein Mann am 17. April bei seinem Range Rover den Kuhfänger ausgetauscht hat. Er hat mir sogar gezeigt, wo der beschädigte liegt. Sie können sich gar nicht vorstellen, was da in mir vorging. Ganz so blöd bin ich nicht, ich brauchte nur eins und eins zusammenzuzählen, denn es waren keine Haarreste von Wild dran, nur diese verräterischen Lackspuren … Tja, da war dann nur noch Hass in mir. Dass er mich nie geliebt hat, das wusste ich längst, der hat weder mich noch seine Kinder geliebt …«

»Wusste er, dass Allegra nicht seine Tochter war?«

»Nein, dann würde ich heute bestimmt nicht hier mit Ihnen sitzen und das alles erzählen. Wenn er schon so kaltblütig war, seinen eigenen Vater umzubringen, glauben Sie vielleicht, der hätte vor mir haltgemacht?! Und er hätte auch Herrn Caffarelli terrorisiert bis zum Gehtnichtmehr. Obgleich es ihm eigentlich egal war, Thomas und Allegra haben ihn nie wirklich interessiert, er war nur auf sein eigenes Wohlergehen bedacht. Nur, wenn es um seine sogenannte Ehre ging, verstand er keinen Spaß, doch den hat er sowieso nicht verstanden. Aber so schlecht, wie er uns behandelt hat, so freundlich und zuvorkommend konnte er zu seinen Kunden sein. Sogar ausnehmend freundlich, dann war er wie ausgewechselt. Aber was in der Familie abgelaufen ist, das habe ich Ihnen ja schon erzählt.«

Liane Wrotzeck holte tief Luft, um sich zu sammeln.

»Als er am Abend auf dem Heuschober war, bin ich hoch zu ihm und habe ihn zur Rede gestellt, was ich vorher nie gewagt hätte. Aber es war mir alles egal, auch wenn er mich totgeschlagen hätte. Ich habe ihn auf den Unfall angesprochen, aber er hat nur höhnisch gelacht und gesagt, wer ihm das schon beweisen könne. Und außerdem solle

ich mich verpissen, das waren seine Worte. Wortwörtlich
hat er gesagt, verpiss dich, du alte Kuh … Aber ich habe
nicht lockergelassen, ich war wie in Trance und doch völlig klar im Kopf. Und dann hat er auf einmal von Inge
Köhler und seinem Vater erzählt, während er einen Heuballen auseinandergenommen hat, um das Heu später
unten im Stall zu verteilen. Da war so eine Kälte, so eine
unbeschreibliche Kälte in seinen Worten, das habe ich einfach nicht mehr ausgehalten. Er hat mir tatsächlich genau
geschildert, wie er diese Unfälle manipuliert hat. Er hat
Inge und Johannes aufgelauert, ist ihnen nachgefahren,
und als er sicher war, dass kein Wagen weit und breit war,
hat er das Licht ausgemacht und hat Gas gegeben und
diese kleinen Autos einfach von der Straße geschoben. So
ein Range Rover hat fast zweihundert PS, der braucht einen Corsa nur anzustoßen, schon fliegt er von der Straße.
Und er hat gelacht und immer wieder nur gelacht und gemeint, jetzt wüsste ich's, aber was könne ich schon damit
anfangen, es gebe keine Beweise. Ich habe die perfekten
Verbrechen begangen, hat er gesagt und wieder nur gelacht.« Sie schüttelte den Kopf und fuhr fort: »Ich konnte
nicht mehr, das war alles zu viel für mich. Ich habe dieses
Monster nicht mehr ertragen und habe dann einfach einen
langen Holzstiel genommen und ihm damit so fest ich
konnte auf den Kopf gehauen, als er mit dem Rücken zu
mir stand. Das war ungefähr dasselbe, was er mit Inge und
Johannes gemacht hat. Die haben ihn auch nicht von hinten kommen sehen … Aber glauben Sie mir, ich wollte ihn
nicht töten, ich wollte ihm nur eine Lektion erteilen, doch
er hat das Gleichgewicht verloren und ist runtergestürzt.

Und wissen Sie was, ich habe nicht die geringste Trauer verspürt. Ich habe oben gestanden und ihn da unten liegen sehen und nur gedacht: Du bist selbst schuld … Und jetzt können Sie mich festnehmen und für den Rest meines Lebens einsperren.«

»Niemand wird Sie für den Rest Ihres Lebens einsperren. Vermutlich werden Sie sogar mit einer Bewährungsstrafe davonkommen. Ich würde vor der Staatsanwältin und vor Gericht nur nicht unbedingt sagen, dass es Ihnen nicht leid tut. Ist dieser Stoßfänger noch hier auf dem Hof?«

»Kommen Sie, ich bringe Sie hin.«

Sie gingen über den Hof in einen Geräteraum, in dem auch diverse Ersatzteile für Maschinen lagerten.

»Hier«, sagte sie und deutete auf das Teil, »da sind auch noch Lackreste von Johannes' Auto dran. Ob Sie etwas damit anfangen können, weiß ich nicht, aber …«

»Natürlich können unsere Kriminaltechniker etwas damit anfangen. Bitte lassen Sie alles so, wie es jetzt ist, ich werde meine Kollegen verständigen, damit sie diesen Stoßfänger abholen und zur Untersuchung ins Labor bringen.« Brandt sah Liane Wrotzeck an und meinte: »Warum haben Sie nicht von Anfang an die Wahrheit gesagt? Es wäre doch ganz einfach gewesen.«

Sie zuckte mit den Schultern und antwortete: »Der Arzt hat einen Unfalltod attestiert, Kurt wurde beerdigt, und damit war für mich das Kapitel Kurt Wrotzeck beendet. Dass Sie dann auftauchen würden, damit konnte ich nicht rechnen. Ich hatte Angst, Ihnen zu sagen, dass ich meinen Mann getötet habe, weil ich dachte, Sie würden mir sowieso nicht glauben.«

»Weiß Ihr Sohn davon?«

»Nein.«

»Und Herr Caffarelli?«

Ihr Blick drückte mehr aus, als tausend Worte es vermocht hätten. »Er ist neben Pfarrer Lehnert der einzige, mit dem ich darüber gesprochen habe. Er war in all den Jahren der einzige, mit dem ich reden konnte.«

»Verstehe. Würden Sie mir einen Gefallen tun?«

»Ja.«

»Rufen Sie Herrn Köhler an und bitten Sie ihn, herzukommen. Sagen Sie ihm, es sei sehr dringend und Sie würden seine Hilfe und seinen Rat brauchen.«

»Warum machen Sie das nicht selbst?«

»Weil er mich gestern rausgeschmissen hat. Er hat Ihrem Mann alles zugetraut, aber nicht, dass er der Mörder seiner Familie ist. Und ich habe wohl auch ein wenig zu tief in alten Wunden gerührt.«

»Hatten Sie gestern schon die Vermutung, dass mein Mann diese Unfälle herbeigeführt hat?«

»Hatte ich, nur hatte ich keine Beweise. Rufen Sie ihn an, Sie kommen doch gut mit ihm zurecht, wenn ich Sie letztens richtig verstanden habe.«

»Gehen wir wieder ins Haus«, sagte Liane Wrotzeck. Sie griff zum Telefon und wählte Köhlers Nummer. Er versprach, in fünf Minuten bei ihr zu sein.

Während sie warteten, sagte Liane: »Was geschieht jetzt mit mir?«

»Wir fahren ins Präsidium, wo ich Ihre Aussage zu Protokoll nehme. Alles Weitere entscheiden die Staatsanwältin und der Richter. Aber ich denke, Sie werden wieder nach Hause dürfen, schließlich haben Sie sich um Ihre Tochter zu kümmern.«

»Meinen Sie wirklich, dass man mich so einfach wird laufen lassen?«

»Ich bin seit sechsundzwanzig Jahren bei der Polizei, vertrauen Sie mir einfach. Es war ein Unfall, nichts als ein tragischer Unfall. Sie hatten doch nicht vor, ihn umzubringen, das haben Sie selbst gesagt. Und wenn das Gericht die Vorgeschichte hört … Ich kenne jedenfalls keinen Richter, der kein Verständnis für Ihr Verhalten aufbringen würde.«

»Ich hatte wirklich nicht vor, ihn umzubringen. Er hat wohl auch nur das Gleichgewicht verloren, weil er wieder mal zu viel getrunken hatte. Unter andern Umständen hätte er sich leicht halten können.«

Köhler kam kaum fünf Minuten nach dem Anruf. Er begrüßte Liane Wrotzeck mit einer beinahe herzlichen Umarmung, doch als er Brandt erblickte, verfinsterte sich seine Miene schlagartig.

»Was ist hier los?«, fragte er scharf.

»Erhard, ich möchte dir etwas sagen. Ich habe Kurt getötet. Eigentlich war es mehr ein Unfall …«

»Wie bitte?! Du? Warum?«, fragte Köhler entsetzt und nahm auf einem Stuhl Platz.

»Weil Kurt drei Menschen umgebracht hat, seinen Vater, Inge und Johannes. Und beinahe auch Allegra. Ich habe es durch Zufall erfahren. Herr Brandt hat es schon geahnt …«

Köhler winkte ab. »Ich weiß, ich weiß. Das muss ich erst mal verdauen. Wie ist das geschehen, ich meine, wie hast du es geschafft, Kurt …«

»Ein andermal, wenn ein bisschen Ruhe eingekehrt ist.«

»Herr Köhler«, sagte Brandt, »wenn ich gestern etwas zu forsch war, bitte ich das zu entschuldigen …«

»Schon gut, ich hab's mir nur nicht vorstellen können. Doch anscheinend gibt es nichts, was es nicht gibt.« Er stand wieder auf und reichte Brandt die Hand. »Tut mir leid wegen gestern. Aber jetzt kann ich vielleicht endlich mal ruhig schlafen … Wie hat er meine Frau und meinen Sohn umgebracht?«

»Er ist einfach von hinten gekommen und hat sie mit dem Range Rover von der Straße geschoben. Es wird einen Prozess geben, bei dem Sie am besten auch aussagen. Das Gericht wird interessieren, wie das Verhältnis zwischen Ihnen und Herrn Wrotzeck war.«

»Gerne, denn ich möchte Liane helfen, so gut ich kann. Dieses verfluchte Stinktier! Dieses gottverdammte, verfluchte Stinktier! Hat er Inge wirklich nur umgebracht, weil er es nicht verwinden konnte, dass sie meine Frau wurde? Nur deswegen?«

»Scheint so«, sagte Brandt.

»Was glaubst du wohl, warum er mich so schnell geheiratet hat?«, fragte Liane Wrotzeck. »Bestimmt nicht aus Liebe, sondern um dir zu zeigen, was er so drauf hat. Dass er jede rumkriegen kann, und damals war ich noch einigermaßen ansehnlich …«

»Das bist du doch immer noch«, sagte Köhler und nahm Liane in den Arm.

»Ich habe keine Ahnung, wie lange er schon mit dem Gedanken gespielt hat, deine Familie zu zerstören, aber es muss schon sehr lange gewesen sein.«

»Ich kann dir nur alles Gute wünschen und vor allem viel Kraft. Wie geht es Allegra?«

»Gut. Besuch sie doch mal.«

»Das werde ich machen. Und wenn sie wieder richtig fit ist, wird es ein Fest geben«, sagte er mit glasigen Augen, als ginge es um seine eigene Tochter. »Ein Fest, wie es dieses verdammte Kaff noch nie gesehen hat.«

Er umarmte Liane, nickte Brandt zu und ging nach draußen. Liane folgte ihm, gab ihm noch ein paar Worte mit auf den Weg und kam wieder zurück. Sie sah Brandt mit einem entschuldigenden, fast mädchenhaften Lächeln an.

»Ich bin bereit zu gehen. Soll ich irgendetwas einpacken?«

»Nein, nicht nötig. Wir fahren ins Präsidium, ich werde die Staatsanwältin informieren, sie wird sich ebenfalls mit Ihnen unterhalten, und dann können Sie wieder nach Hause gehen beziehungsweise ein Streifenwagen wird Sie zurückbringen. Mein Wort drauf.«

Sie hinterließ Thomas einen Zettel mit einem Vermerk, dass sie gegen Abend zurück sei, und legte ihn gut sichtbar auf den Tisch. Brandt rief Elvira Klein an, die sich mit einem knappen »Ja« meldete.

»Brandt. Wann können Sie im Präsidium sein?«

»Warum? Es ist Sonntag und …«

»Nach meiner Zeitrechnung auch. Sagen wir in einer Stunde? Ich habe hier jemanden, den Sie unbedingt kennenlernen sollten. Mehr dazu nachher.«

»Warten Sie …«

»In einer Stunde«, sagte Brandt und legte auf.

»Wer war das?«, fragte Liane Wrotzeck verwundert.

»Unsere Staatsanwältin. Sie ist etwas spröde, aber ansonsten in Ordnung.«

Um sechzehn Uhr fünfzehn waren sie im Präsidium. Brandt nahm die Aussage von Liane Wrotzeck auf und war noch mitten dabei, als die Tür aufging und Elvira Klein hereinkam. Ihr Blick drückte nicht gerade Freude aus, doch als sie die Frau sah, wurde sie sofort etwas zugänglicher.

»Frau Wrotzeck, das ist Frau Klein, unsere Staatsanwältin. Wir sind gleich fertig.«

»Herr Brandt, könnte ich Sie kurz unter vier Augen sprechen?«, fragte Elvira Klein in diesem unverwechselbar bestimmenden Ton.

»Gerne, aber nur kurz.«

Sie begaben sich ins Nebenzimmer und machten die Tür hinter sich zu.

»Warum sollte ich herkommen?«, fragte Elvira Klein und sah Brandt durchdringend an.

»Diese Frage hätte ich nun wirklich nicht von Ihnen erwartet. Sie werden sich doch wohl mit der Frau unterhalten wollen, die ihren Mann, nein, nicht ins Jenseits befördert hat – sie hat im Affekt gehandelt. Glauben Sie mir. Ich bitte Sie nur um eins – drehen Sie sie nicht durch die Mangel, sie hat schon genug durchgemacht. Und noch etwas: Ich habe ihr zugesagt, dass sie nachher wieder nach Hause gehen darf. Sie hat ihren Mann nicht vorsätzlich umgebracht, es war mehr ein Unfall. Und ich glaube ihr. Ich habe auch das Beweisstück, mit dem Wrotzeck zumindest einen der Unfälle herbeigeführt hat. Eine große Stoßstange mit Lackspuren dran. Er hat sie gleich am Morgen nach

373

dem Unfall von Johannes Köhler und Allegra Wrotzeck ausgetauscht, wurde dabei aber von einem seiner Arbeiter beobachtet. Alles Weitere wird Ihnen Frau Wrotzeck erzählen. Wenn Sie mich jetzt bitte nur noch die Aussage zu Protokoll nehmen lassen, dauert höchstens fünf Minuten.«

»Wie können Sie ihr zusagen, dass sie wieder nach Hause darf? Das ist Kompetenzüberschreitung, das ist Ihnen doch wohl hoffentlich klar. Sie muss dem Haftrichter vorgeführt werden und …«

»Das dürfen Sie alles tun, aber mit Ihrem unvergleichlichen Charme werden Sie ihn ganz sicher überzeugen, dass er auf einen Haftbefehl verzichtet. Ihre Tochter ist eben nach viermonatigem Koma aufgewacht, und sie braucht gerade jetzt ihre Mutter. Und Frau Wrotzeck braucht ihre Tochter. Und jetzt machen Sie wieder ein freundliches Gesicht, das steht Ihnen viel besser und macht Sie noch viel hübscher.«

Elvira Klein musste unwillkürlich lächeln, sie wurde sogar ein wenig verlegen und errötete. »Aber erst muss ich sie noch einmal vernehmen«, sagte sie mit plötzlich sanfter Stimme.

»Sie wird Ihnen jede Frage beantworten. Und Sie werden diese Frau mögen, darauf wette ich. Bis gleich.«

Er ging zurück in sein Büro, wo Liane Wrotzeck geduldig wartete und alle noch ausstehenden Fragen, die Brandt ihr stellte, beantwortete. Wenig später rief er Elvira Klein zu sich und sagte: »Ich lasse Sie dann mal allein. Und sollten Sie Allegra heute noch sehen, richten Sie ihr einen ganz besonderen Gruß von mir aus.« Und an Elvira Klein gewandt: »Brauchen Sie mich noch?«

»Nein.«

»Ach ja, wenn Sie Frau Wrotzeck nachher von einem Streifenwagen nach Hause bringen lassen würden. Wiedersehen.«

Er zog seine Jacke über und verließ das Büro. »Ja«, stieß er auf dem Gang kaum hörbar aus und machte die Beckerfaust, als hätte er soeben einen großen Sieg errungen, denn er hatte die Klein zum ersten Mal gesehen, wie sie rot wurde. »Das Mädchen kann eben mit Komplimenten nicht umgehen. Vielleicht sollte ich ihr mal Blumen schicken.«

Zu Hause waren seine drei Weibsbilder, wie er sie liebevoll für sich nannte, vor dem Fernseher versammelt und sahen sich eine DVD an. Andrea blickte auf, kam auf ihn zu, umarmte ihn und sagte: »Was hast du gemacht?«

»Nur mal wieder einen Fall geklärt. Deine Freundin Elvira vernimmt gerade eine Frau, die ihren Mann verletzt, aber nicht getötet hat. Wenn du verstehst, was ich meine. Ganz ehrlich, dieser Typ hat's auch nicht anders verdient.«

»Was meinst du damit?«

»Er hat drei Menschen auf dem Gewissen – er hat drei Morde begangen – und zig andere dadurch unglücklich gemacht. Es gibt eben Leute, um die es nicht schade ist.«

»Und das aus deinem Mund«, sagte Andrea mit gespielt vorwurfsvoller Miene.

Er nahm Andrea bei der Hand und ging mit ihr ins Schlafzimmer. »Wie geht es Sarah?«

»Sie hat sich erholt. War wohl nur der erste Schock gestern. Willst du wirklich noch zu den Eltern von diesem Tobias von Sellner, so heißt er nämlich …«

»Allerdings. Die sollen ruhig wissen, was ihr Sohne-
mann treibt, und ich werde ihnen auch klarmachen, dass
es beim nächsten Mal rechtliche Konsequenzen sowohl
für diesen kleinen Mistkerl als auch für die Eltern haben
wird. Ich krieg das schon hin. Was machen wir heute
noch?«

Andrea zuckte mit den Schultern. »Wollen wir mal so
richtig fein essen gehen? Ich dachte so an … Pizza, Salat,
eine Flasche Wein … Wir brauchen eigentlich gar nicht so
weit zu gehen, nur ein paar Schritte ins Wohnzimmer, alles
andere kommt von ganz allein«, sagte sie grinsend. »Ein
gemütlicher Abend zu Hause, das ist doch das, was du dir
jetzt am meisten wünschst.«

»Nichts lieber als das. Einfach nur die Beine hochlegen
und mit meinen Weibern zusammen sein. Und den lieben
Gott einen guten Mann sein lassen.«

Er nahm Andrea in den Arm und hielt sie lange fest.
Nach einer Weile sagte er: »Wenn ich mir so manche Ehen
anschaue, da kriegt man das Fürchten. So will ich nie sein.
Ich liebe dich. Und jetzt gehen wir rüber.«

Um sieben riefen sie beim Italiener um die Ecke an und
gaben eine große Bestellung auf. Wenig später klingelte
sein Telefon. Elvira Klein.

»Ich habe mit Frau Wrotzeck gesprochen und dem Haftrichter den Sachverhalt telefonisch geschildert. Sie ist gerade auf dem Weg nach Hause. Sie hatten recht, diese Frau
hat kein Verbrechen begangen, auch wenn ich natürlich
Anklage erheben muss. Aber Sie können sich darauf verlassen, dass es ein kurzer und schmerzloser Prozess wird.
Ich werde auf fahrlässige Tötung im Affekt plädieren, das

bedeutet, dass sie mit einer Bewährungsstrafe davonkommt.«

»Ich sag doch, manchmal sind Sie ein richtiger Schatz.«

»Herr Brandt, wenn Sie meinen …«

»Ich wünsche Ihnen einen wunderschönen Abend, und vielleicht sehen wir uns ja morgen. Ciao.«

»Was war das denn?«, fragte Andrea ziemlich verwundert.

»Nicht was, sondern wer. Deine Freundin …«

»Und wieso nennst du sie Schatz?«

»Weil sie heute ausnahmsweise mal einer war. Erklär ich dir später. Die Pizza müsste gleich kommen.«

»Auf die Erklärung bin ich gespannt. Wenn ich da was merke.«

»Ich war gestern auch schon bei ihr zu Hause. Sie wohnt schön, wirklich. Aber unbezahlbar für einen kleinen Bullen wie mich.«

»He, hallo, das wird ja immer schöner«, sagte Andrea, während Sarah und Michelle vor sich hin grinsten. »Du warst bei ihr zu Hause?!«

»Rein dienstlich, sie wollte nicht ins Präsidium kommen. Ich brauchte ihren Rat.«

»Ich glaub, ich bin im falschen Film. Du brauchtest ihren Rat?! Willst du mich auf den Arm nehmen?«

»Später vielleicht. Aber sie hat mich auf die richtige Spur gebracht. Irgendwann werde ich schon noch mit ihr klarkommen. Du bist doch nicht etwa eifersüchtig?«

»Na, na, Elvira sieht nicht nur fantastisch aus, sie hat auch was im Kopf.«

»Stimmt«, entgegnete Brandt nur.

»Mehr hast du dazu nicht zu sagen?«

»Ein andermal, jetzt brauche ich meine Ruhe«, antwortete er und lehnte sich zurück.

Bis fast Mitternacht blieben sie zusammen und sahen sich zwei DVDs hintereinander an, nur Michelle war in seinen Armen eingeschlafen. Brandt war zufrieden. Das einzige, was noch blieb, war, die Uhr seines Vaters bei Caffarelli abzuholen. Und hin und wieder Allegra einen kurzen Besuch abzustatten.

Am Montag überflog Brandt im Büro alle Schriftstücke, darunter viele Briefe und sogar eine Art Tagebuch, die er aus Wrotzecks Sekretär mitgenommen hatte. Und plötzlich stieß er auf etwas, das Wrotzecks Verhalten zumindest einigermaßen erklärte. Er rief sofort bei Elvira Klein an und fragte sie, ob sie einen Moment Zeit für ihn habe, auch wenn er sich normalerweise etwas Besseres vorstellen konnte, als die nächsten ein, zwei Stunden mit ihr zu verbringen.

»Hier«, sagte er und legte ein Schulheft auf den Tisch. »Da drin steht Wrotzecks Vergangenheit.«

»Können Sie's mir nicht erzählen?«, fragte Elvira Klein und lehnte sich zurück. »Ich bin in Zeitdruck.«

»Okay. Wrotzeck hatte einen älteren Bruder, der uneingeschränkte Liebling des Vaters. Dieser Bruder ist mit dreizehn von einem Mähdrescher überfahren worden, ein Unfall, mit dem unser Wrotzeck nichts zu tun hatte. Aber sein Vater hat gesagt, ihm wäre es lieber gewesen, wenn Kurt anstelle seines Bruders umgekommen wäre … Na ja, jedenfalls hat ihn das geprägt. Da muss sich ein Hass in ihm gegen die ganze Welt aufgebaut haben, der nur schwer zu beschreiben ist. Und als dann auch noch seine große Liebe den Nachbarn geheiratet hat, war's endgültig vorbei … Keiner wird zum Mörder geboren.«

»Und der hat das alles für sich behalten?«, fragte Elvira Klein zweifelnd.

»Ich gehe davon aus. Dass seine Frau was davon wusste, halte ich für ausgeschlossen. Der hat sie nicht an seinem Leben teilhaben lassen, er hat eigentlich niemanden daran teilhaben lassen. Ich wollte Ihnen das nur mitteilen. Manchmal ist es ganz gut, wenn man die Hintergründe kennt.«

»Aber das rechtfertigt noch längst nicht die drei Morde, die er begangen hat.«

»Das habe ich auch nicht damit gemeint. Ich wollt's Ihnen nur sagen, mehr nicht.«

»Gut, dann kann ich mich ja wieder meiner Arbeit widmen. Auf Wiedersehen, Herr Brandt.« Sie schlug eine Akte auf und sah nicht mehr, wie Brandt kopfschüttelnd das Büro verließ. Du wirst dich niemals ändern, dachte er nur und fuhr zurück ins Präsidium.

Epilog

Am darauffolgenden Tag rief Matteo Caffarelli bei Brandt an und teilte ihm mit, dass die Uhr fertig sei. Brandt fuhr am Abend mit Andrea zu ihm, sie blieben eine Weile, und als er bezahlen wollte, winkte Caffarelli nur ab.

»Das geht aufs Haus. Sie haben so viel für uns alle getan, das kann man gar nicht wiedergutmachen. Ich würde mich freuen, wenn wir uns mal wiedersehen könnten.«

Brandt nahm Caffarelli zur Seite und sagte: »Weiß Allegra inzwischen, dass Sie ihr leiblicher Vater sind?«

Caffarelli schmunzelte und erwiderte: »Ja, sie weiß es. Das macht es für mich in Zukunft leichter. Ich habe endlich eine Tochter. Ich bin einfach nur dankbar für all die Kostbarkeiten, die mir das Leben schenkt. Ich habe eine wunderbare Familie, die jetzt sogar noch ein wenig größer geworden ist. Und Liane hat mir erzählt, dass sie aller Voraussicht nach nicht ins Gefängnis muss. Aber das habe ich schon vorher gewusst, doch sie wollte mir nicht glauben. Deshalb hat sie auch so lange geschwiegen.«

»Das heißt, Sie haben das alles die ganze Zeit über gewusst?«

»Natürlich, aber ich kann schweigen. Jeder Mensch ist für sich selbst verantwortlich. Wrotzeck war es, und er hat Dinge getan, die vielen andern sehr geschadet haben. Er war nicht böse, es ist nur irgendetwas in seinem Leben falsch gelaufen ...«

»Ihre Menschenliebe in allen Ehren, aber er wusste genau, was er tat. Er hat die Morde akribisch geplant, und dafür habe ich keinerlei Verständnis. Auch wenn ich Ihnen zustimmen muss: Etwas ist in seinem Leben falsch gelaufen. Dennoch, er hat willkürlich Leben ausgelöscht und dabei nicht einmal vor seiner Tochter haltgemacht. Wir dürfen nicht immer Entschuldigungen für alles suchen. Wrotzeck wuchs in einem … Nein, lassen wir das, es ist unwichtig.«

»Sie haben recht, manchmal sehe ich die Menschen zu gut, das hält mir auch meine Frau hin und wieder vor. Aber ich bin nun mal so, das liegt vielleicht an meiner Herkunft.«

»Bleiben Sie ruhig so. Ich wünschte, es gäbe mehr von Ihrer Sorte.«

»Danke, es tut gut, das aus Ihrem Mund zu hören. Sie sind aber auch nicht unbedingt ein normaler Polizist, das habe ich gleich beim ersten Mal gespürt.«

»Mag sein. Nochmals danke für die Uhr, und machen Sie's gut. Wir müssen los.«

Andrea, die in ein Gespräch mit Anna Caffarelli vertieft war, sah auf, als Caffarelli und Brandt aus dem Nebenzimmer kamen.

»Können wir?«, fragte er.

»Alles Gute«, sagte Andrea zum Abschied.

Auf der Rückfahrt meinte sie: »Das ist wirklich eine bemerkenswerte Familie. Das es so was heutzutage noch gibt.«

»Das habe ich Herrn Caffarelli auch gesagt, so ähnlich zumindest. Ausnahmen bestätigen eben die Regel.«

Bei der kriminaltechnischen Untersuchung des Stoßfängers von Wrotzecks Range Rover wurden zahlreiche Spuren gefunden, die von Johannes Köhlers Auto stammten. Bei einer weiteren Durchsuchung des Geräteraums wurde noch ein Stoßfänger entdeckt, auf dem sich Lackreste von Inge Köhlers Opel Corsa befanden. Kurt Wrotzeck war ein zweifacher Mörder – zumindest konnten ihm nur die letzten beiden Morde nachgewiesen werden –, der seine Taten laut Staatsanwaltschaft und Gericht akribisch geplant und durchgeführt hatte.

Der Prozess gegen Liane Wrotzeck fand im Oktober statt und dauerte zwei Tage. Sie wurde zu einem Jahr auf Bewährung verurteilt, weil Elvira Klein ihre Anklage entsprechend formuliert hatte. Und entsprechend war auch die Freude, die dieser Urteilsspruch nicht nur bei Liane Wrotzeck und ihren Kindern auslöste, sondern auch bei vielen andern, die dem Prozess beiwohnten.

Allegra machte eine sechswöchige Reha, in der ihre Muskeln allmählich wieder gestärkt wurden. Im November stieg sie wieder in den Chor ein, und eine Woche vor Weihnachten hatte sie ihren ersten Auftritt nach fast einem Jahr. Brandt, seine Töchter und Andrea waren anwesend und hörten sie zum ersten Mal singen. Und keiner hatte übertrieben, sie sang wie eine Nachtigall. Sie sang so ergreifend, dass selbst Brandt die Tränen nicht unterdrücken konnte.

Lehnert, der gebrochene, in einem fort rauchende und dem Alkohol verfallene Priester, war ebenfalls anwesend. Er wirkte erholter und sein Gesichtsausdruck nicht mehr so verschlossen. Brandt hatte nicht mehr mit ihm gesprochen, worüber auch? Lehnert hatte vielleicht den Teufel gesehen, aber der lag nun unter der Erde und würde ihn nie wieder behelligen.

Über Weihnachten und Neujahr flogen Brandt, Andrea und die Mädchen nach Teneriffa, wo sie die ganzen Weihnachtsferien verbrachten.

Und Elvira Klein? Sie ist weiterhin auf der Suche nach Mr. Right, aber sie ist zugänglicher geworden, auch wenn sie noch immer hin und wieder ihre spöttischen Bemerkungen nicht unterdrücken kann. Oder will. Doch Brandt hatte allmählich einen Weg gefunden, mit ihr auszukommen. Und das war für ihn das Wichtigste.

PS: Bis heute ist nicht geklärt, wer die anonyme Anruferin war, die bei Hauptkommissar Heinzer in Hanau angerufen hatte. Ein Phantom, ein Geist oder einfach jemand, dem die Wahrheit wichtiger war, als verborgene Geheimnisse zu hüten? Man wird es wohl nie herausfinden.

Andreas Franz
Mord auf Raten

Kriminalroman

Als der Arzt Jürgen Kaufung erstochen in seiner Praxis aufgefunden wird, hat seine Umgebung keine Erklärung für den Mord, denn Kaufung war allseits beliebt – vor allem bei den Frauen. Hauptkommissar Peter Brandt von der Offenbacher Kripo übernimmt die Ermittlungen und hat bald einen ersten Verdächtigen: Kaufungs besten Freund, den Galeriebesitzer Klaus Wedel. Doch Brandt kann ihm nichts beweisen. Da wird kurze Zeit später auch Klaus Wedel umgebracht. Besteht ein Zusammenhang zwischen den beiden Morden?

Eigentlich waren sie Freunde, aber eine unliebsame Enthüllung treibt einen von ihnen zum Äußersten …

Knaur Taschenbuch Verlag

Leseprobe

aus

Andreas Franz
Mord auf Raten

Kriminalroman

erschienen bei

Knaur Taschenbuch Verlag

Freitag, 20.00 Uhr _____

Sein Freund war noch einmal kurz in die Stadt gefahren, um ein paar Besorgungen zu machen. Das Gespräch mit Kaufung ging ihm nicht aus dem Kopf. Seine Stimme hatte einen seltsamen Unterton gehabt, den er nicht deuten konnte. Ein ungutes Gefühl war da in seiner Magengegend, denn Kaufung redete normalerweise nicht um den heißen Brei herum, er hätte ihm auch am Telefon die Ergebnisse mitteilen können.

Um zwei Minuten nach acht fand er einen Parkplatz etwa fünfzig Meter von Kaufungs Praxis entfernt, weil alle anderen Parkplätze von Anwohnern der umliegenden Häuser besetzt waren. Kaufungs Porsche stand bereits vor der alten und gediegen wirkenden Jugendstilvilla, die er vor sieben Jahren von der Vorbesitzerin geerbt hatte, einer ehemaligen Patientin, die ihn wie einen jungen Gott verehrt hatte, weil sie sich bei ihm jeden Kummer von der Seele reden konnte. Sie hatte ihren Mann früh verloren, und ihre einzige Tochter war nach langem erfolglosem Kampf mit knapp vierzig den Drogen zum Opfer gefallen, woraufhin sich die alte Dame völlig zurückgezogen hatte und es niemanden mehr gab, dem sie sich anvertraute. Bis Kaufung nach geeigneten Praxisräumen suchte und dabei erfuhr, dass in der Parkstraße, einer der besten Gegenden Offenbachs, in einer Villa das Erdgeschoss zu vermieten war. Damals ahnte er noch nicht im Entferntesten, dass ihm nur vier Jahre später die ganze Villa gehören würde, weil die alte Dame, die friedlich im Bett eingeschlafen war, keine weiteren Verwandten hatte. Außerdem hatte sie ihm die Hälfte ihres nicht unbeträchtlichen Vermögens vermacht, der andere Teil war an eine öffentliche Institution für Drogen- und Suchtbekämpfung gegangen. Die beiden oberen Stock- werke hatte er renovieren lassen und exklusiv eingerichtet, obwohl er sich nicht allzu oft hier aufhielt, außer wenn er eine seiner Liebschaften empfing und keiner auf der Rosenhöhe das mitbekommen durfte, weil diese Liebschaft vielleicht aus der direkten Nachbarschaft stammte.

Die Tür war nur angelehnt, und er ging hinein. Kaufung war in einem seiner beiden Sprechzimmer und saß hinter dem Schreibtisch aus Mahagoniholz. Bis auf den Röntgenraum und das Behandlungszimmer mit dem Ultraschallgerät be- stand das gesamte Inventar der Praxis aus edelsten warmen Hölzern, ein dicker Teppichboden machte jeden Schritt bei- nahe lautlos, die Halogenlampen waren in die Decken einge- lassen, an den Wänden hingen Reproduktionen von Gauguin, und ein paar hochgewachsene und stilvoll platzierte Grün- pflanzen rundeten das elegante Bild ab. Kaufung hatte sich voll und ganz auf seine betuchte Klientel eingestellt.

»Nimm Platz«, sagte Kaufung und deutete auf einen brau- nen Ledersessel. In der Hand hielt er die Karteikarte und ein Schriftstück, der PC war an, die Maske geöffnet.

»Also, was gibt's so Wichtiges? Mein Gott, jetzt mach nicht so ein Gesicht, als würdest du mir doch gleich verkün- den, dass ich abkratzen muss«, sagte der andere mit gekün- steltem Lachen, denn da war eine unterschwellige Angst vor den nächsten Minuten, eine Angst, die er nicht beschreiben konnte. Kaufung war zwar ein Spieler, aber diesmal schien er nicht zu spielen, dazu wirkte sein Gesichtausdruck zu ernst, und außerdem kannte er ihn schon viel zu lange.

Kaufung fuhr sich mit der Zunge über die Innenseite der Wange und wartete, bis sein Freund sich gesetzt hatte.

»Deine Werte sind so weit okay, Gamma GT, Blutsenkung, Blutbild … Es gibt nur ein Problem …«

»Was für ein Problem?«, fragte der andere misstrauisch und mit noch mehr Unbehagen als eben schon. Er hatte dieses blöde Gefühl, dass seine schlimmsten Alpträume Wirklichkeit werden könnten. Dabei war es doch nur ein Test gewesen, nichts als ein lausiger Test, von dem er nicht einmal wusste, warum er ihn überhaupt hatte machen lassen.

Kaufung atmete einmal tief durch und kniff die Lippen zusammen, was er immer machte, wenn ihm etwas unangenehm war. »Also gut, es hat sowieso keinen Sinn, lange um den heißen Brei rumzureden – du bist HIV-positiv. Du hast dich freiwillig testen lassen, und hier vor mir liegt das Ergebnis schwarz auf weiß. Tut mir leid, dir keine bessere Mitteilung machen zu können.«

Der andere wurde aschfahl im Gesicht, seine Nasenflügel bebten, seine Mundwinkel zuckten. Er beugte sich nach vorn, die Hände gefaltet, und sagte mit leiser Stimme: »Was bin ich? Heißt das, ich habe Aids? Ich hab das doch mehr zum Spaß gemacht, ich meine, das machen doch viele heutzutage.«

»Tja, und nun ist bitterer Ernst daraus geworden. Aber um dich zu beruhigen, noch ist die Krankheit bei dir nicht ausgebrochen, doch du trägst das Virus in dir. Jetzt muss ich dir aber mal von Freund zu Freund eine Frage stellen: Hast du eigentlich noch nie was von Prävention gehört?« Kaufung beugte sich jetzt ebenfalls nach vorn, die Stirn in Falten gezogen, und fuhr fort: »Mein Gott, seit fast zwanzig Jahren sprechen wir davon, überall laufen Kampagnen, aber du scheinst es wie so viele noch immer nicht begriffen zu haben. Wenn du einen One-Night-Stand mit einer Frau hast, die du nicht kennst, nie ohne Kondom. Wir kennen uns jetzt schon seit einigen Jahren, wir haben uns über das Thema schon unterhalten, aber …«

»Halt die Klappe«, zischte der andere und fuhr sich mit beiden Händen durchs Haar.

»Nein, tu ich nicht. Weißt du, du reißt irgendwo eine auf, schaltest dein Gehirn aus und bumst sie. Okay, ich hab auch meine Affären, aber glaub mir, nie ohne Kondom, selbst wenn ich die Frauen schon länger kenne, denn ich weiß ja nicht, mit wem sie sonst noch rummachen. Ich hab keine Ahnung, wie lange das Virus schon in dir ist, aber bei deinem Frauenverschleiß könnte es sein, dass du andere infiziert hast, vor allem deine eigene Frau.«

»Jetzt halt mir um Himmels willen keine Moralpredigt, das ist das Letzte, was ich vertragen kann!«, schrie Kaufungs Freund aufgebracht mit hochrotem Gesicht und sprang auf.

»Das ist keine Moralpredigt, denn ich habe dich nicht nur einmal gewarnt. Ich habe bereits zwei Patienten, die das Virus in sich tragen. Du bist Nummer drei. Und bei den andern beiden war es das gleiche Dilemma – jeder von ihnen dachte nämlich auch, mir wird schon nichts passieren. Aber die schützende Hand ist nicht immer über dir. Weißt du eigentlich, wie viele Menschen inzwischen weltweit mit dem Virus rumlaufen?«

Leseprobe

»Das ist mir so was von scheißegal!«

»Ich sag's dir trotzdem – die WHO schätzt, dass in zwanzig bis dreißig Jahren allein in Afrika etwa die Hälfte der Bevölkerung an Aids gestorben sein wird. Einige Länder wie Uganda und Kenia werden fast ausgerottet sein. Und glaub mir, die Dunkelziffer hier bei uns ist viel höher, als die meisten annehmen, weil sich die wenigsten testen lassen. Und das nur, weil man die Warnungen in den Wind schlägt. Die Jugend rennt am Wochenende in die Disco, wirft ein paar Pillen ein, dazu Alkohol, und die Hemmschwelle ist weg. Einfach so. Und wenn dein Hirn vernebelt ist, weißt du nicht mal mehr, wie das Wort Kondom buchstabiert wird.«

Der andere schüttelte fassungslos den Kopf und sah Kaufung wütend an: »Erstens bin ich kein Jugendlicher mehr, zweitens renne ich nicht in die Disco, und Pillen schluck ich auch keine …«

»Aber du hast offensichtlich geglaubt, unverwundbar zu sein.«

»Ah, der heilige Jürgen spricht!«

»Hör doch auf mit dem Quatsch! Ich will dir doch nur helfen. Krieg dein Leben in den Griff, und achte auf deine Gesundheit. Ich bin jederzeit für dich da, wenn du Hilfe brauchst. Aber in Zukunft nur noch mit, wenn du verstehst.«

»Und wie lange?«, fragte der andere, als hätte er die letzten Worte gar nicht wahrgenommen.

»Was wie lange?«

»Wie lange hab ich noch?«

»Bis jetzt bist du nur positiv, die Krankheit ist noch nicht ausgebrochen, was du außerdem längst gemerkt hättest. Das heißt, bei gesunder Lebensführung, sprich, kein Alkohol, keine Zigaretten, ballaststoffreiche Ernährung, viel Bewegung und so weiter, kann es durchaus fünf bis zehn Jahre, unter Umständen sogar länger dauern, bis die Krankheit ausbricht. Und die Pharmaindustrie hat inzwischen Mittel auf den Markt gebracht, die den Ausbruch immer weiter hinauszögern. Wer weiß, vielleicht hat man schon bald ein Heilmittel gefunden. Ich muss dir aber sagen, dass du ab sofort verpflichtet bist, nicht mehr ohne Kondom mit einer Frau zu verkehren. Klar?«

»Scheiße, das muss ich erst mal verdauen. Ich habe Aids …«

»Nein, verdammt noch mal, du hast kein Aids! Aids ist die Krankheit, und die ist noch nicht ausgebrochen. Und jetzt setz dich wieder hin und lass uns in Ruhe reden.«

»Du hast vielleicht Humor! In Ruhe reden! Mann o Mann, ich kapier's nicht, ich krieg das nicht in meinen Kopf.«

»Setzt du dich jetzt bitte, oder wollen wir das Gespräch verschieben, bis ich aus dem Urlaub zurück bin?«

»Okay, bringen wir's hinter uns«, antwortete Kaufungs Freund und ließ sich in den Sessel fallen.

»Gut so. Und jetzt sag mir, mit wem außer mit deiner Frau hast du in letzter Zeit Geschlechtsverkehr gehabt?«

»Was heißt in letzter Zeit?«

»Sagen wir in den letzten zwölf Monaten.«

»Woher soll ich das wissen?! Ich führ doch kein Buch darüber!«

»Überleg sehr gut, denn wie gesagt, es ist immerhin möglich, dass du schon andere infiziert hast.«

Leseprobe

»Das ist mir scheißegal! Ich möchte wissen, wer *mir* das angehängt hat!«

»Das ist im Augenblick nicht so wichtig. Überleg lieber, mit wem du im letzten Jahr geschlafen hast. Denn ich sollte dir vielleicht auch noch sagen, dass die Gefahr, sich mit dem Virus anzustecken, bei Frauen ungleich höher ist als bei Männern.«

Als hätte der andere die letzten Worte nicht vernommen, meinte er: »Hör zu, wir sind Freunde, und ich verspreche dir, ab sofort nur noch mit …«

Kaufung hob die Hand und unterbrach seinen Freund: »Du kannst mir versprechen, was du willst, aber jede Frau, die mit dir im letzten Jahr geschlafen hat, ist eine potenzielle Überträgerin beziehungsweise könnte selbst schon infiziert sein, was sogar recht wahrscheinlich ist. Das kann eine Spirale ohne Ende werden. Ergo, überleg gut, mit wem du im Bett warst, und sag ihnen, dass sie sich testen lassen sollen. Es werden ja nicht hunderte von Frauen sein. Nur so kann Schlimmeres verhindert werden. Solltest du jedoch weiterhin ungeschützten Geschlechtsverkehr haben, machst du dich strafbar, auch wenn ich selbst keine Anzeige erstatten kann. Also, mit wem?«

»Keine Ahnung, ich hab 'nen Blackout, ich muss das erst mal verdauen. Ich schreib's auf, wenn ich zu Hause bin. Scheiße, Mann! Große gottverdammte Scheiße! Ausgerechnet ich!«

»Ich weiß zumindest von zwei Frauen, mit denen du regelmäßig verkehrst, und beide kenne ich persönlich sehr gut. Dazu kommt natürlich noch deine Ehefrau. Wenn du es ihnen nicht sagst, werde ich es tun und sie bitten, sich testen zu lassen …«

Leseprobe

»Du vögelst doch genauso wild in der Gegend rum! Willst du mich in die Pfanne hauen?«, fuhr ihn sein Gegenüber noch wütender an. Seine Augen waren glühende Kohlen. »Klar, damit du endlich richtig freie Bahn hast!«

»Kein Mensch will dich in die Pfanne hauen«, erwiderte Kaufung ruhig. »Ich möchte nur verhindern, dass noch mehr Unheil angerichtet wird. Versteh doch, du hast eine Verpflichtung den Frauen gegenüber. Und nicht nur denen gegenüber, sondern auch den Männern, mit denen sie noch verkehren.«

»Ich kann das nicht.« Er vergrub sein Gesicht in den Händen und schüttelte immer wieder den Kopf.

»Was kannst du nicht? Es sagen?«

»Was denn sonst! Würdest du hingehen und einer deiner Damen mitteilen, dass es dir leid tut, aber du hast dich mal so nebenbei testen lassen, und dabei ist rausgekommen, dass du HIV-positiv bist?«

»Diese Frage steht nicht zur Debatte. Aber wenn du's genau wissen willst, ich würd's tun ...«

Der andere machte eine wegwerfende Handbewegung. »Komm mir doch nicht mit so 'nem saudummen Geschwätz, du würdest es genauso für dich behalten und weiter rumvögeln wie bisher. Ich werde keinen Ton sagen, und du wirst auch schön den Mund halten. Versprochen, ich mach's in Zukunft nur noch mit Kondom. Mit meiner Frau mach ich's seit Jahren sowieso nur mit Präser, das ist so 'ne Vereinbarung zwischen uns. Ich lasse ihr ihre Freiheit, sie mir meine, dafür hat sie aber verlangt, dass wir nur geschützt ...«

Kaufung ließ ihn nicht ausreden. »Ist das dein letztes Wort?«, fragte er mit hochgezogenen Brauen.

Leseprobe

»Allerdings.«

»Dann lässt du mir keine andere Wahl. Ich werde beide Damen bitten, sich testen zu lassen, aber keine Sorge, ich werde deinen Namen nicht nennen. Und ich tue das nur, weil ich dein Freund bin …«

»Toll! Sie werden Fragen stellen, warum sie den Test machen sollen. Und was wirst du ihnen darauf antworten? Einfach so, prophylaktisch?«, schrie er höhnisch mit einer ausholenden Handbewegung. »Du bist ein Arschloch, die kaufen dir das nie ab!«

»Sorry, aber ich muss es tun, vor allem, weil ich die beiden mag und weiß, dass sie alles andere als Nonnen sind. Es wäre nicht fair, ihnen gegenüber nicht und auch nicht …«

»Spar dir dein Geschwafel!« Kaufungs Freund stand wieder auf, fuhr mit einer Hand über den Schreibtisch, überlegte und sagte mit einem zynischen Unterton: »Also gut, ich bin einverstanden. Ich werde die – freudige – Botschaft persönlich überbringen und dir dann Bericht erstatten.«

»Und wann?«

»Morgen oder übermorgen.«

»Okay. Sollte ich allerdings bis, sagen wir, Dienstag nichts von dir hören, werde ich mich persönlich drum kümmern. Bis jetzt weiß kein Mensch von diesem Befund, und es weiß auch keiner, dass wir in diesem Augenblick hier zusammensitzen. Du weißt, dass ich es mit der ärztlichen Schweigepflicht sehr genau nehme. Aber zwing mich nicht, etwas zu tun, was ich eigentlich nicht will.« Kaufung legte den Laborbericht in die Karteikarte und erhob sich, nachdem er auf die Uhr geschaut hatte. »Ich muss jetzt los. Tut mir leid, dass es so gelaufen ist.

Wie gesagt, die Krankheit ist noch nicht ausgebrochen, und wenn du gesund lebst, wer weiß …«

»Musst du das eigentlich melden?«

»Nein, es besteht eine nichtnamentliche Meldepflicht, wenn jemand HIV-positiv ist. Es bleibt also alles anonym. Ich kann dir auch noch ein paar Verhaltensmaßregeln geben, damit dein Immunsystem gestärkt wird.«

»Ich denke, mein Immunsystem ist sowieso schon geschwächt …«

»Ich erklär's dir zum letzten Mal. Du trägst zwar das Virus in dir, dein Immunsystem ist aber noch intakt. Und damit das auch so lange wie möglich so bleibt, gebe ich dir folgende Tipps: viel Bewegung, ballaststoffreiche Ernährung, viel Obst und Gemüse, keine Zigaretten mehr und möglichst auch kein Alkohol. Wenn, dann nur in Maßen. Ich stelle dir eine Liste mit Lebensmitteln zusammen, bevor ich in Urlaub fahre. Und ganz wichtig, jeden Tag fünfhundert Milligramm Vitamin C, das schützt vor Erkältungen und Infektionen. Gibt's als Retardkapseln in der Apotheke, dadurch wird das Vitamin C allmählich an den Körper abgegeben. Außerdem kann ich dich einmal wöchentlich akupunktieren, um so deinen Energiefluss aufrechtzuerhalten. Und natürlich kann ich dir die zur Zeit besten Medikamente verschreiben. Das ist im Moment alles, was ich für dich tun kann. Wenn du meine Ratschläge befolgst, garantiere ich dir, dass du noch lange leben wirst.«

»Lange leben! Ich bin noch nicht mal vierzig, und du sprichst von lange leben! Wie lang ist das denn in deinen Augen? Zwei Jahre, fünf Jahre?«

Leseprobe

»Das hab ich dir schon gesagt. Aber im Wesentlichen hängt es von dir ab.« Kaufung ging auf seinen Freund zu, legte ihm die Hand auf die Schulter und sagte in versöhnlichem Ton: »He, Alter, was glaubst du, was ich für einen Schiss vor diesem Gespräch hatte. Meinst du, es macht mir Spaß, jemandem so was mitzuteilen? Hättest du nicht das volle Programm verlangt, du wüsstest es heute noch nicht. Sei nicht sauer auf mich, ich kann nichts dafür. Außerdem können wir einen zweiten Test machen lassen, manchmal sind die Ergebnisse auch fehlerhaft oder die Proben werden vertauscht. Kopf hoch, okay?«

»Schon gut. Ich hab nur eine verdammte Angst. Kannst du mir was zur Beruhigung mitgeben, ich bin total fertig.«

»Kann ich verstehen. Was willst du haben? Valium?«

»Wenn du hast.«

Kaufung ging an den Schrank, öffnete ihn und fragte: »Lieber Tabletten oder lieber Tropfen?«

»Was ist denn besser?«, fragte der andere, nahm, nachdem sein Freund ihm den Rücken zugewandt hatte, den Brieföffner vom Tisch und stellte sich hinter Kaufung, als wollte er ihm über die Schulter schauen.

»Tropfen wirken schneller und lassen sich vor allem besser dosieren.« Er hielt beide Packungen hoch, ohne sich umzudrehen. »Welche willst du? Aber bitte nicht in Kombination mit Alkohol, dadurch wird die Wirkung um ein Vielfaches potenziert. Außerdem solltest du sowieso in Zukunft auf Alkohol weitestgehend verzichten.«

»Die Tropfen.« Kaufung wollte sich gerade wieder umdrehen, als er einen stechenden Schmerz im Rücken verspürte.

Leseprobe

Er ließ alles fallen. Noch zweimal wurde er von wuchtig geführten Stichen getroffen, machte eine halbe Drehung, ein weiterer Stich in den Bauch. Er sank zu Boden, schlug mit dem Hinterkopf gegen den Schrank und blieb fast aufrecht und trotzdem in unnatürlicher Haltung sitzen. Er fasste sich mit einer Hand an die blutende Wunde in seiner rechten Seite und sah seinen Freund stumm und hilfesuchend an. Blut rann aus seinem Mundwinkel, die Packungen Valium lagen neben ihm. Er wollte etwas sagen, aber kein Laut kam aus seinem Mund. Sein Körper zuckte ein paarmal, seine Augen waren weit aufgerissen, bis jeder Glanz aus ihnen verschwand.

»Du wirst mich nicht verraten, Freund! Niemals!«, zischte der andere mit hasserfülltem Blick. Er schlug mit einem Stuhl die Scheibe des Arzneischranks ein, entnahm ihm mehrere Ampullen Morphium sowie alles, was er an Beruhigungs- und Betäubungs- und auch Schmerzmitteln fand, griff nach einem Beutel mit der Aufschrift Bayer und stopfte alles hinein. Anschließend wischte er mit mehreren Desinfektionstüchern den Brieföffner, den Schreibtisch und die Stuhllehne ab, ging zur Toilette und spülte die Tücher hinunter. Wieder im Sprechzimmer, sah er auf den Toten, verzog die Mundwinkel verächtlich und sagte kaum hörbar: »Schade, dass wir nicht mehr Tennis spielen können. Was soll's, du hast sowieso immer gewonnen, das wurde mit der Zeit langweilig. Du warst eben immer ein Gewinner. Aber irgendwann muss man auch mal verlieren können.«

Er zog das Schreiben des Labors aus seiner Patientenkarte heraus, steckte es in die Tasche und schaute nach, ob irgendetwas über seine Infizierung oder den durchgeführten Test in

Leseprobe

seiner Karte stand, doch noch hatte Kaufung nichts vermerkt. Er ging an den Computer, sah, dass Kaufung dort einen Eintrag über den Laborbericht gemacht hatte, löschte diesen und fuhr den PC herunter. Die Patientenkarte verstaute er wieder zwischen den anderen alphabetisch geordneten Karten im Schrank, schloss ihn ab und legte den Schlüssel in die oberste Schreibtischschublade.

Ein Blick durch die halb offene Tür in den edel dekorierten Hausflur, niemand war zu sehen, wie auch, wenn außer Kaufung, seiner Sprechstundenhilfe, der Putzfrau und natürlich den Patienten kaum jemand sonst diese Villa betrat. Vielleicht noch die eine oder andere Liebschaft, mit der Kaufung hier ein Schäferstündchen abgehalten hatte. Er sah an sich hinunter, an seiner Kleidung und seinen Schuhen war kein Blut, huschte durch den Ausgang und ließ die Tür nur angelehnt. Im Park gegenüber herrschte noch reges Treiben, doch keiner nahm Notiz von dem Mann, der soeben einen Mord begangen hatte. Mit gemäßigtem Schritt ging er zu seinem Auto, schließlich wollte er nicht auffallen. Er hatte eine Verabredung, und er wollte die Dame nicht zu lange warten lassen. Während der Fahrt rief er sie an und sagte, er sei in etwa zwanzig Minuten bei ihr.

Doch das ist erst der Anfang der Geschichte.
Wenn Sie wissen wollen, wie es weitergeht, dann lesen Sie:

Mord auf Raten
von Andreas Franz

Knaur Taschenbuch Verlag